독일어 시간 2

Deutschstunde

Deutschstunde
by Siegfried Lenz

세계문학전집 41

독일어 시간 2

Deutschstunde

지그프리트 렌츠

정서웅 옮김

민음사

차례

1권 차례

독일어 시간 2

11 보이지 않는 그림

요컨대 이곳, 힐케와 내가 넙치를 잡고 있는 이 개펄수로에서 생명체를 위시한 모든 것이 생겨났다는 것인데, 여러분은 일찌기 그런 말을 들어본 적이 있는지요? 문필가이자 향토 연구가인 페르 아르네 쉐셀에 의하면, 여기 모래톱에서, 여기저기 개펄수로와 웅덩이가 널려 있는 점토빛 황무지에서, 이러한 태동이 시작되었다는 것이었다. 즉 숨쉴 수 있는 모든 것들이 어느 날 해저에서 일어나 수륙 양서류의 서식지를 지나 해변으로 나와서는, 몸에 묻은 개흙을 씻고 불을 피운 다음, 커피를 끓였다는 것이다. 나의 외할아버지, 즉 소라게 씨의 기술(記述)이었다.

어쨌든 우리는 넙치를 발로 밟아 잡기 위하여, 멀리 모래톱까지 와 있었다. 매끄러운 갯바닥을 지나, 저편 반도의 앞까지 나아갔다. 힐케가 늘 앞장이었다. 물새들도 우리와 함께 고기를 잡고 있었다. 힐케는 그녀의 옷을 아랫배까지 걷어올렸다. 그녀

의 다리엔 오금까지 개흙이 묻어 있었고, 롱스웨터의 가장자리
도 물기 때문에 까맣게 변해 있었다. 물새들의 고기잡이가 한창
이었다. 벌린 주둥이를 웅덩이물 속에 담갔다가는 잡아낸 고기
를 쩝쩝거리며 먹어댔다. 썰물이 되어 개펄수로가 가느다란 도
랑을 이루며 흐르는 곳, 바다로 흘러드는 이 수로에서는 고기
들이 잘 잡혔다. 우리는 대개 손을 잡고 잿빛 웅덩이나 얕은 수
로의 가장자리로 들어갔다. 개흙 속으로 스르르 빠져들면서 발
가락을 가지고 더듬어가는 것이다. 서로 의지하여 발을 빼내면
서 우리는 진창과 개흙 속을 계획성 있게 밟아나갔다. 발가락
밑에서 무엇이 꿈틀거리지 않나 계속 신경을 곤두세웠다. 넓적
한 고기를 찾아내기가 무섭게 팔딱거리고 바둥거리고 꿈틀거렸
다. 붕치나 넙치 또는 혀가자미였다. 힐케는 고기를 잡을 때마
다 소리를 지르고 깔깔거렸다. 누나보다 더 악착같이 넙치를 밟
고 있는 사람도 있을까? 아주 간지러움을 잘 탔음에도 불구하고
얼굴을 찡그리고 버티고 서서 혼이 빠질 듯 웃으면 웃었지 절대
로 고기를 놓치는 법이 없었다. 내가 그놈을 잡아 꺼낼 때까지
그녀는 발을 떼지 않았다.

때때로 그녀는 허벅지까지 빠져들어갈 때가 있었고, 그땐 옷
을 가슴께까지 끌어올렸다. 때때로 평평한 개펄이 나오면, 얼
음판 위를 달리듯 미끄럼질을 치기도 하였다. 차가운 개흙이 꼬
르륵 소리를 낼 때마다, 그리하여 물방울을 터뜨리며 부드럽게
개펄 속으로 침강해 갈 때마다 그녀는 재미있어 죽겠다는 표정
이었다. 그러나 결코 물길 살피기를 잊지는 않았다. 물결에 씻
기는 모래바닥이 단단해지면 한 발을 빼내어, 갯지네처럼 기다
란 개흙더미 위로 올라가 섰다. 소라게, 갯지네 따위를 잡아 손
바닥 위에 놓고 살펴보다가는 다시 물 속에 놓아주었다. 빈 조

가비들을 모아 롱스웨터 속에 던져 넣었는데, 허벅지를 졸라맨 고무줄 때문에 그것들을 잃어버릴 염려는 없었다. 모두가 잊고 싶지 않은 풍경들이었다.

거기에 우중충한 모래톱의 바다, 서편 하늘에 떠 있는 나지막한 구름, 수로와 웅덩이에 파문을 일으키고 물새들의 깃털을 부스스 일어서게 하는 바람, 멀리서부터 들려오는 비행기의 엔진 소리, 아련히 뻗어나간 반도의 모래밭, 모래톱에서 바라보면 더욱더 난공불락의 요새처럼 보이는 높다란 제방, 그리고 멀리 뒤편의 모래언덕 위에 자리 잡은 화가의 오두막집.

나는 물고기가 담긴 바구니를 들고 힐케의 뒤를 따랐다. 모래톱 위를 걸어가며 고기를 잡는 물새떼를 향해 돌을 던졌고, 그놈들처럼 한 발로 깡총깡총 뛰어보았다. 바람이 모아놓은 누우런 거품더미를 사정없이 밟아버리기도 하였다. 물고기들이 바구니 속에서 팔딱거렸고, 숨을 쉴 때마다 아가미가 들락거렸다. 여러 차례 힐케는 나에게 수로에 흐르는 물로 자기 다리를 씻어달라고 졸랐다. 실처럼 늘어진 개흙들을 닦아내는 동안 그녀는 나의 등에 몸을 기대었다. 스웨터 속의 조가비들이 부딪치면서 딸랑이 같은 소리를 냈다. 조그만 융기를 발로 누르면 발가락 사이로 개흙이 뿌지직 솟아올랐다. 힐케의 넓적다리에는 고무밴드로 인한 불그레한 반점이 벌레에 물린 자국처럼 테를 두르고 있었다. 바람이 그녀의 머리카락을 이리저리 날렸고, 때로는 완전히 얼굴을 덮어버리기도 하였다.

우리가 반도 쪽을 향하여 나아가고 있을 때였다고 생각한다. 깡총거리며 내 앞을 뛰어가던 힐케가 갑자기 나지막한 비명을 지르면서 촉촉한 땅위에 앉아버렸다. 두 손으로 왼쪽 발을 움켜잡더니 발바닥을 들여다볼 수 있도록 안쪽으로 구부렸다. 나는 얼른 그녀의 곁으로 달려가 무릎을 꿇었다. 그녀의 발바닥에는 하얗고 날카로운 조개껍질 조각이 박혀 있었다. 「부러뜨리지 마」 그녀는 자신의 손가락으로 조개껍질을 잡더니 번개 같은 동작으로 뽑아냈다. 손수건이 없어 자기 옷의 한 모서리를 잡았으나, 그것으로 상처를 닦아내지는 않았다. 대신, 내 바지에서 삐져나온 셔츠자락을 이용하였다. 출혈이 빠른 속도로 줄어들면서, 초승달 모양의 상처가 나타났다.

「벌써 피가 멎었는데」 내가 말하자 힐케는, 「아직 멎게 해서는 안 돼. 상처는 피가 나와야 깨끗해지는 거야」 그러고는 잠시 후에, 「좀 해줄 수 있겠니, 지기야? 상처를 빨아줄 수 있겠어?」

「어떻게?」 하고 내가 물었다. 그러자 힐케는 답답하다는 듯 머리를 흔들며, 「어떻게라니──물론 입으로 하는 거지. 빨아낸 다음에 내뱉는 거야」 팔꿈치로 몸을 받치고, 그녀는 발이 내 코 앞에 오도록 두 다리를 주욱 뻗었다. 「자, 시작해」 나는 그녀의 발목을 감싸쥐고 눈을 감았다. 발에서는 개흙과 요오드 내음이 은은히 풍겼다. 다시 한번 상처를 바라본 다음 입술을 갖다댔다. 개흙의 찝찔한 맛이 났다. 침을 뱉은 다음 다시 빨았다. 혀로 가볍게 훑어낸 다음 또 뱉었다. 점차 개흙 맛이 사라져갔다. 눈을 뜨고, 내 앞에 누워 있는 힐케를 바라보았다. 그녀는 알겠다는 듯 고개를 끄덕거렸다.

발을 끌어당겨 상처를 살펴본 후 두 팔을 나에게로 내뻗었다. 나는 그녀가 일어서는 것을 도와주었다. 그녀는 내 어깨에 몸을 의지하였고, 나는 팔로 그녀의 허리를 감았다. 이렇게 우리는 해변, 즉 우리의 신발과 양말이 놓여 있는 반도 쪽을 향해 출발하였다. 힐케는 나지막한 음성으로 투덜거렸다. 성한 발을 필요로 하는 계획이라도 있는 성싶었다. 그녀는 계속해서 종알거렸다. 「오늘, 하필이면 오늘 이럴 게 뭐람. 아이 속상해. 내일쯤 다치면 어때서」 그녀는 연방 팔목의 시계를 들여다보았다. 꽤나 마음이 초조해 있다는 사실을 쉽사리 알 수 있었다. 왼쪽 발은 뒤꿈치로만 디디면서, 그녀는 다리를 절뚝거렸다. 「하필이면 오늘이람」 「뭐가 오늘이지?」 내가 물었다. 그러자 누나는 얼른 말꼬리를 돌렸다. 「너 그렇게 계속 눌러대면 내 허리가 부러지고 말겠다, 애」

우리는 깊어 보이는 수로를 피하였고, 많은 웅덩이를 우회하였다. 그럼에도 불구하고 가끔 개흙구덩이에 빠져 무릎까지 빠져드는 것을 피할 수가 없었다. 기러기들이 바로 우리의 머리 위를 지나 이탄늪 쪽으로 날아갔으며, 모래톱에는 갈매기와 검은머리물떼새들이 바삐 오가고 있었다. 아직 비는 내리지 않았다. 반도의 해변, 그 깨끗한 백사장에 이르자, 나는 곧 벌렁 드러누웠다. 그러고는, 힐케의 발목을 붙잡아 다시 한번 상처를 빨아주려 하였다. 이번엔 힐케가 원치 않았다. 롱스웨터의 고무밴드를 풀자 조가비들이 모래 위에 쏟아졌다. 웅크리고 앉아 그것들을 헤아리는 동안, 나는 그녀의 양말과 구두를 가져왔다. 「좀더 주워야겠는데」 힐케가 불쑥 말하였다. 「여남은 개쯤 더 있어야겠어. 네가 좀 주워다 주겠니, 지기야?」 「날 기다리고 있을 거야?」 「아니, 난 좀 먼저 가야 해」 나를 떼어버리려는 술책이 분명하였다. 그녀는 조가비들을 그러모아 고기들이 들어 있는 바구니 속으로 던져넣었다. 양말을 가지고 발바닥의 상처를 깨끗이 닦아내었다. 양말을 신고 옷을 탁탁 털어낸 다음, 마파람을 맞으며 머리카락을 뒤쪽으로 묶어 올렸다. 건성으로 인사를 남긴 후, 그녀는 다리를 절며 해안을 따라 걸어갔다.

모래밭에 누운 채 팔꿈치를 괴고 나는 멀어져 가는 그녀를 바라보았다. 파란 스웨터가 처음엔 녹색의 바다를 배경으로 다음엔 갈색의 모래밭을 배경으로 아른대더니, 그녀의 모습은 점점 작아지고, 점점 보이지 않게 되었다. 그녀가 제방에 가까와질수록 그 능형의 방벽은 자기에게 걸어오는 사람을 조그맣게 축소시켜서 자기의 밑으로 눌러내리는 것같이 보였다. 제방의 등성이에 오르지 힐케는 몸을 돌려 나를 찾았다. 나의 모습을 발견하자 한쪽 팔을 뻗어 모래톱 쪽을 가리켰다. 「어서 가서 조가비들을 주워줘!」

나는 그대로 누워서 그녀가 사라질 때까지 기다렸다. 그녀가 가버린 후에도 나는 모래톱으로 다시 가지 않았다. 왜냐하면 힐케가 제방의 반대편으로 내려가버리는 순간 모래언덕의 메귀리밭으로부터 한 남자가 불쑥 나타났기 때문이었다. 깡마른 남자, 즉 부스베크 박사였다. 그는 힐케와의 상면을 원치 않는 듯 몸을 숙이고 있었다. 무언가를 몸에 바싹 그러안고 있었다. 자주 뒤편을 돌아보는 품이 힐케가 돌아올까봐 겁을 내는 것 같았다. 구부정하게 몸을 숙이고 한쪽 팔로는 열심히 노를 저으면서 그는 모래언덕 위로 올라갔다. 어떤 목적으로 반도를 횡단하려 하는지는 쉽게 알 수 있었다. 손에는 필경 수건을 들고 있으리라. 때로 그는 목과 이마의 땀을 닦아내는 것처럼 보였다. 그는 쫓기는 듯한 인상을 주었다. 뒤를 돌아보거나 해변의 다른 쪽을 살필 때조차도 그는 걸음을 멈추지 않았다. 골이 나고 짜증이 섞인 몸놀림이었다. 계속해서 흘러내리는 마른 모래가 자꾸만 발을 미끄러뜨렸기 때문이었다.

덧붙여 말하자면, 그는 화가의 오두막으로 가는 가장 가까운, 그러나 가장 힘든 길을 택한 것이었다. 몸을 깊숙이 숙이고, 그는 오두막을 향해 나아갔다. 깃발처럼 나부끼는 모래바람에 휩싸일 때마다 그는 재빨리 눈을 비벼댔다. 이 모래는 언덕 위에 불어대는 바람에 날려 허공에서 광란의 소용돌이를 치다가는 물 쪽을 향해 밀려가곤 하였다. 내리막길이 되자 부스베크 박사는 신명이 났다. 껑충껑충 뛰기도 하고 춤을 추기도 하면서 비탈길을 내리달렸다. 화가의 오두막에 다다르자 손가락 끝으로 빗장을 쳐올렸다. 처음엔 빨리, 다음엔 오랫동안 주위를 둘러보았다. 반도와 해변, 그리고 제방 밑의 좁다란 길을 눈에 불을 켜고 살펴보았다. 마침내 오두막 안으로 뛰어들어 안으로부터 문을 닫았다. 이제 조개껍질 따위는 안중에도 없었다. 부스베크처럼 눈에 띄게, 그리고 수상스럽게 눈앞에 얼씬거리는 사람에게 어찌 관심이 가지 않으랴. 그의 뒤를 밟아보는 것은 조금도 이상한 일이 아닐 것이다. 오두막의 문이 닫히기 무섭게, 나는 모래밭에서 몸을 일으켰다. 그러곤 비잉 돌아 창문이 없는 오두막의 측면으로 달려갔다. 여차하면 땅바닥에 엎드릴 양으로 몸을 잔뜩 낮추었다. 그러나, 내달리기를 중단할 필요는 없었다.

살금살금 발뒤꿈치를 들고, 나는 오두막의 방풍벽 안으로 들어갔다. 썩은 판자에 얼굴을 바싹 대고, 창문이 나 있는 쪽으로 기어갔다. 잠시 기다리노라니 안에서 무언가를 두드리는 소리, 삐거덕거리며 못을 뽑아내는 소리가 들렸다. 등을 벽에 기대고 조심스레 몸을 일으켜 세운 다음, 널따란 창문 곁으로 더 가까이 다가갔다. 거기에서 그는 무엇을 하고 있을까? 왜 마루청과 실랑이를 벌이는 것일까? 그는 창문 쪽을 향해 허리를 굽히고 있었다. 끌을 가지고 마루의 판자를 뜯어내고 있는 모양이었다.

우리는 곧 서로를 알아보았다. 어쩌면 내가 나타날 것을 예측하고 있었던 것 같기도 하였다. 창 귀퉁이에 얼굴을 내밀고 그늘을 만들기 위해 손을 이마에 갖다대었을 때, 이미 부스베크 박사는 나를 쳐다보고 있었다. 놀라기보다는 화가 난다는 표정이었다. 마루청에 무릎을 꿇고 앉아 마루판자를 끌로 한 20여 센티미터쯤 들어올려 놓고 있었다. 정말이지 그가 그다지 쉽게 나를 발견할 줄은 몰랐다. 하지만 더욱 놀라운 일은, 그의 언약한 팔목으로 어떻게 마루청을 들어올릴 수 있었는가 하는 점이었다. 요컨대 우리는 서로를 바라보았다. 그는 하던 일을 중단하였고 나는 여전히 엉거주춤한 자세로 방안을 들여다보았다. 우리는 좀처럼 각자로부터 헤어나지 못하였다. 그리고 그것이 오래 지속될수록 나는 도망갈 생각을, 그는 일을 계속할 생각을 않게 되었다. 그는 끌을 든 채로, 나는 손을 창문에 댄 채로 서로를 응시하였다.

그러나, 마침내 그가 눈짓을 하였다. 어리벙벙한 표정이었다. 역정이 더 이상 얼굴에 보이지 않았다. 그는 자기 쪽으로 들어오라는 사인을 보냈다. 오두막의 문을 들어서니, 그는 사무용 책상 앞에서 나를 기다리고 있었다. 마루 위에는 끌과 끈으로 묶은 서류가방 하나가 놓여 있었다. 내가 그의 죄의식을 불러일으키기라도 했던지 그는 곧 투덜거리기 시작하였다. 「잘도 내 뒤를 따라왔군. 왜지? 왜 내 뒤를 밟았지? 누가 시켰지? 무슨 목적이지?」

그의 뒤를 미행하게 한 사람이 나의 아버지라고 말했다면, 그는 아주 흡족했었으리라. 누가 시킨 일 없이 나 혼자 따라왔다는 얘기를 부스베크 박사는 전혀 믿으려 하지 않았다. 「도대체 뭘 바란 거지?」 그는 물었다. 「뭘 알고 싶었냔 말이야?」 끈이 묶인 서류가방을 바라보며, 나는 어깨를 으쓱하였다. 그는 내 시선을 따라왔다. 그리고 잠시 침묵을 지켰다. 「왜냔 말이야?」 그가 재차 문자, 나는, 「몰라요, 나도 정말 모르겠어요」 그는 이미 침착성을 잃고 있었다. 어찌 할 바를 모르는 것 같았다. 언제나처럼 당황해하면서, 마치 도움을 필요로 하는 사람 같은 인상을 주었다. 두 손을 모아 빳빳한 소맷부리 속에 집어넣고는 걱정스런 표정으로 널따란 창문을 통해 해안을 내려다보았고, 출입문을 통해 모래언덕 쪽을 살펴보았다.

「이걸 숨길 건가요?」 나는 물으면서 서류가방을 집어들었다. 그와 같은 사람이 흔히 그렇듯이, 그는 험악한 얼굴로 가방을 낚아채 갔다. 그러나, 곧 그의 격했던 행동을 미안하게 생각하는 것 같았다. 「「구름을 만드는 사람」인가요?」 내가 말하자 그는 손을 저어 말을 가로막았다. 그는 알고 있었다. 화가가 그림을 내게 맡겼으며, 자동차가 떠나기 무섭게 내가 그것을 디테에게 주었다는 사실을. 그는 우리에 관한 모든 것을 알고 있었다. 많은 것을, 심지어는 우리보다 일찍. 어쨌든 그는 가방 숨길 곳을 찾고 있었다. 후줌에서 돌아오는 즉시 막스 루드비히 난젠 자신이 부스베크에게 그림을 부탁한 것이었다. 아니, 그것은 정확한 설명이 못 된다. 그날 아침 집으로 돌아온 화가는 ——축 늘어지고 심란한 게 아무와도 이야기하고 싶지 않다는 표정으로—— 디테에게만 말없는 인사를 보낸 후, 그의 방에 틀어박힌 채로 몇 시간을 흘려보냈다. 다시 나왔을 때도 후줌에서 일어난 일에 대해서는 일언반구도 입을 열지 않았다. 물어보는 말에도 그저 머리를 흔들어댈 뿐이었다. 무슨 말도 해서는 안된다는 다짐을 받은 모양이었다. 그는 지금까지 블레켄바르프에 숨겨두었던 그림을 가져와 부스베크에게 주었다. 안전한 곳에, 아주 안전한 곳에 감추어달라는 것이었다. 여기, 오두막에

다 말이다. 그것을 나는 알고 있었다. 그 밖에도, 가방에 들어 있는 것이 화가가 갖고 있는 것 중 가장 귀중한 것이라는 사실도 알고 있었다. 화가 자신이 그 비슷한 말을 한 일이 있었기 때문이었다. 하지만, 오두막의 어느 곳에 감출 것인가, 그리고 어떻게?

부스베크 박사는 기름종이를 찾기 시작하였다. 장 속, 장 밑, 장 뒤를 뒤졌다. 나도 합세하였다. 그러나, 기름종이를 찾는 동안 그가 줄곧 나를 관찰하고 있음을 알아차렸다. 나를 어떻게 처리할까 묘책이 떠오르지 않아 그저 잠시 동안 찾는 동작을 계속하고 있을 뿐이었다. 기름종이는 아무데도 없었다. 누군가가 가져갔거나 혹은 바다 위에 버려져 떠다니고 있거나 아니면 화가 자신이 사용해 버렸는지도 모를 일이었다. 어쨌든 가방과 그것의 내용물을 보호할 기름종이는 그곳에 없었다——부스베크는 이 사실을 실망하기보다는 안심하는 표정으로 확인하였다. 「없어진 모양이군」하고 그는 말하였다. 「이제 별수없겠는 걸. 기름종이에 싸지 않고 가방을 마루 밑에 넣어둘 수는 없잖겠니? 게다가 여기가 반드시 좋은 장소라고만 할 수도 없겠고」

자문자답하면서 그는 들쳐낸 마루청을 다시 아래로 눌러댔다. 그 다음, 우리는 함께 널판자 위로 뛰어올랐다. 밟고 구르며 마루를 단단히 고정시켰다. 이윽고 부스베크 박사는 끌을 가지고 헐거워진 못을 다시 때려 박았다. 축축한 모래가 희끄무레 빛나던 구멍, 그 은닉처가 다시 폐쇄되었다. 「화첩을 다시 갖고 갈 건가요?」 내가 물었다. 「그래, 갖고 가야겠다. 여기엔 기름종이가 없으니 말이다. 그리고, 도대체 여기는 안심할 만한 장소가 못 돼」 나는 가방 속의 그림을 보여달라고 졸랐다. 그는 거절하였다. 내가 가방의 끈을 풀려 하자 그는 완강히 손을 내

저었다. 「새로운 그림인가요?」 내가 물었다. 「보이지 않는 그림
들이다」 그의 대답이었다.

나는 애걸하기 시작하였다. 단 한번만, 단 한 장의 그림만이
라도 아주 잠깐 동안 보여준다면, 내가 그 가방을 블레켄바르
프까지 들고 가겠노라 제안하였다——하지만 그는 승낙하지 않
았다. 그는 말하였다. 「이걸 보아도 넌 아무것도 이해하지 못할
게다. 이건 보이지 않는 그림들이거든」 하지만, 그것들을 손에
잡을 수 있지 않았던가? 물론, 잡을 수 있었다. 운반할 수 있지
않았던가? 물론, 운반할 수도 있었다. 걸어놓을 수도? 물론. 그
렇다면 왜 보이지 않는 그림이라고 부르는 것이었을까? 부스베
크 박사는 오두막 안을 둘러보며 확인한 후에, 가방을 겨드랑
밑에 끼었다. 「왜죠?」 내가 말하였다. 「그게 보이지 않는 그림
들이라면, 기름종이에 싸서 마루 밑에 넣어둘 필요가 없을 텐
데요. 그게 보이질 않는다면 그걸 알아볼 사람은 아무도 없을
게 아녜요. 보이지 않는 건 안전한 것이니까요」 「그렇게 생각한
다면, 당연히 네 말이 옳다」 뇌까리듯 말하면서, 그는 나를 외
면하였다. 어느새 문간에 가 있었나 생각했는데 갑자기 걸음을
멈추더니 몸을 돌렸다. 그리고 말을 계속하였다. 「이 그림에서
전혀 아무것도 보이지 않는다, 고 생각해서는 안 된다. 조그만
표시, 암시, 윤곽 따위들——화살표 같은 거 말이야——은 알
아볼 수가 있단다. 하지만 가장 중요한 것, 가장 핵심이 되는
것은 보이지 않는 거야. 있기는 하되 보이질 않는단 말이다. 네
가 내 말을 이해할 수 있을지 모르겠다. 어느 날엔가, 그것이
언제일진 나도 모르겠다만, 지금과는 다른 시대에 모든 것이
보여질 게다. 그러니 지금은 더 이상 묻지도 말하지도 말고, 어
서 집으로 가거라」 「아저씨는요?」 「나도 집에 가겠다」 헤어질

때, 그는 시종 내게 미소를 보냈다. 그러고 나서 가방을 옆구리에 꼭 끼고는 오두막을 떠났다. 나는 잠시 그의 뒷모습을 바라보았다. 허리를 구부리고 처음에는 머뭇머뭇 종국엔 서둘러서 그는 열심히 비탈진 모래언덕을 향해 나아갔다.

멀리 모래톱 쪽에서는 쏴아쏴아 하는 소리가 들려왔다. 밀물이었다. 수로가 패어 있는 사주(砂洲)들을 넘어 하얀 물거품이 밀려오고 있었다. 혀를 날름거리며 평평한 모래톱 위로 돌진하여 웅덩이와 도랑들을 채워버렸다. 해초와 조가비들을 떠올렸으며, 나무토막들을 떠다니게 하였고, 물새들의 발자국과 우리의 흔적을 지워버렸다. 기세도 당당히 북해의 해안까지 밀려와서는 점토빛 육지를 재빨리 에워싸 버렸고 이내 반도에까지 다다르고 있었다.

조가비들은 보이지 않았다. 힐케가 원했던 조가비들을 줍기엔 이제 너무 늦은 것이다. 내가 오두막을 떠났을 때, 부스베크 박사의 모습은 이미 보이지 않았다. 나는 반도를 가로질렀다. 밀려오는 파도의 모양대로 비스듬히 해안을 따라갔다. 단단한 모래밭을 넘어 물거품을 물고 파도가 덤벼들 때면, 얼른 몸을 피하기도 하였다. 해변. 바다. 빨간 모자를 쓴 쾌등부표. 오르막길. 제방과 다시 내리막길. 벽돌길과 수문을 지나면, 색이 바랜 기둥 위에 매달린 간판 〈루크빌 파출소〉. 수년 간 은신처로 사용했던 바퀴 없는 손수레는, 오늘따라 더욱 깊이 땅 밑으로 가라앉아 보였다. 위로 향한 손잡이는 썩어 있었고, 짐 싣는 바닥의 한가운데는 널빤지 하나가 쪼개져 길쯤한 틈을 드러내 보이고 있었다. 손수레와 헛간을 지났다. 그리고, 돌층계의 발치에서 나는 멈추었다. 아니, 멈추어 설 수밖에 없었다. 나의 위편, 문간에, 누군가를 기다리는 자세로, 원근법의 효과 때문에 적어도 7미터 50센티쯤으로 확대되어──손수레에 클라스를 데려왔을 때와 꼭 마찬가지로──나의 아버지가 서 있었기 때문이었다. 말하자면, 그는 철벽 같이 가로막고 있었다. 꼼짝 않고 나를 내려다보고 있는 동안, 비켜서지도 손을 내뻗지도 깡마른 얼굴을 단 한번 찌푸리지도 않고 있는 동안, 그는 점점 더 높이 자라는 것 같았으며, 너무도 위협적이어서 고개를 들고 그를 쳐다볼 엄두도 나지 않았다. 나는 시선을 아래로 떨구고, 젖어서 하얗게 된 장화코와 모래가 섞인 점토로 더럽혀진 각반을 내려다보았다. 장화의 구멍을 연결한 끈은 가지런하고 깨끗하였다. 그는 마주 보고 있음으로 해서 생겨나는 기대의 설레임을 만끽하고 있었다. 이 돌발적인 불안과 서서히 피어나는 조바심을 말이다. 이럴 땐 제아무리 묘안을 짜보아도 소용이 없었다.

이번엔 그가 무슨 냄새를 맡았을까? 내가 무엇을 자백해야 한단 말인가? 그의 장화를 응시하고 있는 동안 침묵이 나를 짓눌러왔으며, 나를 다루기 쉬울 만큼 오그라들게 하였다. 내가 5페니히짜리 동전 크기만하게 오그라들자 문간에 섰던 장화가 움직였다. 두 짝의 장화가 서로 접근하더니 45도 각도로 회전을 하였다. 그것은 혹처럼 우스꽝스러운 옆모양을 보였다. 아버지의 얼굴도 옆모습만 보였다. 오른쪽 문설주에 등을 향하고 그는 서 있었다. 즉 길을 비켜주었을 뿐 아니라 집안으로 들어오라는 제스처를 하였다. 그의 곁을 지나 나는 안으로 들어갔다. 그가 몸을 돌리는 소리를 듣고 나는 현관에서 걸음을 멈추었다. 「사무실로 들어가」 그가 명령하였다. 앞장을 서서 나는 비좁은 사무실 안으로 들어갔다. 자, 이제 대화가 시작되는구나.

처음에 그는 내 얼굴을 읽어내는 것부터 시작하였다. 전에 말한 바 있는 시선으로 나를 꼼짝 못하게 붙잡아놓기는 했지만, 얼굴 읽기만으로는 충분치가 못한 모양이었다. 등을 창 쪽으로 향하고 앉더니 단도직입적으로 말하였다.「얘기해」이런 식의 명령에 어떤 대답을 할 수 있단 말인가?「얘기해라」그가 말하였다.「어서 얘기해. 난 아직 아무것도 듣지 못했다」어떤 특정 사실을 가리키는 것이 분명했다. 하지만 무엇일까?「얘기하라니까! 그렇게 시치미를 떼지 말고」요컨대 자백하라는 것이었다. 얘기한다는 것이 그에겐 자백한다는 것이니까.「넌 더 많은 것을 알고 있어」아버지가 말하였다.「나에게 말할 게 더 있을 테지. 우린 약속을 했었지? 우리 둘이서 말이야. 서로 협력하자고 하지 않았었니? 자, 무슨 일이 있었지?」

그는 일어섰다. 뒷짐을 지고 천천히 나에게 다가왔다. 무슨 일이 일어날지 짐작할 만하였다. 그러나 그는 때리기를 망설였다. 의아심이 들도록 오랫동안 뜸을 들였다.「넌 늘 그쪽에 가 있었지」하고 그는 말하였다.「종일 블레켄바르프에서 어정거리지 않느냐 말이야. 그곳에서 일어난 일은 하나도 빠뜨리지 않고 다 보았겠지. 자, 얘기해라!」너무도 집요하게 추궁해 오는 바람에 나는 입을 열었다.「블레켄바르프에선 고명과자를 먹었어요. 부스베크 박사는 양지 쪽에 앉아 책을 읽었구요. 유타와 전, 아빠도 아시죠? 그 헛간에 있는 낡은 마차 속에 기어 들어갔었어요. 욥스트가 마부석에 앉아 있었는데 너무 요란을 떨다가 채찍 하나를 부러뜨렸어요」

기억에 떠오르는 모든 것, 별 필요도 없는 일들을 그에게 제공하였다. 외팔이 집배원 브로더젠이 거기서 차를 한잔 대접받았다는 것, 디테는 식사 후 낮잠을 잤다는 것, 우리는 연못 속의 오리들을 도랑까지 쫓아버렸다는 것 등. 이 하잘것없는 이야기를 어쩌면 그리도 참을성 있게 들어줄 수 있었던지! 그러더니, 갑자기 아버지가 입을 열었다. 「잊은 것이 없니?」「비가 왔었다는 것 말인가요?」「그 부스베크란 작자 말이야」하고 그가 말하였다. 「무언가를 가지고 가는 것 같았는데. 그게 화첩 같아 보이더란 말이야. 집에서 나와 네가 있는 반도 쪽으로 갔었지? 네 눈이 얼굴에 박혀 있다면, 네가 그를 보지 못했을 리가 없겠지」「아 그랬어요」하고 내가 말했다. 「그가 모래언덕을 넘어왔어요. 꽤 서두르던데요. 오두막으로 가려는가보다 했더니, 정말 그 속으로 들어가던데요. 그 속에다 무얼 감추려 했나 봐요」「그렇게 생각하니?」그가 물었다. 「그는 상당히 오랫동안 오두막 속에 머물러 있었어요」내가 말하였다. 「아마 마룻장 밑에 무언갈 감추었을지도 몰라요」「마루 밑이라고?」「그곳에 숨길 데라곤 마루 밑밖에 더 있겠어요?」아버지는 잠시 입을 다물었다. 그리고 말하였다. 「금지라는 게 그에겐 아무런 의미도 없는 모양이지. 그동안 계속 그림을 그려왔으니 말이야. 몰래. 하지만, 이번엔 그를 붙잡고 말겠어. 그리는 현장에서 덜미를 잡고 말겠어. 그가 그려논 것을 찾아내거나. 이젠 아무도 그를 도와주지 못할걸. 금지령이라는 게 모든 사람에게 적용된다는 것을 보여주겠어. 그에게도. 이게 나의 의무야. 오두막의 마룻장 밑이라고 했겠다?」「아마 그럴 거예요」내가 말하였다. 「숨길 데는 거기뿐이니까요」아버지는 일어섰다. 내 곁을 지나 창 쪽으로 걸어갔다. 내 등뒤에서 무엇을 하고 있는지 나는 미루어 짐작할 수 있었다. 칼을 가지고 가죽 각반에 묻어 있는 진흙을 긁어내는 소리가 들렸다. 나는 감히 뒤를 돌아다볼 수가 없었다. 그대로 서서 뒤편에서 들려오는 소리에 귀를 기울일 뿐이었다. 그때, 또 하나의 더 시끄러운 소리가 부엌으로부터 울려 나왔다. 어머니가 라디오를 켠 것이었다.

골함석 너머로 우선 들려온 소리는 메뚜기떼가 날아가는 소리였다. 다음 구슬픈 개 울음소리와 휘파람 소리. 사이클을 조정하자, 하나의 음성이 울려 나왔다. 명랑하다고까지 할 수 있는 또렷한 목소리가 온 방안에 울려 퍼졌다. 이탈리아가 우리에게 선전포고를 했다는 내용이었다. 왕실의 허수아비인 빅토르 엠마누엘과 바도글리오라는 고위층의 졸장부 하나가 그런 결정을 내리게 되었다는 것이었다. 「그러나 우리는 걱정하지 않을 것입니다」 하고 그 목소리는 말하였다. 「동맹국의 변심에 대해 우리는 실망해서는 안 됩니다. 왜냐하면, 이제야 비로소 우리의 힘만으로 일어설 때가 왔으며, 그 힘을 세계에 보여줄 때가 왔기 때문입니다. 믿을 수 없는 동맹 관계를 청산해 버리고 이제야 비로소 우리의 내재된 저력을 떨칠 때가 왔기 때문입니다」 안심해도 좋다는 목소리였다. 확신을 말하고 있었다. 어쨌거나 안전에 관하여 그 목소리는 말하고 있었다.

「그렇다면, 이탈리아가」 아버지가 말하였다. 나는 몸을 돌렸다. 그는 창가에 서서 이탄의 늪을 내다보고 있었다. 「일차대전 때도 그러더니 이번에 또. 이탈리아 놈들은 늘 그 모양이라니까. 타란텔라[11]와 머리에 바르는 포마드를 빼면 아무것도 없는 놈들이야, 그걸 진작 알았어야지」

그는 잔뜩 격앙되어 있었다. 두 주먹은 불끈 쥐어져 있었고, 엉덩이가 팽팽히 긴장되어 있었다. 갑자기 그는 몸을 돌렸다. 나를 거들떠보지도 않고 낭하로 나갔다. 제복을 입고, 요대와 권총을 둘러 참으로써 완전한 파출소장의 모습을 갖추었다. 다음, 부엌을 향해 소리쳤다. 「다녀올께, 여보」 언제 식사를 하

---

11) 남부 이탈리아의 템포가 빠른 민속무용.

겠느냐는 어머니의 질문이 있었던 때문인지 계속해서, 「나중에, 나중에 다 함께 합시다」 헛간에서 자전거를 꺼내 벽돌길까지 끌고 가 거기서 껑충 올라탄 다음, 열심히 제방 쪽을 향해 페달을 밟아갔다. 라디오에선 행진곡이 울려 나왔다. 〈나가자, 나가자, 오로지 앞으로....〉

나도 배가 고프지 않았다. 아버지처럼 나중에 식사를 하고 싶었다. 낡은 풍찻간에서 우선 해야 될 일이 있었기 때문이었다. 그러나 내가 현관으로 가기가 무섭게 외치는 소리가 들려왔다. 「식사다, 지기야, 얼른 오너라」

식탁에는 당연히 생선이 또 올라 있었다. 잡탕찌개에 강낭콩과 배, 그리고 감자가 곁들여 있었고 육류 대신 비계를 넣은 순대가 있었다. 어머니와 나는 말없이 마주 앉았다. 힐케는 아직 집에 돌아오지 않았다. 감자나 배를 씹으면서 어머니는 생각에 잠긴 눈빛으로 나를 건너다보았다. 단 한번도 불어서 식히는 법도 없이 그녀는 뜨거운 음식을 잘도 먹었다. 별 식욕도 없는 듯이, 그러나 소처럼 동그란 눈을 하고 천천히 씹어 삼켰다. 강낭콩 하나를 포크에 찍어 들고는 어찌나 오래 바라보고 있었던지 이게 혹시 아주 나쁜 음식이 아닌가 걱정이 될 정도였다. 적어도 그 못마땅한 관찰 후에 그녀가 강낭콩을 다시 접시 위에 내려놓거나 아니면 개숫대에 내던지지나 않을까, 기다려지기까지 하였다. 그러나 그녀의 기다란 이빨이 강낭콩을 뽑아내어 씹는다기보다는 혓바닥으로 으깬 다음, 푸르뎅뎅하게 된 죽을 표정도 없이 삼켜버렸다. 식사중에 무슨 얘기라도 꺼낼라치면 그녀는 사뭇 위압적으로 접시를 가리켰다. 「네 몫이 거기 있지 않니? 이야기하지 말고 어서 먹어라!」 너무 빨리 먹으면 웬 소나기밥을 먹느냐고 나무랐고, 식욕이 없어 먹는 둥 마는 둥 하고 있으면 또 그런다고 으름장을 놓았다.

그녀보다 훨씬 일찍 식사를 끝냈지만, 나를 가도록 내버려두지 않았다. 그대로 앉아 있다가 식탁을 치우도록 명령하였다. 사용한 접시는 설거지통에, 음식이 남아 있는 접시는 보온통에 넣도록 하였다. 내가 식탁을 닦아내고 있는 동안 그녀는 냉담한 태도로 앉아서 이따금 이를 갈고 있었다. 하지만, 나는 나의 울분을 연장시키고 싶지 않다. 이제 와서 새삼 그녀의 뒷모습——꼼꼼히 손질된 머리 모습, 주근깨투성이의 기다란 목, 억세 보이는 허리통 따위——이나 묘사할 생각은 없다. 오히려 그 늙은 멧닭, 즉 제방 감독관 불트요한을 등장시키는 것이 나을 성싶다. 내가 확인한 바에 의하면, 그는 동시에 세 개의 당원 휘장을 달고 다녔다. 셔츠와 상의, 그리고 외투 위에. 방안에 들어와서야 노크를 하는 버릇이 있었으며, 아홉이나 되는 자기 아이들의 이름을 늘 혼동했기 때문에 나까지도 매번 다른 이름으로 부르곤 하였다. 나는 힌리히나 베르톨드나 헤르만, 그리고 때론 작은 아스무스가 되기도 하였다. 하지만 그가 내 저금통에 안부를 전하는 한, 나에겐 아무래도 좋았다. 인사를 할 때마다 그는 10페니히짜리 동전을 하나씩 주면서 이렇게 말했기 때문이었다. 「네 저금통에 안부 전해 주렴」

이번엔 나를 요셉이라고 불렀다. 동전을 주면서 그는 내 설거지에 대하여 칭찬을 보냈다. 걸상 앞으로 뒤뚱뒤뚱 걸어갔지만, 앉지는 않았다. 그의 몸집에 비해 너무 작은 걸상이 엉덩이의 반쯤밖에 걸칠 수 없는 여유를 제공하고 있었기 때문이었다. 어머니의 손을 쓰다듬듯 잡은 다음, 가쁜 호흡으로 폐 속에 밀려 들어온 공기를 내보내고 있었다. 그러나 설거지통과 식탁과 찬장 사이를 바삐 오가는 나에게 눈인사를 잊지 않았다.

생각해 보건대, 어머니는 찾아온 사람이 누구든 방문의 이유를 묻는 적이 없었다. 불트요한이 어머니를 만나러 온 것이 아니라는 사실은 집안을 기웃거리는 그의 거동을 보고 이내 알 수 있었다. 마침내 그가 물었다. 「옌스 그 사람 있습니까?」 어머니가 머리를 가로젓자, 제방 감독관은 육중한 상체를 식탁 위로 구부리며 말했다. 「그가 고발을 좀 해줘야겠어요. 옌스가 말예요」 제딴엔 속삭이고 있다고 생각했겠지만 내가 있는 식당 안까지 그의 목소리는 또렷이 들려왔다.

무언가 전해 주어야 할 일을 목격하였기에 그는 우리집에 들른 것이었다. 즉 점심 때 〈바트블리크〉에서 생긴 일을 일러주려 하였다. 「술집 안은 텅 비어 있더군요, 구드룬. 난 창가에 앉아 한참 동안 기다렸지요. 알겠어요? 그저 아무 생각 없이 힌레크가 오기만을 기다렸어요. 하지만, 좀처럼 나타나질 않겠지요…… 그래, 일어나 왔다갔다하면서 두세 번 불러보기도 했지요. 혼자서야 어디 술맛이 나야 말이지. 알겠어요, 구드룬? 사람들이 쉽게 나타날 것 같지가 않더군요. 어떻게 하면 내가 왔다는 걸 알릴 수 있을까 생각했죠? 바트블리크의 카운터 옆에 라디오 한 대가 있는 걸 알지요, 구드룬? 그걸 틀었지요. 잠시 시간이 지나자 불쑥 런던 방송이 튀어나오지 뭡니까? 먼저 맞춰놓고 듣던 주파수를 그대로 놔두었던 겁니다. 알겠어요? 런던이에요」

제방 감독관 불트요한은 어머니의 눈치를 살폈다. 그가 발견한 것을 예까지 와서 신고해 주었다는 것을 그녀의 얼굴이 인정해 주기를 바라는 눈치였다. 그러나 그가 기대한 일은 일어나지 않았다. 어머니는 일언반구 말이 없었다. 그에게 시선을 돌리지도 않았다. 식탁에 앉은 채 멍한 눈은 창 밖의 가을을 더듬고 있었다. 불트요한은 어떻게 하면 이 여인의 관심을 끌 수 있을까 전전긍긍하고 있었다. 여전히 가쁜 숨을 몰아쉬는 이 멧닭 같은 사내가 열심히 어머니의 손을 매만지며 보다 더 절실하고 간략한 표현을 반복하고 있는 꼴이라니! 「바트블리크에서 말이오, 구드룬. 알겠어요? 옌스의 관심이 클 거요. 그 작자들이 직의 빙송을 듣고 있었단 말이오. 힌레크가 말이오. 증거가 있어요」

어머니는 움직이지 않았다. 말을 끝까지 하도록 내버려두고 있었다. 이윽고 그녀는 명상에서 깨어나 머리카락의 매듭을 매만졌다. 그러곤, 갑자기 내 쪽을 향해 명령하였다. 「네 방으로 가거라, 지기야. 어서. 이제 잘 시간이다」 식당을 나온 나는 머뭇거리며 개숫대로 다가가 행주를 짜려고 하였다. 그러나 그녀가 그것을 허락지 않았다. 조급한 목소리가 울려왔다. 「나가라니까. 네 일은 끝났단 말이야」 나는 반항과 비난이 섞인 몸짓으로 음식 찌꺼기가 붙어 있는 행주를 수도꼭지에 걸어놓았다. 묵묵히 밤인사를 나누었다. 어머니와 불트요한에게. 부엌 문을 닫고 나오다가 현관의 옷장 곁에서 아버지의 망원경을 발견하였다. 깜박 잊었거나 아예 가져가질 않은 모양이었다. 망원경을 낚아채 가지고 내 방으로 올라갔다. 책상 위, 즉 나만이 알고 있는 대양 위에서는 별다른 일이 벌어지고 있지 않았다. 다만 세 척의 영국 순양함과 함께 라플라타 어구에 배치하였던 〈스페〉호의 종말이 이루어지고 있었다. 스페호는 사실 구조의 가능성이 없었다. 그냥 침몰하는 수밖에 없었다. 그것의 종말은 나의 연출에 의한 것이기 때문이었다. 나는 창가로 다가가 창턱에 걸터 앉았다. 땅거미가 막 지고 있었다.

우리 고장의 이 지리한 가을. 봄이 짧은 대신 가을은 마냥

길었다. 찌그러진 가죽케이스에서 망원경을 꺼내들고, 나는 어스름에 잠겨가는 가을 경치를 둥그런 렌즈 속에 아주 또렷이 끌어당겼다. 아래층 부엌에선 마음 놓고 얘기들이나 하라지! 글뤼제루프 오른쪽의 조그만 숲은 땅이 척박하여 더 이상 식물이 자라지 않았다. 갈색을 띤 마른 풀들만이 바람에 이리저리 흩날리고 있었다. 멀리 후줌 쪽의 목초지들은 아직 푸른색을 띠곤 있었지만, 어느새 한 줄기의 황갈색이 여기저기 끼어들고 있었다. 웅덩에서 납빛을 띠고 있는 도랑들. 계속해서 붉은 황토빛이 시야에 들어왔다. 산도 강도 없는 우리 고장. 눈앞에 펼쳐진 것은 청색, 황색, 갈색의 줄무늬가 수놓인 황량한 평지뿐이었다. 나란히 선 오리나무들은, 바람이 곧잘 도랑으로 떨구어버리는 까만 열매들을 달고 있었다. 모든 것——땅, 나무, 조그만 정원들——이 갈색을 띠고 마치 오래 보관해 둔 물건처럼 말라붙어 있었다. 어스름 속에 조용히 서 있는 젖소들, 그들의 규칙적인 숨결. 몇몇은 벌써 밤의 냉기를 막고자 타르를 바른 방수포를 둘러 쓰고 있었다. 망원경을 움직이며 나는 수평선 쪽을 주욱 살펴갔다. 홀픔젠 영감이 사과를 따고 있었다. 층계사다리 위에 선 그의 몸이 위태롭게 흔들거렸다. 보이는 건 허리의 아랫부분뿐이었다. 아직도 잎의 무성한 수관 속에 그의 상체는 완전히 묻혀 있었다. 바트블리크의 깃대에는 깃발이 나부끼고 있었고, 이탄의 늪 위에선 커다란 물닭들이 코르크 조각처럼 떠다니고 있었다. 먹을 것이 많은 여름에 한껏 배를 채운 덕분에 이제는 공중으로 날 수가 없는 모양이었다. 다음, 나의 풍찻간. 내 아지트 위에서 망원경이 정지하였다. 슬레이트를 얹은 양파 모양의 지붕. 유리가 깨어져 나간 하얀 창문. 창유리 대신 끼워놓은 마분지가 눈에 띄었다. 이 마분지 뒤에서 클라스와 나는 가죽 외투들의 도착을 관찰했었지. 아래층 부엌에서 그들이 다투고 있었던가? 라디오였다. 어머니가 라디오를 켰던 것이다. 나는 내렸던 망원경을 다시 눈으로 가져갔다. 그곳, 풍차의 입구에서 나는 그들이 나오는 것을 발견하였다.

솔직히 말해서 처음에 나는, 화가가 그곳의 내 아지트, 즉 침대와 말 타는 그림들, 자물쇠와 열쇠, 그리고 「빨간 외투의 남자」를 발견한 것이 아닌가 생각하였다. 지붕 밑방에서 우연히 모든 것을 발견하고 누나와 함께 다시 한번 올라간 것이 아닌지? 그리하여 자신이 찾아낸 것을 감정하고, 헤아리고, 어안이 벙벙한 가운데서도 다소 불쾌한 기분이 아니었을지? 「빨간 외투를 입은 남자」가 들어 있는 등화관제용 커튼을 벽에서 떼어내 가지고 나온 것이나 아닐까? 그때 느꼈던 불안감이 아직도 생생히 되살아난다. 그러나 그는 팔에 아무것도 끼고 있지 않았고, 손역시 아무것도 들고 있지 않았다. 누나의 왼쪽 팔을 살며시 잡고, 화가는 앞으로 걸어가고 있었다. 그들이 풍찻간에서 찾아야 했던 것이 무엇일까? 묵묵히 이탄늪 쪽으로 내려갈 때, 힐케는 여전히 발을 약간 절뚝거리고 있었다. 갈림길에서 그들은 헤어졌다. 그들이 헤어지는 모습은 이러했다. 발걸음은 점점 더 느려졌으며, 몸은 점점 더 밀착되어 갔다. 걸음을 멈추었을 때, 그들은 잠시 어깨를 맞대고 서 있었다. 힐케의 두 손을 잡아 몇 번을 올렸다 내렸다 하였다. 그 리듬에 맞추어 무언가 간단한 말을 하는 모양이었는데, 짐작컨대 무슨 격려나 다짐의 말이었을 게다. 예를 들어 〈명심해 둬〉라든가 〈잘 해보자구〉 등등. 힐케는 얼굴을 수그리고 말이 없었다. 여하튼, 그녀는 자신의 손을 내맡겨 두는 무저항으로 그녀의 의사를 표명하고 있었다.

　화가는 잡았던 힐케의 손을 놓아주었다. 그러곤, 몸을 돌려 블레켄바르프 쪽으로 종종걸음질을 쳤다. 아니, 몸을 구부리고 바람결에 외투자락을 나부끼며 항해해 가고 있었다는 게 옳겠다. 힐케는? 그녀는 갑자기 뛰기 시작하였다. 발바닥의 상처도 잊은 듯 성큼성큼 뛰어갔다. 그러면서 몸을 돌려 자주 손을 흔들었지만, 아무 소용이 없었다. 화가가 한번도 뒤를 돌아다보지도, 손짓 한번 하지도 않았기 때문이었다. 힐케가 갑자기 걸음을 멈추었다. 곰곰 생각에 잠기더니——루크빌의 파출소장처럼——갑자기 몸을 돌려 풍찻간 쪽으로 절름절름 걸어갔다. 풍찻간 속으로 사라졌던 그녀는 잠시 후 바구니를 팔에 끼고 나타났다. 아무 일도 없었다는 듯 깡총거리며 곧장 루크빌을 향해 오고 있었다. 수문에 이르자 기계적으로 마지막 손짓을 하더니, 벽돌길 위로 성큼 뛰어올랐다. 이제야 그녀는 자신의 발에 상처가 있다는 것을 민감하게 느끼게 되었다.

　창가에 서 있는 나를 올려다보며, 그녀는 야단을 치는 듯한 몸짓을 하였다. 나는 그녀에게, 방문객이 부엌에 있다는 신호를 보냈다. 그런 것엔 관심이 없는 듯 그녀는 생글거리며 돌계단을 올라왔다. 머리카락을 뒤로 젖히면서 집안으로 들어섰다. 나는 재빨리 문간으로 다가가 귀를 바짝 기울였다. 힐케는 깔깔거리고 웃었다. 불트요한이 인사를 하면서 이 고장의 관습대로 그녀의 엉덩이를 두드렸던 모양이었다. 힐케는 찬장에서 접시를 꺼내지 않았다. 요컨대 식욕이 없었던 모양이었다. 그녀는 서둘러 부엌을 빠져나왔다.

　그녀가 올라오는 소리를 듣고 나는 날쌔게 책상 곁으로 돌아갔다. 지금 막 침몰 중인 구축함 스페호를 내려다보며 그녀가 나타나길 기다렸다. 「이겼니?」 그녀가 들어서면서 물었다. 나는 말하였다. 「가망이 없어」 상처에도 불구하고 그녀는 사뿐히 다가왔다. 한쪽 팔을 내 어깨에 두르고 라플라타 어구에서 벌어지는 전투를 내려다보았다. 집게손가락으로 나의 목덜미를 어루만지기까지 하였다. 이 녀석이 얼마만큼 알고 있으며, 얼마만큼 모르고 있을까 하고 생각하겠지. 만일을 위해 이 녀석에게 환심을 좀 사두사 하고 있을지도 몰랐다. 조개 껍질에 대해서는 아예 묻지도 않았다. 내 목을, 뒤통수를 어루만져주었고 어깨 위에 턱을 올려놓았다. 무언가 골똘히 생각하는 체하였지만, 실은 그게 아니었다. 무언가를 탐지하려는 듯 곁눈질을 하는 그녀의 눈이 거울에 비쳤기 때문이었다. 「내가 지금 무얼 하려는지 모르지?」 「무얼 하려는데?」 「담배!」 「담배?」 「가끔 생각이 난단 말이야. 피우고 나서 곧 환기를 시키면 엄마도 눈치채지 못할 거야」

어디서 구했는지 모르지만, 누나는 자그마한 사각의 담뱃갑에서 담배 한 개비를 꺼내, 아조렌 군도(群島)의 북쪽에 올려놓았다. 머리를 저으며 나는 담배를 그녀 쪽으로 밀어냈다. 하지만 힐케가 그것을 용납하지 않았다. 별수없이 담배를 입에 물었다. 문 쪽으로 다가가 아래층에 귀를 기울여본 다음, 힐케도 한 개비를 입에 물었다.

침대 위에 앉아 우리는 함께 담배를 피웠다. 처음엔 서둘러 빨아댔다. 푸르스름한 담배 연기보다 빠알갛게 타들어가는 불기둥을 열심히 바라보았다. 이윽고 우리는 서로의 얼굴에 연기를 뿜어대기 시작하였다. 물소와 양떼, 수관 등 우리의 입에서 나온 갖가지 모양의 연기들이 두둥실 떠돌다가는 흩어져 버리곤 하였다. 사슴들이 뛰어다녔으며, 부표들이 떠다녔으며, 양떼들이 상주하고 있었다. 사람의 얼굴도 생겨났다. 마음을 황홀

하게 해주는, 그러나 종잡을 수 없는 연기 얼굴이.

우리는 나무와 예인선들도 만들어냈다. 우리가 뿜어낸 연기 기둥을 충돌시킴으로써 항해 중인 돛단배를 만들어내기도 하였다. 침대 위에 앉아 담배를 피우는 이 재미라니!

우리는 기침을 하지 않았다. 다만 창문을 열고 양말짝을 휘둘러 환기를 시키자, 힐케가 화장실로 달려가 약간 토했을 뿐이었다. 곧 돌아온 그녀는 입언저리를 손등으로 문질러 길게 늘어진 침을 닦아냈다. 꽁초를 내던진 다음, 나는 창문을 닫았다. 그리고 히죽이 웃고 있는 누나를 보고 적잖이 놀랐다.

「왜, 왜 웃는 거지?」 내가 물었다. 「아, 지기」 하고 말했다. 「아빠 엄마가 어쩔 거라고 생각하니? 그 사실을 알아낸다면 말이야?」 「담배 피운 거?」 내가 물었다. 「아냐, 아무것도」 그녀가 말하였다. 「너 오늘 아무것도 보지 못했구나, 흐음, 아무것도 눈에 띄지 않았던 모양이지」 그녀는 내 침대 위에서 사지를 주욱 편 후 배를 깔고 엎드려, 그렇지 않아도 잠에 취한 몸집을 축 늘어뜨렸다. 서너 번 기분 좋은 심호흡을 하도록 내버려두었다. 그러나, 잠이 들 것만 같아 나는 물었다. 「풍찻간 말인데, 그 속에서 무얼 했지?」 처음엔 그녀가 알아듣지 못한 것 같았다. 조금 더 어조를 높여 물으려 하는데, 그녀의 등이 일순간 바르르 경련을 일으키고 있었다. 그녀는 펄쩍 뛰어올랐다. 몸을 숙이고 나를 향해 돌진해 왔다. 그녀의 얼굴엔 놀라움과 역정이 동시에 떠올랐다. 「그거 혼자만 알고 있어야 돼」 하고 그녀가 말하였다. 「창 밖으로 다 지켜보았구나, 너」 다시 조금 더 큰 소리로, 「아무 일도 아니야. 풍찻간에서는 아무 일도 없었어. 알겠니? 우린 그냥 보통 사람들이 만나듯이 그냥 거기서 만났을 뿐이야」 「위에서?」 하고 내가 물었다. 어리둥절하여 나를 바라보는 양을 보고 나는 안심을 하였다. 그리고 그녀를 진정시켰다.「걱정 마. 난 아무것도 보지 못했어」

안심이 된 듯 누나는 침대 위에 엎드렸다. 얼굴을 베개에 파묻고 매트리스를 통째로 껴안으려는 자세를 취하였다. 나는 조용히 서서 보다 더 자세히 그녀를 관찰하기 시작하였다. 자연색 그대로의 나무 뿌리를 윤내어 민든 묵직한 목걸이, 기이하게 패어들어간 어깨뼈, 꺼끌꺼끌 주름이 잡힌 팔꿈치 부근의 피부. 손에 관한 한 흠잡을 데가 없었다. 극히 정상적으로 보였다. 그러나 귓바퀴는 꽤 굴곡이 심했고, 척추도 유난스레 길어보였다. 나는, 브래지어가 어깨죽지를 갈라놓는 부분을 슬쩍 만져보았다. 척추뼈 하나하나를 헤아리고 피아노 건반처럼 두드려보고도 싶었지만, 더 이상의 시도는 하지 않았다. 문득 참을성이 많은 아코디언 연주자 아디가 떠올랐다.

조심스럽게 나는 누나를 옆으로 밀어냈다. 투덜거리기는 했지만 순순히 나의 요구에 응하였다. 따뜻해진 몸을 굴려 자리를 내주었다. 너무나 졸렸기 때문에, 모든 것이 너무 더디게 진행되는 것 같았다. 결국 내 침대인데 말이다.「안 비키면 내쫓아버릴 거야」라고 말하면서 나는 그녀의 곁에 드러누웠다. 뜻밖에도 현기증을 점점 심하게 느꼈다. 물소와 부표, 그리고 양떼들이 내 주위를 둥실둥실 떠다니고 있었다. 나는 힐케에게 바짝 달라붙었다. 양떼들을 때리려고, 손을 휘둘러댔다. 그때, 내 이름을 부르는 소리가 들렸다. 나지막한 음성으로, 아주 멀리 떨어진 곳에서, 누군가 내 이름을 부르고 있었다. 다시 또 한 번.「지기야, 내려오너라, 지기야」힐케가 벌떡 일어났다. 잠이 채 깨지 않은 것 같았다. 멍청히 웅크리고 앉아 머리칼로 얼굴을 뒤덮고 있는 품이 영락없이 자루 달린 대걸레 같았다.

「아빠야」 그녀가 말하였다. 「널 부르고 있어. 그가 돌아왔나봐」 동시에 아래층에서 부르는 소리가 들려왔다. 「빨리 오너라, 지기야」 이런 때 머무적거리다간 꽤나 흥분된 듯한 명령자를 자극하는 우를 범할 것이다. 나는 자리에서 일어났다. 그러나 힐케의 도움을 받고서야 몸의 균형을 되찾았다. 그녀가 나를 문까지, 그리고 다시 계단까지 데려다주었다. 다시 아버지의 음성이 들려왔다. 「내가 널 데리러 가야겠니, 지기야?」 그의 목소리엔 긴박감마저 깃들어 있었다. 그러나 역정의 기미는 느껴지지 않았다. 내가 대답하였다. 「지금 내려가고 있어요」 계단을 내려가, 나는 곧장 그의 앞으로 다가갔다. 입가에 가벼운 불만을 띠고 그는 나를 기다리고 서 있었다. 한손을 뻗어 나를 낚아채자마자 그의 성미에 어울리게 나를 비좁은 그의 사무실로 끌고 갔다. 무언가 공적인 일이 있는 성싶었다. 이제는 현기증을 견딜 수 있었다. 더 이상 아무것도 내 주위를 맴돌지 않았고, 빙글빙글 날아다니는 것도 없었다. 원하기만 한다면, 마루와 마루의 이음새를 따라서 곧바로 걸어갈 수도 있을 것 같았다. 아버지는 나에게 무엇을 원했던 것일까?

아버지는 나를 사무용 책상 쪽으로 잡아당기고, 놀랍게도 오랫동안 찬찬히 나를 바라보았다. 그뿐이 아니었다. 마땅히 그래야 한다는 듯, 내 어깨를 툭툭 두드렸다. 나는 놀랐다. 「잘했어, 지기, 정말 잘했어」라고 말했을 땐, 거의 안절부절못하는 상태에 이르렀다. 등뒤에 들러붙은 게들을 떨쳐버리려고나 하듯이, 나는 불같이 일어나는 의혹을 떨치려 바둥거렸다. 도저히 그의 앞에 침착하게 서 있을 수가 없었다. 허리에 손을 올려 이룬 삼각형 사이로 아버지의 책상 위를 볼 수 있었다. 나는 그것을 보려고 몸을 틀었고 허리를 구부렸다. 「정말 잘해냈어!」

아버지가 말하였다. 나는 재빨리, 그러나 걱정스런 목소리로 물었다. 「뭐가요? 뭘 잘했다는 거예요?」 창가로 한걸음 다가서며 그는 시선을 사무용 책상 위로 던졌다. 그리고 손가락으로 가리켰다. 「보고 있니?」 물론 나는 보고 있었다. 기름기가 번들거리는 암록색 기름종이에 싸여 있는 것이 무엇인지 언급이 필요없었다. 「오두막에 있었다」 그가 말하였다. 「네가 말한 대로 마룻장 밑에 말이야」

나는 책상 곁으로 가서 기름종이를 어루만져 보았다. 차갑고 매끄러웠다. 두 손으로 화첩을 들고 장난삼아 무게를 어림해 보았다. 「끌로 마루청을 들어냈지. 마침 끌이 거기 있더구나」「아무도 없었나요, 거기에?」「아무도 없더라」「부스베크 박사두요?」「부스베크도 없던데」「감춘 곳은 금방 만들어논 것 같던가요?」「금방 만들어논 곳이라니, 그게 무슨 뜻이지? 여하튼 둥우리 안에 새가 들어 있었지. 그게 중요한 사실 아니겠니?」 화첩을 빼앗아 사무용 책상 위에 올려놓고, 나에게 풀어볼 것을 명령하였다. 나는 망설였다. 「시작해」 그가 말했다. 「나를 잘 도와주었으니 네 손으로 풀어보아도 좋다」 그는 벌써 검정색 뿔장식이 달린 나이프를 펴서 나에게 내밀었다. 끈에 나이프를 갖다대고 밀치자, 뚝 소리를 내면서 끊어져 나갔다. 「자, 이젠 기름종이를 펼쳐라」 아버지가 말하였다. 「예쁜 기름종이를 말이야」

나는 차근차근 기름종이를 펼쳐 화첩을 꺼냈다. 〈보이지 않는 그림〉이란 글자가 씌어 있었다. 「어서 열어봐라」 아버지가 말하였다. 「그가 해놓은 것이 무엇인지 어디 한번 보자꾸나」 그는 파이프 담배에 불을 붙였다. 한쪽 발을 의자 위에 올려놓고, 팔꿈치를 무릎 위에 갖다댔다. 요컨대, 파출소장은 그림을 감상하기 위해 정식으로 편안한 자세를 취하였다. 나는 오두막에서 부스베크 박사를 만났던 일과 〈보이지 않는 그림〉에 대한 그의 설명을 생각해 보았다. 〈핵심이 되는 것은 보이지 않는다〉라고 그는 말했었다. 그러나, 도대체 핵심이 되는 것이 무엇일까? 「자, 어서」 하고 아버지가 말하였다. 「이제, 펼쳐보아라」

「보이지 않는 그림」을 어떻게 묘사하면 좋을까? 막스 루드비히 난젠은 이 그림들에 대해 이렇게 말했었다. 이것은 시대를 초월해서 전달해야 하는 모든 것을 담고 있으며, 또한 자신이 평생을 두고 체험해 온 모든 고백적 기록이 담겨져 있노라고. 이것들이 결국 그에게 무슨 고통을 가져다주었던가? 어떻게 감금 상태와 곤궁 속에서 그것들을 그려냈던가? 어떻게 우리는 다시 재생시켜 보아야 할 것인가? 이 보이지 않는 그림들을 말이다. 눈에 보이는 그림들에 있어서는 이미 선의만으로는 부족하다. 그의 두 눈은 탐색할 만한 것을 탐색했으며, 그의 손은 생략할 것은 생략하였다. 그리고, 이 모든 것으로 무언가를 나타내고 있었다고 나는 생각한다.

아버지는 발을 동동 굴렀다. 「빨리 하라니까!」 재촉하다 못해 주먹으로 나를 때리기까지 하였고, 입맛을 쩍쩍 다셨다. 「빨리 하라구」 그가 만드는 리듬에 따라 나는 한장씩 한장씩 종이를 들어냈고, 그의 정확한 손짓에 따라 한장씩 한장씩 넘겼다. 무엇이 그로 하여금 숨돌릴 여유조차 주지 않는 건지 알 수 없었다. 언급했던 대로 가장 필요한 것만이 그려져 있었는데, 내 보기에 원래 그림의 7분의 1도 그려놓지 않은 것 같았다──그 나머지, 그건 물론 감상자가 유추해 내야 할 일이었다. 그 중요하기 짝이 없는 나머지가 눈에 보이지 않는 것이다. 무언가 아버지는 찾아낸 것일까? 은폐되어 있는 것을 찾아내 그 표시나 암시──부스베크의 말마따나 화살 표시 같은 것──만으로도

법으로 옭아묶기에 충분했을까? 어쩌면 그 빈 여백을 채우는 데 그의 천리안이 도움이 되었을까? 그러한 생략 따위론 그의 눈을 벗어날 수가 없었을까? 나는 그저 눈에 들어오는 것만을 보았고, 또 그러려고 하였다. 그건 예나 지금이나 마찬가지이다.

기선의 외륜(外輪)을 나는 보았다. 쏴아쏴아 소리를 내면서 소용돌이치는 물보라를 보았고, 수평선과 하늘이 맞닿아버린 검은 해류를 보았다. 자, 과감히 찾아내 보시지, 보이지 않는 게 무엇인지를. 다른 종이가 보여주고 있는 것은 한 노인의 눈이었다. 다정함이나 대답을 해주려는 호의 따위는 보이지 않는 눈, 화합이란 것이 있을 수 없는 분노에 차서 상대방을 노려보는 눈이었다. 그러나 이 보이지 않는 적수는 모든 것을 보여줄 수 있을 것도 같았다. 친절만을 제외하고는. 다음, 반쯤만 형체를 알 수 있는 해바라기. 추욱 늘어진 흙빛의 꽃판, 잎새 하나 없이 구부러진 줄기, 바람에 불려 흩어졌으나 아직도 반짝거리는 노오란 꽃잎들. 만일, 화가가 6분의 5를 여백으로 남겨놓지 않았다면 「가을」, 혹은 「황혼녘」이란 제목을 쉽게 붙일 수 있을 것 같았다. 다음, 나무. 아니 나무라기보다, 접목 후에 껍질이 벗겨진 줄기. 경고하는 듯한 빛이 이 부분에 떨어지고 있었다. 여러 가지 갈색 중에서 이건 말할 것도 없이 억압당하고 있음을 말하는 색조였다.

아버지는 이제 서두르지 않았으며 나를 재촉하지도 않았다. 그는 말이 없었다. 보이지 않는 그림에 대한 느낌을 짐작케 해주는 몸짓이나 얼굴 표정 한번 지어보이지 않았다. 다음 그림은 무늬가 많이 새겨져 있는 북독일의 등받이의자였는데, 별표보다는 십자부호들, 올찬 장미꽃, 부러진 반원형 고리들, 그리고 박공 같은 모양들로 그려져 있었다. 이런 것들이 둥그스름한 모

습을 이루고 있는 품이 어쩌면 은밀히 이 위에 앉아 있는 북독
일인의 엉덩이를 나타내고 있는지도 모를 일이었다. 또, 못에
걸려 있는 상의——갈기갈기 찢어진 군복 같았다——구멍과
얼룩과 삼각형들로 되어 있었다. 그 상의는 은연중 한 명의 증
인 역할을 하고 있었다. 그것은 그 어떤 남자에 대한 기억이었
다. 이 구멍은 패주하며 쏜 총알, 이 틈새는 어디서나 볼 수 있
는 가시 철조망. 생략되어 있는 것이 더 중요한 것이었을까? 혹
은, 날으는 물고기. 그것은 투명하게, 마치 채찍의 끝이 날듯
아름답게 휘어져 있었다. 혹은, 삼각법상의 점, 평면과의 타협
을 원치 않는 삼각의 목제골조. 혹은, 하늘 높이 던져진 지팡이
모양의 닻. 녹슨 사슬은 바람에 날리듯이 땅위로 드리워져 있었
다. 혹은, 목표물을 향해 두 개의 화살처럼 질주해 가는 제비들
의 강하. 혹은, 폭풍에 날려 폭발하듯이 흩어지는 건초더미. 혹
은, 눈 위의 흔적, 그 출처를 모르는 검은 발자국. 혹은, 하나
의 끈으로 묶여 있는 깨진 물동이들. 혹은, 아무도 듣지 못할
비명을 지르며 입을 벌리고 있는 한 여인의 뒤로 젖혀진 머리.
혹은, 좌초된 것으로 보이는 범선이 드리운 돛대 밧줄의 그림
자들. 또한 나는 푸른색의 나무 울타리를 잊을 수가 없다. 다섯
혹은 세 개의 어린 가지들로 필요한 횡목을 만들고 있었는데, 그
앞에도 뒤에도 사람의 모습은 보이지 않았고, 엷은 올리브빛을
내는 배경엔 조그맣고 빨간 빛이 어려 있었다.

　다른 종이들과 마찬가지로 조금밖에 이야기를 하고 있지 않
은 이 그림, 즉 하늘색 나무 울타리를 집어들었을 때, 아버지
가 번개처럼 내 손목을 움켜잡았다. 그러곤, 자기 쪽으로 끌어
당기며 말하였다.「너, 왜 그렇게 떨고 있지? 네 나이에 그렇게
떨 것이 없을 텐데」「전 모르겠는데요」하고 나는 말했다.「제

가 떨고 있다니 모르겠는데요」「이 그림들 때문이 아니라면 별 문제지」 그는 의자에 걸쳤던 다리를 내렸다. 몸을 돌려 창가로 다가가면서 말을 이었다. 「이게 그림이란 말이지. 벽에 걸어놓고 종일 감상이나 하고 있으라지. 보이지 않는 그림이라, 거 참 웃기는군!」

회의와 비난에 가득 차서, 승리가 아니라 점차 커져가는 실망의 표정으로 그는 책상 위의 화첩을 바라보았다. 그때, 의심의 빛이 그의 얼굴에 떠올랐다. 일종의 양심과 같은 것이었다. 그러한 표정으로 그는 사무실을 이리저리 돌아다녔다. 꽤 오랫동안 벽에 부착된 사진들을 응시하였다. 그것들로부터 무슨 충고와 확증을 얻어내기라도 한 듯, 그의 입가엔 엷은 조소의 빛이 번져나갔다. 그는 나를 손짓해 불렀다. 전지전능한 그의 집게손가락이 나를 향해 클로즈업하여 왔다. 그리고 말하였다. 「우리, 속지 말도록 하자, 지기야」 나는 놀라운 표정으로 그 집게손가락을 응시하였다. 「속이려 하고 있어」 아버지가 말하였다. 「이따위 너절한 것들을 가지고 나를 속이려 한단 말이야. 내가 그의 그림을 모를 줄 알구. 이것들은 내 주의를 딴 데로 끌기 위한 미끼에 불과해. 뻔한 일 아니겠어? 슬며시 던져준 미끼 말이지. 그 이상은 아니야」

격한 동작으로 화첩을 기름종이에 싼 다음, 아무렇게나 서랍 속에 쑤셔넣었다. 「내가 만족감에 젖어 있다고 생각한다면 그건 오산이지」 아버지가 말하였다. 「그가 어떤 식으로 나를 기만해 왔는지 알 만해. 글뤼제루프 사람이 할 수 있는 일과 없는 일을 이제 가르쳐주겠어. 이따위 것은 아직 후줌으로 보내기에 충분치 못해. 그들은 머리를 가로젓기나 할 테니까」 「제가 다시 갖다둘까요?」 내가 물었다. 「여기에 둬도 괜찮다」 그가 말하였다.

「이 책상 속에 넣어두면 모든 것이 안전하니까 말이야. 그런데, 너 왜 그렇게 떨고 있지? 줄곧 떨고만 있구나, 아까부터. 무슨 일이지?」

1ᄅ 점화경 밑에서

엽궐련 40개비라면, 내 처지로서는, 징벌로 작문을 쓰게 된 이후 최고의 기록으로 기억하지 않을 수 없다. 발뒤꿈치를 들고 살며시 내 방에 나타난 볼프강 마켄로트는 병색이 도는 얼굴을 하고 있었다. 적어도 쇠약해진, 신열(身熱)이 채 가시지 않은 인상이었다. 공중변소에서 묻혀 왔음직한 횟가루를 털기 위해 몇 차례 재킷을 두드렸을 땐 약간 휘청거리기까지 하였다. 우리는 묵묵히 악수를 나누었다. 내 작문의 진척을 알아보는 듯한 제스처를 보인 다음, 그는 그 섬약해 보이는 심리학적 머리통을 창 쪽으로 돌려 저편 바깥쪽, 겨울이 한창인 엘베 강을 내다보았다. 바깥 경치에 대해 한마디 하고 싶기도 했겠지만 그는 애써 참고서, 그 대신 그와 절친한 사이인 힘펠 원장의 안부를 전해주었다. 힘펠은 나의 편지를 받았었다——볼프강 마켄로트 자신의 면전에서 원장은 편지를 뜯고, 대충 훑어보았다. 의자에 앉아 한번 더 편지를 읽어본 다음, 한마디 하였다. 「교육적

의미를 가진 강요지」역정을 터뜨리거나 또는 피아노 연주를 통해 역정을 식히는 대신, 그는——여전히 마켄로트에 의하건대——깊은 생각에 잠긴 채 방안을 몇 바퀴 뱅뱅 돌았다. 어쨌든 방안의 선회는 소득이 있었던 모양이었다. 책상으로 되돌아왔을 때 그가 얻어낸 결론은, 강요를 통해 이미 좋은 결과를 달성하였다는 생각이었다. 그는 나의 편지를 공개하지 않았다. 하지만, 작문을 계속하고 싶다는 나의 간청을 용인해 주었다. 크리스마스가 지나도록 말이다.

내가 볼프강 마켄로트에게 제공할 수 있는 것은, 고작 침대 모퉁이가 전부였다. 하지만, 그는 앉으려 하지 않았다. 뭍에 있는 그의 집, 즉 알토나의 가구 딸린 방으로 가야겠다는 것이었다. 그의 말을 빌면, 거기에 8병의 맥주가 준비되어 있는데, 그걸 마시고 15시간쯤 깊은 잠에 빠져야겠다는 것이었다. 과로로 인하여 기진맥진한 상태이며, 척추를 가볍게 얻어맞은 듯 속이 멍한 기분이라는 것이었다.

요즈음도 북독일 기계체조 선수권 보유자인 하숙집 여주인의 실내 훈련을 도와 그녀의 자세를 교정해 주고 있는지? 물론, 여전히. 그러나, 그는 지금 그것에 관해 이야기하고 싶어하지 않았다. 요즘도 그녀의 남편인 크레인 운전수가, 일요일날 꺼내 쓸 20마르크짜리 지폐를 금요일날 숨겨달라고 부탁을 하는지? 물론, 여전히. 그러나, 그것도 더 이상 이야기하고 싶어하지 않았다. 그래서 나는, 아무 이야기도 하고 싶지 않도록 피곤한 사람이 무엇 때문에 여기엘 왔느냐고 묻지 않을 수 없었다. 민감하게, 볼프강 마켄로트다운 방법으로, 그는 다그치는 듯한 질문에 답변을 마련하였다. 머뭇머뭇 재킷의 안주머니에 손을 넣었다. 그는 접어놓은 원고 한 장을 꺼내 내 베개 위에 올려놓았고, 다시 그 위에 담배 두 갑을 얹어놓았다. 그리고, 이 두 가지——담배와 원고——를 향해 권하는 듯한 제스처를 해보였다. 마음에 들면 좋을 대로 처분해 달라는 표시였다. 여하튼, 그는 자신이 가져온 선물을, 밤이면 몸이 가려워 견딜 수 없게 만드는, 예의 깔깔이 모포 속에 집어넣는 수고를 하지 않았다. 이 부주의함이 나에게 그가 정말로 〈머리가 빈〉 친구라는 사실을 입증해 주었다. 그는 더 이상의 설명도 하지 않았다. 그저 피곤한 미소를 보내며, 나의 팔을 몇 차례 툭툭 쳤을 뿐이었다. 이것이 그의 작별인사였다. 마켄로트는 능히 그럴 사람이었다. 늘 그런 것은 아니었지만.

독자 여러분께서 이미 알고 있더라도, 그가 내 베개 위에 올려놓은 원고가, 그의 학위논문의 일부——예술과 범죄성, 지기 J.의 경우——였다는 것을 나는 밝혀야 하겠다. 〈B. 유년기와 주위 환경의 영향〉이라는 서론적인 타이틀이 붙은 장(章)이었다. 요컨대, 그는 다시 전문가의 감정(鑑定)을 기대하고 있었다. 당사자인 내 자신의 만족도를 알고파 하였다. 지기 J.라는 녀석을 학문의 점화경(點火鏡) 밑에서 관찰하였던 것이었다. 이제, 내가 그 점화경을 사용할 차례인 것이다——우리 중 하나가 집결된 광선 밑에서 연기를 모락모락 일으킬 때까지 말이다. 무엇을 그는 정리해 놓았던가? 무얼 근거로? 정정(訂正)의 의견을 기대하고 있었을까? 동의를? 이의를? 나는 원고를 낚시질하듯 집어올린 다음, 담뱃불을 붙였다. 나는 읽었다. 그리고, 또 하나의 나를 알게 되었다.

……그는 지방 경찰관 올레 예프젠의 세째이자 막내아들로 태어났다. 고향은 루크빌, 덴마크와의 국경으로부터 멀지 않은 독

일 최북단의 도시 글뤼제루프 근교의 조그만 읍이었다. 지기
──정확한 이름은 지그프리드 카이 요한네스──의 모친 쪽은
수세기 동안 자신의 땅을 경작해 온 자의식이 강한 농민의 후손
이며, 아버지 쪽은 주로──주로!──영세상인, 수공업자, 그
리고 하급관리들이 많았다. 모든 것이 정상적인 가정에서 이 아
이는 탈없이 성장하였고, 정상적인 통각단계(統覺段階)를 거쳤
던 것이다! 아버지에게는 충성심을 갖고 있었고, 그에 상응하게
어머니에게는 두려움을 동반한 사랑을 지니고 있었다. 형과 누
나──클라스와 힐케──는 실상 표본인물보다 나이가 많았기
때문에, 어머니의 진술에 의하건대, 여러 가지 활기찬 놀이 공
간을 갖도록 도와줄 만큼 대등한 놀이 친구로 보기엔 거리가 먼
인물들이었다. 이들로부터 그 아이는 기쁨과 두려움을 함께 느
끼게 되었다.

요컨대 볼프강 마켄로트는 루크빌 사람들을 찾아보았으며, 그
들과 이야기를 주고받았던 것이다.

강렬한 놀이 공간의 체험에도 불구하고, 외계와 유아적 자아
의 관계는 방해를 받지 않았다. 그의 행동 반응을 살펴보더라
도, 장기간의 고립과 자존의 상태가 별 뚜렷한 영향을 미치지는
않았다. 양친과 몇몇 이웃사람들의 견해에 따르면 취학기 이전
의 표본인물은 유순하고 조용하며 눈에 잘 띄지 않는 아이라는
인상을 갖게 하였다. 몇몇 증인들의 기억에 특히 남아 있는 것
은, 그의 〈병적인〉 결벽성과 어른들조차 당황하게 만드는 질문
의 끈질김이었다. 그 밖에도 강조할 일은, 특히 식사를 나누어
줄 때 보여주는 때이른 정의감이었다. 그에 대한 한 중년의 이

웃 남자의 판단, 즉 유년기에 이미 책략과 맹목적인 소유욕의 흔적이 보이며, 허황된 과장의 성향을 갖고 있었다는 견해는 잘 못된 것처럼 보인다. 뚜렷한 증언에 의하건대, 지기 J.는 학교에 들어간 첫해부터 단연 우등생이었다. 학교가 그에게 오랫동안 즐거움의 원천이었다는 것은 특기할 만한 일이다. 이 소년은 수 업 시작 한 시간 전에 교실에 앉아 있을 때가 많았다. 아침에 결코 깨울 필요가 없었다는 것이 양친의 확증이었다. 여름방학 이 그에겐 너무 길게 느껴졌다. 담임 선생은 그를 〈늙은 아이〉 라고 회고하였다. 급우를 때리는 일에 가담하지 않음은 물론, 그 러한 행동을 간곡히 만류하거나 기발한 방법으로 막았기 때문이 었다. 시험 볼 때마다 그는 좋은 점수를 받았을 뿐 아니라 경이 의 대상이 되었다. 예전의 급우들은 그의 협동심에 관해 언급했 는데, 예컨대 그는 자기 공책을 친구들에게 빌려주려는 목적만 으로 숙제를 제일 먼저 끝내곤 했었다는 것이다.

담임 선생의 주선으로 주인공은 여러 차례 함부르크 방송국의 어린이 프로에 출연했는데, 방송국 편성자의 의견에 의하면, 「어 린이들이 보는 세계」와 「어린이들의 대답」이라는 프로에서 독특 한 인상을 남겨주었다는 것이다. 어린이 퀴즈 프로에 참가하여 몇 차례 상을 탄 것도 당연한 일이었다. 종교를 제외한 모든 교 과목에서 그는 알맞게 성숙한 재능을 보여주었다. 담임 선생 은, 미술과 독일어 시간에 보여주었던 탁월한 재능에 대해 칭찬 을 아끼지 않았으며, 이와 관련하여 몇 편의 작문이 학교 축제 때에 낭송되었다는 점을 지적하였다. 그의 특기는 그림이었다. 화가 파울 플레잉후스의 화풍을 연상시키는 난파선의 그림은 키 일의 교육청에 보내질 정도로 우수한 작품이었다. 지기 J.가 후 에 글뤼제루프의 상급학교에서 늘 우등생이 될 수 없었던 것

은, 학교 밖에서 전개되었던 그의 취미 활동 때문이었는데, 이
것에 관해선 좀더 자세히 언급하게 될 것이다. 여하튼, 상급학
교에서도 한결같이 두드러져 보였던 점은, 판단의 정확성, 고
집, 그리고 소위 공격적인 예술 감각이었다.

모든 정보를 종합해 볼 때, 빠르게 찾아온 지기 J.의 소외감
의 원인은 오로지 그의 천부적 재능에 기인한 것으로 추측이 된
다. 집단이란 항시 이러한 아웃사이더에 의해 도전을 받거나 위
협을 느끼기 때문에, 이런 부류에게 잔뜩 관심을 쏟거나 시기를
하게 되고, 종국에 가서는 증오의 감정을 갖게 되는 것이다.

동료들이 그를 귀감과 이상형의 인물로 생각할 때 우리의 표
본인물은 이러한 소외감을 맛보았던 것이며, 이런 일이 잦으면
잦을수록 더욱더 고립된 기분에 젖어들었던 것이다. 수업시간에
그의 도움을 받았다는 사실이, 방과후에 나타나는 급우들의 뚜
렷한 경멸감을 막아주지는 못하였다. 식구들은, 이 소년이 이따
금 동료들이 두려워 몸을 숨겼다가 어두워졌을 때야 집으로 돌
아오곤 하였음을 기억하고 있었다. 학교에서의 소외감 못지않은
것을 집에서도 느끼고 있었으니, 그것은 가정에서 차지하는 그
의 특수한 위치 때문이었다. 형과 누나는 성인이나 다름없었
고, 양친도 해야 할 일이 너무 많아서 그에게 특별한 배려를 할
수가 없었다. 그러니, 자연히 그를 어른처럼 취급하는 경우가
비일비재하였다. 그는 타협, 논쟁, 경찰관으로서의 조치와 처리
과정 등의 목격자가 되었다. 그의 인식 능력을 고려해 보아 꽤
효과가 있을 법한 일에 참가하였다. 아버지로부터 직무상의 여
러 가지 일을 보고 알게 된 지기 J.는, 자신이 정당하다고 인정
될 때는 아버지가 제안한 동맹 관계를 받아들이지 않거나 말없
이 위반함으로써 자신의 자주성을 보여주었다. 매를 맞아 당연

하다고 생각될 때는 벌을 가하는 사람을 힘들게 만들지 않았으며, 스스로 벌을 받음으로써 일을 덜어주기까지 하였다.

이 소년이 일찌기 보여준 자주성은 아버지가 전시중의 임무로 인해서 충분한 교육을 시킬 시간이 없었다는 것만으로 설명될 수는 없다. 의심할 나위 없이, 이 소년에게는 자립에의 의지가 있었던 것이다. 그러나 여러 가지로 입증된 사실이지만, 신뢰감과 자발적인 봉사 정신을 포함하는 친밀한 관계가 그를 형과 누나에 묶어놓고 있었다. 그로 하여금 다른 성인들과 동등한 입장으로 어울릴 수 있게 해준 것도, 아마 성인이 다 된 형과 누이에 대한 관계 때문이었으리라.

그러나, 이것만으로 화가 막스 루드비히 난젠과 지기 J. 사이의 관계가 설명될 수는 없다. 양친들조차 그 이유를 알지 못했고, 또 이해하기 힘들었던 그 관계가 말이다. 충분히 조회를 해본 결과, 그들의 우정은 난젠이 그의 유명한 그림 「망아지와 뇌우」를 그릴 때 싹텄다는 점이 밝혀졌다. 처음에 소년은 조그마한 일들을 거들어주었으며, 주로 말없이 곁에 앉아서 한 폭의 그림이 완성되어 가는 모습을 지켜보는 것이 고작이었다. 이웃 사람들을 놀라게 한 것이 있다면, 지금까지 다른 사람의 면전에서 일하기를 거부했고 구경꾼이 있으면 모욕적인 언사를 서슴지 않았던 화가가, 소년의 동석을 참았을 뿐만 아니라 심지어 나중엔 그를 찾기까지 하였다는 사실이었다. 이따금 손에 손을 맞잡고 있을 때도 있었다. 소년의 아버지는 난젠과 같은 글뤼제루프 출신이며 그와는 어려서부터 제법 친한 사이였기 때문에, 둘의 관계에 대해 별 이의를 제기하지 않았다. 지기 J.는——그의 형 클라스가, 그리고 나중에는 누나 힐케가 그러했듯이——화가를 위해 모델이 되어주었다. 지기 J.는 두 번밖에 모델이 되지 않았

는데, 한번은 꼬마 요정으로, 그리고 또 한번은 건초(乾草)악마
의 아들로서였다. 이 두 개의 그림에서 소년은 그 요괴들에게
다정함과, 심지어 상냥스러운 인상까지를 심어주는 데 성공하였
다. 난젠이 그를 모델로 씀으로써, 모든 색깔이 그 출처의 기원
을 이야기해 주는 일련의 동화를 그려냈던 것은 확실한 일이다.
미완성된 논문 「보는 것을 배우라」는 화가가 소년에게 주려고
쓴 글이었다. 난젠이 소년에게 종이와 물감을 갖다주고, 그림의
모티브를 설명한 후에, 함께 경쟁을 벌이자고 권유한 일도 있었
다. 이따금 함께 그림을 그리고 있는 모습이 이웃사람들에게 목
격되기도 하였다.

　학교 친구들을 피해 소년은 자주 화가의 아틀리에에 숨어들었
다. 하룻밤을 꼬박 틀어박힌 적도 있었다. 한번은 아틀리에 출
입이 잠시 금지된 일도 있었는데, 그 이유는, 허락도 없이 「H.
출신의 니나 O」라는 그림에 손을 대었기 때문이었다. 보라색 의
상이 견딜 수 없어 녹색으로 정정하였던 것이다.

녹색이 아니고 노란색이었다오, 볼프강 마켄로트 씨. 적어도
색깔에 있어서만은 정확히 해둡시다. 다른 것들이야 당신이 학
위논문에 맞게 과감히 선별하여 손볼 수도 있겠지만 말이오.

　이 소년이 지니고 있는 특이한 수집벽이 무엇에 기인하는지는
단언할 수가 없다. 아마도 이것은 화가에 대한 무의식적인 경쟁
심의 표현이었는지도 모른다. 그는 한 은닉처에 말타는 사람들
의 그림을 수집하여 전시해 놓았으며, 열쇠와 자물쇠의 수집에
도——전문 지식까지 가지고——열중하였다. 이러한 사실이 알
려지자, 귀신 곡하게 열쇠들이 사라졌던 까닭을 알 만하다고 생

각하는 사람들도 있었고, 글뤼제루프의 향토 박물관에서조차 유독 열쇠와 자물쇠만 훔쳐가는 도둑의 꼬리를 잡을 것 같다고 생각하였다. 지기 J.가 이런 식으로 몇 차례의 절도를 범했으리라는 추측은 옳다고 하겠다.

전시중 지방 경찰관 예프젠이 화가 막스 루드비히 난젠에게 창작 금지령을 전하고 그 준수 여부의 감시까지 떠맡게 되었을 때, 주인공은 어쩔 수 없는 갈등에 빠지게 되었다. 아버지를 위해서는 밀고자가 되어야 했고, 화가를 위해선 때로 그림을 은닉하는 도움을 제공하여야 했다. 소년은 본능적으로 시대의 절박성을 이해했음에 틀림없다.

그러나, 이 점을 달리 말할 수도 있겠는데요?

게다가 소년을 몹시 괴롭게 했던 가정 파탄이 일어난다. 징병 기피를 위해 자해 행위를 저질렀던 형 클라스가 군병원에서 도망쳐 왔으나 어머니에 의해 추방을 당했으며, 중상을 입은 몸에도 불구하고 아버지에 의해 재인도되었던 것이다. 부모에 대한 소년의 소외감은 불가피한 것이었으니, 아마도 지기 J.는 이러한 시기에 자신이 부모의 사랑을 받지 못하고 있다고 단정했을지도 모른다.

요컨대, 이젠 정상 참작의 논조가 시작되는군.

그러나, 확고한 인간적 가치가 존재하지 않던 시대에 사랑도 없이……

오 이런!

소년은 자랐으며, 상처를 입지 않고는 극복해 낼 수 없는 일
들을 겪어야 했다. 당시를 지배한 것은 전쟁이었다. 비록 지기
J.가 직접적인 관련을 맺지는 않았다손 치더라도, 간접적으로나
마 다른 아이들보다는 더 강렬하게 전쟁의 부산물들을 체험하였
던 것이다. 그것은, 일시적인 소비재 물품의 궁핍으로부터 죽음
에의 체험에 이르기까지였다. 그러나, 민감하고 세심한 관찰자
인 그의 마음을 가장 쓰리게 했으며, 또한 가장 고통스럽게 했
던 것은 아버지와 화가 막스 루드비히 난젠 사이의 관계가 변해
버린 것이었다.

여기까지, 여기까지만 생각해 보더라도 40개비의 담뱃값은
충분하였다. 볼프강 마켄로트가 나에 관하여 쓴 것, 그것은 또
한 옳았다. 더 이상 덧붙일 것이 없을 뿐더러, 그럴 권한이 내
게 없는 것이 아닐까? 역시 그는 옳았다. 단언하건대, 그는 자
신이 설정한 방향으로 계속해 갈수 있으며, 이로 인해 어느 누
구도 상처를 입는 일은 없을 것이다. 누구든 여기에 언급된 장
소와 인물들에 관해 문의하거나, 혹시 만나서 같이 지내고 싶
다고 한다면, 나는 그들에게 이렇게 조언해 주어야 할 것 같다.
다른 사실을 또 알아보라고. 다른 사람들의 말을 들어보고, 다
른 기록들을 더 읽어보라고. 예컨대, 구름이 피어나는 모습, 황
새들의 비상(飛翔), 우리의 기억과 증오, 우리 고장의 결혼식과
그리고 겨울 등에 관하여. 그가 나를 점화경 밑에 놓을 양이
면, 루크뷜에 가서 여러 가지를 물어보고 그 자세한 내용들을
한데 모아 번호를 붙이고 자기 학문의 바늘로 찔러놓을 양이

면, 그리고 내 과거를 끓여 어육을 만들어 굳힌 다음 이 조리된 음식을 가지고 모든 시험에 패스되려고 할 양이면, 나에겐 아무런 도움도 되지 않을 것이다.

나는 그가 무엇을 얻고자 하는지 이미 알고 있다. 그러나, 그는 나에게 도움이 되지 않는다. 내가 알 수 있는 것은 아무것도 없다. 이런 식으로 그의 이야기는 계속되다가, 갑자기 끝을 맺게 될 것이다. 내가 알고 있는 단 한 가지 사실은, 아무것도 끝나지 않으며 중단하지 않는다는 사실이다. 나는 모든 것을 다시 한번 이야기하고 싶다. 징벌의 작문을 다른 각도에서 말이다. 하지만, 힘펠이 벌써 뿌루퉁해 있으니, 나는 다시 수년 전으로 돌아가야만 하겠다. 아직 너무나 많은 것이 나를 기다리고 있으니까 빛처럼 다시 되돌아가 보자. 그러면, 나를 기다리는 모든 것을 알게 될 테니까. 예컨대 평화의 순간이 나를 기다리고 있다. 그러나 평화가 도래하기 전에 아직도 하나의 겨울이 도사리고 있다. 얇게 땅을 뒤덮은 눈과 넘치는 도랑물, 그리고 기왓장을 흔들며 벽지를 떨어뜨리는 습기 찬 바람이 있는 이 겨울이.

줄곧 눈이 오고 비가 왔다. 포석(鋪石)이 깔리지 않은 길들은 물이 범람하였고 진창이 되었다. 제방에 갇혀 있는 물의 저항이 너무나 커서, 수문을 열어놓지 않을 수 없었다. 도랑에는 예기치 않은 격류가 시든 풀잎들을 싣고 넘실거리고 있었다. 목장들은 텅 비어 있었고, 철조망에는 물방울이 매달렸다가 떨어지곤 하였다. 눈 위의 발자국은 반나절을 넘기지 못하고 사라졌다. 검게 빛나는 나뭇가지들, 황량한 바닷가, 얼어붙은 북해. 볼일이 없는 사람은 외출도 하지 않았다. 현관에는 젖고 더럽혀진 고무장화들이 놓여 있었고, 집을 나서려는 사람은 우선 추녀에서 떨어지는 물방울의 커튼을 뚫고 뛰어야만 했다. 집마다 벽에

서는 암적색과 회백색의 칠들이 떨어져 내렸으며, 유리창에는
하루 종일 성에가 끼어 있었다. 디테가 병에 걸린 것도, 바로 이
해 겨울이었다. 사람들은 이곳저곳에서 쉬쉬거리면서, 그녀의
병에 관하여 이야기하였다. 내가 엿들은 것의 전부는, 그녀가
타는 듯한 갈증에 시달리고 있다는 것이었다——이것이 병의
결과인지 혹은 병 자체인지는 알 수 없었다. 어쨌든, 그녀는 그
해 겨울 말오줌나무 즙과 차를 쉬지 않고 마셔댔다. 물, 맥아커
피, 우유, 그리고 물고기를 끓여 달인 물을 마셨다. 찰랑 소리
가 나거나 물빛이 반짝이는 항아리들은 모두, 액체가 들어 있
는 통들은 모두 탐욕스레 입술로 가져갔다. 만류할 때마다 그녀
는 신음하듯 말하였다.「목이 타요, 목이 타요」액체 종류는 그
녀 앞에서 어느 것도 남아나지 못하였다. 길고 거친 옷을 입
고, 머리를 뒤로 젖힌 채, 그녀는 마실 것을 찾아 온 블레켄바
르프를 헤매고 다녔다. 빗물받이 통까지도 그녀는 내버려두지
않았다. 물불을 가리지 않는 이 한없는 갈증이 이미 그녀의 얼
굴에 아로새겨진 것 같았다. 갈색 머리카락의 그 아름답고 수척
한 얼굴은 잔뜩 부풀어 활활 타오르고 있는 것 같았다.

그리프 박사가 왕진을 왔다. 그는 자물쇠가 달린 낡은 가방
을 질질 끌듯이 하며 달려왔다. 처음에는 디테하고만 이야기했
으나, 나중엔 화가의 동석을 허락하였다. 유타와 나는 진창이
된 목초지를 지나 글뤼제루프의 약국으로 갔다. 의사가 처방해
준 물약과 알약을 가져왔건만, 새로운 갈증만을 갖다줄 뿐이었
다. 물약을 마신 후, 그녀는 눈을 감은 채 외쳤다.「좀더!」알
약과 함께 반 컵의 물을 삼킨 후, 즉시 항아리의 개숫물을 따라
채워서는 단숨에 비워버렸다. 화가는 별 말 없이, 대개의 경우
그녀가 하는 대로 내버려두었다. 의연히 그녀를 바라보는 눈의

동공은 좀더 작아진 것 같았으며, 둥글고 날카롭게 보였다. 그
는 이제, 늘 디테의 곁에 있었다. 자리를 떠야 할 경우에는, 테
오 부스베크에게 자기 대신 지켜달라는 눈짓을 보냈다. 욥스트
는 그가 수리한 낡은 전축을 사용할 수 없었고, 통통하게 살이
찐──특히 그해 겨울에──유타에게도 병실 부근에서의 댄스
연습이 금지되었다.

　내가 들은 바로는, 그리프 박사가 가장 걱정하는 것이, 밤에
도 그치지 않는 엄청난 갈증이었다. 디테는 여러 차례 침상에서
일어나, 방안의 항아리에 물이 없으면 부엌이나 식당을 더듬어
다니면서 물을 마셨다. 몇 차례 주사를 맞았으나, 봐서 알겠지
만, 새로운 갈증을 야기시킬 뿐이었다. 열이 오르자, 의사는
침대에 누울 것을 명령하였다. 베개에 몸을 기대고 누운 환자는
긴장을 풀지 못한 채 경련을 일으키고 있었다. 잿빛의 두 눈은
문 쪽을 향하고, 방안에서 일어나는 일이 아니라 멀리 떨어진
곳, 과거가 아니면 미래의 어떤 것을 응시하는 듯하였다.

　때로 문병객들이 찾아와 그녀를 들여다보고, 여윈 손목을 쥐
거나 고개를 끄덕여줄 때가 있었다. 그때마다 나는, 그녀가 빗
소리보다 더 나지막하고 눈〔雪〕보다도 더 부드러운 보슬비 소리
를 듣고 있는 것 같았다. 창가에서 사르륵거리는 햇살의 소
리를.

　테오 부스베크. 그는 환자의 침대 머리맡에 자리 잡고 있었
다. 단정히 옷을 차려입고 마치 충실한 하인처럼 그곳에 앉아
있었다. 필요할 경우에는 베개를 편하도록 부풀려주었고, 때로
는 시원한 즙을 갖다주기도 하였다. 환자가 무엇인가를 나지막
이 요구할 때면, 그만이 그 속삭임을 알아듣는 것 같았다. 오래
보고 있노라면, 화가는 한번도 멍청하고 무관심한 인상을 주는

테오 부스베크보다 먼저 그녀의 말을 이해한 적이 없었다. 부스베크의 멍청한 상태는 실상 디테의 동요와 요구에 전 신경을 기울이고 있는 데에 기인한 것이었다. 한번은 화가가, 한 팔을 부스베크의 어깨 위에 올려놓고 조심스레 두드려주고 있는 양을 보았다. 감사한 마음에서라기보다 그를 위로해 주고 있는 것 같았는데, 내가 보기엔 화가보다 부스베크가 그랬어야 옳을 것 같았다.

　지금까지 그의 선견지명을 동원하여 몇 가지 병명을 거론하던 그리프 박사가 어느 날 밤, 틀림없는 폐렴이라고 단정을 내렸다. 물론 다른 병도 동시에 앓고 있지만 폐렴이 그녀의 여윈 육체에서 맹위를 떨치고 있다는 사실엔 이론의 여지가 없으며, 이 점에 대해선 맹세를 해도 좋다는 것이었다. 심지어 그는 폐렴이 생기게 된 경위를 놓고 호되게 나무라기까지 하였다. 「밤마다 디테가 마실 것을 찾아 맨발로 집안을 쏘다녔겠지. 바닥의 타일 위를 걸어다니는 동안, 폐렴을 자초한 게 틀림없어요」 그리하여 그는 디테를 폐렴 환자로 다루었고, 침대에서 벗어나지 않도록 엄명하였다. 디테는 이 명령을 준수하였다. 단 한번을 제외하고는. 어느 날 디테는 자리에서 일어나 옷장으로부터 손수 바느질을 한 수의와 자수를 놓은 허리띠, 그리고 화가가 약혼 기념으로 만들어주었던 소담한 은팔찌를 꺼내 왔다. 그녀는 이것들을 가지런히 정돈해서 잘 보이게끔 낮은 걸상 위에 올려놓았다. 자기 곁에 두고 싶다는 것이었다. 나도 모르는 일이지만, 이런 이야기가 들려왔다. 어느 날 밤, 부인을 오랫동안 지켜보던 화가가 잠시 방을 나가더니, 그의 화구(畵具), 즉 스케치북과 연필을 가지고 나타났다는 것이다. 확언하건대, 그 해 겨울 화가는 두 번 디테의 초상화를 그렸다. 그의 머릿속에

떠오르는 모습을 그렸는지 병상에 누워 있는 모습을 그렸는지
는 몰라도, 어쨌든, 이 두 장의 초상화는 훗날 테오 부스베크
에게 바치는 책 『둘〔二〕』에 실렸다. 그림 속의 그녀는 엄숙한
표정으로 굳어 있으며, 얼굴엔 반쯤 그늘이 덮여 있고, 입은
마치 무언가 마실 것——그녀가 생각하고 요구했던 유일한——
을 갈구하는 모습으로 열려 있었다. 여윈 몸은 덮개 밑에서도
윤곽을 그리지 못하였고, 두 팔이 경직된 채 그 옆에 놓여 있
었다.

　디테는 외롭게 죽었다. 그리프 박사는 폐렴이란 것을 알고
있었기 때문에, 사망진단서를 어떻게 작성해야 할지도 알고 있
었다. 밖에는 눈이 내리고 있었다. 하지만 내리는 즉시 사라져
버렸다. 임종의 고통은 순식간에, 적어도 소리없이 지나갔음에
틀림없었다. 머리맡의 부스베크가 아무것도 알아차리지 못할
정도였다. 디테의 몸을 씻기고 수의를 입히고 자수를 놓은 허리
띠를 두른 다음, 팔찌를 지니도록 하였다. 그러자 조문객들이
찾아왔다. 그들은 모두, 자신이 사자(死者)와 단둘이 있는 것이
아니라는 사실에 만족하여야 했다. 뒤편 벽거울 밑에는 화가가
앉아 있었고, 부스베크는 여전히 침대 머리의 의자를 고수하고
있었다.

　문상객들은 그들이 들어와서 보여줄 수 있는 것을 보여주었
다. 물이 새는 고무 페티코트를 입고 온 힐데 이젠뷔텔은 젖은
머릿수건을 벗어 코를 풀었다. 그러곤, 외마디 소리——전혀
예기치 않았던——를 지르며 문 쪽으로 달려감으로써 그녀의
문상을 끝냈다. 홀름젠 영감은 입구에 들어서면서부터 빠른 기
도를 행하였다. 손을 맞잡는 대신 젖은 모자의 차양을 비틀었
다. 가슴 높이에서 시계의 방향으로 몇 차례 모자를 비튼 다

음, 사자에게로 다가갔다. 디테의 손을 잡아 올렸다가는 조심
스레 다시 내려놓았다. 고개를 설레설레 흔들면서 화가에게 다
가갔다. 시선을 교환했지만, 악수는 하지 않았다. 반면, 플뢰
니스 선생은 먼저 화가에게 악수를 청했다. 그런 다음, 계산된
호선을 그리며 뛰어난 공간 감각을 가지고 침대의 발치로 다가
갔다. 전쟁중 두 번이나 체포되었으나 그때마다 죽을 고비를 넘
겼던 이 사나이는, 디테 쪽으로 몸을 돌리고 짧게 그리고 뻣뻣
한 자세로 머리를 숙였다. 조류 감독관 콜슈미트는 화가에게 고
개를 끄덕이고 슬쩍 사자를 한번 바라본 후, 기꺼이 홀름젠 부
인에게 차례를 양보하였다. 그녀는 침상에 이르기도 전에 무릎
을 꿇었다. 나머지 거리를 무릎걸음으로 다가가 사자의 팔을 부
여잡고는 오래도록 마음껏 흐느껴 울었다.

  그녀의 비통이 너무도 절실하여, 방안의 누구도 그 커다란
호곡에 이의를 제기할 엄두를 내지 못하였다. 침상을 떠날 때, 그
녀도 남편처럼 머리를 설레설레 내둘렀다. 안데르젠 선장——
제방 감독관 불트 요한이 그를 자기 마차에 태우고 왔다——의
목소리가 뜰 밖에서 들려왔다. 디테가 하필이면 이런 궂은 날
죽을 게 뭐냐고 그는 욕지거리를 해댔다. 「그래, 봄이 올 때까
지 기다리지 못하였단 말인가?」 그 나이에 넘어져서는 안 되었
기 때문에, 넘어지기라도 했다간 다른 사람의 도움이 없이는
일어날 수가 없었기 때문에 그를 집안으로 모시느라 불트요한
은 필사적인 노력을 해야 했다. 이 은빛머리에 비단결 같은 귀
밑머리를 가진 배우 노인을 문상에 참석시키기 위해서 말이다.
그러나, 선장은 그 나이에도 불구하고 슬픔을 나타내려 하지
않았다. 마구 떠들어대며, 성큼성큼 걸어 조용한 방으로 들어
갔다. 그러곤 눈을 깜빡이면서 물었다. 「우리 아이가 대체 어디

있노?」 사자를 발견하자, 힘겹게 다가가서 그녀의 볼을 쓰다듬
으며 중얼거렸다.「봄까지 기다렸다 죽을 수 없었단 말이냐?」
그리고, 화가가 눈에 띄자 이렇게 위로하였다.「여보게, 기운
을 잃지 말게나」더 언급하고 싶은 사람은 농부요 향토 연구가
인 나의 외할아버지 페르 아르네 쉐셀이다. 깐깐한 표정을 지으
며, 마치 장대 위를 걷기라도 하듯 조심스럽게 그는 안으로 들
어왔다. 방 한복판에서 걸음을 멈추고 고개를 든 다음, 눈을 감
았다. 마음의 움직임을 보이며 천천히 손을 들어 사타구니께쯤
에서 합장을 함으로써, 빈틈없는 애도의 뜻을 적절히 혼합시켰
다. 애통의 표현을 가장 성공적으로 나타내 준 것은 오직 입가
장자리의 실룩거림이었다. 어찌할 바를 모르고 손을 들었다가
는, 소리라도 내듯 늘어뜨린 후 그는 자리를 떴다. 그리고, 구
드룬 쉐셀은? 루크빌의 파출소장은? 이 루크빌 사람들에 관해서
는 전혀 할말이 없다. 블레켄바르프에 나타나지 않았기 때문이
었다.

　처음엔 오려고 하였다. 그러나 나중에 생각을 바꾸었다. 가
겠노라고 오코 브로더젠에게 약속까지 하였다. 그러나, 막 떠
나려는 참에 후줌에서 손님이 찾아왔다. 아침식사를 나누면서
그들은 이 문제에 대해 충분히 이야기하였다. 그들이 나타났을
때 이웃사람들이 어떻게 생각할까를 생각해 보았다. 이웃사람
들이 그들에 대해 아무렇지도 않게 생각하리라 확신하였음에도
불구하고, 그들은 망설였고, 숙고하였고, 마침내 이미 결정하
였던 블레켄바르프의 방문을 포기하였다. 불치의 갈증에서 벗
어나 다시금 수척해진 얼굴, 엄숙한 가운데에도 미미한 미소가
입가에 남아 있는 디테의 얼굴을 그들은 보지 않았다. 만일 페
르 아르네 쉐셀이 저녁식사 시간 내내 적당한 말로 그들을 설득

하지 않았던들, 루크빌의 우리 식구 모두 장례식에마저 참석지 않았을지도 모른다. 블레켄바르프에 들렀던 할아버지는 우리집을 찾았고, 덕분에 푸짐한 저녁식사를 대접받았다.

절인 양배추와 훈제된 돼지고기, 그리고 감자 두 사발이 나왔다. 할아버지는 자기 몫의 양배추 위에 베이컨 소스를 쳐달라고 하였다. 음식을 삼키고, 후르륵후르륵 마시고, 식성 좋게 빵을 부스러뜨리는 양을 보고 있는 우리에게 그는, 왜 우리가 장례식에 빠져서는 안 되는지를 이야기했다. 「관 앞에선 모든 게 끝나는 게야——죽으면 우리도 그 속에 들어가야 하는 거니까——세상을 떠나는 사람과는 감정을 갖지 말아야지——아무도 무덤을 넘어갈 수는 없지——화해한다는 건 언제나 가치가 있는 일이야——알아듣겠나? 마지막 작별을 고할 수 있다는 것——이건 살아 있는 사람의 의무라고 할 수 있지——이 마지막 의무를 거절하는 자에겐 틀림없이 벌이 내리게 될 거야. 그게 경찰관이든 누구든」

아주 왕성한 식욕을 가지고 그는 식사를 하였다. 오랫동안 이야기를 하였고, 또한 이 기회를 빌려 잊혀질 수 없는 다음과 같은 말을 할 수 있었다. 「친척이라고 해서 개개의 일에 늘 책임을 질 수는 없는 거야」 그가 떠나갔을 때, 우리가 디테의 장례식에 참석하는 것은 피할 수 없는 사실이 되었다.

장례식은 토요일날 12시로 정해졌다. 나에겐, 참석이 허락된 최초의 장례식이었다. 어찌나 흥분했던지 전날 밤 디테의 꿈을 꿀 정도였다. 우리 둘은 애를 쓰면서 어떤 언덕을 올라가고 있었다. 그것은 고명과자로 되어 있는 급경사의 산이었다. 우리는 설탕이 가득 찬 자루를 지고 올라가, 비탈길 위에 뿌렸다. 그 위로 썰매를 끌고 올라가, 쉿쉿 소리를 내면서 내려갔다. 썰매가 뒤집히자, 땅바닥의 맛을 보게 되었다. 달콤한 맛이 났다. 대개는 디테가 나를 꼬옥 붙잡고 오리나무들 사이로 운전해 갔다. 그 나뭇가지들은 얼음과자로 덮여 있었다. 우리의 목도리가 바람에 나풀거렸다.

장례식날 아침 일착으로 준비를 마친 나는, 초조하게 아버지를 기다렸다. 그는 옷차림이 신경에 쓰이는 모양이었다. 우선 그는 경찰복을 꺼내 입었다. 다음엔, 마음이 내키지 않는 듯 유행에 뒤진 검은 양복을 입어보았다. 결혼식 때 이미 겨드랑이가 끼었는데 이제는 더욱 심하게 죄는 느낌이었다. 다행스럽다는 듯 평복을 벗어 침대 위에 동댕이치고는 경찰용 외출복을 얼른 몸에 꿰었다. 그 옷을 입으니, 그의 모습은 클라스의 말마따나, 일요일이면 주인의 옷을 입도록 허락받았다는 어떤 원숭이의 모습 같아 보였다. 옷을 입었다기보다 변장을 하고 있는 것 같았다. 외출복 속에서 축 늘어진 엉덩이를 보기만 해도 바지가 얼마나 잘 어울리는가를 상상할 수 있으리라. 어쨌든 상의는 대충 맞는 것 같았다. 재단을 할 때 체중과 신장의 변화를 미리 고려하였기 때문이다.

아버지는 두 팔을 힘차게 아래쪽으로 뻗어 내린 후, 어머니의 감정을 부탁하였다. 「어때, 여보, 잘 어울려? 그럴싸하게 보이지 않아?」 구드룬 예프젠은 무관심한 표정으로 그를 훑어보고, 진정제를 탄 물을 마셨다. 침묵으로 동의를 보낸 다음에 그녀 자신도 열려진 옷장문에 달린 거울 앞으로 다가가서, 스커트와도, 커다란 스웨터코트와도 어울리지 않는 검은 비단옷을 여러 차례 매만져 보았다. 장례식에 입고 갈 옷 때문에 그들은 종일을 허비했는지도 모른다. 그러나 다행히도 자기들 옷에 쏟고 있던 신경을 다른 곳에 돌리게 되었다. 나를 발견했던 것이다. 「쟤가 왜 검정 양말을 신지 않았지? 모자도? 저 고무장화 신은 꼴 좀 봐. 아무리 땅이 질퍽거리더라도 그럴 수야 없지. 목도리가 있으면 좀 싸주지 그래. 그리고, 바지는? 대체 왜 이런 바지를 입은 거야? 손톱 좀 보자. 이발은 했니? 이발을 좀 시킬 걸 그랬어」 그리하여 그들은 나에게 덤벼들었다. 이곳저곳에 손질을 가해서는 그들 요량대로 나를 꾸며놓았다. 11시가 되자, 좀더 일찍 나에게 신경을 썼어야 했다는 점을 깨닫게 되었다.

「그쯤 해둡시다, 여보. 더 이상 어쩔 도리가 없겠소」 아버지가 짜증스럽게 말하였다. 그들은 외투를 입고 그 위에 비옷을 걸쳤다. 우리는 함께 서둘러 아래층으로 내려갔다. 그곳에선 힐케가 흥분한 모습으로 우리를 기다리고 있었다. 그녀의 흥분은 검은색 스타킹, 검은색 구두, 검은색 외투에 어울리지 않았다. 크리스마스 때 받은 가죽장갑을 흔들어 자신의 손목을 치기도 하고, 파리라도 잡는 듯 옷장을 때리기도 하였다. 「무슨 일이야?」 내가 묻자 그녀는 대답 대신 장갑으로 내 목덜미를 때려서 나를 진눈깨비가 내리는 집 밖으로 몰아냈다. 저편 북해 쪽에는 더 많은 눈비가 몰려오고 있었다. 갖가지 수런거림을 동반하고 그것은 다가오고 있었다. 어두운 구름이 희끄무레한 베일을 늘어뜨리고 있었다. 우리가 끄떡하지 않는가 시험해 보려는 듯, 즉시 측면으로부터 바람이 몰려와 외투와 비옷을 잡아당겼다.

우리는 행군을 시작하였다. 이렇게 미끄러운 길을 바람을 뚫고 나아가기란 쉬운 일이 아니었다. 힐케와 내가 앞서고, 한 5미터쯤 처져서 예프젠 씨 부부가 말없이 팔짱을 끼고 따라왔다. 벽돌길을 지나 물이 넘치는 진창길로 내려갔고, 나무다리를 건너 들판의 저쪽 리펜의 공동묘지 방면으로 우리 식구는 노를 젓듯이 나아갔다.

그 토요일날 비행기 한 대가 우리 고장의 상공에 나타났다면, 조종사의 눈에는 이런 그림이 전개되었으리라. 자갈길이 가르마를 타듯 두 개의 장방형으로 갈라놓은 들판, 성긴 산나무 울타리로 에워싸인 조그만 장소를 향해 사람들이 모여들고 있었다. 각각, 또는 무리를 지어, 바람 때문에 약간 허리를 구부리거나, 바람에 대항하느라고 게처럼 옆으로 걸어가든가 아니면 깊숙이 머리를 숙인 채로, 더럽고 칙칙한 눈밭 위를 그들은 나아가고 있었다. 도랑에 놓여 있는 나무다리 위에서 서로 만나기도 하였고, 수자가 불어나니 서로 인사를 나누기에 바빴다. 이제 이들은 새로운 편대를 이루며, 다분히 인공적으로 돋우어논 언덕을 향해 몰려 갔다. 그곳에는 빨간 벽돌로 지은 높고 길쯤한 건물만이 하나 서 있었다. 어쩌면 그 조종사에겐 한결같은 동작의 움직임이 관심거리였을지도 몰랐다. 모두가 서둘렀으나 뛰는 사람은 없었다. 놀랄 만큼 규율을 지키면서 군중은 두 대의 차가 서 있는 대문을 향해 움직여갔다. 세번째 자동차가 오고 있었다. 열린 출입문 앞에도 꽤 많은 사람들이 서로 인사를 나누면서 손에 들고 온 것을——많은 사람들이 손에 무언가를 들고 있었다——내려놓기까지 하였다. 그들은 서로 이야기를 주고받느라 뒤섞였으며, 상대편 우산 밑으로 들어가기도 하였다.

우리 식구가 홀름젠 부부, 힌레크 팀젠, 힐데 이젠뷔텔, 그리고 오코 브로더젠——그는 우체부의 정복을 입고 있었다——들과 만났을 때, 아버지가 우리에게 나지막이 속삭였다. 「나를 원망하는 사람이 있으면 합심해서 대항해야 해」그런 연후에 그는 바트블리크의 주인에게 붙잡히고 말았다. 그는, 자기가 다시 시작하려는 사업에 참여의 기회를 제공하기라도 하듯 간절하게 사정하였다. 「전쟁 후에, 옌스」하고 그가 말하였다. 「전쟁 후에 말일세」 나는 장갑 낀 힐케의 손가락을 꼬옥 붙잡고 그녀가 요청을 않더라도 옆에 바짝 붙어 있었다. 누나가 그렇게 예뻐 보인 적이 없었기 때문이었다. 검정색이 그녀에겐 어울렸다. 공동묘지에 가까와질수록 그녀의 흥분은 더욱 커져갔다. 연방 주위를 두리번거리며 사람들을 보려고 했고, 더 자신을 보이고 싶어했다. 그녀는 자주 물웅덩이에 빠졌고, 그때마다 온통 흙탕물이 튀어올랐다. 그녀의 다리는 통통한 오금께까지 흙탕물투성이였다. 힐케의 다리만 그런 게 아니었다. 내가 본 거의 모든 양말과 바지들이 얼룩이 져 있었다. 오코 브로더젠은 엉덩이까지 진흙을 묻히고 있었다. 가장 적게 적신 사람은 아버지였는데, 아마도 그의 걸음걸이 때문이었을게다.

점점 더 많은 사람들이 우리에게 합류하여 인사를 나누고자 하였다. 칼 빌헬름 뷔닝과 옌스 람페, 모든 사람들이 슈트루베 엄마라고 부르는 헤드비히 슈트루베, 앙커 뷜크와 데트레브 헤게비쉬, 너무도 빨리 자라는 기어링 자매, 제방 감독관 불트요한과 플뢰니스 선생, 까다로운 수말을 타고 온 죄링 농장의 죄링 부인, 화가의 친구들인 글뤼제루프 출신의 두 화가, 야프로이흐젠보른과 파울 플레잉후스――경작중인 농부들이나 극적인 해양화를 즐겨 그리는――고등학교 여교사 부이지엔과 디테의 관을 만든 소목장이 헤크.

믿기지 않을 정도로 많은 사람들이 꾸역꾸역 공동묘지를 향해 올라갔다. 주변의 황량함은 사라져버렸다. 입장이 허용되었으면 좋았을 것을! 검은 무리를 이루며 그들은 묘지 옆 큰길 위에 서 있었다. 쓸쓸한 예배당의 앞뒤, 물방울이 뚝뚝 듣는 오리나무 밑에, 바람이 헤집고 들이치는 산울타리 옆에 그들은 서 있었다. 안데르젠 선장의 모습은 보이지 않았으며, 그의 목소리도 들리지 않았다. 하지만, 유타가 거기 있었다. 창백하고 신중한 얼굴이었다. 그녀 옆에는 까칠까칠해 보이는 스웨터를 꿰어 입은 뚱보가 서 있었다. 예배당 앞의 좋은 자리를 잡았던 우리는, 점차 옆길로 밀려나서 몇 개의 삭막한 무덤 앞에 서게 되었다. 무덤 앞 진흙바닥에는 이상한 모양의 나무십자가들이 꽂혀 있었고, 그 위에는 외국인의 이름들이 적혀 있었다. 까마귀 몇 마리가 날아왔다가 서둘러 날아가 버렸다. 눈에 띄는 새라곤 이들이 전부였다. 지빠귀도 까치도 산피리새도 없었고, 박새조차 얼씬거리지 않았다. 힐케가 나를 끌고 무덤들 곁을 지나 어린 측백나무 울타리 쪽으로 갔다. 울타리를 빠져나가자, 비좁기는 했지만 다시 예배당 앞에 서게 되었다. 예배당 위에는 납으로 만든 풍신기가 바람을 맞아 수평을 이루고 있었는데, 그 수탉의 모습은 마치 벌레를 노려보고 있는 듯한 인상이었다.

화가는? 화가는 보이지 않았다. 테오 부스베크도. 아마도 두 사람은 아직 문이 열리지 않은 교회당 안으로 이미 들어가 있는 모양이었다. 「왜 문을 열지 않는 건지 모르겠네」 하고 우리 앞에 서 있던 숯검댕이 사각과자같이 생긴 부인이 X자형의 다리를 가진 말라깽이 거인에게 말하였다. 「여기에 더 서 있다간 다음은 내 장례식 차례가 되겠네」 이 말을 들을 수 있는 사람들은 많든 적든 그 부인의 말에 은연중 시인을 하였다. 엑스 자형 다리의 거인만이 이러한 항의에 찬성하지 않는 것 같았다. 모두를 내려다보는 껑충한 높이에서도 이야기를 잘 나눌 수 있었던 남자는, 이름이 페더 마그누센이라고 불렸는데, 내 기억이 틀림없다면 글뤼제루프에 조선소를 갖고 있는 사람이었다.

　사각과자 부인이나 꽁꽁 얼어붙은 조문객들 모두 폐결핵에라
도 걸리면 안 될 테니까, 이제 나는 묘지 관리인 페네로 하여금
적갈색 칠을 한 예배당의 문을 열도록 하여야겠다. 하얀 입김을
멀리까지 내뿜으며 그는 문을 쇠빗장으로 받쳐놓았고, 들어와
도 좋다는 듯 머리를 약간 수그렸다. 그리하여 우리는 안으로
쏟아져 들어갔고, 너무 좁고 높은 벤치 위로 올라가 앉을 수밖
에 없었다.

　이제 나는 맨 앞줄, 통로의 바로 옆에 앉아 있는 화가와 부
스베크 박사를 발견하였다. 둘은 여기저기 갈색의 락카칠을 한
관이 들여다보이는 꽃더미를 올려다보고 있었다. 촛불들이, 샛
바람이 불 때마다 불안스레 가물거렸다. 반딕스 목사가 제단 앞
에 서 있었는데, 아마도 손톱을 들여다보고 있는 모양이었다.
버섯 냄새, 즉 첸첸허렐버섯과 송이버섯 냄새가 났다. 힐케는
장갑을 벗어 돌돌 말았다. 이전까지 대담했던 시선을 더 이상
들지 못하고 있었다. 나는 퀼켄바르프의 할아버지댁 벤치에 앉
은 것처럼 다리가 저려왔다. 왜 문을 닫지 않았을까?

　많은 사람들이 뒤를 돌아다보았다. 나도 역시. 묘지관리인
페네가 문을 닫으려 했지만, 교회당 안에서 자리를 잡지 못한
조문객들이 밖으로 나가려 하지 않았다. 그러니, 문을 열어놓
은 채로 페네는 반딕스 목사에게 사인을 보냈고, 목사는 얇은
안경을 낀 얼굴을 들어 천장을 응시한 다음 넓게 두 팔을 벌렸
다. 기도를 하기 위해 일어섰다가 앉았고, 곧 다시 찬송가를 부
르기 위해 일어섰다. 「나 한번 떠나가야 한다면」이었다. 힐케는
열심히 불렀다. 높은 음으로 한번도 책을 보지 않고 불렀다. 화
가도, 그의 세째 줄 뒤편에 앉아 있는 아버지도 불렀다. 함께
부르지 않은 사람은 어머니뿐이었다.

「모든 행동을 함에 있어서」하고 반딕스 목사가 말하였다. 「저는 하나님께 조언을 청합니다」우리가 자리에 앉자, 그는 그렇게 하는 이유를 설명하였다.

그는 한 최고사령관의 이야기를 가지고 설교를 꾸며나갔다. 물론 강력하고, 또한 영명한 남자. 모든 전쟁을 승리로 이끌고 갔기에 세계의 반을 이미 손아귀에 쥔 사람——반딕스 목사는, 〈땅덩어리의 반〉이라고 말하였다——세계이건 땅덩어리이건 좌우간, 이 정체불명의 사령관은 승리를 거둘 때마다 더욱 더 우울해지는 것이다. 심지어 새로운 승전을 전하는 전령이 보는 앞에서 우울증에 빠지는 일까지 생긴다. 그 이유는 단지 여러분이 이미 생각한 것처럼, 정복이 이루어질 때마다 새로운 정복의 가능성이 줄어든다는 이유 때문이었다.

이 사령관이 아직 정복되지 않은 나라를 아주 천천히 정벌해 나갔다는 것은 누구나 짐작할 수 있는 일이다. 그러나, 설사 마지막 승리가 교묘히 지연된다고 하더라도, 언젠가는 전세계가 ——반딕스 목사는 〈온 땅덩어리〉라고 말하였다——어쩔 수 없이 그의 수중에 떨어지고 말 것이었다. 사령관은 아주 기분이 저조한 가운데 그의 천문학자들과 상의를 한다. 이들은, 낙심천만인 사령관에게 새로운 기쁨을 제공할 듯이 보인다. 심심파적으로 하늘의 무한한 공간을 지배하는 게 어떠냐고 제안을 한다. 사령관의 마음이 밝아진다. 이 계획에 마음이 끌린 그는, 하늘의 무한한 공간을 놓고 하나님과 겨루어볼 것임을 감연히 포고한다. 그러나, 그렇게 될 수는 없다. 충분히 정복한 사령관이 이제는 그 때문에 죽음을 준비해야 한다는 것이 하나님의 의사이기 때문이다. 이러한 전갈을 받고, 사령관은 전혀 동의할 수가 없다. 갖가지 방법으로 그는 대항한다——반딕스 목사는, 「앞

을 내다보지 못하고 발악을 한다」라고 말하였다──자기의 수
많은 호위병들이 다가오는 죽음을 언제라도 막아낼 수 있다는
사실을 하나님께 알린다. 그러나, 놀랍게도 그날 저녁 죽음은
소란을 피우지 않고 그의 천막 속에 들어왔고, 사령관은 죽음
과 이야기를 하며 자기에게 새로운, 그러나 마지막 기회를 부
여해 달라고 청한다. 그것이 허용되었다. 그는 지상에서 가장
빠른 말에 안장을 얹고, 머나먼 레바논의 자기 영토로 달려간
다. 바다에 면한 그의 집 정원에서 기다리고 있는 것이 누구일
까? 바로 그렇다. 죽음은, 자신이 사령관보다 빨리 도착한 사실
에 대해서 사과를 한다. 사령관은 복종하고 만다. 떠나가는 마
지막 순간엔 심지어 어깨까지 으쓱하면서, 자못 유쾌한 기분이
되었다──반딕스 목사는, 〈조용한 즐거움〉이라고 말하였다
──사령관은 순간, 자신의 정복 사업이 얼마나 보잘것없는 일
이었나를 깨닫게 된다. 그는 하나님의 권고를 따른다. 반딕스
목사는 이쯤에서 말을 멈추고, 날카로운 눈초리로 샅샅이 조문
객들을 훑어보았다. 왼쪽에서 오른쪽으로 앞에서 뒤로. 그가 팔
을 높이 쳐들고 집게손가락으로 내 머리의 뒤편을 가리켰을
때, 나는 나도 모르게 몸을 돌렸다. 그곳에는 번쩍이는 가죽외
투를 입은 두 사나이가 사이 좋게 나란히 앉아 있었다. 「하지만
사랑은」 반딕스 목사가 부르짖었다. 「사랑은 결코 중단하지 않
습니다」 그는 집게손가락으로 디테가 누워 있는 꽃더미를 가리
키고는 잠시 기다렸다. 하지만 그곳에서는 아무런 일도 일어나
지 않았다. 그는 집게손가락을 다시 거두고 화가에게 고개를 끄
덕인 다음, 디테 쪽으로 몸을 돌리고 이렇게 서두를 떼었다.
「이제 그대의 여정은 끝났군요」 그는 잠시 말을 끊었다. 흐느끼
는 소리와 오열이 들려왔다. 안개 속의 경적을 연상케 하는 둔

중한 울부짖음——짐작컨대 슈트루베 엄마가 내는 소리 같았다
——도 들려왔다. 성전 강의에서 유례가 없었던 온화함을 갖고
반딕스 목사는 다시 한번 디테의 생애의 정거장들을 따라 서둘
러 지나갔다.

　다시 한번 그는 디테를 소녀로 만들었다. 하얀 옷에 하얀 구
두를 신은 소녀로. 조용하고 널찍한 플렌스부르그의 집. 「정원
에 너무 오래 있지 말아라. 해변에도 가선 안 돼. 목소리에 조
심해야 한다, 애야」 어머니와 할머니가 외쳤다. 「곧 지겔 선생
님께서 오실 게다」 프록코트를 입고 항상 미소와 위엄을 잃지
않는 음악 선생은, 디테가 아주 높은 피아노음을 따라오기를
바랐다. 그는 높은 보수를 받았고, 그 소녀는 노래를 부를 때마
다 그 조그만 마을의 사람들을 감동시키곤 하였다. 겨울날 저녁
이나 또는 디저트 시간에. 왜 그토록 섬세한 소녀가 영원히 어
린 채로 남아 있을 수 없었을까? 나는 자문해 보았다. 왜 반딕
스 목사는 그녀를 성장시켜 음악대학에 보냈으며 「팔려간 신부
(新婦)」에서 주역을 맡도록 해야 했을까? 그러나, 그는 이 생의
여정을 껑충 뛰어넘어 소극장 시절과, 디테를 위해 야상곡과
아리아를 써주었던 작곡가 프리드리히 드류스와의 우정 관계를
언급하였다. 절름발이 동생을 늘 돌보아주었던 일을 이야기한
후, 마침내 막스 루드비히 난젠이 등장하였다. 우체국의 금전
출납 창구에서 그들은 처음 만났다. 그들이 무엇을 물어보든 창
구 직원은 고개만 흔들어댔다. 그러나, 그들은 커피를 함께 들
게 되었고, 일주일 후엔 자필로 쓴 약혼식 초대장을 돌릴 수 있
었다. 그는, 가족이 참가하지 않은 결혼식과 디테가 직장을 그
만둔 일, 그리고 오랫동안 견뎌온 궁핍과 오해에 관하여 언급
하였다. 그러니 자연 병(病)에 관한 언급이 없을 수 없었다. 젊

은 부인은 회색의 옷을 입었고 쉬 늙어갔다. 어쨌든 그녀는, 훗날 존경받던 시절과 똑같이 평온한 마음으로 빈번한 이사와 초라한 잠자리를 견뎌냈다. 이것을 일컬어 반딕스 목사는, 〈성공한 예술가의 높이와 깊이〉라고 칭하였다. 「그대는 그가 필요로 한 모든 것이었소」 하고 목사는 디테를 향해 말하였다. 「극소수만이 찾아낼 수 있는 존재였소. 젊은 시절의 동반자요, 암담했던 시절의 위안이요, 외로왔던 세월의 반려자였소」

흐느낌이 고조되었다. 바깥쪽으로부터 두번째 안개 경적이 헐떡이는 듯한 슬픔으로 슈트루베 엄마의 오열에 화답하였다. 그동안 반딕스 목사는 디테의 가장 아름다왔던 생을 소개하면서, 〈하나가 되는 행복〉에 대해 이야기했다. 비록 어두운 영혼들이──그는 정말로, 〈어두운 영혼들〉이라고 말하였다──지워 없애려 애쓸지라도, 이 세상에 무조건 그 흔적을 남겨야만 되는 그러한 행복에 대해서. 「보십시오. 그대도 헛되게 산 것은 아니었습니다」라는 한마디로써 그는 한 생애의 재현을 마치고 기도를, 다음엔 다시 한번 노래를 하자고 제안하였다.

기도와 찬송가를 마치자, 묘지 관리인 페네가 여섯 명의 상여꾼을 데리고 들어왔다. 이 늙은 남자들은 한결같이 손등이 터지고 목에는 찢어진 상처들이 나 있었다. 우리는 그들이 꽃과 화환을 치우는 모습을 지켜보았다. 화가와 테오 부스베크가 맨 앞에서 관을 따랐다. 그 다음이 반딕스 목사와 함께 유타와 욥스트, 다음 플렌스부르그에서 온 낯선 여인들, 다음, 막 틈을 발견했거나 벤치를 떠나 빙 돌아온 사람들이 뒤를 따랐는데, 그건 힐데 이젠뷔텔과 홀름젠 부인이었다. 아버지는 분명 뒤로 처지고 있었다. 그는 행렬의 뒤쪽 3분의 1쯤에 끼어들었다. 그리고도 마음이 놓이지 않는 듯 사람들의 눈에 띄지 않기 위해 얼

굴을 숙이고 있었다. 더욱 눈에 띄지 않으려 애쓰는 사람들은
예의 두 가죽 외투들이었다. 그들은 줄 끝에서 따라오고 있었
다. 우리 앞을 지나가는 화가의 얼굴은 면도도 하지 않은 채 창
백하고 신중하였으며, 추위 때문에 거친 살갗을 하고 있었다.

　힐케를 혼자 놔두고 줄 왼편으로 장의행렬을 앞지른 나는 상
여꾼들과 거의 동시에 묘혈에 도달하였다. 구덩이는 위쪽 가장
자리가 널빤지로 덮여 있었고, 생각보다는 바닥이 깊지 않았
다. 점토질의 바닥에는 약간의 물이 괴어 있었는데, 지하수가
아니라 눈 녹은 물이었다. 측면에는 삽으로 절단된 가늘고 하얀
뿌리들이 삐져나와 있었다. 리펜 묘지 전체가 인공의 언덕이라
는 것을, 50센티미터밖에 되지 않는 모래층과 점토층을 보고
알 수 있었다. 그 밑은 암갈색의 부슬부슬한 토양층으로 이탄이
나 캐기 알맞은 땅이었다. 화가가 나를 쳐다보았다. 인사를 했
으나 그는 받지 않았다. 그는 진흙땅 위에서 딛고 설 만한 장소
를 찾지 못한 부스베크 박사를 부축해 주고 있었는데, 그 모습
은 마치 그의 후줄근하게 젖은 외투가 이 작은 사내를 끌어내리
고 있는 것 같았다. 페네의 신호에 따라 상여꾼들이 관을 내려
놓았다. 그들은 관 밑에 깔린 밧줄의 양끝을 잡고 있었다. 하관
하기 전 반딕스 목사는 무덤 위로 한손을 들었다가 나뭇잎처럼
흔들리게 하였다. 다음에는 관 위에서 축복을 내렸다. 바쁘게
흔들리던 손은 기도를 할 때에야 아래로 내려왔다. 기도가 끝나
자, 상여꾼들은 구덩이 옆의 진흙 위에 몸을 버티고 관을 들어
올렸다. 서서히 관이 내려가는 동안, 화가는 한 팔로 테오 부스
베크의 어깨를 감싸 안았다. 그러곤, 어찌나 심하게 그를 잡아
끌었는지, 둘의 몸은 삼각형을 이루고 있었다,

　자질구레한 일들? 호곡 소리? 봉하지 않은 무덤가에서 의례

적으로 쓰러지듯 몸을 내어던짐? 이런 일들이 무척 많이 일어났더라도, 나는 이만 중단하여야겠다. 아직 닫히지 않은 무덤가, 일기마저 궂은 날 얼마든지 들을 수 있었던 투덜거림, 외침, 간절한 소망 등의 인용을 단념해야 하겠다. 디테의 관이 구덩이 속으로 사라진 후, 화가와 테오 부스베크는 한 줌씩의 모래를 뿌려 넣었다. 그러고는, 울타리 옆에 너무나 바짝 붙어 있었기 때문에, 그들처럼 모래 한 줌씩을 뿌린 사람들은 반드시 두 사람 곁을 지나가야만 했다. 많은 사람들이 몸을 굽혀서 ──작은 삽을 사용할 수 있었음에도 불구하고── 손가락으로 모래를 긁어 모아서는 비가 내리듯 뿌렸다. 모래가 덩어리져 있을 땐, 관 위에서 딱 하는 소리가 나기도 했다. 그러고 나서, 그들은 화가와 부스베크에게 악수를 청하고 무어라 한마디 던지기도 하고, 또는 말없이 지나가기도 하였다.

나는 힐케의 차례가 오기를 기다렸다가 그녀 뒤에 끼어들었다. 누나의 뒤를 이어 두 줌의 모래를 디테에게 끼얹고는, 두 남자와 악수를 나누었다. 아버지도 줄에 섞여 있었다. 브로더젠과 불트요한의 사이에 끼어 점점 묘혈 쪽으로 밀려가서는 한 줌의 모래를 두 번 던져 넣었다. 그러곤, 화가에게 다가갔다. ──무관심을 가장한 그 무미건조하고 씁쓰름한 얼굴 표정을 나는 결코 잊을 수 없을 것이다── 화가는 다른 사람들에게 보여주었던 것과 똑같이 태연하고 자상하게 그를 마주 보았다. 아무 일도 일어날 것 같지 않았다. 짤막한 악수로 모든 것이 끝나버린 것 같았다. 기껏해야 물음이 내포된 억양으로 상대방의 이름을 부르는 소리나 듣는 게 고작일 것 같았다. 「막슨가?」 「옌슨가?」

그러나, 화가가 파출소장의 손을 다른 사람들보다 더 오래

잡고 있었을 때, 우리는 이미 알 수 있었다. 모든 사람들이 그를 주시하며 관심을 표명하고 있는 지금, 바로 이 순간에 무언가를 청산하고픈 생각이 화가에게 일어났다는 사실을. 「우리집에도 들러주겠지, 옌스?」 화가가 낮은 목소리로 물었다. 아버지는 마치 이 질문을 기다리기라도 했다는 듯이, 재빨리, 싫다고 대답하였다. 「자네에게 보여줄 것이 있는데, 옌스」 약간은 흥미가 있다는 듯 아버지는 어깨를 들어올렸다. 「그게 뭘까?」「디테의 마지막 초상화일세」 화가는 적대감없이, 차라리 약간의 경멸을 담은 표정으로 말하였다. 「자네가 오면 그걸 보여주겠네, 옌스」

루크빌의 파출소장은 테오 부스베크와의 악수를 필요 없는 것으로 생각하였다. 입술을 꽉 다문 채 몸을 돌렸다. 공동묘지의 중앙로를 거친 걸음걸이로 걸어가 혼자 기다리고 있는 어머니에게로 다가갔다. 황급히 그녀를 낚아챈 다음 등을 떼밀었다. 갑자기 우리를 생각하고 몸을 돌렸을 때, 그의 팔에 매달린 어머니는 거의 팽개쳐지듯이 두어 발자국 움직이지 않을 수 없었다. 「네, 네, 갈께요」 우리는 벌써 걸음을 옮겼다. 나는 순순히 힐케를 따라가면서, 그녀의 손을 꼬옥 잡았다. 이번엔 어른들이 앞장을 섰다. 묵묵히, 성급히 이곳저곳의 인사에 답하면서 루크빌의 파출소장은 방금 일어난 격분 상태를 나타내기라도 하듯 발걸음을 빨리하였다. 예배당 앞에서도, 묘지 문 앞에서도 그는 대화에 끼어들지 않았다. 「벌써 다 끝났나?」 하고 안데르젠 선장이 소리쳤을 때도 그는 급히 고개를 끄덕였을 뿐, 사람들의 부축을 받으며 막 마차에서 내리는 이 노인을 위해 걸음을 멈추지 않았다.

빠른 걸음으로 다리들을 건넜고, 들을 가로질렀으며, 물바다

가 된 분지와 울타리 밑을 지났다. 바람의 방향이 바뀌자 다시
앞으로 바람을 받아야 했는데, 그건 우리 고장에서 흔한 일이
었다. 앙상한 오리나무 숲 아래쪽 눈 덮인 토대 위에 블레켄바
르프가 있었다. 거기에는 커다란 식탁이 마련되어 있었다. 디테
가 만들어주던 노란 탑 모양의 고명과자는 없을지라도, 구운
과자, 당밀과자, 호도크림과자 등이 잔뜩 놓여 있었다. 우리가
과자를 먹으며 행복감을 느끼도록 플렌스부르그에서 온 여인들
이 이미 마련해 놓은 것 같았다. 하지만, 블레켄바르프의 둔덕
위에 이르렀을 때에도 아버지는 시선 한번 던지지 않았다. 한쪽
어깨를 앞으로 내밀고 바람과 싸우면서 그는 수문이 있는 곳까
지 질주해 갔다. 그리고 이곳에서 한번 몸을 돌렸다. 우리도 몸
을 돌렸다. 그가 마음을 고쳐먹고 우리를 다시 블레켄바르프로
이끌고 가려는 순간이 정말로 닥쳐왔구나, 생각하였다. 이제
공동묘지에서 흩어진 사람들이 하나씩 둘씩 혹은 떼를 지어 몰
려가고 있는 그곳으로 말이다.

그러나, 그가 몸을 돌린 것은 바람을 피해 눈물을 닦아내기
위해서였을 뿐이었다. 그는 계속해서 집으로 통하는 벽돌길로
접어들었다. 우리에겐 물어볼 것이 너무 많았다. 문을 닫은 후
서로서로 전할 말도 많았다. 그러나, 아버지는 잔뜩 골이 난 얼
굴로 난로에 덤벼들었다. 불을 쑤셔대고, 바람을 불어넣고, 장
작을 더 집어넣었다. 오늘 있었던 일에 대해선 이야기를 나누고
싶은 기분이 아니라는 것이 역력하였다. 예컨대, 그는 벌써 나
에게 명령을 내렸다. 힐케와 어머니가 물러간 뒤에 나를 위층에
보내어 그의 근무복을 가져오도록 시켰다. 꾸역꾸역 솟아나는
연기가 방안을 가득 채우고 베일 모양의 연기자락이 부엌 안의
시야를 방해하는 동안 그는 근무복을 갈아입기 시작하였다. 이

경쾌함! 이 쾌적감! 입었던 옷가지를 하나씩 벗어서 부엌의 벤치에 집어던질 때마다 그는 점점 기분이 좋아지는 것 같았다. 부엌 문에서 노크 소리가 났을 땐 이렇게 외치기까지 할 정도였다.

「들어와요. 재단사만 아니라면」

아직도 기억이 난다. 오코 브로더젠이 들어왔을 때, 그는 속옷을 입은 채 서 있었다. 오코는 인사를 보내고 즉시 식탁으로 가서 그의 회중시계를 꺼내놓았다. 이렇게, 그에게 허용된 시간이 제한돼 있다는 것을 보여준 다음, 우편 집배원은 자리에 앉았다. 팔이 없는 쪽 옷소매가 재킷의 주머니까지 내려와 있었다. 그는 시계를, 아버지를, 다시 시계를 쳐다보았다. 그 역시 우리처럼 들을 가로질러 온 게 분명했다.

「오늘도 우리집엔 편지 한 통 없는 게로군」 발판 위에 선 아버지가 바지의 허리띠를 넓게 펼치면서 말했다. 「오늘은 없네」 하고 우편 집배원이 말했다. 「오늘은 내가 무언가를 가져가려고 왔네」「그게 뭘까?」「자넬세!」 아버지는 오른쪽 바지 가랑이에 발을 쑤셔넣으며 휘청거렸다. 다음, 왼쪽 발을 들어 가랑이의 구멍에 겨냥하였다. 첫번째는 실패, 두번째의 시도에서야 이윽고 그의 왼쪽 발이 힘차게 가랑이 속으로 들어갈 수 있었다. 장딴지에 말려 있는 옷을 허벅지와 엉덩이 위까지 고르게 잡아당김으로써 그의 실랑이는 끝났다. 「그렇다면 나를 누구 집으로 보낼 참인가?」 아래쪽을 내려다보면서 아버지가 물었다. 「모두 블레켄바르프에 모여 있네」 하고 오코 브로더젠이 말하였다. 「자네만 빠지는 셈이 되는 거지. 누가 날 보낸 건 아니야. 그러나 내 생각에, 자네가 우리를 피하려는 것 같았어. 옌스, 같이 가세나」

아버지는 양말과 커프스의 위치를 바로잡았다. 고무줄을 잡아당겨 찰싹 달라붙게 하였다. 「한 사람이 남아도는 것보다는 한 사람이 모자라는 게 좋을 텐데 그래」 아버지가 말하였다. 「자네들은 이야기를 나눌 수 있을 거야」 하고 브로더젠이 말했다. 「우린 막 이야기를 나누었다네」 하고 아버지가 말했다. 「우리 사이에 할말은 다 한 셈이야」 그는 발판을 내려와 세면대 위에 걸린 거울 앞으로 걸어갔다. 다리를 쩍 벌리고 서서 넥타이를 바로 매었다. 그의 등을 향해 브로더젠이 말하였다. 「요즈음 세월로 봐서는 모든 게 얼마나 계속될지 모르는 판일세. 이제 중요한 것이 무엇인가를 생각해 봐야 되네. 결코 오래 가지 못할 거야」

「오코!」 하고 아버지가 말하였다. 「나는 그런 소리 들은 적 없네. 자네가 아무리 정확한 내용을 알고 싶어해도 말이야. 누구든 자신의 의무를 행할 때, 거기서 얻는 것이 무엇인지 그렇게 하는 것이 그에게 이로운지 어떤지를 나는 문제삼지 않네. 무슨 일을 할 때마다 의문에 사로잡힌다면, 도대체 우리가 무슨 일인들 할 수 있겠나? 의무란 기분에 따라 행하는 것도 아니고, 조심스레 몸을 도사리며 행하는 성질의 것이 아니야. 내 말을 이해할지 모르겠네만」 그는 상의를 입었다. 단추를 채우고, 브로더젠이 앉아 있는 식탁 앞으로 다가갔다. 「적절한 시기에 의무를 이행치 않아서 화를 면한 사람들도 많았네」 우편 집배원이 말하였다. 「그렇다면 그자들은 의무를 수행한 것이 아니지」 아버지가 잘라 말하였다.

오코 브로더젠은 일어났다. 시계를 집어넣고 문 쪽으로 가서는, 다시 한번 뒤를 돌아다보면서 물었다. 「그렇다면 내가 헛걸음을 한 걸까?」 아버지가 골똘히 생각에 잠겨 있음을 나는 알 수가 있었다. 그가 대답을 않자 우편 집배원이 질문을 반복하였다. 그러고 나서도 아버지는 더 숙고할 시간이 필요하였다. 마침내 아버지가 말하였다. 「기다려주게. 함께 가세」 그러곤, 사무실 안으로 사라졌다.

「점점 키가 커가는구나」 우리만이 남았을 때, 우편 집배원이 내게 말하였다. 그 밑에 나는 불쑥 이렇게 대답했다. 「아저씬 점점 늙어가시네요」 감자를 차려놓으러 들어온 힐케에게는, 곧 너에게 좋은 소식을 갖다주마. 홀랜드로부터건, 브레멘으로부터건」「전 아무 편지도 기다리지 않아요」 이것이 힐케의 대답이었다. 「기다리지 않던 편지라면 더 좋지」 하고 브로더젠이 말하였다. 언젠가 한번 들었던 말이었다.

다시 나타난 아버지는 이미 젖어서 번들거리는 비옷을 머리 위에 덮어쓰고 있었다. 모자를 쓰고 긴 고무장화 속에 바지 가랑이를 집어넣은 차림이었다. 그는 만반의 준비를 갖추고 있었다. 「자, 오코. 가볼까?」 아버지가 말하였다. 「또 가셔야 되나요?」 힐케가 외쳤다. 「블레켄바르프에 간다. 얼른 다녀오마」「감자를 차려놓았는데요」 누나가 말했다. 「거기 가서 전해 줄 게 있다」하고 파출소장이 말하였다. 「얼마 걸리지 않을게다」「엄마가 물으시면요?」「이렇게 말해라. 형집행 명령을 전하러 블레켄바르프로 갔다고. 식사하러 곧 돌아오겠다」

13 생물 시간

테치우스 프루겔은 동작의 민첩함에 있어 다른 선생들에 비할 바가 아니었다. 그는 재빨리도 달려들었고, 또한 효과 만점이도록 때렸다. 가장 호된 매가 내려지는 것은 우리가 정신을 딴 곳에 팔고 있을 때——게으르거나, 멍청하거나, 혹은 선생의 말을 이해하지 못할 때가 아니라——였기 때문에, 학급의 어느 누구도 감히 유리창 밖으로 시선을 돌릴 수가 없었다. 그날 오전 내내 전투기들의 폭음이 교실을 뒤흔들었지만, 어느 누구도 감히 창 곁으로 달려가 하늘을 가르고 있는 비행기들을 바라볼 엄두를 내지 못했다. 바다를 건너온 비행기 편대들은 제방을 넘어 포장된 국도까지 나간 후 커브를 틀어——이때 영국의 국기를 동체에서 볼 수 있었다——후줌 방향으로 날아가곤 하였다. 모터 소리에 수업이 방해받을 때마다 프루겔은 경멸에 찬 시선으로 천장을 바라보았다. 소음이 지나가면 그는 숨어나 문장들을 용케도 떠올리면서 말을 다시 계속하였다.

넓은 민대머리의 남자, 아직도 유빙(流氷) 속에서 수영을 하는 남자, 발끈 화가 나서 빨갛게 달아오를 때는, 학교 전체는 아니더라도 적어도 교실 하나쯤은 따뜻하게 녹여줄 듯한 이 남자는 마지막 수업을 휴강으로 때울 이유를 발견하지 못하였다. 불안한 비행기들의 폭음으로 수없이 수업이 중단되어야 했지만, 그는 생물 강의를 고집히였다.

긴 의자에 곧바로 앉아 비스듬한 책상 위에 양손을 올려놓고, 우리는 그의 얼굴을 주시하였다. 그의 입술에 주의력을 쏟으며 그곳에서 나오는 지식을 두려움에 가득 차서 빨아들였다. 물고기에 관한 지식, 아니 물고기에 있어서 생명의 탄생에 관한 지식, 아니 그걸로도 아직 충분치가 않다. 물고기에 있어서 생명 탄생의 경이로움에 대하여. 이 경이로움을 우리에게 보여주려 한 것이었다. 4월 말 혹은 5월 초의 무더운 어느 날, 소위 생물학 강의 시간에 그가 교실로 들고 온 현미경의 도움을 빌어서 말이다. 현미경은 이미 설치되어 있었고, 경이로움을 증명해 줄 내용물이 소중히 간직되어 있는 두 개의 양철 케이스가 그 옆에 놓여 있었다. 하이니 분예와 페터 파울젠이 학급을 대표하여 일차 경고를 받았다. 그들은 손바닥 위에 알맞은 간격으로 그려진 매 자국을 세 개씩 선사받았다. 이로써 주의는 집중되었고, 잠시 동안의 정숙이 보장되었다.

어쩌면 잠시 프루겔 자신에게로 초점을 맞추어, 오래된 그의 부상이나 혹은 그의 이력에 대해 이야기할 여유를 주는 것도 그리 무익한 일은 아닐 것이다——그는 기분이 좋을 때면, 늑골 위를 스치고 지나간 총알 자국의 상처를 보여주기도 하였다——또는 메클렌부르크 출신인 그의 가정을 방문해, 날이면 날마다 트레이닝복 차림으로 모래언덕 위를 산책하는 일과를 들어보는 것도 그런 대로 교육적일 수 있을게다. 하지만 나는 너무 지나친 서술로 해서 그의 인상을 불분명하게 만들고 싶지는 않다. 여기에선 단지 그가 우리 학급에서 생물학을 강의하는 정도로 그칠까 한다. 물고기에 있어서 새로운 생명이 탄생되는 경이로움에 대한 강의 말이다.

그는 이야기에 열중하였다. 멀리에서는, 너무 멀어서 별로 개의할 바는 못 되었지만, 8.8구경의 기총소사가 이야기에 끼어들고 있었다. 때로는 2센티-1/4 파운드 고사포가, 그리고 드물게 15센티의 장거리포도 합류하였다. 발사음과 충격파만을 접해도 우리는 그 종류를 구별해 낼 수 있는 정도가 되어 있었다. 그는 여느 때처럼 흑판 앞에 꼼짝 않고 서 있었다. 그의 시선으로 우리를 묶어놓고, 조용한 음성으로 물고기의 세계 속에 빠져들도록 권유하였다. 「이 모든 어종(魚種)들, 작건 크건 간에」하고 그는 말하였다. 「이러한 생명체에 대해 상상이라도 해본 적이 있느냐, 이 멍청이들아. 해저에 모여 사는 이 생물의 이름이라도 말이다. 상어, 암 그렇지. 갈치, 고등어, 뱀장어, 대구 등을 잊지 않았겠지? 바다의 참새라고 할 수 있는 청어 역시」「만일 물고기들이 계속해서 번식하지 못한다면」하고 그는 자문하였다. 「도대체 어떤 일이 일어날까? 연달아서 말이야」이번엔 대답까지 했다. 「모든 어종은 전멸되고 말 것이다. 고기 없는 바다란 무엇이겠는가? 물론 죽음을 의미할 뿐이다」다음, 그는 자연의 오묘한 섭리 쪽으로 방향을 돌려, 치밀하게 계획되고 배려된 만물의 섭리를 찬양하였다. 그는 증기선을 예로 들면서, 연소(燃燒) 역시 생명체의 한 속성임을 설명하려 하였고, 자연도태 현상을 잊지 않게 한 다음에 다시금 물고기의 세계로 곤두박질쳐 들어갔다.

「말이 없는 물고기들이라고 해서 그들이 벙어리인 것은 절대 아니다. 그들은 성의 특징, 성의 차이, 성의 개구부(開口部) 등을 적절히 이용할 줄 아는 것이다. 산란기가 되면 암컷과 수컷들은 꽤 커다란 떼를 지어 다니며, 아늑한 부화 장소를 물색하게 된다. 강변이나 해변의 가까운 곳에 말이다. 너희들도 알다시피 때로 이들은 아주 멀리, 강의 상류까지 거슬러 올라가기도 하는데, 연어를 봐도 알겠지만, 이때 어려운 난관들을 이겨내야 하는 것이다. 안전하고 먹이가 충분한 곳에 알들을 낳게되면, 수컷들이 그들의 정액을 내어 수정을 시키는 것이다. 물론 고래나——프루겔은 말을 중단하고 경멸에 찬 표정을 지으며 참을성 있게 기다렸다. 미친 듯 나는 비행기의 그림자가 학교 운동장을 지나 이윽고 멀어져 갈 때까지——상어의 일부는 살아 있는 새끼를 그냥 낳기도 한다. 그러나 그것은 단지 예외적 현상임을 너희들 멍청이들은 잊지 말아야 한다. 알, 바로 그 알 속에 생명이 숨어 있는 것이다. 그리고 놀라운 것은, 극히 소수만이 그들이 낳은 알을 걱정하고 부화의 책임을 떠맡는다는 사실이다. 그렇지. 작은 가시고기류는 보금자리를 짓고, 알을 지키고, 심지어는 얼마 동안 부화된 새끼들을 보호하기조차한다. 어떤 어종은 알을 아가미 속에 넣고 새끼가 될 때까지 지니고 다니기도 한다. 그러나 대부분의 물고기들은 그렇지 않다. 그들은 부화를 알 자신에게 맡겨버리고, 새끼의 발육이나 사육에도 전혀 신경을 쓰지 않는다. 그렇다면 어린 새끼고기는? 그것은 알 속의 어느 곳에서 자라는 것이 아니다. 이 멍청이들아, 그것은 알의 위쪽에 붙어서 차츰차츰 성장해 가는 것이다」

「바로 그것에 관하여」하고 프루겔은 말하였다. 「너희들은 곧 너희 스스로 확인할 수 있을 것이다. 내가 여기에 생명이 탄

생되는 재료를——그는 귀중한 재료라고 말하였다——가지고
왔다. 현미경을 통해 이러한 사실을 가까이에서 살펴보기로 하
겠다」

멀리서 1/4 파운드 고사포가 으르렁거렸고, 8.8구경의 대포
소리가 유리창의 접합 시멘트를 떨어지게 하였다. 그러나 프루
겔은 그런 소음엔 아랑곳하지 않고 교단 위로 올라갔다. 우선
주머니칼을 펼친 다음, 두 개의 양철 상자를 열고 내용물의 냄
새를 맡아보았다. 칼끝으로 회록색의 덩어리를 집어올려 조그
만 유리판 위에 올려놓고는 손가락 끝으로 덩어리를 흐뜨러뜨
렸다. 즉 유리판 위에 골고루 퍼지도록 얇은 얼룩을 만들어놓는
것이었다. 유리판을 끼워넣자 그는 현미경 위로 몸을 굽히고 한
쪽 눈을 감았다. 얼굴을 볼 만하게 일그러뜨리며 여러 차례 손
가락을 허우적거리더니 검은 나사를 움켜잡았다. 나사를 돌려
물체의 상(像)을 뚜렷하게 한 다음 벌떡 몸을 일으켰다. 그는
우리를 둘러보았다. 의기양양하게 위협하듯이. 그의 얼굴에는
또 회의의 표정도 떠올랐다. 그가 준비한 것을 우리들 따위에게
보여주다니 얼마나 유감스러운 일이며 분에 넘치는 일인가 하
는. 그는 명령하였다. 「일어섯. 일어서서 열을 만들어라. 한 줄
로 말이다, 이 멍청이들아」 잡아당기기도 하고, 따귀를 올려붙
이기도 하면서 그는 우리 주위를 오락가락하였다. 마침내 우리
는 정리되었고, 무릎을 수직으로 편 채 나무랄 데 없는 대형을
만들었다. 유익한 공부가 되는 경이로움에의 일별(一瞥)을 던지
기 위해. 물고기의 알을 관찰하기 위해.

욥스트가 첫번째 행운아가 되었다. 그는 관찰하는 것을 우리
에게 말해야 할 판이었다. 긴장된 눈으로 우리는 그를 바라보았
다. 그는 허리를 꾸부정하게 굽히고, 겁에 질린 얼굴로 다시 한

번 프루겔 선생을 돌아다보았다. 다음, 현미경 위 멀찍한 곳에 얼굴을 숙이고, 발뒤꿈치를 들었다. 「더 깊이 숙여, 더 가까이」 프루겔이 명령하였다. 뚱보 녀석은 렌즈에 눈을 갖다 붙이고 열심히 들여다보았다. 엉덩이 부분의 바지가 팽팽히 늘어났고, 맨체스터산(産)의 갈색 피륙에 한 줄기 주름이 패어졌다. 들여다보고 또 들여다보던 욥스트가 갑자기 쥐이짜듯 소리를 질렀다. 「고기알이다. 아마 청어알 같애」「무얼 보았다고?」 프루겔이 물었다. 「고기알이에요. 꽤 많아요」

욥스트가 자리로 되돌아갈 수 있었기 때문에, 여하튼 우리는 무슨 말을 해야 온전하게 자리에 돌아갈 수 있는가를 알게 된 셈이었다. 욥스트의 뒤를 이어 하이니 분예가 시퍼렇게 멍이 들어 얼얼할 것이 틀림없는 손가락으로 현미경을 움켜잡았다. 관찰에 몰두한 그의 뒤편에서 프루겔이 말하였다. 「구운 고기알이나 혹은 소금에 절인 고기알을 생각해선 안 된다. 똑똑히 알아두어라, 이 멍청이들아. 이건 음식이 아니라 경이로움이 숨겨져 있는 어란(魚卵)이라는 사실을. 조그만 알 속에서 혼자 커나온 생명이라는 사실을. 이 생명 중 대다수는 일찍 죽어서 다른 생명의 먹이가 되어주는 것이다. 오직 강자(强者)들만이, 저항력이 있는 자들만이 살아남아 종족을 유지하는 것이다. 너희들이 주위를 둘러보면 어느 곳에서나 이 같은 일이 일어나고 있음을 알 것이다. 불필요한 생명이 파멸하여 필요한 생명의 존속을 도와주는 것, 이것이 바로 자연의 섭리이다. 우리는 이 섭리를 인정하지 않을 수가 없는 것이다」

「농어 새끼다」 하고 하이니 분예가 외쳤다. 「아주 조그만 농어 새낀데요」「그 비슷한 것이긴 하지」 프루겔은 말하면서 정정해 주었다. 「알에서 기어나오기 바로 직전의 고기 새끼다. 잘

들여다봐」「죽었는데요」하이니 분예가 소리쳤다. 그러자 프루
겔, 「소모(消耗)지. 자연의 소모를 너희들은 보고 있는 거다.
수백, 수천, 심지어 수십만 개의 조그만 알들, 이것들이 바라
는 것은, 살아남는 일부의 제물이 되는 운명을 벗어나는 일이
다. 도태되지 않으려는 것이지. 그러기 위해선 끊임없는 투쟁이
따르기 마련이다. 약한 자들은 투쟁 속에서 멸망하고, 강한 자
들은 살아남는 것이다. 물고기의 세계가 그렇고, 우리 인간의
세계가 또한 그렇다. 명심해 두어라, 모든 강자가 약자에 의해
살아간다는 사실을. 처음엔 모두에게 똑같은 가능성이 부여된
다. 눈에 보이지 않는 알들은 모두 생명을 보듬고 양분을 섭취
하는 것이다. 그러나 싸움이 시작되면 필요없는 존재들은——
그는 분명 〈필요없는 존재〉라고 말하였다—— 더 이상 살아남지
못하는 것이다」
　이런 식의 연설을 한참 늘어놓은 연후에, 그는 나를 현미경
옆으로 불러 관찰의 영광을 부여해 주었다. 「이번엔 우리 예프
젠군이 발견한 것을 알아보기로 할까?」자를 손에 들고, 그는
즉시 내 옆으로 다가왔다. 그러곤 내가 현미경 위로 허리를 굽
히기가 무섭게 벌써 현금(現金)을 요구하고자 하는 것이었다.
그는 물었다. 「자, 어때?」나는 황급히 이 우연의 소치로 얼룩
이 져 있는 아교덩어리 같은 물체를 들여다보며, 무언가를 생
각해 내려고 애를 썼다. 자막대기는 이미 내 오금께에 접근하여
서서히 미끄러지며 장딴지 쪽으로 올라가는 중이었다. 그러
나, 나는 눈을 떼지 않았다. 선뜩한 자막대기의 위협을 참아가
면서, 분명 존재하고 있을 경이로움의 징표를 찾고 있었다. 조
그맣고 휘둥그레한 물고기의 눈들, 내장이 들여다보이는 미세
한 물고기의 몸집, 그리고 노른자위 사이의 장(腸)의 연결. 이

런 것들을 이미 포착하였지만 나는 그것만으로 만족할 수 없었다. 나도 모르게 내가 원하는 것을 찾고 있었다. 아무런 말도 꺼내지 않은 것은, 현미경 밑에 나타난 것에 대한 실망감 때문인지도 몰랐다. 「아무것도?」 프루겔이 물었다. 「보이는 게 없나, 응?」「대구예요」 나는 운을 하늘에 맡기고 말하였다. 그것들이 대구의 알임에는 틀림이 없는 모양이었다. 자막대기가 철수되고 나의 관찰을 그가 확인해 주었으니까 말이다. 「사실 대구의……」 그러나 그의 확인이 끝나기 전에 누군가의 외침이 들려왔다. 「영국인이다. 영국인들이 저기 있다!」 우리는 창 쪽으로 몰려갔다. 저편 운동장 위에 먼지를 뒤집어쓴 정찰용 장갑차 한 대가 안테나를 흔들거리며 서 있었다. 은폐를 목적으로 흰 줄을 친 대포가 축구 골대를 연상케 해주었다. 영국인처럼 보이는 두 남자가 문을 열고 나왔다. 경기관총을 건네받으며 장갑차를 향해 몇 마디 지껄여댄 다음 교실이 있는 쪽으로 다가왔다. 금방이라도 튕겨나갈 듯, 그들은 조심스레 주위를 살폈다. 스키복에 끈이 달린 장화를 신고 있었다. 나이는 매우 어려 보였고, 둘 다 소매를 걷어붙이고 있었다.

그들은 나란히 입구를 향해 걸어왔다. 국기 게양대를 지나 햇볕 속을 걸어올 때, 나는 그들이 우리를 보게 될 시간을 어림하였다. 우리를 발견하자, 그들은 걸음을 멈추었다. 서로의 얼굴을 마주 보며 창문에 달라붙어 있는 학생들에 대한 주의를 환기하였다. 잠시 상의를 하더니, 그들은 계속 나아가자는 데 의견의 일치를 본 모양이었다. 그들의 모습은 출입문 속으로 사라져버렸다. 프루겔 선생의 명령이 없었던들, 우리는 계속 흔들거리는 창문에 붙어 있었을 거다. 「제자리로!」 그는 외쳤다. 우리의 동작이 마음에 들지 않았던지 자막대기가 그것의 소임을 다하고 있었다. 여기에서 철썩, 저기에서 탁. 우리는 곧 창가에서 밀려나 다시금 교단으로부터 이어지는 줄을 만들었다. 욥스트, 하이니 분예, 그리고 나는 자리에 앉아도 되었다.

이 선생은 이렇게 묻지 않았다. 「우리가 어디까지 했지?」 장갑차가 학교 운동장에, 그리고 영국인들이 학교 안에 들어왔음에도 불구하고, 그는 말을 계속하였다. 「이건 대구의 알이다. 예프젠이 옳게 본 것이다. 다른 많은 고기들의 먹이가 되어 준, 한 고기의 알들이다」

「그러나 이 알 속에서 우리가 발견할 수 있는 것은 무엇일까? 베르트람!」 그러자 칼레 베르트람이 이마에서 흘러내리는 머리카락을 쓸어올리며, 현미경 위로 몸을 굽혔다. 하지만 우리 모두는——프루겔만을 제외하고——입을 벌린 채 귀를 쫑긋하고 있었고, 온 신경을 교실문의 손잡이에 집중하고 있었다. 발소리가 들릴 법한데. 영어로 하는 말소리는? 교단 위에는 칼레가 서서 현미경을 들여다보느라 다리에 힘을 주고 있었다. 손잡이가 움직이는 게 아닐까? 과연 움직였다. 칼레 베르트람이 알 속의 경이로움에 대해 이야기할 마음을 먹기도 전에. 문이 열렸다. 문만 열린 채 사람의 모습이 나타나지 않아, 이들이 혹시 건물 밖으로 튀어버린 것이나 아닌가 하는 생각이 들었다. 그러나 프루겔이, 「예프젠, 문을 닫아라」라고 말할 것이 틀림없다고 느꼈을 때, 두 사나이가 안으로 들어왔다. 똑같은 블론드 머리에 맑은 눈, 빨갛게 상기된 얼굴의 두 사나이가.

그들은 교실의 가운데까지 걸어와 우리들의 얼굴을 유심히 살펴보았다——마치 지나간 과거 속의 누군가를 다시 찾아내려 애쓰는 것처럼. 그들 중 하나가 말하였다. 「전쟁 없다. 전쟁 끝났다. 집에 가라」 우리들이 놀란 눈으로 서로를 바라보던 기억

이 지금도 생생하다. 그들은 살피듯이 우리를 응시하였으나 물
론 오랜 시간은 아니었다. 칠판으로, 교단으로 그들의 주의가
쏠렸기 때문이었다. 하나가 지우개를 잡아 쭈그러뜨린 다음, 분
필통 속으로 집어 던졌다. 다른 하나는 교단의 주위를 빙빙 돌
면서, 프루겔 선생에게 앉으라는 신호를 손짓으로 보냈다. 프
루겔 선생은 앉지 않았고, 영국인은 결코 명령의 집행을 고집
하지 않았다. 현미경을 발견한 때문인 것 같았다. 그는 현미경
옆으로 다가가 의아스럽다는 표정으로 우리를 한번 바라본 후
에 얼굴을 숙였다. 깜짝 놀란 듯 고개를 들더니, 두어 걸음 떨
어져 있는 친구를 손짓해 불렀다. 무슨 일이냐는 얼굴을 하고
그도 역시 현미경으로 다가가 안을 들여다보았다. 돌연, 부화
된 사이렌[12]이나 혹은 죽어버린 유복류[13], 한마디로 우리 모두
가, 심지어 생물 선생 프루겔조차 지나쳐버린 무언가를 발견한
듯 그는 대롱에 눈을 비벼대며 뚫어져라 안을 들여다보았다. 무
엇을 그는 관찰한 것일까? 대구의 알 속에서 무엇을 발견한 것
일까?

　동료가 그의 등을 두드렸을 때에야 그는 현미경에서 얼굴을
떼었다. 서로를 향해 고개를 끄덕거리는 품이 본래의 임무를 잊
지 말자는 뜻인 것 같았다. 창변을 따라 교실의 뒤까지 가더니
그들은 박물장(博物欌) 앞에 멈추어 섰다. 속이 들여다보이는, 이
중의 문이 언제나 잠겨져 있는 장이었다──열쇠 하나를 손에
넣은 덕분에 내 수집품이 오래전에 좀 불어나긴 했지만. 거울의
효과를 없애기 위해 둘은 얼굴을 유리벽에 바싹 들이댔다. 안에
들어 있는 갖가지 죽은 동물들이 히죽이 웃고 있었다. 박제된

---

12) 아름다운 노래로 뱃사람을 유혹했다는 반인반조(半人半鳥)의 바다 요정.
13) 물갈퀴가 있는 물새류.

물새, 박제된 물닭, 반드레하게 다듬은 그루터기 위에 올라앉은 스컹크, 박제된 들토끼와 까마귀, 해부된 머리가 양피지처럼 빛나는 에속스어(魚)가, 그리고 둥그런 유리통 속에선 발 없는 도마뱀이 히죽이 웃고 있었다. 말없이 두 영국인은 그들이 발견한 것들에 주의를 쏟고 있었다. 해표(海豹)의 골격을 관찰하기 위해 쪼그려 앉기까지 하였다. 하나가 문을 열려고 하였으나, 결국 둘은 고개를 끄덕이고 출입문 쪽으로 걸어갔다. 작별을 위해 그들이 무슨 할말이 있었으랴? 그러나 문을 나가던 그들은 다시 한번 걸음을 멈추었다. 그중 하나가 말했다. 「전쟁 끝났다」 그러고 나서, 그들은 사라져버렸다.

그런데 프루겔은? 그는 우리를 잊었던가? 현미경과 알 속의 경이로움을 잊었던가? 왜 그는 자막대를 휘둘러 열(列)의 질서를 바로잡지 않았던가? 왜 그는, 아직도 유리창에 매달려 있는 몇몇을 그대로 내버려두었던가? 아직도 내 기억에 생생하다. 그가 손으로 분필을 으스러뜨리던 모습이. 입술을 일그러뜨리던 모습이. 그리고 머리를 뒤로 젖힌 채 눈을 감고, 짧고 가쁜 숨을 내쉬던 모습이. 그의 얼굴에 나타났던 경직과 창백함을 나는 아직도 기억한다. 갑자기 그는 지칠 대로 지친 주자(走者)의 모습이 되어 있었다. 실망, 당혹, 분노. 어기적거리던 그의 몸놀림. 가쁜 숨소리. 비틀비틀 교단 위로 올라간 그는 의자를 재빨리 붙잡음으로써 쓰러지는 것을 면할 수 있었다. 학급 학생 전원이 증인이 된 가운데 그는 두 손에 얼굴을 묻은 채 잠시 꼼짝 않고 앉아 있었다. 한숨을 내쉬면서 껍질이 벗겨져라 얼굴을 비벼대었다. 다음 순간 자리를 박차고 일어났다. 엄청난 저항감에 자신을 가누지 못하는 것 같았다. 그는 양철 상자를 닫고, 어깨를 으쓱하였다. 교실을 둘러보며 무언가를 분명히 말하려 하였

으나 결국 포기하고 말았다. 프루겔. 우리의 생물 선생. 마침내
그는 이렇게 말하는 데 성공하였다. 「집으로 돌아가거라」 우리
가 황급히 물건을 챙기는 동안에도 그는 교실을 떠날 생각을 않
고 있었다. 현미경 옆에 선 채로 어쩔 줄을 모르고 망설이고 있
었다. 우리는 교실을 떠났고, 그는 작별 인사에도 답하지 않았
다. 이것이 내가 프루겔 선생을 본 마지막 순간이었다.

그가 우리를 해방하자 복도와 계단은 아이들의 머리로 메워
졌다. 깡총깡총 뛰는 놈, 쿵당쿵당 발을 구르는 놈, 미끄럼을
타는 놈. 이렇게 우리는 교사를 나왔다. 그러나 운동장은 비어
있었고, 어느새 영국인의 장갑차는 포장된 국도를 따라 북쪽
방향으로 전진해 가고 있었다. 아이들은 끝까지 달려나가 떠나
가는 장갑차를 바라보았다. 내가 욥스트와 하이니 분예를 피해
벌써 벽돌길에까지 와 있었는데도, 아이들은 여전히 그곳에 옹
기종기 모여 있었다. 이날따라 두 녀석도, 내가 곁에 없음을 아
쉬워하는 것 같지는 않았다. 나는 점점 빨리 뛰었다. 경비행기
몇 대가 도랑 위를 지나며, 내 머리 위에 그림자를 드리웠을 때
에도, 나는 제방의 비탈로 몸을 날리지 않았다. 쇠톱처럼 번쩍
거리는 프로펠라의 작렬음이 청명한 하늘을 두 갈래로 갈라놓
고 있었다. 화창한 우리 고장의 봄. 하늘에는 몇 점 구름이 꼼
짝도 않고 있었다. 피부에 와 닿은 따가운 햇살, 그리고 북동풍.

정문이 열려 있었다. 힌레크 팀젠의 자전거가 층계 옆의 벽
에 기대어 있었다. 아버지는 사무실에서 전화를 걸고 있었다.
그의 외침이 헛간 옆에 있는 내게까지 들려왔다. 「무기를 인수
했습니다. 물론입니다. 전량(全量) 다. 네. 네. 남자들에게 통
고되었습니다」 나는 뛰기 시작하였다. 「거리를 경계할 것. 알았
습니다」 아버지는 외쳤다. 곧 이어, 「임무를 완수하겠습니다」

나는 시멘트로 된 층계를 두 걸음으로 뛰어올라 현관으로 들어
갔다. 「완장도 역시. 네, 네」아버지가 외쳤다. 부엌의 찬장 위
에 놓여 있는 완장을 이야기하고 있음에 틀림없었다. 식탁 앞에
서 있던 힌레크 팀젠이 나를 맞으면서 말했다. 「이제 시작이다」
모든 설명을 생략할 양으로, 거기에 놓여 있는 무기들을 가리
켰다. 공장에서 새로 만들어낸 수류탄 상자, 몇 문의 대전차포
와 기관총 그리고 탄약. 누가 이러한 무기를 모두 우리집 부엌
에 갖다놓았냐고 묻자, 그는 말하였다. 「아무도, 지기, 아무도
우리가 다시 한번 이런 임무를 맡게 될 줄은 몰랐다」「후줌으로
부턴가요?」내가 물었지만, 그는 대답하지 않았다. 대전차포를
추판(樞鈑) 가늠자 위에 올려논 다음, 그는 우리집 탁상시계를
겨냥하였다. 이어 쌀자루, 보리자루 등을 차례로 겨누어 이 적
군들을 소리도 없이 해치워버렸다. 그는 기관총들을 검사하고
확인하였다. 「이태리제 노획품이군」그러나, 그의 음성이 자신
에 차 있지는 않았다. 수류탄을 테이블 밑에 내려놓고 탄알을
헤아리고 있을 때, 아버지가 들어왔다. 「한 6백 알쯤 되는군, 옌
스」「모두 오고 있는 중이야」아버지가 말하였다. 「경계 구역이
이미 할당되었어. 우리는 도로 경계를 맡게 되었네」「우리 둘이
서?」「콜슈미트와 난젠이 우리와 합세할 거야」「난젠?」「그렇다
네. 〈전국민 돌격대〉가 경계에 임하게 된다네」

힌레크 팀젠은 선황색 재킷 소매 위에서 완장을 올렸다 내렸
다 하고 있었다. 올려 달았다가, 내려 달았다가, 면밀한 위치
측정을 한 끝에 마침내 그의 마음에 드는 자리를 결정하였다.
그를 군인답게 해줄 완장을 나는 두 개의 안전핀으로 고정시켜
주었다. 수많은 직업을 전전한 이 뚱보는 물론 거울 앞으로 다
가가 다시 한번 완장의 위치를 살펴보았다. 다음 아버지를 도와

무기를 네 무더기로 나누어놓으면서 힐케가 따라준 차를 홀짝
홀짝 마셔댔다. 차가 그에겐 맛이 없는 듯이 보였다. 학교 운동
장으로 잘못 들어온 장갑차 이야기를 하자, 힌레크 팀젠은 대
전차포를 들고 재빨리 집 밖으로 나가 오른쪽 방향을 바라보았
다. 잠시 후에 돌아온 팀젠은 안심해도 좋다는 듯 손을 저었다.
「아무것도 없어」 그는 아비지 옆 외자에 자리 잡고 앉았다. 두
남자는 기다렸다. 말없이. 사실 그들에겐 할 이야기도 많지 않
았다. 모든 것은 결정된 사실이었고, 둘 사이에 불투명한 일이
란 존재하지 않았다. 불트요한에게 보낸 통고는 제방 감독관 자
신이 거절해 버렸다——루크빌의 파출소장도 참석한 회의 후에
말이다. 나는 창가에 서서, 그들을 위해 목장 쪽을 바라보았다.
누가 일착으로 도착할까? 우리 고장의 〈전국민 돌격대〉가 경계
태세에 들어간다는데.

　화가가 일착으로 나타났다. 나는, 그가 목장을 질러오는 양
을 지켜보았다. 푸른색의 긴 망토. 머리엔 모자를 쓰고, 두 손
을 주머니에 깊숙이 넣고 있었다. 「저기 난젠 아저씨가 오시네
요」 내가 알렸다. 그러자 아버지, 「시간이 되었군」 「그런데」 하
고 팀젠이 나지막한 목소리로 물었다. 「왜 그를 참가시키려 하
는 건가, 옌스? 모든 것이 결판난 이 마당에?」 「바로 그 때문이
야」 아버지가 말했다. 「모든 것이 결판난 이 마당에 난 그를 내
곁에 있게 하고 싶어. 일이 더 잘될 걸세. 힌레크. 날 믿어주
게」 「말해 보게. 자네, 그를 믿겠다는 건가?」 「그를 믿을 수 있
다면 내 가까이에 둘 필요가 없겠지」 아버지는 일어나서 창문을
통해 다가오는 화가를 바라보았다. 화가는 혼자 일착이 될 것
같지 않았다. 그는 〈루크빌 파출소〉 간판 아래에 서서 구트 횔
링 쪽으로 손짓을 하며 누군가를 기다리는 모양이었다. 다시 한

번 더 신속한 동작으로 손짓을 하였고, 마침내 조류 감독관 콜
슈미트가 몇 걸음 앞에 나타났다. 악수. 다급한 질문. 콜슈미트
는 양손을 펼치고 화가를 설득시키려 애를 쓰고 있었다. 적어도
어떤 일에 대한 동의를 받아내려는 중이었다. 그러나 화가는 결
심이 서지 않는 모양이었다. 그는 콜슈미트의 팔을 잡고 그의
말에 귀를 기울이면서 우리집 앞의 층계를 올라왔다. 그들의 발
소리가 낭하 속으로 사라져버렸을 때, 루크뷜의 파출소장은 그
들의 나타남에 대해 만반의 채비를 차리고 있었다. 말하자면 기
선을 제압하는 일 말이다. 허리를 꼿꼿이 펴고 다리를 약간 벌
린 자세로 그는 버티고 서 있었다. 느긋하게, 그러나 너무 느긋
하지는 않게 부엌의 한복판에 자리 잡았다는 소위 〈전국민 돌격
대〉의 지휘관에 걸맞는 그런 종류의 권위를 한껏 갖추는 중이었
다. 담배 한 대를 말아 피우려는 팀젠을 향해 그는 단호히 외쳤
다. 「이곳에선 담배를 피우지 말게」

　이 순간에 어울림직한 태도로 두 남자를 기다렸고, 누가 누
구에게 먼저 인사를 해야 하는가는 따져볼 필요조차 없다는 듯
둘의 인사에 답하였다. 그는 부엌의 장의자를 가리키면서 말하
였다. 「저기 힌레크 쪽에 가서 앉게들」 남자들이 자리에 앉자, 그
는 긴장을 풀고 테이블 옆으로 다가가 이탈리아제 노획 무기의
총신(銃身) 위에 손을 올려놓았다. 그는 총신을 쓰다듬으며, 남
자들이 말없이, 그러나 잔뜩 긴장하여 자신을 올려다보도록 하
는 데 성공하였다. 그럼에도 불구하고 그는 말문을 열지 않았
다. 첫마디를 꺼낸 사람은 위황병을 앓고 있는 조류 감독관 콜
슈미트였다. 갑자기 구석으로부터 나와서는 몸을 솟구쳐 올리
며 아주 분명한 음성으로 말했다. 「바보 같은 짓이야, 이건. 그
들은 지금 엘베 강까지 와 있어. 라우엔베르크와 심지어는 렌츠

부르크에까지. 그들의 선봉이 이미 이곳까지 와 있을지도 몰라. 모든 게 끝났어. 우리만이, 여기의 우리만이 다시 한번 시작해 보려고 하는 거야. 호도깎이 몇 개를 가지고 그들을 저지해 보 겠다고? 이따위 양철 가위들을 갖고 말인가? 소용없는 짓이야. 이건 아무런 의미도 없어. 어처구니없는 짓이야!」

콜슈미트는 흥분한 채로 주저앉았다. 검정색 절연 테이프로 땜질을 한 짤막한 파이프를 안주머니에서 꺼내어 입에 물었다. 「여기선 담배를 피울 수 없네」 하고 아버지는 말하면서 조류 감 독관의 말에 대한 답변을 시작하려 했다. 그러나 힌레크 팀젠이 그를 앞질렀다. 여러 차례의 호황에도 불구하고 성공을 거두지 못한 이 바트블리크의 주인은, 국민의 저항을 맹목적인 것으로 보지 않았다. 모든 것이 끝장난 지금에도 계속된 저항을 원하였 다. 우리에게는 그럴 의무가 있는 것이라고 그는 말하였다. 일 이 잘되면 그동안 열망해 온 것이 쉽게 판명될 것이며, 성공이 어렵다고 생각될 때에도 그것은 역시 마찬가지라는 것이었다. 더욱이 그 자신은, 싸워보지도 않고 포기해 버리는 것을 개인 적으로 용납할 수 없다. 모든 것이 다 끝나버렸다고 누가 단언 할 수 있겠는가? 결국 본때를 보여주어야 한다. 어쨌든 적이니 까. 예기치 않은 매운 저항이야말로 분명 적에게 생각할 여지를 줄 것이다. 그것은 오래 계속될 필요도 없다. 어쨌거나 저항을 시도해 본다는 건 극히 당연한 일이라는 것이었다.

요구하지도 않았는데 의견들을 말하기 시작하였으므로, 아버 지는 팀젠의 설명이 끝난 후에도 고의적으로 입을 다물고 있었 다. 그는 다분히 이런 감정이 담긴 시선을 막스 루드비히 난젠 에게 던졌다. 〈이제 자네가 의견을 말할 차례가 된 것 같은데.〉 화가는 주저하지 않았다. 「왜 집안에서 이러는 거지? 임무의 수

행은 집 밖에서나 할 수 있을 텐데」 더 이상 그는 말을 하지 않
았다. 아버지가 그에게 좀더 자세한 설명을 요구했을 때에도, 더
이상의 말로 자신의 입장을 이야기하려 하지 않았다. 루크빌의
파출소장은? 물론 그도 이야기를 해야 했다. 전부는 아니더라도
일의 대부분이 그에게 달려 있는 것이니까. 그러나, 그는 뜸을
들이고 있었다. 사람들의 발언 속에서 찬반의 포인트를 끄집어
낼 요량이었다. 저울질을 하고 작대기를 그은 다음 합산을 해보
려는 것이었다. 어쨌든 끈질기게 시간을 끈 다음 그는, 명령이
내려졌다는 사실, 이것은 명령에 그치는 것이 아니라 반드시
수행되어야 한다는 사실을, 말 그대로 전한다면, 우리의 임무
가 거리를 확보하는 일이라고 밝혔다. 「명령에 따라」 하고 아버
지는 말하였다. 「우리는 거리의 확보라는 임무를 부여받았소.
지금부터 당장. 그러니 아직 완장을 착용하지 않은 사람은 지금
달아주기 바라오. 그 다음, 우리의 임무로 들어갑시다」

　이리하여, 우리의 돌격대는 용약 출진에 나섰다. 지금은 사
용되지 않아 별 중요성은 없었지만 여전히 차량 통과가 가능한
한 가도의 경계를 아버지와 화가가 공동으로 맡게 되었기 때문
에, 내 상상 속에는 어쩔 수 없이 다음과 같은 몇 가지 영상이
떠오를 수밖에 없었다. 축축한 참호, 가슴 깊이 정도로 패어
진, 네 명의 남자가 들어가기에 알맞은 요새. 남쪽 언저리에 방
벽이 하나. 그 속으로 비오듯 쏟아지는 탄환들. 적의 공격이 무
위로 끝나자, 빈약한 방벽 위에는 또 하나의 방벽이 솟아 올라
있다. 물론 시체의 벽이다. 하늘을 향해 뻗은 손들. 멀리 목장
위에는 여기저기 무수한 탱크들의 깨어진 파편들이 어지럽게
널려 있다. 그중 몇 대는 저녁 축제라도 벌인 듯 지독한 연기를
뿜어 올리고 있다. 그 때문에 사격을 받아 격추된 비행기들의

잔해가 연막 속에 가려지고 있다. 비행기들은 연한 이탄층의 땅
속에 조종석까지 박히도록 곤두박혀 있다. 나 자신은 탄환이나
식량 또는 물을 나르는 운반병이다. 남자들처럼 나도, 힐케가
만들었음직한 선명한 띠를 머리에 두르고 있다. 상상이다! 인디
언 놀이와 같은 그런 상상일 뿐!

줄정하기 전에 그들은 완장을 달고, 무기를 나누고, 자전에
적합한 장소를 물색하였다. 다시 말해 영국군 탱크나 장갑차를
단단히 혼내줄 수 있는 곳으로 말이다. 풍차——나의 풍차——
의 아래가 경계 장소로 정해졌다. 인조 언덕에 땅을 파고 숨으
면, 후줌의 국도에 이르기까지의 모든 가도가 한눈에 들어오는
곳이기 때문이었다. 오래된 수문을 지킬 수 있을 뿐만 아니라, 홀
름젠 영감의 목장에서 탱크나 비행기를 사격하는 데 알맞은 장
소이기도 하였다. 그들은 기관총을 둘러메고, 대전차포들을 어
깨에 올려놓았다. 탄약과 수류탄이 든 상자를 들고, 무기의 중량
이 만들어주는 독특한 종종걸음으로 부엌을 나와 벽돌길로 내
려 섰다. 나도 재빨리 그들의 뒤를 따랐다. 힐케와 어머니가 그
들의 방으로부터 이 출정의 무리를 전송하고 있었다. 짐들에 짓
눌린 다른 사람들이 인사의 손짓을 할 수 없었기 때문에 그들을
대신하여 내가 여자들을 돌아보면서 손을 흔들었다. 힐케는 위
협하는 듯한 몸짓을 하였고, 어머니는 아무런 응답도 보내지
않았다. 이렇게 우리의 민병대는 경계 태세에 임하게 되었다.

내가 두 자루의 삽을 끌고 온 후, 풍차의 바로 앞에 진지가
구축되었다. 가슴 깊이 정도의 참호가 패어졌으나, 지하수——
우리 고장에선 이것이 중요한 의미를 갖는다——는 나오지 않
았다. 참호 안에서 우리는 몇 개의 수평으로 된 구멍을 판 후
그 속에 수류탄과 탄약, 그리고 대전차포들을 집어넣었다. 참

호파기에 몰두하고 있는 네 명의 남자를 관찰해 보는 것도 무익
하지는 않으리라. 힌레크 팀젠은 의연한 모습이었다. 가락이 없
는 휘파람을 불면서 다른 남자들에게 격려의 미소를 띄워 보내
고 있었다. 조류 감독관 콜슈미트는 있는 대로 불평을 털어놓고
있었다. 요새 작업이 끝날 때까지 그는 욕지거리로 일관하였다.
막스 루드비히 난젠, 그는 냉정한 얼굴로 아버지가 지시한 일
을 면밀하게 해가고 있었다. 그러기로 작정이라도 한 듯, 모든
말을 손짓으로 대신할 뿐이었다. 마지막으로 루크빌의 파출소
장님은 어떤가? 이 작업을 지켜본 사람이라면, 이내 이 사람이
우두머리라는 사실을 인정하였으리라. 생각에 잠겨 여기저기를
살펴보고, 잘못된 부분을 손질하곤 하였다. 그것은 넓고 평평
한 방벽을 쌓는 일에서부터, 사계(射界)를 측량해 보는 일에 이
르기까지 한결같았다. 사실 풍차 밑의 진지 구축에 있어, 아버
지의 모든 감독이 크게 주효한 것처럼 보였다. 그것을 설계하고
은폐시키는 데까지 말이다. 3시간, 길어봐야 4시간쯤, 이 다른
기질의 사나이들은 일을 계속하여, 눈에는 잘 뜨이지 않으나
거리를 조감할 수 있는 참호를 하나 구축해 놓았다. 적의 습격
을 쉽게 방어하기 위해 삼면을 방벽으로 막은 것과는 대조적으
로 북해 쪽은 위험을 무릅쓴 채 열려 있었다. 그러나 그것은 걱
정거리가 될 수 없을 것 같았다. 바다 쪽으로의 상륙작전이란
고려의 대상이 될 수 없었으니까 말이다. 위에서 내려다본다면
어떠했을까? 떼어온 뗏장들로 방벽을 덮었으니, 누군가 공중에
서 내려다본다면, 풍차 그늘에 웬 커다란 쇠똥이 떨어져 있을
까 생각할 성싶었다. 밖으로부터의 검사를 모두 마친 뒤 남자들
은 흡족한 마음이 되어 서로를 도와가며 구덩이 안으로 들어갔
다. 기관총과 3문대전차포를 가슴에 안고 날카로운 눈초리로, 당

장이라도 응전할 태세가 되어 있는 양 후줌 국도에 이르는 길을
살펴보았다.

두 번이나 그들은 나를 쫓아냈고, 두 번을 나는 되돌아왔다.
그러나 정색을 한 아버지로부터 조용하지만 노여움에 찬 세번
째 경고를 듣고 났을 때, 또 한번 되돌아왔다간 무엇이 기다리
고 있을지 알만하였다. 결국 나는 물러가기로 마음먹었다. 민들
레의 머리를 똑똑 부러뜨리면서 도랑 쪽으로 향하던 나는 갑자
기 방향을 바꾸었다. 민병대의 눈을 피해 풍찻간 안으로 잠입해
들어갔다. 다람쥐처럼 지붕밑 아지트로 올라가 다른 사람들이
추격해 오지 못하도록 사다리를 끌어올렸다.

벌써 들킨 것이나 아닐까? 무언가 소홀히 한 일은 없었던가?
창문을 가렸던 마분지 조각을 떼어낸 다음, 나는 침대 위에 드
러누웠다. 안테나를 작동시켜 참호를 내려다보기 위해서였다.
수비대의 인원은 여전하였다. 저편으로, 타르칠을 한 후줌의
국도가 희미한 빛을 발하며 뻗어나가고 있었다. 그 위로 무언가
굴러오는 것이 보였다. 손수레였다. 짐을 가득 실은 손수레를
지키기라도 하듯, 반 다스는 됨직한 남자들이 수레를 둘러싸고
끌거니 밀거니 하면서 오고 있었다. 장갑차도, 탱크도 보이지
않았다. 글뤼제루프 방면에도 무엇 하나 얼씬대지 않았다. 샅샅
이 뒤져본 바다도 수평선에 이르기까지 깨끗하였다. 학교 운동
장을 착륙장으로 혼동하는 적기도 보이지 않았다. 리펜의 공동
묘지도 마찬가지였다. 보이는 거라곤 손수레 하나뿐. 그것은 네
명의 초계병들이 바라는 목적물이 아니었다. 인공의 폭풍우를
일으킬 대상이 되지 못하였다.

민병대가 한 사람쯤 풍찻간에 보초를 세우지 않은 것은 놀라
운 일이었다. 거기까지 생각이 미치지 못한 모양이었다. 임명이

나 허가를 받지는 못했지만, 나 자신 그들의 파수병으로 자처
하는 수밖에 없었다. 그런 대로 내 임무를 수행할 자신이 있었
으니까 말이다. 허가 없이도 유익한 일은 할 수 있지 않은가.
탱크나 장갑차가 얼씬거리기만 해도 나는 어떠한 위험을 무릅쓰
고라도 정보를 제공할 생각이었다——그러나 보이는 것이라곤
아무것도 없었다. 가까이에도 멀리에도 사격의 표적이 될 만한
것은 무엇 하나 포착되지 않았다. 지평선상에 신통한 것이 아무
것도 존재하지 않음을 아래의 네 남자들도 분명히 알고 있었다.
날카롭지만 수확이 없는 경계를 반 시간쯤 지속한 후, 결국 빈
지평선을 전원이 경계할 필요가 있겠느냐는 데 의견의 일치를
본 모양이었다. 작은 그룹을 다시 두 그룹으로 나누자는 데 신
속한 합의가 이루어졌다. 두 사람만이 지평선을 응시하고 있어
도 되었다. 그동안 다른 두 사람, 즉 비번인 사람들은 참호의
바닥에 앉아 꾸벅꾸벅 졸면서 힘을 저축하고 있었다. 아버지와
화가가 같은 경계조가 된 것이 분명하였다. 다른 조의 팀젠과
콜슈미트. 그들은 기다리고 있었다. 기관총과 대전차포를 앞에
놓고서. 쵤링 방면의 금매화 숲이 갑자기 우리 쪽으로 다가왔다
면, 나는 당장 비상 신호를 내렸으련만. 그러나, 금매화 숲은
꼼짝도 않고 있었다. 리펜의 흰 탱자나무가 쓰러지기만 했어도!
아니면 자작나무 가지로 은폐를 한 이상한 괴물이 우리 쪽으로
굴러오기만 했어도! 우리는 기다리는 수밖에 없었다. 특별한 계
획은 없었지만, 그렇다고 기다리고만 있는 것이 견딜 수가 없
었다. 나는 널려 있는 딱딱한 접합제 조각과 유리 조각들을 한
데 긁어모았다. 한 무더기쯤 모이자, 시험삼아 접합제 조각 하
나를 민병대의 참호 속으로 떨어뜨려 보았다. 그것은 힌레크 팀
젠의 목덜미에 명중하였다. 상처를 입은 건 아니지만, 그는 콜

슈미트가 자기를 꼬집어 뜯은 것으로 단정하였다. 멍청히 앉아 있는 짝패를 어찌나 심하게 밀어젖혔던지, 그는 거의 뒤로 나자빠질 지경이었다. 나 있는 곳까지 그들이 다투는 소리가 들려왔다. 급기야는, 지금의 상황을 환기시키기 위해 아버지가 중재에 나설 수밖에 없었다. 이제 그들은 다시금 담배를 서로 권하고 있었다. 나는 창 밖으로 팔을 내밀고 손바닥을 편 다음, 눈 깜짝할 사이에 다시 걷어들였다. 반짝거리는 유리 조각 하나가 낙하의 법칙을 확인하며 참호 위로 떨어져 내렸다. 그것은 예기치 않게도 팀젠의 담배깡통 속으로 떨어져 막 파이프에 담배를 넣으려던 콜슈미트를 주춤하게 하였다. 조류 감독관은 놀란 듯 유리 조각을 꺼내 들고, 마치 떨어진 운석(隕石) 쪼가리라도 보듯이 뚫어져라 들여다보는 중이었다. 모노사이클인 양 꼼짝 않고 떠 있는 구름을 관찰해 본 후 팀젠에게 건네주었으나, 그는 고개를 흔들면서 참호 밖으로 던져버렸다.

나는 한 줌의 접합제와 유리 조각을 모두 밑으로 떨어뜨릴 작정이었다. 이번엔 아버지에게로. 그러나 나의 계획은 실현되지 못하였다. 누군가가 시야에서 움직이고 있었기 때문이었다.

수문 옆을 누군가가 깡충깡충 뛰어오고 있었다. 제방을 따라 오다가 급선회를 한 다음, 아무것도 모르는 양 요새 쪽으로 뛰어오고 있었다. 힐케였다. 아무것도 모른다고? 힐케는 바구니와 주전자를 들고 있었다. 바른손에는 바구니가, 왼손에는 주전자가 곤봉처럼 흔들거렸다. 곱사등이 같은 언덕길을, 그리고 다시 짙은 녹색의 둔덕을 넘어 그녀는 요새의 앞까지 다가왔다. 내가 이 일을 맡았더라면 더 일찍 이들에게 음식을 배달했으련만. 힐케는 늦게 도착했다. 그녀는 바구니와 주전자를 참호 안으로 내려보낸 다음, 자신도 구덩이 안으로 들어가려 하였다.

그러나, 아버지가 이를 저지하였기 때문에 삭아버린 각재 위에 앉아서 수비대의 식사를 기다리고 있었다. 그들은 빵을 먹고, 차를 마셨다. 루크빌의 파출소장은 빵 속에 무엇이 얼마나 들어 있나 알기 위해 열심히 내용물을 관찰하였다. 입맛이 별로 당기지 않는다는 듯 그의 몫을 먹었다. 힌레크 팀젠은 은밀히, 그러나 모든 사람들이 다 알 수 있도록 손짓을 하였다. 구덩이 안으로 들어오라고 하는 것이 예의에 맞는 일이라고 생각했던 모양이었다. 그러나, 힐케는 미소를 지으며 손을 저었다. 그의 의도를 알고 있다는 듯이. 화가는 식사를 하지 않았다. 차만을 마시고, 흙벽에 기대어 선 채 홀로 담배를 피우고 있었다. 콜슈미트는 땅바닥에 앉아 빵을 씹고 있었다. 이곳의 일에 대한 불평은 여전하였다. 식사를 하면서도 여전히 지평선을 감시하는 단 한 사람, 그것은 나의 아버지였다.

그들이 먹고 있는 것을 보고만 있을 수는 없었다. 그들에게 내려갈 수밖에 없었다. 불쑥 나타난 나를 보고 힐케가 놀라서 세 번 침을 뱉었다. 술집 주인이 말하였다. 「저 꼬마 좀 보게. 냄새 한번 잘 맡는군. 어디로부터 갑자기 튀어나왔냐?」 「저기에서요」 나는 아무렇게나 도랑이 있는 쪽을 머리로 가리켰다. 「날개라도 달렸단 말이냐?」 「네」 하고 나는 말했다. 그들은 내게 차를 주었다. 나는 주전자 뚜껑에 차를 따라 마시고, 화가의 몫과 조류 감독관이 남겨놓은 빵을 먹었다. 돼지간을 넣은 빵이 입에서 살살 녹았다. 아버지는, 내가 그들과 식사를 하고 잠시 그들의 말에 귀를 기울이고 있는 것을 모른 체하고 있었다. 그들은 돌격대답게 탱크에 관하여 이야기하였다. 이것은 아주 가까이 근접할 때까지 기다렸다가 해치워야 한다는 것이었다. 특히 약한 부위인 배출구 쪽을. 밤과 안개와 봄서리에 대한 대책을 이야기했고, 손전등에 화제가 미쳤으며, 어떻게 하면 배터리를 잘 보존할 수 있는가 하는 문제를 논의하였다. 화가만이 이야기에 끼어들지 않은 채 혼자 경계 임무를 도맡고 있었다. 다른 세 명은 바닥에 주저앉아 부족한 것이 무엇인가를 궁리하고 있었다. 「누구 트럼프 가진 사람 없나?」 팀젠이 재킷 주머니에서 낡은 트럼프 한 갑을 꺼냈다. 일류 요정에 있을 때 손님들을 놀라게 해주었다는 이 〈장인(匠人)의 연장〉에 대해서는 익히 들어온 터였다. 「여기 있네. 누가 패를 돌릴 텐가?」 화가는 지평선을 바라보고 있었다. 그의 뒤에서 셋은 스카트 놀이[14]를 시작하였다. 처음엔 경계심을 풀지 않고 여기저기 귀를 쫑긋하기도 하더니 점점 적극적으로, 점점 방심 상태로 그들은 놀이에 몰두해 갔다. 탄식과 후회와 확인이 뒤따랐다. 「자네가 아니었으면 내가 먹는 건데. 그러면 내가 거뜬히 나는 거라구…… 정말이야」 아버지는 두 번을 계속 다이아에 집착하다가 두 번 다 지고 말았다. 덕분에 콜슈미트가 두 번이나 3점 없이도 으뜸패를 잡아 올 수 있었다. 하지만, 트럼프에 이기는 것이 그에게는 분통 터지는 일 같았다. 이기고도 이렇게 일그러진 얼굴을 일찌기 본 적이 없었다. 지기를 바라건만 번번이 행운의 여신은 그에게 미소를 보냈다. 「이런 우라질! 또 이겼구먼」 그는 할머니패 ── 클로우버 4점 ── 를 간단히 펼쳐 보였다. 졸음에 겨운 듯 가장을 하고 있었지만 힌레크 팀젠의 솜씨가 보잘것없다는 것은 쉽사리 증명되고 말았다. 여하튼, 그들은 완전히 카드놀이에 팔려 있었고, 덕분에 적은 몰라도 나 따위는 그들의 안중에서 사라진 지 오래였다. 아무도 나를 쫓아내지 않았다. 그래

---

14) 세 사람이 하는 트럼프 놀이.

서 나는 한 줌의 접합제와 유리 조각이 참호 위에 떨어졌을 때 어떤 반응이 나타날까를 관찰할 기회를 잃고 만 것이었다.

마침내 오후 늦게 비행기들이 날아왔다. 몇 대의 스피트파이어와 무스탕이었다. 이것들은 플렌스브르크나 쉴레스비히 방면으로부터 날아와 우리의 머리 위에서 저공 비행을 한 다음 북해 쪽으로 사라질 모양이었다. 비행기의 모습이 채 나타나기도 전에 벌써 팀젠의 이탈리아제 기관총은 불을 뿜기 시작하였다. 나중에 변명한 바로는 그게 바로 산포 사격이라는 것이었다. 울타리를 뛰어넘는 말과 같이 나뭇가지의 바로 위에서 비행기들은 우리 쪽으로 날아왔다. 요란한 엔진 소리는 점점 날카롭고 결의에 찬 듯 도전해 오고 있었다. 어느새 학교의 지붕 위에 도달한 비행기들은 더욱 고도를 낮추었고, 바람에 흔들리는 홀름젠 목장의 울타리에 걸려버릴 것만 같았다. 기수를 약간 위로 들어 울타리와의 충돌을 피한 다음, 비행기들은 이제 모두 착륙을 준비하고 있었다. 그들의 그림자는 점점 커지고 속력은 점점 떨어져 갔다. 틀림없이 착륙을 시도하리라 믿었던 비행기들이 갑자기 강하를 포기하였다——아마도, 참호 속의 남자들이 일제 사격을 시작한 때문인 것 같았다. 조류 감독관 콜슈미트까지 포함하여 그들은 정신없이 쏘아댔었다. 무서운 속력으로 지나가는 표적들을 오래 겨냥할 새도 없이.

화가도 쏘았던가? 화가 막스 루드비히 난젠도 역시 쏘았다. 그러나 가끔 비행기들을 너무나 빨리 쏘아댔기 때문에 풍찻간의 연못 위로 총알이 떨어져 몇 개의 가느다란 분수가 솟아오르게 하였다. 갈대 숲에서는 놀란 들오리들이 날아올라 목을 잔뜩 잡아빼고 요새 위로 날아갔다. 비행기들은 사격에 응하지 않았다. 폭탄을 다 써버렸거나 혹은 탄약고가 비어 있는지도 몰랐다. 단언하고 싶지는 않지만, 어쩌면 우리의 사격을 알아채지 못한 것인지도 모른다. 비행기 한 대가 여러 차례의 〈치명타〉를 받았음에 틀림없다고 팀젠은 장담했지만, 도랑 위로 비행기들은 날았다. 그들은 비행기와 함께 도랑 위에 추락하여 북해로 들어가는 물길을 터주기라도 할 작정인가? 아니다. 그들은 도랑의 바로 위에서 솟구쳐 오르더니, 어느새 검은빛의 바다에 이르렀고, 다시 수평선 저편으로 조그만 점이 되면서 사라져버렸다. 돌격대는 탄약을 아낄 수 있게 된 셈이었다. 그들이 방금 겪은 일에 대해 이야기를 시작하는 동안 나는 빈 탄피를 주워 모으면서 그 수효의 엄청남에 놀라 마지않았다──내가 들은 총성은 그리 대단하지 않았는데 말이다. 민병대의 대원들은 곧 동일한 견해에 도달하였다. 「우리는 사격을 집중시켰어야 했어. 동시에 한 대의 비행기에 말이야. 다음번엔 그렇게 하세」 이렇듯 쉽사리 의견의 일치를 본 후 네 명 모두 경계 태세에 들어갔지만, 수분 후 그들의 주의력은 다시 해이해졌다. 카드를 주워 모아 흙을 턴 다음, 다시 단단히 다져진 땅바닥에 웅크리고 앉아 스카트의 패를 돌리고 있었다. 「자넨 그냥 서 있겠나?」 아버지의 물음에 화가는 한쪽 손을 움직여 이런 뜻을 전하였다. 자네들은 앉아 있어도 좋아. 나는 화가의 옆 뗏장이 덮여 있는 방책 위에 걸터앉았다. 감히 말을 걸지는 못하고, 그의 시선을 따라, 그가 자주 화폭에 담았던 풍경의 곳곳을 바라보았다. 짙은 녹색과 이글대는 홍색의 목장들을. 우리는 함께 길들을, 그리고 야생의 과일나무들이 줄지어 선 국도를 관찰하였고, 동시에 말을 타고 가는 사람 하나를 먼 곳에서 발견하였다──내가 손가락질을 하자 그는 고개를 끄덕였다──먼지를 잔뜩 일으키며 구트 횔링으로 난 길을 따라가는 화물차 한 대도 우리 눈을 피할 수는 없었다. 나는 할 수 있는 데까지 그의 시선을 쫓았다. 우리의 몸은 계속 같은 움직임을 반복하고 있었다. 가끔 그는 내게 무엇인가를 주목하도록 하였는데, 그것은 바로 그 순간 나 역시 발견한 것이어서 나도 고개를 끄덕이곤 하였다. 그러나 힐케를 본 건 내가 먼저였다. 그녀는 바트블리크를 지나 제방의 등성이길을 따라 집을 향해 가고 있었다. 이따금 그녀의 팔에 걸린 주전자가 이리저리 흔들거리고 있었다. 블레켄바르프 쪽에는 아무런 움직임도 없었다. 그와는 대조적으로 홀름젠바르프에선 홀름젠 영감이 집의 헛간으로부터 가시철망을 끌어내는 중이었다. 어쩌면 자기 둘레에 울타리를 쳐서 엄처시하를 벗어나려고 하는지도 몰랐다. 파출소장의 망원경을 화가는 이따금씩 눈에 갖다댈 뿐이었다.

우리는 기다렸다. 땅거미가 질 때까지 기다렸지만 여전히 아무것도 나타나지 않았다. 태양은 도랑의 뒤편에서 지고 있었다. 그것은 빨아들이지 않는 종이 위에 그려놓았던 화가의 그림을 연상케 하였다. 빨강·노랑·유황색의 빛이 줄을 이루며 가라앉거나 혹은 북해 속에서 뚝뚝 물에 젖고 있다. 물마루가 어두운 색조로 솟아오르고, 황토색과 아연색이 하늘의 고요한 부분에 깔려 있다. 윤곽 없이 물이 뚝뚝 떨어지는 듯한 모습으로, 심지어는 서툴러 보이기조차 하는 그러한 광경을 그는 그리고자 하였다. 「능숙한 솜씨는 나와 상관없는 일이야」 하고 언젠가 그는 말한 적이 있었다. 이러한 길고도 서투른, 때론 약간의 장렬함을 보여주는 일몰이, 처음엔 경계도 없이 다음엔 촉촉히 젖어들면서, 다시금 이 참호의 뒤편에서 유감없이 재연되고 있는 것이었다.

스카트 놀이의 승자가 골고루 돌아가자 남자들은 곧 카드놀이를 끝내기로 타협을 보았다. 힌레크 팀젠은 수시로, 누군가 보이는 사람이 없느냐고 물었다. 바트블리크를 나와, 식사와 음료를 날라다줄 그의 전처 요한네를 생각하며 하는 말이었다. 화가와 내가 어련히 알렸으랴만. 이런 날엔 언제나 땅거미와 함께 찾아오는 안개가 오늘은 늦었다. 그러나 가축들은 이 시간만 되면 늘 그랬듯이 울음소리를 내기 시작하였다. 우선 먼 곳으로부터 음울한, 끝 부분의 억양이 올라가는 음메에 소리가 들려왔다. 지평선 너머, 모습을 볼 수 없는 소의 울음이었다. 그러자 저편 요새의 아래쪽에서 흰점박이 얼룩소들이, 소리가 들려온 방향을 향해 머리를 돌리고 털북숭이 귀들을 쫑긋거렸다. 그러나 응답을 보내지는 않았다. 먼 곳의 음메에 소리가 다시 한번 반복되었을 때에야 얼룩소 중의 하나가 무거운 머리를 쳐들어 하얀 입김을 내뿜으며 그 소리에 화답하였다. 그러나 대답을 채 받기도 전에 발정기에 들어간 암소의 울음소리가 그 속에 끼어들었다. 이 울음은 리펜 방면의 다른 황소를 가만히 놔두지 않았다. 그의 우렁찬 베이스가 울려나가자 먼 곳의 가축이, 웬놈이 끼어드느냐는 듯 다급히 울어댔다. 그러나 베이스음이 응답을 보내기 전에, 우리 근처의 가축들이 음메에 소리도 요란하게 어울려 끼어들었다.

가축의 울음을 듣는다는 것이 내게는 별로 대수로운 일이 아니었다. 저녁마다 그들의 울음은 들판에서 들판으로 울려퍼지곤 했으니까 말이다. 그날 저녁도 이놈들의 울음소리를 듣느라, 어둠 속에서 화가가 어떤 결심을 하였는지 미처 알아차리지 못하였다. 갑자기 그는 구덩이로부터 빠져나가더니 옷을 탁탁 털고 나서 남자들을 돌아보며 말하였다. 「자네들은 곧 아무것도 볼 수 없을걸세——그럼 내일 또 보세」 그는 길 쪽으로 내려갔다.

나의 아버지가 카드를 집어던지며 외쳤다. 「거기 서, 막스, 잠깐만」 화가는 계속 걸어갔다. 파출소장은 힌레크 팀젠의 도움으로 구덩이를 빠져나왔다. 모자를 단단히 누르면서 그는 달렸다. 화가의 길을 막기 위해 도랑 위를 가로질렀다. 화가가 천천히 가고 있었으므로 실상 그럴 필요까지는 없었는데도 말이다. 아버지는 화가를 기다리고 있다가 손을 그의 어깨에 얹으며 말하였다. 「무슨 일이야, 자네? 여기선 그렇게 마음대로 갈 수 없네」「어두워지고 있네」 화가가 말하였다. 「집에 있고 싶은 시간이야」

아버지는 화가의 곁으로 바싹 다가갔다. 경멸에 찬 시선을 애써 감수하면서, 천천히 말을 이었다. 「자네, 완장을 차고 있다는 걸 잊었나? 완장이 무얼 뜻하는지 알 텐데」 화가는 말없이 완장을 벗어 파출소장에게 내밀었다. 그가 받지 않고 망설이자, 결국 화가는 나에게 그것을 주었다. 「내일까지 보관해 다오」「완장을 차게」 아버지가 명령하였다. 「제자리로 돌아가. 마음대로 자리를 이탈할 수 없어. 집에 가는 것도 마음대로 안 돼」

「자네들은 카드놀이나 계속하게나」 화가가 말하였다. 「거기에 대해 나는 이의가 없네」 그러나, 그의 말 속에 담겨진 경멸은 충분한 효과를 거두지 못하였다. 너무 흥분한 나머지 아버지가 그것을 귀담아듣지 못하였기 때문이었다. 설령 들었다손치더라도 지금 이 순간 그에겐 그것을 받아들여 이해할 겨를이 없었다. 그 이유를 설명하기는 간단하다. 이곳에서 일어난 사건을 그는 오로지 엄존하는 규율의 힘으로 해결하려 했기 때문이다. 규율이야말로 이러한 순간에 상응하는 것으로 생각하였기에 그는 서슴없이 말하였다. 「이게 두번째 명령일세」 그로선 이번 명령으로 취할 조치를 다 한 셈이었다. 지금까지 참호 속에서 사태를 관망하던 팀젠과 콜슈미트는 무언가 일이 심상치 않음을 알아차렸다. 그들은 증인이 되기 위해 둘의 곁으로 다가왔다. 그리고 곧 그 보상을 나의 아버지에게서 받았다. 「각자 자기 위치로 돌아가게!」 「바로 그거야」 하고 화가가 말하였다. 「각자의 위치라고 했지? 지금 내가 있을 위치는 나의 집일세」 이만하면 내가 떠나는 이유를 알겠냐는 듯 그는 걸음을 계속하려 하였다. 그러나, 루크빌 파출소장의 견해는 달랐다. 그는 재빨리 권총집의 덮개를 열어젖히고 경관용 피스톨을 꺼내 들었다. 막스 루드비히 난젠을 겨누고——혁대 높이쯤——그는 명령의 반복을 생략하였다. 그는 그렇게 서 있었다. 황혼녘이었다. 주위에는 무엇 하나 얼씬거리지 않았다. 거의 사용해 본 적이 없는, 커다란 구경(口徑)의 권총을 그는 얼마나 침착히 들고 서 있었던가! 무장을 하고 선 채 얼마나 오랫만에 그는 자신의 위력을 과시하고 있었던가! 그가 피스톨을 사용한 것은 단 두 번뿐이었었다. 미쳐 날뛰는 여우가 송아지를 물어뜯고 있었을 때, 그리고 홀름젠 영감의 황소 하나가 글뤼제루프 역의 열차시간표를 엉망으로 만들고 있었을 때였다.

콜슈미트가 갑자기 말하였다. 「이성을 찾게」 그러나 그것이 누구를 두고 한 말인지는 분명하지 않았다. 그들은 끈질기게 마주 보고 서 있었다. 말없이, 이미 여러 차례 이러한 관계가 있었기에 어떠한 결말이 나게 될지 잘 알겠다는 듯 태연하게. 권총은 여전히 규율에 상응하게 똑같은 말만을 반복하고 있었다. 〈이것이 마지막 명령이야.〉 나는 손을 뻗어 화가에게 완장을 내밀었다. 그는 거들떠보지도 않았다. 마침내 그의 육체는 반응을 보였다. 애써 견지해 온 태연함을 중단하고 앞쪽으로 약간 몸을 굽혔다. 마치 무기가 만들어내는 위력에 눌리기라도 한 듯이. 내가 알기론, 화가가 그의 결심대로 떠나가리라는 건 의심할 나위도 없는 일이었다. 나의 아버지가 화가를 쏘지 못하리라는 것도 역시. 둘은 결국 똑같이 글뤼제루프 출신이었으니까. 화가가 우선 그것을 증명하였다. 「난 가겠네, 옌스. 아무도 나를 막지는 못해. 자네도 역시」루크뷜의 파출소장이 말을 않자 그는 계속하였다. 「아무것도, 전쟁의 종말조차도 자네들을 바꿔놓지는 못하는 모양이지. 자네들이 파멸할 때까지 기다려야 한단 말인가?」아버지는 대답하지 않았다. 지금 그가 고수하는 건 명령의 이행뿐, 모든 것은 차후의 문제였다. 명령은 내려졌다. 그것의 시행을 기다릴 뿐.

「자네가 간다면, 막스」하고 콜슈미트가 나섰다. 「나도 함께 가겠네」그는 재킷의 단추를 채웠다. 「좋아」하고 화가가 말했다, 「함께 가세」「잘 생각해 보게, 옌스」콜슈미트가 아버지에게 말했다. 「우리가 밤새껏 여기에 엎드려 있다고 무슨 도움이 되겠나? 마치 무언가를 저지할 수나 있는 것처럼 말일세! 다 부질없는 짓이야」

또 한 명의 남자가 진지를 떠나려 한다는 사실이 루크뷜 경찰관에게는 아무런 상관도 없는 듯이 보였다. 그저 화가만을 응시하면서, 그와의 대결만을 원하고 있었다. 「가세, 옌스」콜슈미트가 말했다. 「이게 무슨 짓인가? 총을 집어넣게」이 말과 함께 그는 파출소장의 어깨를 두드리려고 하였다. 하지만 갑자기 그는 흠칫 놀라면서 행동을 중단하고는 내뻗었던 손을 우물쭈물 거두어들였다. 아버지의 입술이 실룩거리면서 콜슈미트를 향해 한마디를 뱉어냈기 때문이다. 「탈영병들——탈영병을 어떻게 처리하는지 잘 알겠지?」「진정하게나」하고 콜슈미트는 말하였다. 그는 아버지의 뒤를 돌아 화가의 곁으로 바싹 다가갔다. 그와 함께 하나의 전열(戰列)을, 저항의 전열, 적어도 거부의 전열을 만들면서 그는 아주 침착하게 말했다. 「말이 너무 심하군, 옌스. 그만 눈을 비비고 잠에서 깨어나게나. 우린 이제 갔다가 아침 일찍 돌아오겠네」 「모두가 다 날라버릴 작정이라면」 하고 힌레크 팀젠이 끼어들었다. 「나도 실례를 해야겠네. 사실 밤중에 참호를 지키는 건 별 의미가 없는 일이야. 게다가 이젠 나 혼자뿐이니」 그는 화가와 조류 감독관이 만들어놓은 전열의 뒤편에 가 섬으로써 자신도 결심이 섰음을 암시하였다──그러나 아무리 공동의 전선을 펴고 아무리 일치된 의견을 피력했어도 그들 중 아무도 선뜻 첫발을 내딛지는 못하였다. 그것은 물론 여전히 같은 높이를 견지하고 있는 피스톨에 대한 두려움이라기보다 파출소장도 그들의 편으로 끌어들여 함께 요새를 떠날 수 있었으면 하는 기대감 때문이라고 해야 옳았다.

아버지는 여전히 뚫어져라 화가의 얼굴을 바라보고 있었다. 이쯤 해서 화가는 무슨 말이고 할 법하였다. 그러나 힌레크가 재촉하듯이 그의 등을 찔렀을 때에도 그는 더 이상 아무 말도 하고 싶지 않은 것 같았다──그건 아마도 다른 사람들이 집으로 가기로 결정한 순간, 아버지가 대결을 포기했다는 사실을 화가는 이미 알고 있었기 때문이었으리라. 화가는 아버지를 그냥 내버려 두었다. 무표정하게 기다림으로써 다른 사람들도 기다리도록 강요하고 있었다. 곧 한 패가 다른 패를 내버려둘 수밖에 없을 테니까.

나는 물론 우리의 돌격대를 잠시 더 모아둘 수는 있다. 해질녘, 날개 없는 풍찻간의 앞에다가. 회상을 하려는 자는 마치 저울질을 하는 장사꾼처럼 약간의 손실을 감수해야 할 것이니, 나

도 이 점을 고려하여 생략의 편리를 도모해 보고자 한다. 나의
아버지는 화가와의 눈싸움을 포기하였다. 낯이 설다는 듯한 표
정으로 슬쩍 패거리를 일별해 본 후 절도 있는 걸음걸이로 그의
세력권을 벗어났다. 남자들 곁을 지나 그 언덕 위의 참호 쪽으
로 올라갔다.

　나로선 그때 아버지를 따르는 수밖에 없었다. 그는 말없이
구덩이로 들어가는 나를 도와주었고, 나무궤짝을 하나 끌어다
그 위에 나를 앉혔다. 앞에는 무기가 놓여 있었지만 나는 그것
을 건드리지도 않았다. 우리 둘은 여전히 그곳을 뜨지 못하고
있는 남자들을 바라보았다. 아주 가까이 모여 서서 무언가를 수
군거리고 있는 품이 다시금 의견이 엇갈리는 모양이었다. 하지
만, 그들은 결국 떠나갔다. 그들의 발소리가 간간이 들려왔다.
함께 수문까지 다다른 그들은 조류 감독관 콜슈미트와 헤어져
야 함에도 불구하고 여전히 머뭇거리고 있었다. 아니, 헤어지
는 것이 그들에겐 쉬운 일이 아니었다. 결국 패거리는 흩어지
고, 각기 다른 방향으로 사라져버렸다. 우리의 시야에서 사라
진 후에도 나는 이런 생각을 하고 있었다. 그들 중 하나, 예컨
대 힌레크 팀첸 정도는 다시 진지에 불쑥 나타나 아무 일도 없
었다는 듯 그의 기관총을 움켜잡을지도 모른다고. 그러나 돌아
온 사람은 아무도 없었다.

　이리하여, 나는 루크빌의 파출소장과 단둘이 요새에 남게 되
었다. 그는 동그마니 감싸쥔 손안에서 파이프 담배에 불을 붙이
고는, 예의 단조롭고 집요한 자세로 길과 목장들, 요컨대 어두
워져 가는 들판을 바라보았다. 안개마저 적병이 정탐하는 데 유
리하게 도와주고 있었다. 가축들은 울음을 그치고 잠자리에 들
어간 지 오래였다. 풍찻간 연못 뒤로 기다란 젖소들의 무리가

보였다. 안개가 모여들고 있었다. 그것은 함께 집결한 다음 평평한 층을 이루면서 가볍게 떠올라 퍼져나갔다. 밀물이 배들을 바다 한복판에서 몰아오듯이 둔덕 위의 농가들이 안개 속에서 가볍게 흔들거리고 있었다. 멀리로부터는 간간이 총성이라기보다는 폭파음으로 생각되는 폭음이 우리 있는 곳까지 들려왔다.

「집에 가거라」하고 아버지가 말했다. 「아빠는요?」내가 물었다. 「가서 자도록 해」나는 믿을 수 없다는 듯 그를 쳐다보았다. 방금 한 말을 다시 반복하면서 그는 루크빌 방면을 머리로 가리켰다. 나는 그를 혼자 남겨놓고 참호를 기어나왔다. 「아빠는요?」나는 다시 한번 물어보았다. 「난 이름 하나를 찾으려 한다」그가 말했다. 「이름을요?」「비참해지고 말 이름 하나를 찾아내야겠다. 암」「저녁 식사는요?」나의 물음에 그는 거절하듯이 손을 내저었다. 그러나 잠시 생각에 잠기더니 어깨를 으쓱하면서 말하였다. 「절인 청어가 약간 남아 있거든 내 몫을 조금 남겨놓으라고 해라. 아직은 여기에서 내가 할 일이 있다」

앞으로 달려가다가 급회전하여 아까처럼 다시 되돌아오는 것 ──그럴 기분이 이젠 나지 않았다. 아버지의 시선을 받으면서 나는 뒤를 돌아보지도 않고 집으로 향했다. 뜰에 도달하니 짧은 간격으로 전화벨이 울리고 있었다──언제나 전화는 쉴 사이가 없었다──왜 전화를 받지 않는 것일까? 부엌에는 환하게 불이 켜져 있었다. 어머니와 힐케는 이곳에서 막 저녁식사를 마치고 지금은 2층의 침실에 있는 모양이었다. 그들이 전화벨 소리를 듣지 못했을 리가 없다. 집에 사람이 없는 것으로 하고 싶은 것일게다. 아마도 힐케는 침대 위에 앉아 있는 어머니의 붉은 머리카락을 빗고 있을 것이다. 머리카락을 당기고 붙이고 하여 윤기나는 매듭을 지어주고 있을 게 분명하였다. 아니면 컵에 물을

따른 후 진정제를 풀어넣고 시계바늘 방향으로 휘휘 젓고 있을
까? 또는 힐케의 억세고 능란한 손가락이 어머니를 주무르고 있
을는지도 모른다. 나 혼자 아버지 사무실에 들어가는 것이 금지
되어 있었기 때문에 실상 전화 따윈 나와 무관하였다. 나도 집
에 없는 셈 치면 되는 거니까. 식당에는 절인 청어를 담은 접시
가 놓여 있었다. 나는 그것을 부엌의 테이블로 갖고 갔다. 동그
란 양파들 사이에 헤엄치듯 놓여 있는 청어들 중에 우선 노리끼
리한 놈으로 하나 맛을 본 다음, 껍질이 자글자글 구워진 놈으
로 또 하나, 그러곤 나머지 두 마리를 신문지로 덮어놓았다. 신
문지 위에서는 되니츠라는 이름의 남자가 휑뎅그렁한 눈으로 나
를 쳐다보고 있었다. 〈먹지 말 것〉이라는 글을 쪽지에 쓴 후, 나
는 큼직한 느낌표를 하나 쳐놓았다. 빵은? 빵은 아버지가 손수
자르겠지. 나는 쪽지를 포크로 눌러놓은 다음, 생선뼈를 밖으
로 들고 나와 컴컴한 뜨락에 집어던졌다. 2층으로 올라간 나는
나의 방으로 들어가기 전에 침실의 문 옆에서 귀를 쫑긋해 보았
으나 별 소득이 없었다. 등화관제용 커튼도 내리지 않고 나는
옷을 입은 채 침대에 누워 아버지의 귀가를 기다리고 있었다.
  아직도 기억이 난다. 그때 나는 어둠 속을 응시하며 귀를 기
울이고 있었다. 그리고, 갑자기 힐케가 연주하는 피아노 소리
를 들었다. 그녀는 피아노를 배운 적이 없었음에도 불구하고 조
심조심 건반을 두드리고 있었다. 피아노는 집 밖 수문의 옆에
놓여 있었다. 연주를 하는 동안 갈매기들이 그녀의 머리 위에서
춤을 추고 있었다. 그 선율은 마치 추녀에 매달려 있는 크고 작
은 고드름들이 유리판 위에 녹아 떨어지면서 빨강과 노랑색의
무지개를 피워내는 듯하였다. 갑자기 그림자 하나가 힐케를 덮
쳐왔다. 모터 소리도 없이 다가온 비행기, 바로 아버지의 참호

옆에 착륙하려 했던 회색빛의 큼직한 비행기였다. 얼음처럼 싸늘한 바람을 일으키면서 몇 차례 선회한 후에 그 비행기는 날개를 기우뚱하면서 부드럽게 내려앉았다. 타원형의 문이 열리기 무섭게 남자와 여자들이 쏟아져 나왔다. 모두 낯익은 사람들이었다. 우선 안데르젠 선장이 눈에 띄었고, 홀름젠 영감, 불트요한, 그리고 힐데 이젠뷔텔도 보였다. 힐케는 신이 나서 피아노를 두드렸고, 수문에 부딪치는 물결 소리가 함께 연주를 하였다. 그것이 또한 그들이 원하는 곡이었다. 손에 손을 잡고 춤을 추면서, 그들은 아버지의 참호 주위를 돌고 있었다. 점점 좁게, 목을 조르듯 그들은 참호를 향해 원을 좁혀갔다. 옷이 펄럭였지만 바람은 불지 않았다. 마침내 그들은 아버지를 덮쳐 그를 잡았다. 참호에서 그를 끄집어낸 다음, 그들은 여전히 춤을 추면서 푸른 언덕에 세워진 풍차 옆으로 그를 끌고 갔다. 풍차는 이제 날개를 달고 있었다. 그 날개는 더러운 아마포에 싸여져 참을 수 없다는 듯 떨고 있었다. 그들은 아버지를 날개에 묶어놓았다. 날개가 서서히 돌아가며 아버지를 땅위로부터 들어올리자 그들은 리드미컬하게 손뼉을 쳐댔다. 아버지는 양발을 하늘로 향하고 대롱대롱 매달리게 되었다. 날개는 더욱더 빠른 속도로 돌아갔다. 마침내 윙윙 소리가 울려왔고, 원심력으로 인해 밖으로 튕겨나가려는 그의 몸뚱이가 수평을 이루며 돌아가고 있었다. 날개의 그림자가 우리의 얼굴 위에 드리워졌고, 연못 위에는 그림자 풍차가 함께 돌아가고 있었다.

얼마나 시간이 흘렀을까? 양파 모양의 지붕에서 가느다란 연기가 피어올랐다. 그렇다. 풍차는 연기를 뿜고 있었고, 대기 속에는 불타는 냄새가 진동하였다.

나는 벌떡 일어나 창가로 달려갔다. 가느다란 연기가 피어오

르고 있었기 때문이었다. 아래편 뜰 위에, 아침의 햇빛 속에, 불
길을 앞에 놓고 나의 아버지가 서 있었다. 서류철에서 뜯어낸
서류들을 그는 천천히 불속에 집어넣으며 상승하는 불꽃이 채
타버리지 않은 종이를 날려 보내지 않도록 조심하고 있었다. 그
는 날아가는 것을 모조리 다시 붙잡아서는 불길 속에 집어넣어
끝장을 내고 있었다. 불길이 크게 일어나면, 그는 서류들을 넘
기며 읽어보곤 하였다.

　나는 창가에 서서 그가 나를 발견할 때까지 그의 행동을 주
시하였다. 나에게 으름장을 놓거나 또는 소리를 지르지도 않았
기 때문에 뜰로 내려가 시키지는 않았지만 불꽃 바람이 날려보
내는 종잇장들을 다시 불길 속으로 잡아 넣었다. 그는 끊임없이
그의 얼굴을 곁눈질해 보는 내 시선을 의식한 모양이었다. 그러
나 오랫동안 그는 참고 있었다. 꽤 오랜 시간이 흐른 후에야 비
로소 그는 물어왔다. 「무슨 일이지? 내 얼굴을 처음 보는 거
냐?」 나는 풍차나 힐케의 연주 속에 착륙한 비행기에 대해서는
아무 말도 하지 않았다. 나는 단지 이렇게 물었다. 「언제 그곳
으로 가지요?」 「끝났다」 하고 아버지가 말했다. 「모든 게 끝났
어」 그는 서류철에서 서류를 뜯어내어 구기적거린 다음 불속에
집어던졌다. 얼굴은 잿빛이었고, 면도도 하지 않은 채였다. 모
자는 머리 위에 비뚜름히 걸쳐져 있었고, 구두에는 아직 참호
에서 묻혀 온 축축한 흙이 붙어 있었다. 축 늘어진 어깨. 고집
스러운 동작. 목이 쉬어 쇳소리가 나는 음성. 누구든 이런 남자
를 본 사람은 이렇게 생각하기 십상이리라. 이 자포자기에 빠진
사내는 안착할 해변조차 찾지 못하고 있구나, 라고. 나는 그에
게 말을 걸기가 두려웠다. 이럴 땐 굴러다니는 나무토막 위에라
도 걸터앉게 하는 것이, 그리고 뒤통수나 바라보고 있는 것이

상책일게다.

그는 나에게 불 지키는 일을 완전히 일임하였다. 칼자국이 나 있는 나무토막에 걸터앉아, 오래된, 별로 가치가 없어 보이는 공문서들을 상대하는 일에만 전념하고 있었다. 때때로 그에겐 별로 중요하지 않다는 듯 무심한 표정으로 몇 줄의 공문을 읽기도 하였다. 첫번째 묶음을 소비해 버리자 그는 다시 사무실로 들어가 새로운 서류철을 갖고 나왔다. 실로 오랜 기간의 집적(集積)이었다. 어떠한 일에도 간여하지 않을 수 없었던 그로선 모든 것을 모으고 정리하고 보관하였었다. 마치 한번은 청산해야 할 인생의 증거 문서라도 되는 듯이.

그는 나에 대해서, 다시 말해 끝까지 불을 살려놓는 나의 솜씨에 만족하였다. 마지막으로 사무실에 들어갔을 때, 그는 두 개의 서류철 이외에도 책들과 초고(草稿), 그리고 기름종이에 싼 꾸러미 하나를 들고 나왔다. 끈으로 느슨히 묶어논 이것, 말할 것도 없이 「보이지 않는 그림」이었다. 「그게 전부예요?」 내가 물었다. 억양 없는 목소리로 아버지, 「전부다. 모두 없애버려야 해」 그는 초고 용지를 찢기 시작하였다. 그때 힐케가 층계 위에 나타났다. 그녀는 집 밖으로 걸어나와 우리에게 차를 마시라고 외쳤다. 「곧 오지 않으면 차가 식을 거예요」 두번째 나타났을 때는 우리가 있는 불 옆까지 와서 내키지 않는다는 듯이 다시 한번 우리를 재촉하였다. 한참 동안 불이 아니라 바로 나의 얼굴을 바라보던 그녀가 갑자기 외쳤다. 「너 아주 늙은이의 얼굴이 되었구나, 지기. 한 29살은 먹어 보이는데」 나의 누나, 가끔 그녀는 사람을 무슨 말[馬]이라도 되는 듯 이야기하는 습관이 있다. 나는 쏘아붙였다. 「가서 빨래나 하시지」 그녀가 타다만 종이조각 하나를 집어 읽으려 했을 때, 나는 잽싸게 그것을 빼앗아 불속에 던져 넣었다. 「꺼져. 피아노나 계속해 치라구」
「피아노를 쳐?」 그녀는 의아한 표정으로 물었다. 그리고는 잔뜩
생각에 잠겨 있는 파출소장에게 시선을 돌렸다. 「저 애가 실성
을 한 모양이에요. 늙은이 같은 얼굴을 해가지구」 분풀이를 하
지 않고는 그녀가 나를 곱게 놓아줄 것 같지 않았다. 빠져나갈
묘책이 없을까 곰곰 생각을 짜내고 있을 때 힐케가 외쳤다. 「저
기, 저길 좀 봐요!」

우리는 몸을 돌려 벽돌길 쪽을 바라보았다. 거기엔 엷은 녹
색의 정찰용 장갑차 한 대가 서 있었다. 엔진 소리를 웅웅거리
며 대포를 땅으로 향하고서. 해치 밖으로 검정 베레모를 쓴 군
인의 머리가 솟아나와 있었다. 비스듬히 경사를 이루고 있는 마
름모꼴의 장갑차 머리가 〈루크빌 파출소〉라는 간판 옆을 천천히
지나서 우리 쪽으로 방향을 잡았다. 간판 기둥 옆을 아슬아슬하
게 스쳤지만 그것을 찌부러뜨리지는 않았다. 낡은 손수레 옆을
교묘하게 조종해 지나온 장갑차는 불이 있는 쪽으로 다가왔다.

아버지는 나무토막 위에서 일어났다. 자기도 모르게 복장의
상태를 매만졌다. 긴장하여, 불안이 아니라 단지 긴장된 눈으
로 그는 장갑차를 마주 보았다. 장갑차가 불 곁에 거의 다가왔
을 때, 그는 내가 겨우 알아들을 수 있을 만한 음성으로 말하였
다. 「서류를 가지고 달아나거라. 그리고 태워버려야 한다」 하지
만 어떻게?

나는 발끝으로 서류철 하나를 기름종이에 싼 꾸러미 옆으로
밀어댔다. 줄기차게. 일 센티 일 센티씩. 스르르 소리가 가볍게
나면서, 마치 거북이가 지나간 듯한 흔적이 모래 위에 남게 되
었다. 어깨가, 그 다음 양팔이 해치에서 솟아오르더니, 그 병
정이 아버지를 자기 쪽으로 불렀다. 무언가를 묻는 모양으로 아

버지는 고개를 끄덕여 대답하고 있었다. 서류철이 이제 종이꾸
러미에 와 닿았다. 병정이 전신을 해치에서 빼어내 땅위로 껑충
뛰어내리는 순간 나는 그 두 개를 집어들었다. 몸을 돌려 헛간
으로 들어가 지체없이 기름종이 꾸러미를 떨어뜨렸다. 다음 서
류철을 손에 들고 밖으로 나가 모닥불 곁을 천천히 돌면서 군인
과 이야기를 나누는 아버지 곁까지 걸어갔다.

　그 군인은 붉은 고수머리에 붉은색의 별 두 개를 어깻죽지에
달고 있었다. 각반의 권총집에는 아버지의 것과 같은 구경의 피
스톨이 꽂혀 있었다. 불을 밟아 끌 것인가? 아직 읽을 수 있는
서류를 압수하여 즉석에서 감정해 볼 의향은? 루크빌 파출소가
그다지도 중요한 곳이었던가?

　그 영국 군인은 불에 유의하지 않았다. 온전히 남아 있는 서
류에도, 반쯤 타다 만 서류에도 그는 관심을 쏟지 않았다. 가슴
호주머니에서 꺼낸 쪽지를 들여다보면서 떠듬떠듬, 하지만 우
리말로 아버지를 보고 물었다. 〈당신이 파출소장 예프젠이냐〉
고. 아버지는 고개를 끄덕였다. 〈여기가 루크빌이냐〉고. 아버지
는 고개를 끄덕였다. 「그렇다면」 하고 영국 군인은 말했다. 「예
프젠 소장을 체포해야겠소. 이 영장에 의해서」 그는 쪽지를 접
어 다시 가슴주머니에 집어넣었다. 그는 장갑차를 향해 사인을
보냈다. 장갑차에게라기보다 정탐용 구멍 뒤에서 반짝이는 눈
동자를 향해서였다는 편이 옳았다. 우리를 노려보고 있던 그 눈
은 아버지에게 올라타라는 사인을 보냈다.

　파출소장은 망설였다. 「몇 가지 물건을 갖고 가도록 허가해
주시오. 이건 당연한 일이오」 군인은 허락해 주어야 하는지 모
르고 있었다. 그는 구멍을 들여다보면서 일차 확인을 하였다.
반짝이는 눈동자가 동의를 하는 모양이었다. 군인은 아버지 쪽

으로 몸을 돌리더니 집을 손가락질 하였다. 아버지가 앞서고 군
인과 내가 뒤를 따랐다.

집안으로 들어가고 있었을 때의 이 불안, 이 줄기찬 긴장.
무슨 일이 꼭 일어날 것만 같았다. 그러나 아니었다. 아버지는
단 한번도 도망을 시도하지 않았다. 순순히, 말없이 그는 짐을
꾸렸다. 그들이 요구하는 대로 장갑차에 올라타 그곳을 떠날 모
양이었다. 부엌으로 들어가니 테이블 위에는 아침식사가 차려
져 있었고, 찻단지가 우리에게 앉도록 권유하고 있었다. 파출
소장은 세면대 옆 창틀에서 면도 기구를 챙겼다. 사무실에 들어
가니 선반들은 비어 있었고, 책상 서랍은 마치 내용물을 전시
라도 하듯 모두 열려 있었다.

파출소장은 그의 서류가방을 집어들었다. 두 개의 가방 열쇠
밖에 든 것이 없는 주머니를 꺼내버리고, 대신 면도기구를 집
어넣었다. 이번에는 일렬로 서서 침실로 올라갔다. 여러 차례
노크를 한 후에야 가운을 입은 어머니가 흐트러진 머리카락 그
대로 문을 빼꼼히 열었다. 그러고는 양말 두 켤레와 손수건, 그
리고 셔츠 하나를 말없이 내밀었다. 군인도 나도 그녀는 보지
못한 모양이었다. 다음은 나의 방. 앞장 서 들어가는 아버지에
게 나는 이곳에서 무얼 가져갈 게 있느냐고 물었다. 아버지는
책상 주위를 휘 한바퀴 돌 뿐이었다. 해도 위를 툭툭, 침대 위
를 툭툭 두드려 본 후에 그는 다시 앞장을 서서 방을 나와 부엌
으로 내려갔다. 군인은 아버지로부터 몇 걸음 떨어져 따라오고
있었는데, 각반을 손가락으로 잔뜩 움켜쥐고 있었지만 참지 못
하겠다는 표정은 아니었다. 그는, 아버지가 차를 따르고 팔을
흔들어 양해를 구한 다음 커다란 사기컵 속의 차를 마시는 양을
바라보고 있었다. 어림해 보듯, 은밀한 적의를 품고, 아버지는

찻잔 너머로 군인을 관찰하였다. 아버지가 차를 마시는 동안 나는 서류가방을 들고 있었다. 이렇듯 참을성 있게, 그리고 기분 좋게도 차를 마실 수 있다니! 한 발을 의자에 올려놓고 흔들거리기 시작하는 군인에겐 아랑곳없이, 또 한잔의 차를 유유히 따라 마시는 여유라니!

두번째 잔을 비운 후에야 비로소 그는 내게서 가방을 받은 다음 나에게 손을 내밀었다. 힐케를 식당에서 불러내어 그녀에게도 손을 내밀었다. 마루로 나가며 그는 위층 쪽으로 귀를 기울였다. 원하는 듯 원하지 않는 듯 쑥스러운 미소를 띠었지만 군인은 응답하지 않았다. 마침내 그는 위층을 향해 외쳤다. 「안녕, 여보」 그리고, 긴장하였다. 준비는 완료된 셈이었다.

우리는 그와 함께 밖으로 나와 돌층계 위에 섰다. 우리와 같은 높이가 된 녹색 장갑차의 윗부분에는 뒷다리로 서 있는 쥐의 그림이 그려져 있었다. 「곧 돌아오겠다」 아버지가 외쳤다. 「곧」 힐케가 조용히 울고 있었다. 보지 않고도 나는 그것을 알 수 있었다. 그녀가 울 때는 다른 사람들의 딸꾹질 같은 소리를 냈기 때문이었다. 장갑차 앞에 서자 군인은 아버지의 가방을 빼앗으며 엄지손가락으로 장갑차 위를 가리켰다. 다음, 주근깨가 잔뜩 덮여 있는 벌거숭이 팔뚝이 우리——나와 힐케——를 벽쪽으로 밀어젖혔다.

그녀가 왔다. 어머니는 머리카락을 늘어뜨린 채 짧은 소매의 갈색 웃도리를 입고 우리 사이로 들어왔다. 걸음걸이는 조심스러웠고, 연약하지만 억센 그녀의 몸을 꼿꼿이 세우고 있었다. 머리를 잔뜩 뒤로 젖힌 거동은 마치 거만하고 악독한 여왕——그게 누구더라?——의 모습을 연상케 하였다. 어쨌든 그녀가 나타남으로 해서 군인은 아버지의 옆구리를 찌르며 무언가를 말해 주는 눈치였다. 불은 거의 꺼져 있었다. 모닥불 앞에 선 채로 어머니는 아버지가 다가오도록 하였다. 가까이, 가까이, 아주 가까이. 잡은 고기의 크기를 자랑하는 듯 그녀는 팔을 벌려 그를 포옹하였다. 급히, 그리고 어색하게 그녀는 아버지를 끌어당겼다. 그러고 나서, 상의 주머니에 손을 넣더니 무언가를 꺼내어 그에게 건네주었다. 조그맣고 반짝거리는 것. 나는 그것이 주머니칼임을 알아차렸다. 칼을 받으면서 그는 알았다는 듯 짧은 신호를 보냈다. 「준비되었소?」 군인이 물었다.

루크빌의 파출소장은 장갑차 위로 기어 올라갔다. 담록색의 차체가 모닥불을 선회하여 우리 곁을 바싹 지나가는 동안 아버지는 우리 쪽만을 쳐다보고 있었다. 그리고 과장된 몸짓으로 그의 철십자 훈장을 손으로 눌렀다——작별의 순간에 다시금 나의 주의를 환기하고 싶었던 것이었다. 참고 견디어내라고 말이다.

14 본다는 것

입장료로 그들은 반 개의 빵을 요구하였다. 빵 두 개를 팔 밑에 끼고 나섰으니, 우리로선 네 장의 입장권을 확보한 셈이 었다. 블레켄바르프를 떠난 우리는 도랑의 아래길을 따라 글뤼 제루프 방향의 목장을 가로질렀다. 그리고 방향을 동쪽으로 틀어 앙상한 관목 숲까지 나아갔는데, 여기서부터는 수용소 내지 통제구역에 속하는 지역이었다. 클링크비와 티멘슈테트 사이의 전지역을 그들은 그렇게 선포해 버렸던 것이다. 그러나 사실 수용소라고 부를 수도 없었다. 책 속에서 흔히 보았던 철조망도 쳐 있지 않았고, 바라크나 감시탑, 또는 서치라이트도, 그리고 전 구역을 재빨리 조망함으로써 통제를 가능케 할 초소들도 볼 수 없었다.

약 60만 명의 포로들은——그중엔 자신이 포로라는 생각을 전혀 갖지 않는 사람들도 많았는데——수용하기 위하여, 그들은 통제구역을 설정했던 것인데, 필시 지도 한 장을 굽어보면서 이렇게 끝냈을 게다. 이쪽은 클링크비에서 글뤼제루프에 이르는 길을, 그 다음엔 후줌 국도의 일부를 경계로 하여 남동쪽으로 틀어 팔트모르 방향으로 나간다. 다음 티멘슈테트까지 경계선을 연장하면 통제구역 전체를 도로로 에워싸게 되는 것이다. 그러면 우리는 정찰용 장갑차들을 이 길들 위에 배치하면 될 게 아닌가.

처음엔 그다지도 유리하게 전개되던 전쟁이 끝나버렸다. 북쪽에서 온 사람, 동쪽에서 도망온 사람, 남부전선을 성공적으로 탈주한 사람들이 순찰중인 장갑차에 붙잡혀 모두 통제구역 안으로 수용되었다. 그 속에서 그들은 출입의 자유만이 제한되었을 뿐, 아무 곳에나 마음대로 텐트를 칠 수 있었고, 가령 이혼법에 관한 강연회 정도는 자유롭게 열 수 있었다. 허가 없이 승아풀이나 몸에 좋다는 쐐기풀을 뜯어도 되었고, 노래의 밤이나 독서의 밤, 또는 연극공연 등도 금하지 않았다. 연예인도 부족하지 않았다. 인근 주민들까지도 연극 관람차 통제구역을 드나들 수 있었다. 포로 연예인들을 후원하기 위하여 그들은 입장의 대가로 반 개의 빵을 요구하였던 것이다.

생애 최초의 연극 관람을 위해, 내가 반쪽의 빵을 지불해야 했던 사실에 대해 볼프강 마켄로트가 어떤 평가를 내릴는지 나는 묻고 싶지 않다. 게다가 그것은 군용빵이었고, 경리병의 손을 거쳐 밖으로 나왔다가 다시금 수용소 안으로 반입되는 것이었으니까. 어쨌든 우리는 앙상한 관목 숲을 행군해 나갔다. 나, 힐케, 부스베크 박사, 그리고 두 개의 빵이 든 상자를 들고 있는 화가. 날씨는? 새털구름이 알맞게 떠 있었다. 바람은? 잔잔한 서북서풍. 대체로 갠 하늘. 그야말로 연극을 공연하기엔 안성맞춤인 날씨였다——그 당시엔 몰랐던 것을 오늘 새삼 확인하고 싶어진다. 경리병에게 빵을 내자, 헤아려본 후에 그들은 우리를 통과시켰다. 우리는 안내역을 맡은 장발의 해군병사에 의해 앞쪽 깊숙이 무대 근처까지 안내되었다. 소나무·밤나무·오리나무가 우거진 속에 가설된 이 무대는 텐트지를 연결하여 막고 덮어놓은 장소였다. 관람석인 마른 풀밭 위에는 1만 2천 명에 달하는 관람객이 웅크리고 있었다. 미소를 짓는 사람, 식기에서 밥을 떠먹는 사람. 많은 수가 잠을 자고 있었는데, 놀랄 만큼 많은 사람들의 발가락에 허물이 벗겨진 자국이 있었다. 까치 한 쌍이, 앙상하지만 그들을 보호하여줄 숲으로 연방 날아왔지만 내려앉지를 못하고 떠나가고 말았다. 도요새들도 통제구역에서 퇴거한 지 오래였고, 꿩들과, 고요함을 좋아하는 들토끼들도 모두 이사를 가버렸다.

연극이 시작되기 전에 번쩍거리는 장화를 신은 남자가 관목 숲에서 무대로 올라왔다. 그는 어린아이처럼 얼굴을 찡그리며 조용히 해줄 것을 요청하였다. 경리병임이 분명한 그 남자가 예술적 감동을 이야기하는 것으로 공연이 시작되었다. 내 주위에서 작은 박수 소리가 일었다. 야유 소리가 커지면서 소울음소리와 휘파람소리도 섞여 들려왔다. 그러나 그것이 공연을 방해할 수는 없었다.

곧 이어 등장한 것은 흉한 카이젤 수염에 한쪽 팔이 무쇠로 된 사나이였다——왈, 그의 진짜 팔은 황제를 위해 바쳤다는 것이었다——좀더 설득력 있게 말하면 이랬다. 그는 용감하고 고귀한 기사로서 적편 기사와의 싸움에서 팔을 잃게 된 것이었고, 물론 자신의 부상을 자랑스럽게 생각하고 있었다. 황제에 대해 그는 조금의 역심도 없었다. 황제는 그의 친구였으니까. 그러나 간악한 승정과 영주들에 대해선 참을 수가 없었다. 자연

히 이들은 자기들의 방해물이 되는 그를 제거하려고 하였다. 친
구들이나 용감한 기사들의 도움으로 한동안은 버티어낼 수 있
었지만, 결국은 방화 및 살인의 누명을 쓰고 하일브론의 감옥
에 투옥되었다. 그곳의 간수는 그를 정원의 햇볕 속에서 지내게
해주었지만 별 소용이 없었다. 그는 죽었고, 사자(死者)가 되어
있는 순간에도 관객들의 야유와 휘파람소리가 그치지 않았다.

   나는 연극이 이다지도 지루할 수 있을까 하고 놀랐다. 내 귀
에 들어온 말들이란 고작 이런 말 정도였다. 〈엄청난 고난이
여, 사라져라〉 또는 〈죽음에 이르기까지〉 또는 〈너의 두목에게
말해라〉〈황제 폐하 앞에 변함 없는 충성을 바치나이다〉 차츰
나는 무대 위의 배우들이 하는 말보다는, 미친 듯한 박수 소
리, 그리고 공연 중에 끼여드는 얌생이들에 대한 관객과 배우
들의 질타 소리에 더 관심을 갖게 되었다. 그러나, 그 무쇠팔의
사나이가 〈그에게 말해라. 내 궁둥이나 핥으라고〉 하는 말을 했
을 때는 도저히 함께 웃을 수도 함께 박수를 칠 수도 없었다.
나의 흥미를 끈 유일한 사람은 승복을 입고 수도승 마르틴 역의
한 배우였다. 그를 보는 순간 나는 곧 클라스 생각이 났다. 음
성이며, 동작이며, 약간 구부정하게 서 있는 자세하며가 너무
도 클라스를 연상케 하였기 때문에 나는 화가의 옆구리를 찔러
마르틴 승려에게로 주의를 환기시킬 정도였다. 나보다 더 관심
이 크다는 듯이 화가도 고개를 끄덕였다. 수도승 마르틴은 별로
갈채를 받지 못했다. 다른 사람들은 모두 처치 곤란할 정도로
갈채의 선물을 받았다. 애절한 목소리를 가진 여인들이 특히 더
했다. 그들은 무대에 등장하여 하나의 꽃을 꺾거나 눈물을 닦는
시늉만 내도 충분하였다. 그럴 때마다 소나기 같은 박수 소리가
일어났다. 힐케도 물론 감동에 못 이겨 울고 있었으니, 후에 화

가가 증언한 대로, 그녀야말로 무대에서 일어난 장면들을 이해한 유일한 사람이었다. 처음에 나는 무대의 뒤편 그 덤불 속으로 잠입해 볼까도 생각했었다. 약간의 기대도 가졌었지만 공연이 계속됨에 따라 그곳, 밤나무와 소나무의 그늘에서 일어나는 일에서 관심이 사라져버렸다. 나는 민간인의 수를 헤아려 보면서, 배고픈 예술가들을 후원하기 위하여 이들이 얼마나 많은 빵덩어리를 지불했을까 계산해 보았다. 50개 아니면 55개? 정확한 수효는 경리병만이 알 것이었다. 날이 벌써 어두워지기 시작하였고, 무대 위에서 들려오는 비탄의 소리도 제법 그럴싸한 음조를 띠고 있었다. 간악하기 짝이 없는 바이스링겐 아무개라는 사나이에게 관중들은 벌써 얼굴을 일그러뜨리고 있었다.

그러나, 점점 고조되어 가는 탄성이 무엇보다 연극의 끝남을 암시하고 있었다. 예의 무쇠팔의 사내가 비통과 분노가 함께 찾아온 바람에 자신이 비통한 나머지, 아니면 울화통이 터져 죽게 된다는 사실을 예고하는 양을 보니 연극이 끝날 것은 틀림없었다. 정말 나는 별 재미가 없었다. 점점 커져가는 포로 관객들의 환호성에 가담할 수 없을 정도로 첫번째 연극 관람은 나를 완전히 실망시키고 말았다. 나는 집으로 가려고 서둘렀다. 그러나, 화가는 무슨 볼일이 있는지 우리를 기다리게 하고, 무대의 뒤편, 나무 숲으로 들어가는 것이었다. 관객들은 일어나서 뿔뿔이 흩어져 갔다. 병사들이 힐케를 향해 윙크를 하거나 휘파람을 불기도 하였고, 함께 동행하자고 조르기도 했다. 많은 관객들은 잠이 들어 있었고, 누워 있는 그들 위로 사람들이 껑충껑충 뛰어넘었다. 많은 관객들이 걸어가면서도 숟갈질을 잊지 않았고, 열심히 지껄여대며 왼쪽 오른쪽으로 흩어져 갔다. 많은 관객들이 맨발이었는데, 그들은 손에는 양말을 들고 어깨에는 끈을 묶어 연결한 장화를 걸치고 있었다. 그런가 하면, 전혀 눈에 띄지 않게 사라져버려서 더 이상 찾을래야 찾을 수 없는 관객들도 많았다.

힐케는 라우라 라우리첸인가 하는 여자와 인사를 나누고 있었는데, 내가 알기로 그녀는 당뇨병 환자였다. 부스베크 박사는 횔링 농장의 횔링 부인과 이야기를 하고 있었다. 이야기를 하고 있다기보다 연극 관람에 관한 그녀의 의견을 참을성 있게 경청하고 있었다. 바이스링겐과 같은 인간을 그녀는 잘 알고 있다는 것이며, 무대 위의 묘사가 전혀 과장됨이 없었다는 것이었다. 그녀는 말했다. 「정말이에요, 박사님. 이 세상엔 바이스링겐 같은 놈들이 우글거리고 있지요」 부스베크 박사도 그녀의 의견에 별 이의가 없는 모양이었다. 그녀는 더욱 신명이 나서 떠들어대는 판이었다. 그녀는 나에게 방향을 돌렸다. 「얘, 지기야. 군인 아저씨들의 연극이 마음에 들던?」 내 의견을 기다리지도 않고 무엇이 내 마음에 들었는가는 물론 왜 마음에 들었는가까지 설명해 대는 것이었다. 다행히도 그녀는 곧 마그누센 가족을 발견하였다. 그들도 우리들처럼 무대 위의 일을 잘 알지 못하고 있었지만, 어쨌든 우리는 횔링 부인을 따돌릴 수는 있었다. 어디에 있을까? 화가는?

마침내 되돌아왔을 때, 그의 걸음과 얼굴엔 미처 알 수 없었던 사실을 알아냈다는 표정이 나타나 있었다. 입을 뾰족 내밀고 노를 젓듯이 토론중인 사람들을 헤치고 그는 우리 곁으로 다가왔다. 「그 애야. 그 애가 틀림없어. 클라스야! 내일 그 애가 집에 올 거야」

그러자 모두들 더 자세한 이야기를 듣고자 했으며, 심지어 힐케는 무대의 뒤편 나무 숲으로 뛰어갈 기세였다. 하지만 화가는 우리를 이끌고 나가면서 같은 말만 되풀이할 뿐이었다. 「안 돼. 지금은 안 돼」 우리는 끌리고 밀리면서 통제구역의 경계선을 넘어 정찰용 장갑차의 옆을 지나 통나무로 된 나무다리를 건넜다.

「클라스였어」 화가가 말하였다. 「그 애가 살아 있단 말야. 상상 좀 해봐. 아직 그 애가 살아 있다니」 「수도복을 입었던 남자였나요?」 힐케가 물었다. 「나는 내 눈을 의심했지」 하고 화가가 말했다. 「그러나 잘못 본 것이 아니었어. 그가 어떻게 수용소까지 오게 되었느냐고? 그들에게 붙들린 거야. 그뿐이었어. 두 번이나 집으로 도망쳐 오려고 했지만, 두 번 다 그들의 손에 붙잡혀 결국 예까지 오게 된 거야. 오랫동안 그 앤 군병원에 누워 있었대. 탈영죄 때문에 후에 군형무소에서 복역하던 중 그의 죄상이 기록된 서류들이 폭격을 맞아 소실되어 버렸다는 거야. 석방의 몸이 되자 그 앤 알토나로부터, 알겠어? 여기까지 줄곧 걸어왔다는 거야. 결국 장갑차에게 발견되긴 했지만——이젠 수용소에서 석방되기만을 기다리고 있었던 거야. 농부나 예술인에겐 특사의 우선권이 있기 때문에 배우가 되었다는 거야. 하지만 이번엔 좀 달랐지」 화가가 그의 석방을 위해 결정적인 도움을 주었기 때문에 클라스는 가능한 한 빨리 풀려나게 되리라는 것이었다. 「늦어도 내일은 틀림없이. 생각해 보아라. 그 애가 다시 오게 되다니」

집으로 돌아오는 길엔 화가 혼자서만 이야기를 하였다. 간간이 짤막한 질문 때문에 말이 중단될 뿐이었다. 우리는 그가 클라스를 만났을 때의 느낌을 모두 이야기해 달라고 졸랐다. 그 사건이 가져다주었던 모든 것에 대해 나는 지금 새삼 놀라움을 금치 못한다. 늙은 화가의 기쁨은 아무리 되새겨 보아도 새로왔다. 그 기뻐서 어쩔 줄 모르던 모습! 그가 입을 다문 것은 힐케가 이렇게 말했을 때뿐이었다. 그녀는 자기의 방을 치워 클라스에게 제공하겠다는 것이었다.

「내일 아침 일찍 시작할래요. 점심때쯤 클라스가 오면 제 방으로 맞아들이겠어요」

「그건 좀 기다려라. 아직 그런 준비까진 필요없다」

「하지만 그가 온다고 했잖아요?」

「그래, 오고말고. 내가 내일 직접 그 앨 데려올 거다. 하지만 우선은, 아마 며칠이면 될 거야. 블레켄바르프의 우리집에서 지내게 될 게다」

「클라스가 그러길 원했나요?」

「그 애가 그러길 바라고 있다. 우리집에서 지내게 해주어야만 수용소에서 나오겠다는 거야. 하지만 틀림없이 오래 걸리지는 않을걸. 그저 며칠 간. 그 앤 우선 심기를 회복해야 한다」

심기를 회복한다는 것이 무슨 뜻인가? 어떻게 설명될 수 있을까? 내가 물어볼 때마다, 그들은 잠시 생각에 잠긴 뒤에 어깨를 으쓱하였다. 그러곤 나의 질문을 되돌려주면서 이렇게 말하는 것이었다. 「네 자신이 보게 될 거다」 그러나 클라스가 돌아올 때까지 나는 거의 참을 수가 없었다.

그 의문은 결국 아무런 대답도 얻지 못했다. 처음에도 나중에도. 클라스조차 나에게 아무런 대답도 해주지 않았다. 오랜만에 그를 다시 만났을 때, 그에겐 아무것도 시작되지 않았다. 그는 자고 있었다. 밤이나 낮이나, 해가 뜨나 비가 오나 그는 자고 있었다. 블레켄바르프 사람들은 그에게 그 꾸미다 만 방을 주었고, 그곳 마루 위에 마련된 침상 위에서 그는 자고 있었다 ──물론 층계사다리와 모르타르, 못, 담배꽁초, 그리고 아연

관의 무더기는 치워졌다. 넓은 매트리스 위에 누워, 화가가 그
의 아틀리에로부터 가져다준 녹색과 흑색의 체크무늬가 있는
이불을 덮고 있었다. 이따금 볼 수 있는 것은 짤막한 머리카락
이나 발, 혹은 면양말을 뒤집어씌운 불구가 된 손뿐이었다.

그 방안으로 들어가는 것이 금지되었기 때문에, 나는 자주
창문 앞에 서 있곤 하였다. 양손을 얼굴에 대고 끈질기게 안을
들여다보면서, 클라스의 침상 앞에 앉아 그의 시중을 들고 있
는 유타를 무척이나 부러워하였다. 그녀는 형에게 식사를 갖다
주었고, 반쯤 누운 채로 팔꿈치를 받치고 식사를 하는 그를 살
펴보았다. 뒤로 기댈 때에는 때로 이불을 덮어주기도 하였다.
또 필요 이상으로 오랫동안 형의 옷을 벗겨주거나 혹은 바지나
상의를 얌전히 개어놓고 있는 순간에 내가 창문 앞에 나타나도
유타는 별로 개의치 않았다. 클라스가 집 바깥, 즉 정원이나 사
과밭, 혹은 바람막이가 되는 울타리 옆 같은 데서 잠을 잘 때에
도 그녀는 형 옆에 웅크리고 앉아서 내가 다가오지 못하도록 경
계를 게을리하지 않았다. 클라스는 왔지만 오지 않은 것이나 다
름없었다. 바라보는 것으로 족할 뿐 그녀의 비호 속에서 그는
나에게 도달할 수 없는 존재였다. 「어, 꼬마냐?」 이것이 그가
나에게 말한 전부였다.

나는 그의 피로감에 익숙해지는 도리밖에 없었다. 블레켄바
르프로 달려갈 때마다 예측한 대로 잠을 자고 있는 그를 발견하
였고, 잠시 동안 소득 없이 그를 바라보고는, 〈아, 또 별수없
구나〉하고 생각하는 것이 고작이었다. 그런 다음, 그곳을 살그
머니 떠나 화가를 찾아가곤 하였는데, 그도 역시 클라스가 얼
마나 오랫동안 자려고 하는지 알 리 없었다. 어째서 그가 잠이
나 퍼자고 있을 수밖에 없는지 이유는 알겠지만서도 말이다. 클

라스에게서 시작되는 일이 아무것도 없었지만, 나에게 눈이나
깜박거리거나 고작해야 쓸쓸한 미소를 잠깐 보여주는 정도였지
만, 나는 그때 될 수 있는 한 자주 블레켄바르프를 찾아갔었다.
형이 완전히 깨어날 때 그의 옆에 있고 싶은 마음 때문이기도
했지만, 또 하나, 화가가 막 자신의 자화상을 완성해 가고 있
었던 때문이기도 하였다. 그가 풍차 옆의 진지(陣地)를 떠나던
바로 직후부터 그리기 시작했던 자화상 말이다.

　아무 새로운 것도 제공해 주지 않는 클라스에게 우선 들른
다음, 나는 으레 정원을 지나 아틀리에로 찾아가곤 했다. 그는
문 소리만 듣고도 나를 알아보고, 성급히 외쳐대곤 했다. 「삣
—삣, 어서 들어오너라」 또 난관에 봉착한 모양이었다. 색깔
구사에 대한 설득. 불만에 찬 시선. 화가는 그의 마지막 「자화
상」 앞에 서 있었다. 자기의 분신을 맞은편에 만들어놓고, 그는
점차 일체감이 존재하지 않음을 알아차린 것이었다. 「내가 보고
있는 것은 내가 아니야」 하고 그는 말했다. 「아무것도 그대로
남아 있으려고 하지 않아. 너무나 빨리 바뀌어버리는 거야. 나
는 그 대립을 그림 속에서 없애버릴 수가 없어. 갑자기 색깔이
일시적으로 〈우정〉을 저버린 상태가 된 거야. 가증할 해방으로
의 충동이 자기도 모르는 사이에 에네르기가 되어버리는 거야.
이걸 보아라, 지기. 그리고 네가 관찰한 것을 한번 서술해 보
렴. 색깔이 에네르기가 될 때, 그것을 형언하기가 얼마나 어려
운가 하는 사실을 말이야. 그것은 운동이 되고마는 거야. 공간
속의 운동이」

　나는 그의 뒤편에서 천으로 덮은 궤짝 위에 앉아, 그가 자신
의 분신을 고착시키려 노력하는 모습을 바라보았다. 정해진 장
소, 정해진 하늘 밑, 하나의 풍경 속에 말이다. 그 풍경 속으로

는 불붙는 듯한 여우 목도리를 한 발타자르가 걸어가고 있었는
데, 이 배경화로 인해 자화상이 약화되지 않도록 꽤 약한 색조
를 취하고 있었다. 색깔이 배어든 일제(日製) 도화지는 직물을
연상케 하였고, 여러 가지의 빛으로 나누어진 얼굴은 세계가
투명하게 내비치는 가벼운 마스크를 연상케 해주었다. 힘없는
적회색의 왼편 얼굴과 황록색의 바른편 얼굴이 붉게 얼룩진 배
경색 위에서 서로를 마주보고 있었다. 두 개의 상이한 반쪽 얼
굴들. 푸른색 베일을 통해 먼 곳을 응시하는 회색빛 눈동자들은
무언가 받아들이기 어려운 심정을 토로하고 있었다. 지금도 말
할 수 있다. 말을 하려는 듯 가볍게 열린 입. 항변을 전달해 주
는 하얗게 빛나는 이마. 콧마루를 덮는 어두운 청색이 분리된
양쪽 얼굴을 중재하고 있었다. 아니 분리시키고 있다고 해야 옳
았다. 일치되는 거라곤 아무것도 없었다. 입도, 눈도, 마치 금
속으로 만들어 붙인 듯 인공적으로 보이는 귀들까지도.
　「무얼 얘기해 주고 있지?」 그는 참지 못하고 물었다. 「자, 그
림이 네게 무얼 얘기해 주고 있느냐 말이다. 말할 수 있어야 한
다. 곰곰 생각해 보아라. 말할 게 있을 게다. 잘 살펴봐. 분명
말할 게 있을 게다. 그게 뭐지, 응?」 나는 그가 내게 무엇을 바
라고 있는지 몰랐다. 왜 그가 두 개의 반쪽 얼굴——적회색과
황록색——을 그려놓고 쌍방간의 타협을 할 수도 또 하려고 하
지도 않는지 이해할 수 없었다. 「결코 내용을」 하고 그는 말했
다. 「그림은 내용을 이야기해서는 안 되는 거야. 그럼 무얼 보
여줄 게 있느냐고? 이보게, 발타자르, 색깔은 평면이 될 수 없
는 거야. 거울을 좀 생각해 봐. 물의 색깔이 갑자기 종이 위에
서 얼어붙을 때와, 눈(雪)이 그것을 말끔히 지워버리는 때와, 얼
음이 녹아 다시금 물이 되어 출렁거릴 때를. 그때마다 무슨 일

이 일어나는 거지? 색깔이 에네르기가 되지 않았나? 결빙을 만드는 것과 해초를 피워내는 것과 동일한 에네르기가 말이야. 이끼도 마찬가지 아니겠어? 네 생각은 어떠니, 삣―삣? 우리가 아무것도 은폐할 능력이 없다면 무슨 의미가 있겠니? 우리는 자신을 지배할 수 없을까? 또는 볼 수가 없는 것일까? 발타자르는 말하고 있어. 우리는 다시 한번 보는 것을 배우기 시작해야 한다고. 본다는 것, 오오, 모든 것이 늘 그것에 좌우되는 것만은 아니라는 듯 사물을 본다는 것!」

그는 자화상을 위한 두 개의 초벌 그림을 이젤 위에 나란히 올려놓고, 뒤로 물러섰다. 상체를 잔뜩 기울인 그의 거동을 통해 부족감과 불만감이 표출되고 있었다. 「이걸 보면 너도 알 수 있을 게다, 지기. 너무나 빈약하고, 너무나 이론의 여지가 없어. 얼굴 전체를 감싸는 이 밝은 청색——거기엔 운동의 자리가 마련되어 있지 않아. 본다는 것이 무엇인지 알겠니? 그건 증대시키는 일이야」

「본다는 것은 뚫고 들어가 증대시키는 거야. 또는 새로운 것을 찾아내는 것이기도 하지. 너다워지기 위해서는 항시, 사물을 바라볼 때마다, 너 자신을 찾아내야 해. 발견되는 것은 사실화되는 거야. 여기, 이 청색 속에는 아무것도 움직이는 것이 없어. 즉 동요되는 것이 없는 거지. 따라서 아무것도 사실화될 것이 없는 거야. 증대될 것도. 사물을 바라본다는 것은 너 자신도 동시에 바라보는 거야. 네 시선이 다시 네게로 되돌아오는 거지. 본다는 것, 그것은 실로 투자를, 또는 변화에의 기다림을 의미하기도 하는 거야. 네 앞에 놓여 있는 모든 것, 그 늙은 남자도 네 자신의 무언가를 그 속에 불어넣지 않았을 때, 아무런 가치도 지니지 못하는 것이다. 본다는 것, 그것은 조서(調書)를 꾸미는 일이 아니야. 우리는 자신을 무효화시킬 준비가 되어 있어야 해. 네 자신을 떠나서 다시 네 자신에게 돌아오는 것, 그리하여 무언가 변화를 일으키는 것, 조서 따위는 집어치워라. 형태는 움직여야 해. 모든 것은 움직여야 하는 거야. 빛이라는 것은 불변의 것이 아니거든」

「또는 여기, 삣—삣, 이 따뜻하게 햇빛에 비춰지는 그림을 보아라. 발타자르가 펼친 손바닥 위에 조그만 풍차 하나를 나에게 내밀고 있다. 나는 그에게 주의를 돌리지 않고, 다른 인물과 다른 사물이 어디에 있는지 보고 있지? 운동을 그에게로 이끌어 가야 해. 그런즉 본다는 것은 상호 교환이기도 한 거야. 거기에서 나타나는 것은 동시적인 변화인 거야. 이 개펄 수로와 수평선, 도랑, 그리고 말 탄 사람의 박차(拍車)를 좀 보라구. 네가 그것들을 포착하는 순간, 그것들도 너를 포착하는 거야. 서로를 알아보게 되는 거지. 본다는 것은 또한 서로에게 다가가는 것, 쌍방의 거리 좁히는 것이기도 해. 또 무얼까? 발타자르는 그런 것으로는 너무 부족하다는 거야. 본다는 것은 가면을 벗기는 것이라고 그는 우겨대는 거지. 이 세상 어느 누구도 아무런 예감 없이 존재할 수 없도록 가면을 벗겨낸다는 거야. 나는 모르겠어. 난 그러한 벗기기 놀음엔 다소 반대하는 입장이야. 양파의 껍질을 벗기고 나면 남는 것이 아무것도 없을 테니까 말이야. 네게 말하고 싶은 건 이거야. 우리가 관찰자의 역할을 중지하고 우리가 필요로 하는 것, 즉 이 나무, 이 물결, 이 해안을 찾아낼 때, 보기를 시작하는 거라고 말이다」

「이제는 이걸 좀 보아라. 그림이 무언가를 이야기하고 있지 않니? 나는 얼굴을 분리시키지 않을 수 없었어. 이쪽은 적회색, 저쪽은 황록색으로. 무어라고 말해야 좋을지 모르겠구나.

그러나 그것은 모든 것에 다 부합되지는 않는다. 이 자화상 앞에서 나는 이렇게 주장할 수도 있겠지. 이건 내가 아니라고. 결여된 것이 너무 많으니까 말이다. 이 그림에는 가능성이 결여되어 있어. 바로 그거야. 네가 무언가를, 가령 얼굴이나 물체를 그릴 때, 그것이 지니고 있는 가능성을 가미시키지 않으면 안 되는 거다. 실로 극소수만이 자화상 속에 그것을 만들어낼 수가 있을 거야. 네가 바라보고 있는 얼굴에서 넌 극복된 병이나 혹은 경제적 형편까지는 간파할지도 모르지. 이 그림엔 너무 많은 것이 결여되어 있어. 이것은 본 것이 아니야. 따라서 지배한 것이 아니야. 본다는 것은 또한 이런 거야. 지배와 획득. 나는 한 번 더 그것을 만들어보겠어. 이것과는 다른 그림을 말이야. 어떻게 생각하냐?」

　막스 루드비히 난젠은 일정한 시간, 즉 그가 무언가를 구하고 생각을 하는 순간마다 그런 식으로 이야기를 할 수 있었다. 그럴 때면 그의 직접적인 질문에 대답할 필요가 없었다. 그도 그럴 것이, 그 질문이라는 게 그 자신에게는 옆에 있는 사람보다 더 중요한 것이었으니까 말이다. 그러니, 나도 마찬가지일 수밖에. 그렇게도 많은 이야기를 할 수 있었던 것은, 아마도 그가 탄산수나 혹은 호박즙을 타서 마시는 곡주(穀酒)의 덕분이 아니었나 생각된다. 「자네 말에 기름이 돌도록 한잔 들게나」 하고 그는 말하곤 했다. 술병과 호박즙을 넣은 병은 제네바산 포도주와 마찬가지로 장 안이 아니라 장 위에 놓여 있었는데 그것은 아마도 술을 꺼내기 좀 어렵게 만들려는 의도였는지도 몰랐다. 아니면 좀 절제해 가면서 술병을 사들이려고 했던 것일까? 아니면 과음을 막아보자는 의도였을까? 장 위에서 술병과 호박즙병을 꺼낼 때마다, 적어도 호박즙을 머리에 뒤집어 쓸 위험은 상존했으니까. 그리고 많이 마시면 마실수록 그 위험은 더욱 커지는 것이었으니까. 새 잔을 채우기가 무섭게 그의 걱정은 늘었고, 늘 그는 똑같은 제스처로 나에게도 한잔 권하지 못하는 유감을 표명하곤 하였다. 어쨌든 그와 이야기를 나누고자 하는 사람은 우선 그와 술잔을 부딪쳐야 했다. 테오 부스베크가 그랬고, 오코 브로더젠, 두 명의 영국 관리, 그리고 외국인의 번호판을 단 자동차에서 내린 방문객들이 그랬다. 「자네의 말에 기름을 치게나」 그러나 단 한 사람에게만은 술을 내놓지 않았다. 베른트 말트잔이었다.

그 사나이가 아틀리에로 들어왔을 때, 나는 천으로 덮은 나무궤짝 위에 앉아 있었다. 깡마른 얼굴에 무척 키가 큰 이 남자는 닳아 해어진 그래서 헐렁하기 짝이 없는 옷을 입고 있었다. 화가는 그의 얼굴을 두 쪽으로 나누고 있는 푸른색을 약하게 만들고 있었다. 볼일이 있어 함부르크에 왔다가 단숨에 예까지 달려왔노라고 말트잔은 말하였다. 팔 밑에는 『색채와 반역』이라는 책을 끼고 있었다. 「그렇습니까?」 하고 말하면서, 화가는 일을 중단하였다. 그러나 방문객에게 자리를 권하지는 않았다. 「오랫동안」 하고 말트잔은 말했다. 「이번 여행을 생각해 왔습니다. 편지를 올릴까도 생각했습니다. 수년 전부터 무언가 해명할 것이, 의논을 드리고 오해를 풀어야 할 것이 있어서 말입니다」

그는 화가의 등뒤에 서서 집게손가락으로 턱을 문지르기도 하고, 이따금 옆쪽으로 성큼 비켜나기도 하였다. 우선 청을 한 가지 드려야겠다는 것이었다. 혹시 화가께서는 뮌헨에서 발행되는 새로운 미술잡지에 관해 들은 적이 있느냐고 그는 물었다. 「《민중과 예술》 말이오?」 화가는 퉁명스럽게 물었다. 그러자 방문객은 당황하는 기색도 없이 말하였다. 「《영속(永續)》이라는 잡지입니다. 편집인의 일원은 아니지만, 고정적인 기고가로서 함께 일하고 싶은 생각입니다. 월간으로 나오는 잡지지요」「모르겠는걸, 나에겐 생소하군요」 화가는 일을 계속하였다. 말트잔은 문 쪽을 바라보았다. 들어오지 않는 건데 하고 그는 생각했는지도 모른다. 하지만 예까지 나타난 터에, 이미 본론을 시작한 터에 어찌 물러날 수가 있으랴. 이럴 바엔 차라리 거두절미하고 전부 다 털어놓는 게 낫지. 「잡지는 매달 발행되며, 모든 주장을 다 받아들이는 주의입니다」 말트잔은 자신이 아는 것을 다 말하고 있진 않았다. 그는 더 많이 알고 있었다. 「저는 한 연작물에 관해 들었습니다. 〈보이지 않는 그림〉이라는 특이한 제목의 시리즈 말씀입니다. 그 그림을 한번 볼 수 있다면 정말 영광이겠습니다. 사정이 허락된다면 그중 몇 장을 잡지에 게재하게 할 수는 없을는지요? 저희는 그 작품들의 뛰어남을 믿고 있습니다」

그는 불안한 눈을 가늘게 뜨고 화가를 바라보았다. 최초의 대답에 모든 것이 걸려 있다는 듯이. 화가는 머리를 흔들었다. 「그 시리즈는 완전하지가 않아요. 압수당하여 몇 사람의 손에 넘어갔어요. 그러는 동안 몇 장이, 하필이면 특히 중요한 몇 장이 분실돼 버렸지요. 완전하지 않은 것을 어찌 독자들 앞에 내놓겠소?」 그 대답은 틀림없이 말트잔이 예기했던 것보다는 호의적이었다. 그는 화가의 시선을 자신에게로 돌리기 위해 몇 걸음 앞으로 나아갔다. 그러자 화가는 그의 자화상을 향해 이야기하듯 말을 이었다.

「하필 나 같은 사람에게 이다지도 주의를 기울여주다니, 《민중과 예술》의 편집자들이 무언가 잘못된 게 아니요? 착각을 일으키고 있는 게 아닌지 모르겠소」 그 말에 말트잔은 쓰디쓴 미

소를 지으며 다시 뒤로 물러났다. 「새로운 잡지에 관해서 말씀
드리는 겁니다. 《영속》이라는 잡지 말입니다. 문호를 활짝 개방
하고, 현혹의 시대에 소홀히 했던 것들을 다시 찾아내려는 것,
이것이 이 잡지의 지상 과제이지요, 대충 말씀드려서」 화가는
고개를 끄덕였다. 통상적으로 보아 그에게도 아무런 이의가 없
는 것처럼 보였다. 그러나, 그는 자신의 의구심을 털어놓았다.
「《영속》이 마련해 주는 그 한 구석이 저에겐 살기가 적합지 않
을 것 같군요. 거기엔 너무 많은 빛이 있어요. 그러니 난 차라
리, 한때 《민중과 예술》지가 나를 추방하고 몰아넣었던, 그 〈공
포의 방〉 속에 머물고 싶군요. 그곳, 공포의 방이야말로 내 집
같이 느껴지는 곳이에요. 거기엔 친구들도 많구요. 나 자신과
내 그림들을 위해 늘 소망해 온 곳이 바로 그런 장소지요. 이
세상에서 한번 표현해 보고 싶은 것이 있다면, 결국 공포가 아
니겠소? 이러한 공포를 나름대로 묘사해 보려고 무던히 애를 써
온 나로선 그 장소가 정말 안성맞춤인 셈이에요. 한 말씀 더 드
릴 수 있도록 허락해 주신다면, 이러한 장소를 배려해 준 당신
에게 감사를 표하고 싶군요. 난 그동안 언제나 즐거운 마음이었
답니다. 그러니 간절히 바라건대 나를 그 공포의 방 속에 그대
로 남아 있도록 허락해 주길 바라오」

　말트잔은 한숨을 쉬면서 몸을 꼬았다. 고통스레 머리를 끄덕
였으나 아직 희망은 잃지 않고 있었다. 「네, 네. 그런 일이 있
었지요. 그것을 이해하는 사람은 아무도 없다고 하겠지요. 그러
나 이제 그 일을 거론해 보는 것도 좋은 일일 겝니다. 저는 사
실 이것을 화제에 올려놓기를 원하기까지 한 사람입니다. 이것
이 제 방문의 또 다른 구실이기도 합니다. 무엇이든 명백히 밝
히고 싶습니다. 그리하여 〈모든 사실을 옳게 볼 수 있도록〉 하

는 데 열의를 다하고 싶습니다」「옳게 볼 수 있도록 한다구요?」
화가가 다짐해 물었다. 그러자 말트잔은 신명이 나서 말했다, 「옳
게 보도록. 네, 그렇습니다. 그런 일이 낱낱이 이해될 수 있도
록 말입니다」

그는 말을 계속하려 하였다. 분명 모든 각본을 철저히 짜놓
은 모양이었다. 그러나 화가는 똑같은 어조로 말을 받았다. 「나
로선 어쩔 수 없는 일이지요. 그러나 당신이 날 보았던 관점에
나도 동감입니다. 도깨비 그림, 변종(變種)의 팸플릿이라는 것
이 내 작품에 대한 당신의 견해였지요. 당신은 나를 두고 그렇
게 말했습니다. 이제 사람들이 내 작품을 〈올바르게〉 본다고 해
서 뭐 유별난 것이 나타날까요? 나에겐 사실 이 세상이 도깨비
나라와 같아요. 그림을 그리는 사람은 한계점에 이르기까지 모
든 자기를 표현해 보고 싶은 겁니다. 그러고 나서 변해야 하는
겁니다. 독일 예술원의 아돌프 지글러는 이것을 이해하지 못했
어요. 그 때문에 그는 치졸한 작품이나 양산하는 독일 화가에
머무르고 만 거지요. 물론 형식에 너무 얽매였기 때문이지요.
그렇소, 당신이 한때 내게 붙여준 찬사를 그대로 지니고 싶어
요. 처음부터 당신은 나를 〈올바르게〉 보았던 거요」

말트잔은 어설픈 미소를 띠었다. 짐작컨대 그는 그러한 말쯤
엔 각오가 되어 있는 것 같았다. 「선생님께서 바로 이중적인 표
현에 대해 말씀하시는 걸 들으니 기쁩니다」 하고 그는 말하였
다. 「왜냐하면 유감스럽게도 그러한 기법의 작품은 극히 이해도
가 낮다는 것이 사실이기 때문입니다. 도깨비 그림. 네, 당신의
그림을 두고 제가 그렇게 쓰고 말한 적이 있습니다. 그것에 대
해서는 단 한마디도 이의를 제기하고 싶지 않습니다. 그러나 그
것이 누구를 두고 했던 말인지 명백하다고 할 수 있을까요? 제

가 누구를 겨냥해서 한 말이었는지 말입니다. 정확한 문장은 이
랬지요. 〈그의 그림에서 우리는 포위당하고 있다는 기분을 느끼
지 않는가?〉──그것은 틀림없는 사실입니다. 도깨비는 당신에
게 있어 포위망 밖에 존재하는 것이었습니다. 당신은 이 정치적
도깨비를 당신 특유의 방법으로 묘사했던 것입니다. 외부 세계
와 그림의 세계 사이의 연관성을 암시하는 것이 당신에겐 중요
한 일이었지요. 조심스러운 이중성의 표현법 속에 감추어서 말
입니다. 대부분의 사람들이 그 뜻을 알아차리지 못하고 있었다
는 것이 저는 지금도 놀랍습니다」

　말트잔은 말을 계속하였다. 모든 언변을 동원하여, 본다〔見〕
는 것에는 도대체 갖가지의 가능성이 존재한다는 사실을 증명
하려고 애를 쓰고 있었다. 따라서 증명이 채 끝나기도 전에 방
문이 열린 것이 유감이었다. 「자넨가, 테오?」 화가가 외쳤다.
부스베크 박사는 대답하지 않았다. 천천히 다가오던 그는 방문
객을 보고 놀라는 기색이었다. 곧 되돌아가려다가, 그는 미안
한 표정으로 말했다. 「짐을 다 쌌네, 막스. 떠날 채비가 되었다
는 걸 알리려구」

　「방문객이 오셨네」 화가는 말하면서 말트잔 쪽으로 얼굴을
돌렸다. 테오 부스베크는 남루한 옷의 이 꺽다리를 살펴보다가
시선을 높이었다. 그의 얼굴엔 고통의 빛이 어렸다. 「베른트 말
트잔 씨이죠?」 마침내 그가 물었다. 말트잔은 깍듯이 허리를 굽
힘으로써 대답에 대신하였다. 「《민중과 예술》지의 베른트 말트
잔 씨란 말인가요?」 테오 부스베크는 믿을 수 없다는 듯 재차
물었다. 「바로 그렇다네」 하고 화가가 말했다, 「나의 후원자이
자 나도 모르게 날 수호해 주었던 사람. 자네도 그건 몰랐겠지.
그가 그토록 위험을 무릅쓰고 있었는지, 우리 중 누구 하나 알

수 있었더란 말인가? 우린 정말 올바르게 보질 못했었어」

말트잔은 이를 드러내고 웃었다. 그는 말할 기회를 달라는
듯 손을 들었다. 머리를 흔들며 헛기침을 한 다음, 두 남자를
번갈아 바라보았다. 그는 팔을 벌렸다. 「실례지만 제 말을 좀
들어보십시오」 그러나 화가는 더 이상 말을 하도록 내버려두지
않았다. 그는 조용히 말트잔 쪽으로 다가서며 거절하겠다는 표
정을 지었다. 분노도, 경멸도 보이지 않았다. 그는 문 쪽을 가
리키면서 담담한 어조로 말했다. 「나가주시오!」 말트잔이 어안
이 벙벙하여 그를 쳐다보자, 그는 다시 한번 반복하였다. 「나가
주시오! 그런 몇 마디의 요청에 내 마음이 바뀌리라고 생각지
마시오」 어쨌든 말트잔은 휘청거렸다. 다시 몸을 곧추세운 그는
자음(子音)의 발음에 강세를 주면서 「안녕히 계십시오」 하고는
가버렸다.

「정말 말트잔이었나?」 부스베크가 물었다. 「정말 빠르기도
해」 화가가 말했다. 「그들이 구멍에서 이렇게 빨리 나올 수 있
다니. 자네는 이렇게 생각했겠지. 한동안은 그들이 숨어 살게
되리라고. 조용히 죽은 듯이. 부끄러운 나머지 어두움 속에서
외롭게. 하지만 채 숨을 돌리기도 전에 그들은 다시 나타났어.
언젠가는 다시 찾아오리라고 생각은 했었지. 하지만 이렇게 빠
른 줄은 몰랐네, 테오. 그렇게도 빨리 이곳에 나타나다니 정말
짐작도 못했던 일이야. 나 자신 자문(自問)이나 하고 앉았을 밖
에. 망각과 후안무치(厚顔無恥) 중에서 어느 것이 더 강한 것인
가 하고 말일세」

그는 한 팔을 부스베크의 어깨 위에 올려놓고 그를 「자화상」
앞으로 이끌고 갔다. 꼼짝 않고 미완성의 그림을 바라보면서 그
들은 달리 할말도 없는 모양이었다. 침묵이 너무 오래 계속되었

다는 것을 깨닫자 화가가 입을 열었다. 「자네의 방을 계속 비워 놓겠네. 아무도 들어가지 못하게 하겠네. 자네가 있을 때의 모습 그대로 말이야」 「그림 상자 하나는 여기에 놓아두겠네」 하고 부스베크가 말했다, 「방해가 되지 않았으면 좋겠네만」 그는 그림에서 시선을 떼지 않았다. 화가는 자신의 얼굴을 쳐다보지도 않는 이 사내에게 다정한 목소리로 그들의 약속을 상기시켰다.

「자네가 이곳에서 살고 싶다면 언제든지 가능하다는 것을 잊지 말게나. 아무 때고 다시 오게. 또 한번 편지를 쓸 필요는 없네. 어쨌거나, 왜 자네가 떠나려 하는지 모르겠어」

「이젠 모든 것이 끝났네. 자네에겐 더 이상 내가 필요치 않아. 나는 다시 한번 그것을 시도해 보겠어. 자네도 이미 알고 있잖나?」

「암, 알고말고. 그래, 테오. 하지만 정기적으로 우리를 방문해 줄 수는 있겠지?」

「여름마다, 막스. 그렇게 생각해 두게나」

「그런데 이 그림은 어떤가? 이 자화상 말일세. 평을 좀 듣고 싶은데」

「아직 모르겠네, 막스. 우선은 잘 살펴보아야 하겠네」

「그렇다면 별것 아니군」

「그렇다고 말하지는 않았어. 우선 자네의 이야기를 들어봐야 되겠어. 이젠 가야겠네」

「함께 가세, 테오. 자넬 글뤼제루프까지 바래다주겠네. 그렇지, 지기하고 나하고 기차 속에서 자네가 앉을 자리를 찾아보겠네. 그것까지 마다하지는 말아주게. 어떠냐, 삣─삣? 오, 그래」

「어디에서 장대를 하나 찾아보겠네. 자네의 짐을 거기에 매

달고 어깨에 둘러메는 거야. 그러면 도중에 쉬지 않고도 거뜬히
글뤼제루프 역까지 갈 수 있을 거야. 저 산파용 가방은 지기가
들어줄 테니까」

나는 화가가 산파용이라고 부르는, 용수철 자물쇠가 달린 가
죽가방을 들었고 두 남자는 짐을 매단 장대를 어깨에 걸쳐메었
다. 흔들대는 그 짐은 처음에 이리저리 미끄러져 내리다가 결국
휘어진 중심부에 묵직하게 매달려 있었다. 우리는 제방으로 나
있는 길을 오르락내리락 하면서 걸어갔다. 옆에는 좀개구리밥
이 잔뜩 뒤덮여 있는 도랑들이 깊은 늪을 이루고 있었다. 말트
잔의 모습은 그림자도 볼 수 없었다. 건초를 베기에 좋은 날이
었다. 따뜻하고 건조한 날씨. 푸른 깃발을 돛대 높이 달아놓고
싶은 그런 날이었다. 티멘슈테트 방면엔 역시 건초를 베는 사람
들이 보였다. 웃통을 벗어젖힌 상체가 굽혔다 일어섰다 할 때마
다 기다란 갈퀴들이 햇빛에 번쩍이곤 하였다. 우리는 제방 위로
올라갔다. 화가가 마지막으로 물었다. 「여기에 그냥 남아 있을
수 없겠나, 테오?」 얼굴을 바다 쪽으로 향하고 부스베크, 「다시
오겠네, 막스. 얼마간은 내가 가는 것이 더 좋을 걸세. 날 믿어
주게」

나는 그들을 앞서 뛰었다. 제비들에게는 신명이 나는 날인가
보았다. 뜨거운 백사장 위에서 제비들은 나지막이 날기도 하고
급선회를 하거나 화살처럼 낙하해 오기도 하였다. 몇 마리가 함
께 지지배배 같은 항로를 날아가다가 최후의 순간에 비로소 방
향을 틀기도 하였다. 목장 위를 향해 돌진해 오던 새들은 늘 도
랑 위를 아슬아슬하게 날다가 바다 위에서 돌풍을 만나면 하늘
높이 치솟아올랐고, 쉿 소리를 내며 다시 추락해 오곤 하였다.
「우리는 늦지 않을 거야」 하고 화가가 말했다, 「줄곧 시계를 들

여다보지 않아도 되네, 테오」

갑자기 그들은 걸음을 멈추고, 메고 있던 짐을 내려놓았다. 무언가를 수군대더니, 반도쪽을 바라보았다. 「보이나? 저편 왼쪽으로 해안의 분지를 보게. 아직 모르겠나?」 「유타 아닌가?」 「그래, 유타일세. 그 애 옆에 누가 있는지 알겠나?」 「클라스?」 「그 밖에 누가 있겠나?」

클라스는 결국 깨어났다. 블레켄바르프에서 보호를 받지 않아도 될 정도로 회복이 되었던 것이었다. 그는 배를 땅에 대고 백사장 위에 엎드려 있었다. 그 옆에, 꼭 끼는 펠트 수영복을 입은 유타가 무릎을 꿇고 앉아 있었다. 어깨 바로 아래까지 오는 수영복은 그녀의 조그맣고 앙상한 등을 가리고 있었다. 클라스는 셔츠를 벗고 있었고, 바지가랑이를 하도 높이 걷어올린 나머지 장딴지 근처쯤에서 장화의 목을 접어놓은 것처럼 보였다. 솜털 같은 머리카락이 분지의 모래 위로 비죽이 솟아나 있었고, 두 발바닥이 낯설고 지친 존재들인 양 V자를 그리면서 세워져 있었다. 유타가 그에게 안마를 해주고 있었다. 무언가를 가지고 그의 등을 비비기도 하고, 때밀이하듯 아래위로 미는가 하면, 이따금 어깻죽지를 두드리기도 하였다. 그가 다리를 들어올리면 강제로 모래 위로 내리눌렀고, 머리를 들어올릴라치면 장난기 섞인 동작으로 그의 목을 졸라매기도 하였다.

「그들을 부를까요?」 내가 물었다. 「가서 데려올까요?」 「아니다」 하고 부스베크가 말했다. 「두 애들과는 작별 인사를 나누었다, 정원에서. 그대로 놔두어라」 이번엔 유타가 배를 깔고 엎드리더니 어깨에 걸친 멜빵을 능숙하게 벗겨내렸다. 클라스는 어리둥절한 표정으로 일어나 앉았다. 한참 만에야 올리브유(油)병을 집어들고는 그녀의 등에 이리저리 묻혀대었다. 손에 묻은

기름을 닦아낸 다음 그녀의 몸에 손을 대려다가 그는 흠칫 동작
을 멈추었다. 고개를 숙여 유타를 내려다보고 있을 뿐이었다.
몸을 내맡기고 누워 있던 유타가 필시 이렇게 물어보는 모양이
었다. 「응? 왜 그러지?」 극히 기계적인 동작으로 그는 그녀의
피부에 기름을 문지르기 시작하였다. 어쩌면 무관심해 보이기
조차 했다.

　마사지를 해주는 동안 그의 시선이 북해를 지나 뜨거운 백사
장 위를 따라가고 있었으니 말이다. 자연히 그는 우리 일행을
발견할 수밖에 없었다.

　그는 손짓을 하였다. 그녀를 툭툭 치면서 우리가 있는 쪽을
가리켰다. 둘이 동시에 손을 흔들었다. 우리도 손을 흔들어 답
하였다. 한참을 그 자리에 서 있다가 우리는 다시 짐을 들었
고, 이번엔 두 사람이 앞장을 서서 걸어갔다. 이따금 그들은 흔
들거리는 짐을 고정시키기 위해 발걸음을 바꾸어야 했다. 짐이
살아 있는 것처럼 한쪽으로 쏠려내렸기 때문이었다. 「저 애가
아직도 살아 있다니 정말 다행한 일이야」「암, 다행한 일이고말
고」

　글뤼제루프가 벌써 보이기 시작하였다. 더구나 이렇게 아지
랑이가 아른거리는 날에는 두 겹으로 보이는 것이다. 즉 또 하
나의 글뤼제루프가 원래의 글뤼제루프 위에 투영되어 있었다.
먼지를 뒤집어쓴 시멘트 공장과 저수탑, 그리고 개스공장의 녹
슨 탱크들이 하늘 위에 솟아 있었다.

　「해학(諧謔)이 없어, 막스」

　「그게 무슨 뜻인가?」

　「여기 이 나라 말일세. 자네의 조국. 해학을 알지 못하는 나
라야. 오늘 같은 날에도 말일세. 늘 엄숙할 뿐이야. 화창한 날

의 이 근엄함을 보게나」

「그것이 자네는 참기 어려웠나?」

「생각 좀 해보게, 막스. 자네는 늘 무언가 의무감에 짓눌려 있어」

「그게 어쨌다는 건가?」

「나도 모르겠네. 엄숙함이랄까? 엄숙함, 그리고 침묵. 낮에도 그러한 기분은 은밀히 숨어 있네. 가끔 나는 이런 생각을 하지. 이 나라엔 표면이 없고 단지——뭐라고 해야 할까? 깊이라고 하는 게 좋겠군. 지독한 깊이만을 갖고 있다고. 그곳에 존재하는 모든 것이 자네를 위협하고 있는 거야」

「자네는 그것을 나쁘다고 생각하는 건가, 테오?」

「내 말은 그저 표면적인 것이 더 인간적이 아니겠냐는 것일세」

「알아듣겠네, 테오. 그러나, 그렇기 때문에 우리는 살 만한 나라로 만들려고 노력해야 하지 않을까? 이 나라를 말이야」

「그것이 불안을 조성할 수도 있지. 그러나 불안하다는 것도 실은 기분에 불과한 것이야. 자네가 그 기분들을 알게 된다면 보다 더 꿋꿋해질 수가 있을 걸세」

「우리는 그것을 볼 수 있는 방법을 배워야 할 거야」

이런 식으로 그들은 제방의 둑길을 걸으며 작별을 앞둔 이야기를 나누었다. 어쩌면 심중에 쌓여 있는 말들을 전부 털어놓으려는 듯하였다. 이야기에 너무 열중한 나머지 바트블리크 주점 앞에서 기다리고 있는 힌레크 팀젠을 지나칠 뻔했을 정도였다. 그는 양손으로 허리를 받치고 다리를 떡 벌린 자세로 서 있었다. 바트블리크의 모든 창문은 버팀대에 의해 열려 있었다. 하얀 깃대 위에는 팀젠의 열쇠를 그린 깃발이 펄럭였고, 말끔히 닦아논 나무계단이 햇빛 속에 빛나고 있었다. 이빨을 드러내고 웃으면서, 술집 주인은 우리를 기다리고 있었다. 우리의 행진은 저지되었다. 아니 저지되었다기보다 바트블리크 안으로 이끌려 갔다는 편이 옳을 것이다. 그러나 남자들은 짐만 내려놓은 채 그대로 서 있었다. 부스베크가 그의 시계를 들여다보면서 말했다. 「우린 기차를 타야 하네, 힌레크. 함부르크행 기차는 이곳을 한번밖에 통과하지 않아」「한잔만 들고 가게」팀젠이 말하였다. 「수년 동안 같이 지낸 사람의 작별의 잔이야. 벌써 다 준비해 놓았네」그는 열린 창문 속으로 상체를 집어넣더니 손뼉을 쳤다. 하얀 앞치마를 두른 요한나가 가득 채워진 술잔을 쟁반에 담고 나왔다. 잔마다 동그랗게 잘라 넣은 레몬 조각이 떠 있었다. 「이게 무슨 술인가?」「우선 들고 보게」「그런데 지기는?」「아 그렇군. 요한나, 지기에게도 한잔 갖다주구려」

우리는 이별과 재회를 위해 잔을 부딪쳤다. 술맛을 보고 나자 둘은 동시에 물었다. 「어디서 이런 진을 구했나, 힌레크?」「그건 술맛이 기막히다는 말이겠지. 이곳에서 전승축하연이 심심찮게 벌어진다네. 그들은 글뤼제루프로부터 예까지 차를 타고 와서 파티를 여는 거야. 우리야 장소를 빌려주고 환기나 시키고 앉아 있으면 되는 거지. 자네들도 한번 봐두었어야 하는 건데」우리 전부와 함께 마시고 싶다는 듯 그도 술잔을 들었다. 「곧 자네들을 위해 더 좋은 술을 구해 놓겠네. 그런데 막스, 또 그들이 와서 자네에 관해 묻더군. 오늘 아침에. 지프차를 타고 왔는데 독일어가 서툴러. 나도 영어가 서툴긴 하지만 무슨 얘길 하는지는 알아들었어. 자네가 그들을 그려주었으면 하는 것 같았어. 초상화나 뭐 그런 거 말일세. 나야 어쩔 수 있었겠나. 그들에게, 자네를 만나려거든 블레켄바르프로 가야 될 거라고 말

해 주었지」「잘 찾아오겠지」화가는 말하면서 빈 잔을 창틀 위
에 올려놓았다. 우리에게도 손짓을 하여 잔을 내려놓도록 재촉
한 뒤에 팀젠의 어깨를 몇 차례 두드려 감사의 뜻을 전했다. 부
스베크와 팀젠은 악수를 나누었다. 그러자 화가, 「적당히 해두
게. 영영 헤어지는 건 아니니까」「그래, 잠시만이라도 들어갔다
가 갈 수 없단 말인가?」술집 주인의 말에 부스베크, 「지체하다
가 기차를 놓칠까 봐 그러네」

　다시 한번 작별의 말이 오고갔다. 「또 보세. 소식을 학수고
대하겠네. 너무 오래 떠나 있지는 말게. 그러길 진심으로 바라
겠네」우리는 짐을 들고 그곳을 떠났다. 팀젠은 소로까지 나와
서, 요한나는 베란다 위에서 우리에게 손을 흔들었다. 「아직도
몇 번 더 작별을 나누어야 할걸」하고 화가가 말했다. 「그때마
다 자네는 멈추어야 할 텐데, 테오」「그럴 것 같은데」하고 부
스베크 박사가 말했다. 「우리, 길을 질러가면 어떨까? 철둑길로
올라가 철길을 따라가다가 철교를 건너는 것이?」그들은 동의하
였다. 우리는 비틀거리며 제방길을 내려가 햇볕이 따사로운 목
장을 가로질렀다. 「꽃을 잊지 말게나」하고 부스베크 박사가 말
하였다. 「그녀의 생일이 9월 8일일세」「디테의 생일을 내가 잊
을 수 있겠나?」「그렇다면 좋아. 그저 말해 본 것뿐일세」우리
는 철둑길로 올라가 철길을 따라 난 길을 걸어갔다――선로지
기뿐 아니라 우리 고장의 거의 모든 사람들이 기차를 타려 할
때마다 이 길을 이용하곤 하였다. 나는 조약돌 하나를 주워 열
기가 감도는 넓고 우중충한 도랑 속으로 집어던졌다. 그러곤, 철
교의 난간을 막대기로 두드리며 걸었다. 어느새 정거장의 시계
가 바라보였다. 그 시계는 깨어진 유리판을 십자 모양의 테이프
로 붙여놓고 있었다. 「보게나」하고 화가가 말했다. 「우리는 알

맞게 도착하였네. 자네에게 차표를 사줄 여유도 충분하겠어」
「그랬으면 좋으련만」 하고 부스베크가 말했다.

여기는 글뤼제루프역(驛). 네 개의 선로와 두 개의 플랫폼, 기름투성이의 수리 창고, 그리고 빨간 벽돌로 지은 상자 모양의 역사(驛舍). 차량편성 선로들 위에는 불에 타서 파손된 차량들이 몇 대 방치돼 있었는데, 그중 몇 대에서 이런 글귀를 읽을 수 있었다. 〈승리를 향해 바퀴는 달린다!〉 역사에는 매표소, 안내소, 수하물 보관소, 화장실과 대합실이 있었다. 대합실은 의자와 벤치들이 널찍널찍 자리 잡은 데다가 그 규모가 엄청나서 체육관과 같은 인상을 주었다. 천장까지의 높이가 12미터나 되었으니 무도장으로 사용한다 해도 손색이 없을 것 같았다.

개찰구는 무릎 높이까지 사슬을 드리워 막아놓고 있었다. 이곳을 넘어갈 수 있는 사람은 유니폼을 입은 수하물 운반인들뿐이었다. 선로의 횡단도 금지되어 있어서 이편에서 저편 플랫폼으로 넘어가기 위해서는 널빤지로 만든 가교를 지나가야 했다. 다리 양옆의 판자 위에는 기다리기에 싫증이 난 승객들이 추잡한 그림을 끄적거리거나, 혹은 그들 이름의 머릿글자를 칼로 아로새겨 놓았다. 유리창 너머로 유니폼의 역원들이 일하는 모습이 보였다. 〈폐문〉이라는 쪽지가 달려 있으니 창문을 두드려 보아야 소용없을 것이 분명하였다. 〈침은 타구에 뱉어주십시오〉라는 페인트 글자도 위력을 잃고 있었다. 아무데에도 타구가 눈에 띄지 않았으니 말이다——수요가 줄어 생산이 중단된 모양인가. 역사의 바닥엔 홈이 패인 포석을 깔아놓았는데, 한 포석위에 준공 날짜가 새겨져 있었다. 〈1904년〉

정거장에 도착하니 이미 차표를 팔고 있었고, 여객의 개찰도 시작되었다. 우리는 2번선의 플랫폼으로 들어가 한낮의 태양

속에 망연히 서 있었다. 글뤼제루프를 떠나려는 주민들이 몽땅 모여서는 광주리·륙색·트렁크 또는 궤짝들 위에 앉아 있거나, 물건이 든 자루며 벽시계·침대·화장대·사슴뿔 따위를 이리저리 나르고 있었다. 악착같이 그러나 야금야금 그들은 플랫폼의 가장자리로 접근하고 있었는데, 그것은 말할 것도 없이 열차 안으로 뛰어들기에 좋은 사리를 확보하기 위함이었다.

「보다시피, 테오, 여행객은 자네뿐이 아니구먼」 하고 화가가 말했다. 「그런 모양이야」 하고 부스베크가 말했다. 그 사람들은 얼마나 끈질기게 그곳에 앉아 있었을까? 몇몇은 되는 대로 쌓아놓은 짐들 위에서 잠을 자고 있는 모양이었다. 무수한 귀환병들이 눈에 띄었다. 그들이 지닌 무기라곤 잘 다듬어진 여행용 지팡이들이었고, 대부분이 통통한 빵자루를 둘러메고 있었다. 수염투성이의 늙은 남자 하나가 눈에 들어왔는데, 그는 벌써 몇 분 동안이나 음료수대에 매달려 물소리도 요란히 쏟아지는 수도꼭지에 얼굴을 들이대고 있었고, 눈을 부라리며 접근해 오는 아이들을 저지하고 있었다. 이번엔, 착 달라붙는 옷을 입은 여자 하나. 그녀는 정신없이 여객들 틈을 비집고 다니면서 사람을 찾고 있는 모양이었다. 그녀에게 등을 돌리고 있는 남자들을 거칠게 돌려세우고는, 그때마다 실망한 표정으로 다시 밀어붙이는 것이었다. 물론 하얀 새장을 들고 있는 여자도 눈에 띄었는데, 그녀의 새장 안에는 새 대신 고물이 다 된 괘종시계가 갇혀 있었다. 그리고, 힐데 이젠뷔텔. 온 플랫폼이 내려다보이는, 그리하여 정거장 어느 곳에서도 쉽게 발견될 수 있는 가교의 계단 위에 그녀가 서 있었으니 쉽게 눈에 띈 것은 당연한 일이었다. 「저기 힐데 이젠뷔텔이 서 있네요」 하고 내가 말하였다. 화가는 그편을 슬쩍 바라본 후에 부스베크 쪽을 보면서 말했다. 「여보게, 테오. 저기 임신부가 서 있네. 저 부른 배를 좀 보라지. 여행이 힘들진 않겠는데」「자리는 맡아논 거나 다름없으니까 말이지」하고 부스베크가 말했다.

사무실로부터 역원의 복장을 입은 남자가 나와서는 선로를 건너 우리 쪽 플랫폼으로 걸어왔다. 그는 플랫폼의 가장자리를 따라가면서 엄격히 승객들을 물러서게 하였다. 안전을 위해 달려오는 기차에서 얼마나 떨어져 있어야 하는가를 승객들에게 주지시키면서 기계적인, 어쨌거나 자주 효과를 거두는 명령을 여행객들을 향해, 아니 그들의 분별심을 향해 외쳐대는 것이었다. 「비키세요. 뒤로 물러나세요」

「기차가 들어오는 모양이야, 막스」「그렇군. 벌써 소리가 들려오는데」「자네에게 어떻게 감사를 표해야 좋을까, 막스?」「그런 말 말게」「언제나 잊지 못할 거야」「그만 두라니까, 테오」「마치 내 집을 떠나는 기분일세」「그러길 바라네. 쾰른 이야기를 써 보내주게. 저기 들어오는군, 자네가 탈 기차가」

미끄러지면서, 레일과의 마찰이 점점 느려지면서 기차가, 진동하는 열기의 덩어리가 들어오고 있었다. 피부를 그슬려버릴 듯한 바람을 일으키며 기차는 요란히 정지하였다. 무쇠와 무쇠의 부딪침. 출구를 찾아 폭발할 듯한 증기. 피스톤은 돌변한 압력에 따라 통탕거리고 있었다. 완충기 위에서, 지붕 위에서, 승강대 위에서 필사적으로 매달려 있던 사지(四枝)들이 긴장을 풀며 손잡이들을 놓았다. 적어도 내가 보기엔 그 손잡이를 잡음으로써 승객들은 자신들뿐 아니라, 차체 전부를 붙들어매 놓으려는 것 같았다. 온통 차체를 뒤덮은 승객들은 마치 배를 휘감아버리는 해초처럼 기차를 정복해 가지고 서서히 그 속력을 경감시켜 왔던 것이었다. 사실 기차는 사람들로 초만원을 이루어, 그

엄청난 수자와 계속해 나아가고자 하는 공동의 의지만으로도 기차를 지배하고 있다는 생각이 들 정도였다. 그들의 기세가 이렇듯 거세었던만큼, 이미 차지한 자리를 쏟아져 들어오는 여행객에게 결코 내주려 하지 않았다. 하지만 그들도 플랫폼으로부터 밀어오는 압력에는 별수없었다. 길을 비켜주었고, 새로이 탑승한 승객들의 자리 점령을 저지할 수가 없었다. 외마디 소리, 양해를 구하는 소리, 약탈과 싸움이 벌어지는 와중에서도 사람들은 저편에서 외쳐대는 역원의 소리를 들을 수 있었다. 「글뤼―제에―루우프! 여기는 글뤼―제에―루우프!」

어떻게 우리는 부스베크 박사를 승차시켰던가? 화가는 함께 몰려가려는 우리를 제지하며 침착히 주위를 둘러보았다. 사람들의 배후에서 기차를 관찰하던 그는 갑자기 결정을 내렸다. 「저기, 제동실(制動室)로 가자」우리는 돌진하였다. 부스베크의 짐을 제동실 안으로 밀어넣자 이미 그곳에 앉아 있던 세 명의 간호원들이 역정을 내면서 가로막았다. 부스베크 박사마저 밀어넣었을 때, 머리가 희끗희끗한 간호원이 유난히도 커다란 유방을 양팔로 가리면서 사색이 되어 도움을 청할 지경이었다. 「이 양반은」하고 열린 창문을 들여다보며 화가가 말하였다. 「도중에 당신들에게 음식과 신선한 음료를 대접해 드릴 겁니다. 잘 사귀어두십시오」그런 다음, 그는 도어로부터 제동기까지 끈을 묶어서 폐문이 되도록 만들어놓았다. 잠시 후 플랫폼에 서 있던 우리는 어느새 제동실 밖으로 들려나오는 웃음소리를 들을 수 있었다. 그곳에선 벌써 의기투합이 시작된 모양이었다. 부스베크 대신 간호원 하나가 손을 흔들었다. 몇 차례의 신호를 주고받더니, 마침내 기차는 지체하던 역을 출발하였다. 가득히 뒤덮인 사람들. 지붕이나 완충기 위에 달라붙어 있는 사람들이

기차가 충격을 받을 때마다 리드미컬하게 흔들리고 있었다. 아직도 눈앞에 선히 떠오른다. 인간 포도송이들이 기차의 출발과 함께 튕겨져 오르던 모습이. 몇 명의 전송객이 소리치며 팔을 흔들고 기차를 따라가다가 플랫폼이 끝나는 곳의 가로대에 몸을 내밀고 응답도 없는 작별 인사를 보내던 모습이.

기차가 번쩍거리는 선로 뒤로 사라진 뒤에도 플랫폼은 빌 줄을 몰랐다. 널찍한 벤치를 치워버렸기 때문에 그들은 짐을 깔고 앉아서 떠나간 사람의 행운을 빌고 있었다. 다시금 편안한 자리들을 점령하고 앉아 있는 그들에게 무더운 오전의 나른함이 감돌고 있었다. 그곳을 막 떠나려다가 우리는 선로를 건너 달려오는 힐데 이젠뷔텔을 발견하였다. 그녀는 화물 열차가 서 있는 곳으로 달려가는 중이었다. 거기에 무엇이 있을까? 무슨 일이지? 의문의 시선을 주고받으며 주위를 둘러보니, 다른 사람들 역시 그녀가 뛰어가는 양을 관찰하는 중이었다——늘 웃음이 터져나올 듯한 표정의 이 부인은 머리에 수건을 쓰고 산적한 화물과 누워 있는 사람들 주위를 활강하는 스키어처럼 달려가면서 간간이 짧게, 그러나 들뜬 듯한 표정으로 손을 흔들어댔다.

저편 땅바닥 위에 군복을 입은 남자 하나가 앉아 있었다. 그를 향해 그녀는 달려가는 중이었다. 그 남자의 옆에는 자신이 만든 듯한 납작한 수레가 유모차에서 떼어낸 바퀴를 달고 놓여 있었다. 꼿꼿이 앉아 있는 그에겐 양다리가 다 없었다. 모자를 쓰지 않은 얼굴이 아직 젊고 야무져 보였다. 자신을 향해 달려오는 여인을 조심스레 바라보다가 무릎을 굽히며 몸을 날려 온 여자의 상체를 힘껏 부둥켜안았다. 그녀의 배에 각별한 주의를 기울이면서 비슷한 높이에서 그들은 서로의 얼굴을 바라보았다. 그러곤 사람들의 기대와는 달리 움직일 생각을 않고 있었다. 「저건 알브레흐트야」 하고 화가가 말하였다. 「알브레흐트 이젠뷔텔. 북부전선에서 돌아온 모양이지. 레닌그라드에서」 그 녀는 남편의 팔에서 벗어났다. 그리고 갑자기 그를 부둥켜안았 다. 두 사람의 몸이 가볍게 흔들거렸다. 일어나자, 그녀는 허리 를 굽혀 처음엔 시험삼아, 다음엔 결심이 선 듯 남편을 들어서 납작한 손수레 위에 올려 앉혔다. 남편의 잘린 다리 쪽을 곰곰 이 바라본 다음 속이 빈 그의 바지가랑이를 다리 아래에 쑤셔넣 었다. 수레에 끈을 매고 어깨 위에 걸친 끈에 한 팔을 꿰넣자 그녀는 수레를 끌기 시작하였다.

　힐데 이젠뷔텔은 혼자서 수레를 끌며 플랫폼을 건너갔다. 남 편은 꼿꼿이 앉아 양손으로 수레의 가장자리를 단단히 부여잡 고 있었다. 가벼운 진동으로 인해 정방형의 판자 위에 앉아 있 는 그는 끊임없이 고개를 끄덕이는 것 같았다. 그는 양쪽으로 시선을 돌리지도, 다른 사람들의 부름에 응하지도 않았다. 우 리가 그들을 멈춰 세우고 도와주겠다는 의사를 표명했을 때도 마찬가지였다. 그것은 무관심 때문이라기보다 이 순간 모든 것 을 그의 아내에게 맡기고 있으며, 응낙하든 거절하든 전적으로 그녀의 의견을 따르겠다는 그의 생각을 말해 주는 것이리라. 부 인은 감사를 표했다. 「아니에요, 막스. 그냥 놔두세요. 저 혼자 도 할 수 있어요. 계단을 올라갈 때나 좀 도와주시면 좋겠어요」

　그들은 다리 없는 남자를 계단 위로 운반하였고, 나는 수레 를 끌고 뒤를 따랐다. 계단 위에 도달하자 그들은 정확한 위치 에 그를 다시 앉혔다. 「마침내」 하고 그녀가 말했다. 「마침내 그가 돌아왔어요」 역사의 밖, 기복이 심한 광장에서 우리는 다 시 한번 도움을 자청하였다. 다시금 힐데 이젠뷔텔은 거절하였 다. 화가가 그녀의 배를 가리키자, 그녀는 머리를 뒤로 젖히며 말하였다. 「잘될 거예요. 걱정없어요」 그녀는 머리수건을 벗어 목덜미에 흐르는 땀을 닦고, 그것을 남편의 다리 밑에 넣어주었다. 「어쨌든 정말 고마왔어요」

우리는 그들을 앞서게 한 다음 항구 쪽으로 가는 길을 따라갔다. 포장이 안 된 해안 도로에 이르자 수레의 고무바퀴로부터 엷은 먼지가 피어올랐다. 우리는 모든 걸 그녀에게 맡기고 바라보고 있을 수밖에 없었다. 그녀는 이따금 걸음을 멈추고 땀을 닦거나 끈이 짓누르는 아픔에서 잠시 벗어나려 하였다. 그때마다 우리도 걸음을 멈추거나 보행 속도를 줄이곤 하였다. 화가가 말하였다. 「여전히 그들은 아무 말도 나누지 않는군」「왜 그럴까요?」「얼굴을 보는 것만으로도 충분한 모양이야」

해안 도로 위에서는 바퀴가 삐걱삐걱 소리를 내면서 잘 나가 주지 않았다. 하지만 힐데 이젠뷔텔은 그런 것에 개의치 않고 울퉁불퉁한 길을 따라 제방이 있는 곳까지 나아갔다. 대기 속에는 먼지와 건초 냄새가 섞여 있었다. 수레 위의 남자는 계속 곧바른 자세로 단 한번도 얼굴을 돌려 수년 간 보지 못했던 북해나 또는 여기저기 농가들이 산재해 있는 들판을 바라볼 생각을 않고 있었다. 단 한번, 제방을 내려갈 때 부인이 무릎을 꿇고 수레의 속력에 제동을 걸고 있을 때, 자신도 양손으로 땅을 누르며 브레이크를 걸다가 도움을 요청하는 듯 우리 쪽을 바라보았다. 그러나 소리 치지는 않았고, 우리도 그들을 도와주지 않았다. 우리 없이도 그들은 비탈길을 내려가고야 말았다. 우리는 이제 걸음을 멈추었다. 그녀가 힘이 샘솟는 듯이 이탄길 위를 달려가고 있었기 때문이었다. 검푸른 백양나무들 위에서는 찌르레기의 합창이 요란하였다. 이럴 때 우리 고장에서는 뒤를 돌아다보는 것이 전혀 무익한 일은 아니다. 마치 누군가가 거기

탁 트인 하늘 밑에서 뒤를 따라오고 있다는 듯이 말이다. 문득
걸음을 멈추고 공간과 운동의 관계에 주의를 집중하고 있노라
면, 그때마다 압도해 오는 지평선의 위력에 놀라게 된다.

　오랫동안 우리는 제방 위에서 바다를 등지고 서 있었다. 부
부의 모습은 점점 작아지다가 한 사람이 걸어가는 듯 오그라들
더니, 이윽고 동작을 알아볼 수 없을 정도까지 되었다. 「이제
우리가 무엇을 했으면 좋은지 알겠지?」 화가가 물었다. 「네, 알
아요」 나는 대답하였다. 그는 내 어깨에 올려놓은 손에 힘을 주
었다. 우리는 긴 굴곡을 이루고 있는 제방을 내려갔다. 바트블
리크 주점을 지나지 않고 동쪽을 향해 후줌의 국도로 나가는 폼
이, 다시 힌레크 팀젠을 만나고 싶지 않은 모양이었다. 말이 없
었지만, 자신의 생각에만 골몰해 있었지만, 나는 그의 옆에서
걷는 것이 좋았다. 그의 발걸음에 보조를 맞출 수 없었지만, 다
정한, 그러나 파악하기 어려운 그의 면전에 있기만 해도 좋았
다. 그는 끊임없이 무언가에 몰두하도록 강요하는 것이었다. 주
위를 바라보도록, 그리고 외경심에 휩싸이도록. 그의 곁을 걸
어가는 것, 그것은 이렇듯 긴장에 찬 기다림뿐이었지, 즐거움
따위는 문제 밖의 일이었다.

15 계속

오늘, 즉 1954년 9월 25일, 나는 21살이 되었다. 힐케가 케이크를 한 상자, 어머니가 깔깔이 스웨터 하나, 힘펠 원장이 감화원의 관례에 따라 초똥이 빨리 떨어지는 양초 한 개를 선사해주었다. 친애하는 간수 요스비히는 담배 12개비와 2시간 정도의 위로를. 이러한 선물들을 받는 것으로 나는 내 성년식을 때워야했다. 벌로 부과된 작문이나 엮어내고 있지 않았다면, 이러한 골방 대신 모든 원생들과 함께 있었을 것이고, 식탁의 내 자리 앞에는 꽃들이——마멀레이드 병에 꽂은 짧은 줄기의 과꽃 따위가——장식되어 있었을 것이며, 원생으로 구성된 합창대가 나의 성년을 축하하여 힘펠이 작곡한 생일노래를 불러주었을 것이다. 케이크와 고기 한 조각을 더 받았을 것이요, 작업은 물론 면제되고, 밤에는 다른 원생들보다 한 시간 더 불을 켜놓고 있어도 되었을 것이다. 그러한 특권을 나는 받지 못했다.

오늘부터 나는 성년이 되었음을 되새겨보며 별수없이 어른이 되어버리는 것이다. 그러나 세면대 위에 구부리고 면도를 하면서 나는 조금의 변화도 확인할 수 없었다. 써놓은 작문을 읽으며 케이크를 뜯어 먹었고, 아무런 인식도 전해 주지 못하는 촛불이 흘리는 눈물을 구경하였고, 볼프강 마켄로트에게서 받은 저장품 중에서 담배 한 대를 철저하게 피워버렸다. 마침내 발동을 건 것은 빌어먹을 놈의 촛불이었다. 그것이 나에게 의문을 던지며 생각에 젖게 만드는 것이었다. 일찍이 향토연구가인 나의 외할아버지 댁에서 경험했던, 언제나 하잘것없는 것으로 여겨지는 생각, 〈너는 누구냐?〉〈너는 어디로 가려고 하느냐?〉〈너의 목적은 무엇인가?〉 등등. 동시에 나의 회상은 날개를 펼쳤다. 나는 부스베크 박사의 예순번째 생일날에 있었던 바닷속 식사를, 눈부신 햇빛 속에서 그네를 타고 있던 유타를, 내 책상 위의 해전(海戰)을, 이탄 속에서 클라스를 발견했던 순간을, 디테의 장례식을 생각하였다.

이런 생각에 몰두하느라 나는 아무것도, 가령 요스비히가 들어온 사실도 모르고 있었다. 수줍은 듯, 그러나 쾌활한 목소리로 아침 인사와 축하의 말을 던졌다. 「축하해, 지기. 같은 어른으로서 말이야」 그는 미소 띤 얼굴을 흔들며 팔소매로부터 담배를 꺼내어 내 작문 공책 위에 떨어뜨렸다. 침대의 가장자리에 걸터앉아서 그는 나를 오랫동안, 말없이, 동정심에 가득 찬 눈으로 바라보았다. 창 밖 가을의 엘베 강 위에서는 닻을 내려 고정시킨 준설선이 쇠사슬 소리를 딸가닥거리며 두레박을 올렸다 내렸다 하고 있었다. 벌써 며칠 전부터 날카로운 톱니를 가진 두레박이 강바닥 속으로 내려갔다가 흔들흔들 올라와서는 콧물같이 줄줄 흐르는 진흙을 평저선 위에 옮겨 싣고 있었다.

「모든 아이들이 다 너를 보고 싶어한다고 말하면 글이 잘 나가지 않겠지? 에디까지도 널 보고 싶어하는데」

「네. 작문이 막히곤 하지요」

「그토록 몸을 혹사하고 또 상심하고 초조해하는 것은, 혹시 코르프윤이 내놓은 테마가 〈의무의 기쁨〉이라는 것이기 때문이 아니냐?」

「테마 때문이랄 수도 있겠지요」

「왜 당장이라도 힘펠에게 작문을 탕 소리나게 내던지려고 하지 않는 거지? 간단히 끝나고 말 텐데」

「의무의 기쁨이 아직 계속되고 있기 때문이예요. 테마를 충분히 살려내지 않고는 선뜻 글을 끝낼 수가 없어요」

칼 요스비히는 양손에 얼굴을 받치고 시선을 아래로 깔면서 알겠다는 듯 고개를 끄덕거렸다. 그뿐이 아니었다. 끈질긴 나의 고집을 칭찬해 주기까지 하였다. 그의 질문인즉 나의 결심을 시험해 보기 위함이었다는 것이었다.

「벌은 벌이야, 지기. 의무의 기쁨이란 무척이나 다양한 것이니까 그것을 명백히 밝혀주는 것은 늘 가치 있는 일일 거야」

「다양한 것이라고요?」

「그래. 내 말을 이해하는지 모르겠지만」

「이해하지 못하겠는데요」

「그렇다면 내 말을 한번 들어봐. 내 이야기를 어떻게 받아들이는가 하는 건 네 자유야. 이것 역시 의무의 기쁨에 관한 일이니까 혹시 네게 도움이 될는지도 모르겠다. 함부르크의 알스터 강 조정 클럽 회원인 한 조카의 이야기야. 그러면……」

함부르크 조정회 02소속 8인승 보트의 대원 중에 파프라는 사람이 있었는데 흔히들 피테라고 불렀다. 그는 퍽 인기가 있어서, 트리고 직물[15]의 옷으로 몸을 감싸고 있는 그의 광고용 사진을 여기저기서 발견할 수 있을 정도였다. 그는 훌륭한 스포츠 맨이었지만 돈맛을 알고 나자 그에 대한 매력을 떨쳐버릴 수가 없었다. 그에겐 늘 돈이 붙어 다녔는데 유감스럽게도 남의 돈도 많은 비중을 차지하고 있다는 것을 늘 감출 수만은 없었다.

어느 날 알스터 강에서는 〈대 조정 선수권 대회〉가 열리게 되었다. 알스티 강 주변은 축제의 분위기에 넘쳤고 수상 경찰서 에서는 레이스 구간의 교통을 차단하였다. 늘 그랬듯이 참가자 중에서 피테가 가장 유망주였기 때문에 온 함부르크 사람들의 기대가 그에게 쏠려 있었다. 경량급 보트들의 치열한 경기를 사 람들은 조용히 지켜보았다. 관객의 흥분이 고조되는 것은 언제 나 8인승 보트의 경기였다. 이 레이스가 막 시작될 판이었다. 그런데 경기가 시작되기 직전, 이 유명한 선수에게 공손하지만 아주 고집스러운 신사 하나가 찾아왔다. 그 신사는 피테의 기호 와 습관 등을 소상히 알고 있었고, 피테는 그가 떠날 때 하나의 약속을 하지 않을 수 없었다. 즉 이번 경기 도중 예기치 않은 발작 증세를 일으켜 쓰러지겠다는 것이었다. 무명 선수라면 관 중의 지탄을 받겠지만, 피테 같은 우상쯤 되면 오히려 동정심 을 일으키게 되리라는 계산이었다.

이제 8인승 보트들을 출발시키기로 하자. 눈에 익은 광경. 출발을 도와주는 사람들이 배를 깔고 엎드려 단단히 보트를 붙 잡고 있다. 출발 신호와 함께 가볍고 날씬하고 라크칠이 번들거 리는 선체들이 쏜살같이 달려나갔다. 삽질하듯 물결을 가르는 노(櫓)들. 조타수의 우렁찬 구령. 레이스 구간 위에 들끓는 함 성들. 선수들은 출발시에 취했던 역주의 자세를 그대로 유지하

---

15) 몸에 착 달라붙는 신축성 있는 모직물.

고 있다. 그러나 상대방 보트가 노 젓는 회수를 변경하자 피테와 그의 경기자들은 미친 듯이 노를 저어 배의 반 길이만큼 앞으로 나섰다. 일등을 차지하려는 속셈이 분명하였다. 유연한 몸매의 조타수들은 앞에 매여 있는 메가폰을 통해 경기자들을 향해 울부짖었고, 활석(滑席)에 앉은 선수들은 엄청나게 긴 노를 가지고 기운차게 물위를 때려 나갔다. 보트 속에서의 운동이 승패 여부를 좌우하는 것이요, 이 점에 있어서는 어느 누구도 피테만큼 날렵한 동작을 보여줄 수가 없었다. 훈련 이외에도 그에겐 천부적인 재질이 있었던 것이다.

8백 미터, 1천 2백 미터. 이제 피테의 발작이 일어나 레이스의 종막이 고해져야 할 때이다. 그러나 어떠했는가? 자기혼란에 빠져 보트의 질주를 방해하기는커녕, 물을 움켜잡으며 앞으로 고꾸라지기는 커녕, 피테에게는 계속 새로운 힘이 솟아나는 모양이었다. 절실한 승부욕과 형언키 어려운 기쁨이 그의 노를 젓게 하고 있었다. 어쨌든 그는 공손하지만 고집스러운 신사에게 했던 약속을 깡그리 잊어버렸다. 늘 그랬듯이 그는 그의 팀의 귀감이었다. 「약속에도 불구하고 그를 부추긴 것, 자기 배의 승리를 위해 미친 듯이 그리고 행복한 마음으로 노를 젓게 만든 것이 무엇일까? 그건 의무의 기쁨이었어. 알겠어? 이 순간 그에겐 아무런 계산도 없었고, 경기보다 더 중요한 것은 아무것도 없었던 거야. 활석에 앉아 노를 젓는 것, 동료들의 신음소리와 알스터 강변에 비등하는 환호성을 귓전에 들으며 요청되는 리듬을 만들어가야 하는 것, 그 밖에 그가 선택할 것은 없었던 거야. 그에게 부여된 의무를 다해야만 했던 거지」

「레이스 도중 발작 증세를 가장하라는 압력을 받은 정조수 피테 파프, 이 멋진 거인은 의무라는 그물에 잡혀 사력을 다해

노를 저었어. 결승점까지는 꼭 2백 미터, 승리는 바로 눈앞에
있었지. 바로 그때였어. 관중의 날카로운 비명소리가 들렸고, 경
기의 종사원들이 자리를 박차고 일어났어. 피테가 정말로 발작
을 일으켜 쓰러진 거야. 그가 앞으로 고꾸라지자 배의 키는 방
향을 잃었고, 라이벌의 보트가 승리를 거두고 말았어. 사람들
이 그를 믿어주었냐고? 클럽의 임원들은 완전히 그를 믿어주었
지. 심지어 예의 정중한 신사와 어떤 협상이 오갔는지를 알고
난 후까지도 말야. 조금도 그의 신임엔 금이 가지 않았어. 사람
들은 그가 계속 8인승 조정 클럽에 남아 있기를 바랄 정도였지.
그러나 피테 자신은 그러고 싶지 않았어. 할 수도 없었고 또 해
서도 안 되었겠지. 클럽을 떠나는 것이 그의 의무라고 생각했던
거야. 결국 그는 은퇴하고 말았지」

　요스비히는 빠른 판단을 기대한다는 듯 내게 귀를 기울였다.
그러나 나는 침묵하였다. 나는 이야기를 마치 영화의 한 장면인
양 생각하고 있었기 때문이었다──사실 영화처럼밖에 이해되
지 않는 이야기였다.

　「알겠어?」하고 그는 물었다. 「의무의 기쁨이 한 사람을 어떻
게 몰고 갈 수 있는지 알겠어? 한 사람을 어떻게 만들어놓을 수
있는지 말야?」그러고는 초대객을 받아들이는 손짓을 하며 덧붙
였다. 「어떻게 생각하는지는 네 자유야」내가 말했다. 「그건 코
르프윤이 바랐던 것 같은 의무의 기쁨이에요. 의무의 희생과는
다른 거지요. 그건 얘깃거리가 되지 않아요」그는 침대 모서리
에서 일어났다. 내 어깨를 한손으로 쓰다듬으며, 조금도 화를
내지 않고 말하였다. 「네 말을 들으니 정말 네가 성인이 되었다
는 걸 느끼겠구나」그는 오늘 중 남은 시간에 대해 공식적인 흡
연 허가를 내려주었다. 떠나면서 그는 나의 뒤통수를 가볍게 때

렸다. 「오늘 하루만이라도 쉬는 것이 어때?」 문 앞에서 그는 물었다. 「무엇 때문이죠?」 「이제 21살이 되었으니까. 자기 확립을 시작하는 때가 아니겠어. 스스로에게 많은 질문을 던져보기도 하고, 산책이라도 하면서 말이야. 난 21살이 되었을 때, 지기, 감독관의 임시직을 맡았어. 방황을 그칠 만한 나이지. 21살이면 무언가 자신의 숨은 능력을 발견해 내야 해. 무언가 되어야겠다는 결심이 서야 할 시기야. 내가 원하던 건 박물관 직원이었지만 말이야. 내 말을 알겠어? 누구나 21살이 되면 자신에게 무언가 빚을 지는 거야. 돈벌이가 되는 직업을 구해야 한다고 할까? 생일 케이크의 촛불이 타버리기 무섭게 어른이라는 낙인을 받고 마는 거니까」

요스비히가 그런 말을 하리라고는 생각지 못했었다. 그러나 그 말이 뜻하는 바를 알아들었기 때문에, 그의 삶에 대한 질문을 해서 그를 자극시키는 짓 따위는 피하기로 하였다. 수긍이 간다는 듯 고개를 끄덕이며 나는 마음에 새겨 변화가 일어날 준비가 되어 있는 듯한 표정을 보여주었다. 계속해서, 그리고 빠른 속도로 타들어가는 촛불이 내가 뿜어내는 담배 연기를 천장 위까지 밀어올리고 있었다. 아무런 방해도 받지 않고 훈계와 충고를 늘어놓던 요스비히는, 내가 빨리도 감화가 되었다고 느꼈던지 다시 한번 책상과 걸상 주위를 비잉 돌고 난 다음 슬며시 내 곁에서 떠나버렸다.

요스비히가 남기고 간 냄새는 무엇일까? 내 방을 다녀갈 때마다 그는 지독한 소독약의 냄새를 남겨놓는 것이었다. 독방에 들어가기 전에 그는 늘 몰래 소독약 가루를 뒤집어쓰는 모양이었다. 어쨌든 덕분에 나는 창문을 열고 환기를 시키지 않을 수 없었다.

엘베 강! 가을 날, 이 강물은 이리도 말없이 흐르고 있구나. 건너편 강변에는 안개가 피어나면서 육지를 흐릿하게 가리어 가고 있다. 나뭇잎들이 물에 잠긴 숲 위로 솟아 있고, 디젤 엔진의 통탕 소리도 가녀린 맥박 소리로 스러져가서는 메아리도 없이 도크의 저편으로 사라져버린다. 강바닥에서 진흙을 퍼 올리는 준설 두레박의 딸그락기리는 소리도 들릴 듯 말 듯, 불빛들이, 흐릿한 빛을 발하며 천천히 지나가고 있는 불빛들이 작업의 어려움을 말해 주고 있다. 물과의 접촉이 없었던 것 같은 배의 상갑판실들이 가까이에서 미끄러져간다. 엘베 강을 바라볼 때가 내겐 가장 긴장에 찬 시간이다. 회부연 안개가 밤의 장막을 드리우며 강변의 모든 것들을 수수께끼처럼 만들어갈 때가 말이다.

이건 필시 생일축하 기분의 연장이리라. 그러나 나는 되돌아가야 한다. 조금씩조금씩 쌓아 올려진 내 자신의 아틀란티스 섬[16]으로. 시간이, 의무가 나를 몰아세운다. 안데르젠 선장이 지난 봄 102회의 생일을 축하하였고, 그날 낮, 즉 103번째의 일년이 시작될 때 가벼운 취흥에 겨워, 지금도 극장에서 상영되는 「바다의 인간과 힘」이라는 영화에 출연하였음을 생각할 때, 내 나이 21살이란 게 도대체 무엇이란 말인가? 엘베 강이, 그 위에 떠 있는 재산 목록들이, 그 위에 피어나는 안개가 나와 무슨 상관이 있단 말인가? 물놀이를 하던 배들은 이미 잠시 물 속에 잠겨 있는 나뭇가지에 매어져 있었고 마지막 대형 보트 하나가 역류하는 물결을 가르며 비스듬히 사라져가고 있었다. 그것도 나에겐 흥미가 없다. 출범하는 해양 탐사선이 어느 날 여행으로부터

---

16) 희랍인들이 대서양에 있다고 믿은 전설의 섬.

갖고 온 사건들에 누가 간여하였는가 하는 것 따위도 나의 관심을 끌 수가 없다. 내게 중요한 것은 루크빌의 땅과 물인 것이다. 여기, 나의 어두운 지평(地坪) 위에 고기잡이 그물을 활짝 던져, 나의 그물에 걸린 것들을 나는 모아들이는 것이다.

늘 그랬듯이, 그물을 펼쳤을 때 제일 먼저 나타난 것은 나의 아버지, 즉 루크빌의 파출소장이었다. 구류에서 풀려난 후 그는 예전의 그로 되돌아갔고, 누구나 예측했던 대로 다시금 글뤼제루프와 후줌의 국도 사이를 달리게 되었다. 그가 루크빌의 파출소장이 아니었던 것은 그러니까 단 3개월뿐이었다. 비쩍 마른 얼굴로, 더럽고 구겨진 바지 차림으로 그는 다시 나타났고, 지극히 당연한 듯이, 강제가 아닌 자발적인 휴가를 다녀온 사람처럼 그의 직무를 위임받았다. 그가 신경을 쓴 것이라곤 그의 부재중에 바람이 빠진 순찰용 자전거 타이어에 공기를 다시 집어넣는 일뿐이었다. 어머니가 그의 제복에서 조그마한 독수리 배지를 떼어낸 다음 그 자신도 모자에 달린 독수리와 휘장을 없애버렸다. 그러나 아주 내버린 것이 아니고 함석상자에 넣어 책상서랍 속에 간직하였다. 바로 그날, 즉 공식적인 복직이 이루어지기 전, 그는 자전거에 훌쩍 올라타고는 제방을 털털거리며 내려가 모든 사람들의 응수를 기꺼이 감내하였다. 시종 똑같은 말로, 시종 똑같은 손짓을 하며 그는 구류중의 일들을 설명하였다. 「노이엔가메에 있었지, 암. 그저 그랬어. 식사가 신통하지 않았어. 대우는 보통이었고. 별로 간섭은 받지 않았네」 등등.

단 한번도 그는 새로운 말을 생각해 내거나 진부한 말을 빼려고 하지 않았다. 그가 겪었던 일을 언제 어디서 이야기하든 그야말로 그는 정확한 반복에 성공하였다. 그는 돌아왔다. 중단해야 했던 일을 그의 방법대로, 그가 정해 놓은 순서에 입각하여 그는 계속하였다. 근무일지를 없애버리고, 피스톨을 갖고 글뤼제루프에 가서 그것을 반납하였다. 장작을 패고, 뜰의 한 모퉁이를 일구어 담배를 심었다. 바트블리크 주점의 파티에서 힐케를 붙잡아 그녀의 팔목이 삘 정도로 집까지 끌고 왔다. 여러 차례 후줌을 다녀왔는데, 어느 날 새로이 교부받아 온 새 〈경찰관 지시서〉를 그는 읽지도 않고 곧 팽개쳐비렸다. 자전거를 타고 그는 순찰을 계속하였다. 그러던 어느 날 아침, 조반이 끝난 뒤 또한 〈클라스의 일〉을 짚고 넘어갈 차례가 된 것이었다.

이번엔, 그날 아침 식사를 설명하기 위해 특히 서두를 꺼낼 만한 것이 생각나지 않는다——아마도 묽은 귀리죽, 자두잼을 바른 빵, 그리고 커피가 있었을 게다. 우리는 말없이 오물거리며 먹고 있었다. 각자 다른 템포로 다른 사람의 빵조각을 헤아려보면서, 자신 속으로 침잠하여서 아무것도 생각지 않고 있었다. 기껏해야 한번 생각했던 것을 재탕하며 앉아 있었다고나 할까. 그때였다. 갑자기 아버지가 힐케에게 말하였다.「그의 사진을 갖고 와」숟갈을 입 속에 넣을 때마다 딱 소리가 나도록 깨물곤 하는 힐케가 역시 숟갈을 깨물었다. 큰소리로 아버지가 명령을 반복하자 그녀는 입에 문 숟갈의 목을 조르며 휘둥그레진 암소의 눈으로 아버지의 요구가 무엇인지 모르겠다는 듯 바라보았다.「클라스 말이야」아버지가 말했다.「그 녀석의 사진을 갖고 와」그러자, 누나는 여전히 숟가락을 입에 문 채로 당황히 자리에서 일어나 입으로 말할 수 없는 것을 눈으로 물었다. 결국 그녀는 밖으로 나갔고, 잠시 후 액자에 들어 있는 형의 사진을 가지고 들어왔다. 집에서 추방된 이후 서랍의 어두움 속에 처박혀 있었던 그 사진을.

아버지는 힐케의 손에서 사진을 받아 그것을 찬장 위 괘종시

계 옆에 세워놓았다. 식사를 끝낸 다음, 그는 우리의 식사가 끝
날 때까지 참을성 있게 기다렸다. 그런 다음, 테이블을 치우도
록 요구하였다. 식탁이 치워졌다. 나는 숟갈을 헤아려보았다.
모두 4개였다. 식기를 개숫대로 날랐고, 테이블 위를 닦아내었
다. 파출소장은 입술을 우물거리며 무슨 말인가를 연습하고 있
었다. 이따금 조심스레 어머니를 쳐다보았다. 그녀는 아버지를
바라보지도 않은 채 혓바닥으로 이 사이에 낀 찌꺼기를 끈질기
게 뽑아내려는 중이었다. 손짓으로 나와 힐케를 자리에 앉힌 다
음 아버지는 일어났다. 사진을 창틀 위에 올려놓고 인상적인 표
정으로 비난을 퍼붓기보다는 주문이라도 외려는 듯, 마치 클라
스의 말에 귀를 기울이기라도 하려는 듯이 바라보았다. 「그도
함께 있어야 해. 아무튼」 나는 긴장하여 사진을 쳐다보았다.
  아버지는 양손으로 의자의 등받이를 움켜잡았다. 머리를 뒤
쪽으로 젖히고 클라스의 사진을 내려다보면서 말하였다. 「결말
을 지어야겠다. 너와의 일도 깨끗이 매듭지어야겠다. 우리가 생
각하는 일을 영원히 마음속에 품고 다닐 수만은 없다. 말할 것
은 다 말해야 하겠다. 담판을 짓기 위해 우리는 함께 모인 거
야. 우리는 모두 네가 행한 일을 알고 있다. 시대가 변하기는
했지. 그러나 네가 한 일은 역시 한 일이다」
  그는 말을 중단하고, 엄지손가락과 가운데손가락을 감은 눈
위에 갖다댔다. 이 순간을 이용해서 어머니는 엉덩이를 들어 좀
더 테이블 앞으로 바싹 다가앉았다. 힐케는 눈에 띄지 않게 그
녀의 통통한 오금을 쥐어뜯고 있었다. 휙 소리를 내면서 팔을
떨어뜨린 다음, 파출소장은 사진을 들여다보며 고개를 흔들었
다. 「끝내기로 하자. 이야기를 모두 끝내고 결판을 짓기로 하
자. 그곳에 가 있는 동안, 나는 그 애가 우리에게 행한 일에 대

해 온종일 생각해 보지 않을 수 없었어. 고향에 돌아온 이후 단
한번도 이 집에 발을 들여놓지 않은 것에 대해 생각해 보지 않
을 수가 없었어. 용서를 비는 말 한마디도 없었지. 우리에겐 치
욕적이었어. 저 건너 블레켄바르프에서 지내다간 또 말 한마디
없이 함부르크로 떠나버렸지. 이제 할말은 해야겠어. 결말을 지
어야 해」

이런 식으로 이야기를 계속하면서, 그는 클라스에게 소위 그
가 우리에게 자행한 일들을 열거하였고, 정상참작의 여지가 없
음을 공언하였다. 사진을 향해 그는, 하나의 가족으로도 법정
이 성립되는 것이며 판결을 내릴 수 있음을 천명하였다. 나는
귀를 쫑긋하며 온갖 예상을 동원하여 그의 판결을 상상해 보았
다. 수년간 클라스를 지하실에 감금시킨다? 아니면 우리의 면전
에서 농약을 마시도록 명령한다? 이건 또 어떨까? 풍차의 날개
에 매달고 휘돌리거나, 〈루크뷜 파출소〉라는 간판에다 스스로
목을 매달게 하는 건? 이건 좀 심한가? 그렇다고 평생토록 부엌
일을 보게 하는 건 어떨지? 그것도 아니면 5년쯤 이탄이나 캐며
지내게 하든지?

그가 판결을 내리는 데 시간이 좀 걸렸다는 것이 그리 놀라
운 일은 아니리라. 상반된 감정과 싸우는 모습이, 이야기하는
것이 영 내키지 않는다는 태도가 그의 말 속에 여실히 드러나고
있었으니까. 그는 우리에게——그리고 자기 자신에게——클라
스의 죄상을 상기시켰다. 징병 기피를 위한 자해, 도망, 재인
도, 그리고 마지막으로 집에 돌아오기를 거부한 사실 등등. 그
러나 결국 그는 본건으로 돌아올 수밖에 없었다. 그는 힐케에게
클라스의 사진을 건네받은 다음, 액자를 풀고 사진을 꺼내어
식탁 위에 놓았다. 그런 다음에 그의 판결이 떨어졌다.

　나는 놀랐다. 거창하던 논고에 비해 그의 판결은 내가 보기에 너무도 빈약하였기 때문이었다. 클라스에게 내린 선고는, 우리집 출입을 엄금하는 것이었다. 「잘 들어라! 내가 살아 있는 한 그 녀석은 이 집에 한 발자국도 들여놓지 못한다. 클라스의 이름을 생각하지도, 입 밖에 내지도 말아라. 기억에서 내쫓아 버리란 말이야」 그러고 나서, 아버지는 형의 사진을 찢어 아궁이 속에 던져 넣었다. 어머니가 자리에서 일어났다. 그녀는 모든 것을 잘 알고 있는 듯이 보였다. 어쩌면 사전에 아버지와 타협이 있었던 것이 아니었나, 지금 추측해 본다. 그녀는 치마에 떨어진 빵부스러기를 털어버리고 식당으로 들어가서 잼단지며 꿀병 등을 열심히 여닫느라 종이 소리를 와삭거리고 있었다. 힐케와 나는 그 자리에 앉아 있었다. 서로 시선을 나누지도 않았고, 감히 이야기를 할 생각도 나지 않았다. 파출소장은? 막 괘종시계의 태엽을 감는 중이었다. 보기 흉한 괘종이 달린 고물시계의 나사를 천천히, 천천히 돌리면서 그는 돌연 귀를 쫑긋거렸다. 무언가를 엿듣는 듯, 냄새를 맡는 듯. 그것은 마치 퀼켄바르프에서 처음 그가 우리에게 보여주었던 바로 그 기이한 흥분 상태를 생각케 했다. 고향, 혹은 바다, 어쨌거나 고향의 바다에 몰두해 마지않았던 그날 밤의 일 말이다.

　그는 귀를 기울였다. 무언가를 발견한 듯 그의 손이 바르르 떨렸다. 괘종시계를 다시 찬장 위에 올려놓았다. 손가락으로 바지 멜빵을 거머쥐고 이리저리 잡아당겼다. 어디를 향해 귀를 기울이는 것일까? 위편으로 비스듬히, 나의 방 쪽이었다. 그러나 거기엔 아무도 없었다. 중압감, 그를 짓누르는 중압감이 그를 불안하게 하고 있었다. 그의 몸에 이상이 찾아왔다. 무엇일까? 얼굴엔 땀방울이 솟아나왔다. 부풀어오른 입술, 그리고 튀어나

왔지만 베일에 싸인 듯한 천리안의 눈동자. 그는 무언가를 저지
하였으나 지고 말았다. 아무도 그를 도와줄 수가 없었다. 다음
순간, 그는 입술을 씰룩거렸다. 내뱉듯이 무슨 말인가를 웅얼
대더니, 모든 것을 시인한다는 듯 세차게 고개를 주억거렸다.
그리고 복도로 비틀대며 걸어가서는 재빨리 유니폼을 입고 요
대를 두르고 모자를 썼다. 어안이 벙벙하여 식탁에 앉은 채 우
리는 그가 집 밖으로 내닫는 소리를 들었다. 헛간으로 달려간
그는 자전거에 껑충 뛰어올랐다. 아버지가 없어졌음을 어머니
가 식당을 나와서야 비로소 알아차렸다고는 아무도 믿지 않으
리라.「아빠가 무언가를 또 본 것 같아요」하고 대답을 바라듯
힐케가 말했을 때에도 그녀는 힐끗 누나를 쳐다본 후 무심한 표
정으로 라디오의 다이얼을 돌렸다. 그러고는 개똥벌레가 날아
가는 듯한 잡음을 들으며 개숫대의 식기들을 닦기 시작하였다.
그 밖에는 아무 일도 일어나지 않았다. 나의 기대와는 달리 더
이상 아무 일도 일어나지 않았다. 나는 부엌을 빠져나와 내 방
으로 올라갔다. 클라스가 추방됨으로써 영원히 나의 것이 되어
버린 방으로.

　구석의 서가에 그의 물건들이 있었다. 얇은 커튼을 젖히니
서가의 맨 아래칸에 끈으로 묶어놓은 마분지 상자가 놓여 있었
다. 절대로 열어보지 않겠다는 약속을 나는 그가 없는 사이에도
지켜왔었다. 두서너 번 열어보고 싶은 마음이 굴뚝 같았지만, 그
때마다 꾹 참아온 터였다. 하지만 지금은 끓어오르는 호기심을
억제할 수가 없었다. 마분지 상자는 저절로 튀어올라왔고, 저
절로 끈이 풀렸다. 거의 손을 쓸 필요도 없이 뚜껑이 열렸다.
재빨리 물건을 감출 수 있도록 신경을 써가면서 나는 침대 위에
상자를 올려놓고 형이 수집해서 맡겨놓은 물건들을 끄집어냈

다. 부엌에서는 여전히 설거지하는 소리가 들려왔다. 아버지는
출타중이었다.

집안 출입이 금지된 지금, 어쩌면 클라스가 마분지 상자를
열고 중요한 것들을 안전하게 보관해 주길 나에게 바라고 있지
나 않을까? 응당 그럴 것이다. 나는 물건들을 꺼내 살펴보고 검
사해 보았다. 지금도 기억에 선하다. 공을 기울여 만든 하얀 조
가비들이 달린 유리컵, 고무새총 하나, 『꼬마 정원사』라는 책
한 권, 피로 얼룩진 더러운 손수건 하나, 작문 공책들, 실, 그
리고 또 실. 또 기억이 난다. 삼각봉투에 들어 있던 전석(箭石)
들[17], 납인형이 든 상자──고장난 것이 하나도 없었다──화
가로부터 선사받았음에 틀림없는 조그마한 촛대, 학급 친구들
의 사진──18명의 애노인들과 길게 머리를 땋은 5명의 애노파
들──「사과 따는 사람」을 그리기 위한 화가의 스케치──나
는 이 그림을 얼른 베개 밑에 밀어넣었다──진주 장식이 달린
나이프. 실로 묶어놓은 편지 꾸러미 하나도 생각난다. 그게 낯
선 편지들이라면 읽어보지 않았으리라. 그것들은 모두 형이 힐
케에게 보내는 편지들이었다. 편지마다 불평과 위협뿐. 그녀가
다시 이탄늪이나 해변 또는 등대로 나오지 않는 것을 불평하고
있었고, 다음번에도 나오지 않으면 〈끝장내〉 버리겠다고 위협
하고 있었다. 어떤 편지에는 그들이 함께 지닌 추억, 즉 여름의
해변에서 겪었던 일을 떠올리고 있었다. 그것이라면 나도 잘 아
는 일이었다. 그들은 함께 반도의 모래톱에서 한 쌍의 남녀를
발견하고, 이들의 뒤를 미행한 적이 있었던 것이다.

나는 마분지 상자 속의 내용물을 전부 꺼내놓았다. 그중 몇

---

17) 오징어무리의 화석.

가지는 나의 소유물로 이전시켜 놓았다. 「사과 따는 사람」도 물론. 그때 아래층에서 전화벨이 울렸다. 나는 귀를 기울였다. 힐케가 전화를 받고는 언제나 같은 투의 신고를 하였다. 「전 힐케 예프젠인데요. 누구신가요?」 그 다음 들려오는 말은 그저, 아니오, 네, 아니오, 네. 그녀가 황급히 부엌으로 되돌아가는 양을 보고, 나는 누군가가 아버지를 찾고 있음을 간파하였다. 내가 상자의 뚜껑을 닫고 끈을 맨 후 다른 곳으로 치워놓기가 무섭게 나를 부르는 소리가 들려왔다. 「지기! 이리 내려와라. 지기, 서둘러, 지기!」 별수없이 아래층으로 다시 내려가니 힐케가 나를 기다리고 있었다. 호기심에 차서 그녀를 바라보는 내 시선 속에 무엇이 들어 있기라도 했단 말인가? 그녀는 멈칫 뒤로 물러서면서 나에게 임무를 넘겨주는 대신 우선 이렇게 말하였다. 「뭘 그렇게 살펴보는 거지? 그런 눈초릴랑 집어치워라. 내가 너에게 무슨 짓이라도 했단 말이냐?」 「내가 누날 어떻게 살펴보든 무슨 상관이야?」 「하지만 그렇게 싸늘한 눈으로 보지 말아줘」 「용건이나 말씀하시지」

블레켄바르프에 누군가가 나타나리라는 것이었다. 당장, 아니면 두 시간 이내에. 높은, 어쩌면 아주 높은 사람이 방문하리라는 거였다. 주(州) 치안담당관이나 뭐 그런 류의 고위층이. 그들은 난젠에게 볼일이 있는 것이지만, 파출소장이 빠질 수는 없었다. 「얼른, 지기, 아버지에게 전해라. 전화가 왔다고. 즉시 블레켄바르프로 건너가시라고 해. 제발 그런 눈초리 거두지 못하겠니? 좋아하지 않는다고 말했잖아」 나의 시선에 갑자기 불안해졌던지 그녀는 마루에 있는 탈의장의 거울로 다가가 얼굴을 살피고, 옆 쪽으로 몸을 틀어보고, 의심쩍은 눈으로 블라우스와 스커트를 관찰하였다. 결국 아무것도 찾아내지 못하자 나를 향해 성이 나서 외쳤다. 「서둘러. 급하단 말이야」

제방으로, 우선 제방으로 향했다. 흐렸지만 바람 한 점 없는 초가을이었다. 북해의 잔잔하고 매끄러운 물결. 두 명의 고등어 잡는 어부가 탄 배 한 척. 하늘엔 갈매기도 없었다. 대신, 그들은 해상의 대집회를 열고, 부드러운 평행선의 조류들을 해안으로 계속 밀어보내고 있었다. 자전거를 탄 사람은 아무데서도 볼 수 없었다. 바트블리크 방면에서도, 등대가 있는 방면에서도. 수평선 가까이엔 바다를 청소하는 배 두 척이 떠 있었다. 제방 밑으로 글뤼제루프를 떠나오는 지프 한 대가 눈에 띄었다. 나는 바트블리크 주점으로 갈 작정이었다. 그곳에 가면 때로 새로운 소식을 알게 되고, 또 이것저것 물어볼 수도 있었기 때문이었다. 그러나 길을 건너자마자 나에게 몰려든 것은 여기저기 흩어져 있던 양떼들이었다. 내 뒤를 줄줄 따라오는 바람에 나는 발길질을 해서 그들을 저지할 수밖에 없었다. 곱슬곱슬한 털에서는 악취가 풍겼다.

그 냄새만 없었더라도 나는 무언가 타는 냄새를 맡을 수 있었을 것이고, 나의 아버지와 그가 하는 일을 더 일찍 발견할 수 있었으리라. 나는 양들에게서 도망치는 것이 급선무였다. 반도를 끼고 달리다가 나는 우연히 뒤를 돌아보게 되었고, 화가의 오두막집 옆에 자전거가 기대어져 있는 것을 발견하였다. 아버지의 자전거라고 단정할 수는 없었지만, 나는 나의 중량을 십분 이용, 제방의 아래쪽으로 내리달렸다. 풀을 씹으며 나를 응시하는 양떼들을, 그들의 냄새와 그들의 울음을 뒤로 하였다. 누군가 화가의 오두막 안에 있었다. 무언가 타는 냄새가 대기중에 섞여왔다. 불도, 연기의 기둥도 보이지 않았지만, 모래언덕 위로 올라가 섰을 때는 더욱 냄새가 심하여졌다. 이젠 오두막의 뒤편에서 피어오르는 가느다란 연기자락도 알아볼 수가 있었다. 그 어떤 불안이 갑자기 나를 정신없이 뛰고 또 뛰게 만들었는지 간단히 이야기할 수는 없겠다. 그것은 내게 낯선, 가슴을 두근거리게 하는 불안이었다. 그것이 전부였다. 시작에 불과했지만 말이다.

오두막의 측벽에 기대어 있는 것은 아버지의 자전거였다. 문은 열려 있었으나 그는 집안에 있지 않았다. 집 밖 뒤꼍에 서서, 그는 담배를 피우며 불을, 꺼져가는 불을 지켜보고 있었다. 타다 남은 것을 조심스레 차넣어 다시금 불길을 일으키면서. 나를 보았을 때 화를 내거나 놀라와하였던가? 그는 아직 나를 알아보지 못한 것 같았다. 지친 모습으로 멍청하니 서서 불만을 응시하고 있었다. 내가 막대기를 가지고 타다 남은 것을 황급히 그의 발치로 끌어내는 것을 그는 막지 않았다. 하지만 때는 늦었다. 꺼내어본들 무슨 소용이 있으랴? 불길을 모면한 그 조그만 종이조각, 담청색의 종이조각은 스케치북의 겉장이었다. 「해변의 사람들」 시리즈를 위한 화가의 스케치북을 나의 아버지는 태워버렸던 것이다.

나는 벌떡 일어나 놀란 눈으로 그를 바라보았다. 발정한 암소의 만족감 같은 것이 그의 얼굴에 떠올랐다. 이런 일을 자행해 놓고서 그는 마치 부과된 책임을 완수하기라도 한 양 느긋하게 서서 담배를 피울 수가 있었던 것이다. 그곳 반도에서, 스러져가는 불 앞에서, 나는 그에 대한 공포감을 느끼기 시작하였다. 그것은 그의 힘, 그의 꾀, 그의 고집에 대한 공포가 아니었다. 그의 내면에 도사리고 있는 직관력에 대한 공포였다. 그에게 달려들어 허벅지며 엉덩이며 닥치는 대로 두들겨주고 싶은 증오심보다도 이 공포는 더 강렬한 것이었다. 이 발정한 암소

같은 만족감이라니! 이 기가 차는 느긋함! 나는 더 이상 그를 바라보고 있을 수가 없었다. 웅크리고 앉아 나는 불이 붙은 장소에 모래를 끼얹었다. 숯검정이 된 모닥불 위에 가느다란 모래를 뿌려 불탄 흔적을 남김없이 덮어버렸다.

그, 루크빌의 파출소장은 나의 행동에 별 관심이 없다는 듯 묵묵히 나를 바라보고 있었다. 이윽고 몇 차례 긴 숨을 내쉬었지만, 아직 깨어난 것이 아니었다. 그는 곧 예의 발정한 암소의 만족감 속으로 다시 빠져들었다. 그때 갑자기 찌릿한 통증이 관자놀이를 꿰뚫고 지나갔다. 그게 뭐 놀라운 일이랴? 이어서 기분이 다소 멍멍해지는 것 같더니 공포로 인해 심장의 고동이 방망이질치기 시작했다. 처음 떠오른 생각은 이것이었다. 아무것도, 그렇다, 아무것도, 직업 의식에 철저한 그의 앞에서는 안전한 것이 없다. 그 무서운 직관력으로 그는 어떤 은폐물도 찾고 말 것이다. 풍찻간 속의 내 수집품이 곧 떠올랐다. 그의 손이 미치지 못하는 곳에 감춰야 할 텐데. 하지만 어디에?

「왜 그렇게 떨고 있지?」 그가 물었다. 「너만한 나이에 뭐 떨 것이 있다고」 내일, 하고 나는 생각했다. 가능하면 오늘 저녁에라도 물건을 옮겨야지. 「이봐」 그가 물었다. 「무슨 일이야?」 블레켄바르프가 좋을 거야 하고 나는 생각하였다. 그곳에 새 은닉처를 화가가 마련해 줄 거야. 「대답 좀 해라」 그가 명령하였다. 나는 대답하였다. 「이런 짓을 해선 안 돼요. 아빤 아무것도 압수할 수 없어요. 불을 질러도 안 돼요. 아무것도 태워선 안 돼요」 「누가 네게 그런 말을 했지?」 「모든 사람들이 다요. 모두들 그래요. 창작 금지는 끝났다고요. 아빠 이제 이래라 저래라 명령할 수 없다구요. 여기서 아빠가 한 일을 얘기해 주면 화가는 무척 기분이 나쁠 거예요. 지난 일은 모두 끝났다고 모두들 말하고 있어요. 난 아빠가 전에 한 일을 모두 듣고 보았어요. 더이상 해서는 안 돼요. 난젠 아저씨에게 아무 짓도 해서는 안 돼요. 그는 하고 싶은 걸 뭐든지 할 수 있어요. 난 잘 알아요」

주먹이 날아왔다. 나는 모래 위에 무릎을 꿇으면서 쓰러졌다. 그가 나의 턱을 보기 좋게 명중시켰던 것이었다. 두번째 주먹은 뺨을 스치는 정도였다. 「일어서」 그가 말하였다. 나는 그대로 누워 있었다. 그는 나의 목덜미를 움켜잡더니, 내 얼굴을 바싹 잡아당겼다. 발끝이 겨우 닿을 정도로 나의 전신은 그에게 매달렸다. 다음, 그의 특기인 눈검사가 시작되었다. 천천히, 엄숙하게 그는 나의 눈동자를 들여다보았다. 이번만은, 나도 그의 시선을 피하지 않았다. 조그마해진 그의 동공을 응시하였다. 이렇게 가까이에서 그의 얼굴을 본다는 건 드문 일이었다. 이일그러진 얼굴, 도대체 불쾌해 못견디겠다는 표정. 이러한 표정이 그에겐 어울렸다. 세상사에 동의할 수 없다는 파출소장의 마음을 누구에게나 전달할 수 있을 테니까 말이다.

「그렇다면 넌 무언가를 알고 있겠구나」 그가 말하였다. 「이봐. 여기저기 돌아다니면서 많이 주워들었겠구나! 네게 허용된 것은 다 알고 있겠지. 무엇이 어디에서 시작되었고 무엇이 어디에서 끝났는지를. 넌 훤할 거야. 지금이 전보다 달라졌다고 해서 그런 걸 숨기고 있어선 안 된다」 그는 움켜쥔 손을 풀고 나를 밀어젖혔다. 비틀거리거나 땅바닥에 넘어질 정도로 세지는 않았다. 「넌 많은 걸 들었겠지. 하지만 이것만은 아닐걸, 즉 비록 상황이 바뀌더라도 인간은 그의 본분에 충실해야 한다는 것, 그리고 그의 의무를 끝까지 수행해야 한다는 사실을 말이야. 정당한 의무일 때는 말이지. 그러니, 너는 사람들에게 이렇게 전할 수 있을 거다. 너의 아버지는 그의 의무를 수행하고 있

는 거라고. 응, 알겠니? 너는 돌아다니며 얘기해도 좋아, 그에
게도 물론. 블레켄바르프에 너는 얼마든지 드나들 수 있으니까.
얼마든지 내게 대항할 수도 있어. 클라스와 끝장을 본 것처럼
네놈과도 언제든지 결판을 낼 용의가 있으니까」 그는 얼굴을 들
었다. 핏기 없는 입술을 악물고, 이를 부드득 갈고 있었다. 그
경멸에 찬 눈초리. 독백이라도 하듯 뜻모르게 지어내는 손짓.
「아직도 할 이야기가 있니?」

　나 자신도 놀랍게, 이미 머리를 흔들기 시작하긴 했지만, 나
는 말하고 싶었다. 반복하고 싶었다. 당신에겐, 감시할 것이 더
없어요. 압수할 것도 파괴할 것도 더 없어요. 창작 금지도, 수
행할 의무도 없는 거예요. 그러나 나는 이렇게 으르렁대지도, 얼
마나 내가 그를 미워하는지 말하지도 않았다. 그러나 그는 이
모든 것을 느끼고 있음에 틀림없었다. 그에 대한 나의 공포까지
도. 내게 다가와 그는 말하였다. 「오늘 일은 없었던 것으로 하
자. 너만 좋다면 우린 전처럼 지낼 수 있을 게다」

　그는 모래가 뿌려진 모닥불 자리를 검사한 다음 고개를 끄덕
였다. 그러곤 자전거를 일으켜 세워서는 제방을 향해 끌고 가는
것이었다. 내 용건이 무엇인지는 아랑곳없다는 듯이 무언가를
혼자 웅얼거리며 나아가고 있었다. 내 이름 소리가 들려오는 것
을 보니, 그는 내가 그의 뒤를 따라오고 있는 것으로 믿는 모양
이었다. 해변에 이르자, 나는 그의 등뒤에 대고 힐케가 지워준
임무를 수행하였다. 주 치안담당관을 비롯 몇몇 거물급 인사의
영접을 위해 그가 블레켄바르프에 나타나야 한다는 사실을 알
렸을 때, 옌스 올레 예프젠이 그 자리에 못박혀 서고 말았으리
라고 생각지는 말아주기 바란다――그저 말없이, 그는 나의 전
달을 받아들였다. 모래언덕을 빙 우회한 다음, 제방 밑의 해안

길을 따라갔다. 적당한 지점에서 둑길을 넘어가니 블레켄바르
프로 인도하는 오리나무 사이의 길이 나타났다. 자전거를 탄 채
로 그는 흔들거리는 문을 밀고 뜰 안으로 들어갔다. 자전거에서
내린 후 우리는 후줌의 국도를 바라보았고, 즉시 두 대의 황록
색 승용차를 알아보았다. 그것들은 막 커브를 틀고 이쪽을 향해
다가오는 중이었다.

아버지는 자전거를 처음엔 집 벽에, 다음엔 멀찌감치 떨어진
장작더미에 기대어놓았다. 그는 집안으로 들어가지 않고 흔들
이문을 열어놓고 기다렸다. 나는 그와 합세하여 열어놓은 흔들
이문을 등으로 받치고 나란히 서 있었다. 우리가 영접할 자동차
들은 홀름젠의 울타리를 지나 천천히 굴러오는 중이었다. 구치
소에서 돌아온 이후로 아버지는 단 한번도 블레켄바르프를 찾
은 적도, 화가와 인사말 한마디 나눈 적도 없었고, 그곳의 모
든 것이 전과 같은지 어떤지 알려고도 하지 않았다. 그는 변화
를 실감하지 못하였기 때문에 그런 사실을 묻지도 않았고, 알
려고 서두르지도 않았다. 편한 자세로 서서 애써 무관심을 가장
하고 있었지만, 여전히 그는 긴장하고 있었다. 그는 나에게 유
니폼이 제대로 착용되어 있는가 앞뒤에서 살펴보게 하였고, 그
의 장화를 풀덤불로 깨끗이 닦아내게 하였다.

왜 내가 그의 출영에 가담하여 흔들이문 옆에 서 있는지 나
도 알 수 없었다. 내방객의 얼굴을 알아보기도 전에, 그는 벌써
거수경례를 올려붙였다. 그의 경례를 받으며 자동차들은 정문
을 지나 뜰 안으로 들어갔다.

그리하여, 각기 다른 체격에 다른 복장을 한 네 명의 남자가
차에서 내렸다. 날카로운 눈초리로 이들은 우선 주위를, 즉 연
못·마구간·아틀리에·정원 등, 요컨대 인근 풍경을 살펴보았

다. 단 한가지 생각이 그들을 어쩔 수 없는 공감대 속으로 몰아 넣는다는 듯이. 남자들은 서로의 얼굴을 마주 보았다. 여기에 그가 살고 있구나. 이곳이 바로 그의 세계로구나.

남자들은 서로 고개를 끄덕거렸다. 그것이 무엇을 의미하는 지 알 만하였다. 운전수들은 육중한 황록색의 승용차들을 연못 주위에 나란히 주차시켰다. 네 명의 남자들을 어떻게 묘사할까? 얼른 머리에 떠오르는 사람은 이를 드러내고 웃던 남자이다. 유일하게 군복을 입은 남자였기 때문이다. 듬성듬성 빠져 있는 콧수염에 모자를 쓰지 않은 이 남자는 입 끝에 활처럼 휜 파이프를 물고 가슴에 물감 상자를 안고 있었다. 얼굴과 손 위엔 기미가 잔뜩 끼어 있었고, 어깨 위에는 왕관과 별들이 부착되어 있었다. 뭐랄까. 약간 다리를 절룩거리며 끊임없이 이를 드러내고 웃는 바다표범이라고나 할까? 그에 비해 주 치안담당관——나중에 확인된 것이지만——은 별로 눈에 띄지도 않는 것이 심지어 초라하다는 느낌마저 드는 남자였다. 바다표범보다 머리 하나쯤이 작았고 여윈 체격이었다. 그는 눈에 띄게 등을 구부리고 추워죽겠다는 듯이 헐거운 바지주머니에 두 손을 집어넣고 있었다. 그가 바로 미스터 게인스였다. 그중 제일 젊은 사람은 날카롭게 각이 진 얼굴 때문에 다소 주의를 끌었다. 또한 줄기차게 피워대는 담배와 엄청나게 커다란 염소가죽 구두도 두드러져 보였다. 그러나 무엇보다 관심을 끄는 것은 그의 목소리였다. 그가 말을 하자——그는 통역관이었기 때문에 다른 사람의 두 배쯤 큰 소리로 이야기했다——마치 쬘링 농장의 벚나무 정원에서 찌르레기를 쫓기 위해 갖가지 소리를 질러대는 것 같았다. 네번째 남자는? 그는 테 넓은 소프트 모자에 금속테를 두른 안경을 착용하였고 배가 불룩한 서류가방을 들고 있었다.

이들의 방문이 블레켄바르프에 미리 통지되었을 뿐 아니라 본채에서도 이미 이들의 도착을 알고 있음에 틀림없었으리라. 그럼에도 불구하고 문은 열리지 않았고, 아무도 이들을 맞으러 나타나지 않았다. 남자들은 이제 가을빛이 짙은 화가의 꽃밭 앞에 서서 말없이 꽃들의 정확한 이름을 알아내려는 듯 기억을 짜내려는 깃 같았다. 호기심과, 성역을 밟은 사람의 경이감이 그들의 거동에 나타나고 있었다. 그들은 정원 안으로 몇 걸음 들어가 아틀리에를 한 바퀴 돌아본 후 다시 뜰로 나왔다. 연못 한가운데서 신경질적으로 발을 허우적거리는 들오리들에 관심을 쏟은 후 우리 쪽으로 다가왔다. 아버지와 나는 본채의 출입문 옆에 나란히 서 있었다. 말하자면 그가 바깥에, 내가 안쪽에 서서 만든 영접의 도열이었다. 끈질기게 서 있는 우리의 모습이 그들의 눈에 띈 모양인지 순간 그들은 발걸음을 바꾸었다. 쾌적하게 행락을 즐기던 거동에서 분명한 목표를 발견했다는 듯한 걸음걸이로 바뀌었다.

아버지는 경례를 붙였다. 인사를 대신한 악수, 짤막한, 상관으로서의 온후함이 깃든 질문. 역시 짤막한, 경찰관으로서의 답변. 장군과 통역관은 나에게도 악수를 청하였다. 통역관이 그 요란한 음성으로 물었다. 「잘 지내니?」 그 질문에 나는 대답하지 않았다. 아버지는 자청한다기보다 차라리 권한이 있다는 듯이, 방문객을 위해 출입문을 노크해도 좋으냐고 물었다. 주치안담당관이 미소를 지으면서, 느슨히 쥔 손으로 두 번 문을 두드렸다. 그러고는, 기대에 가득 찬 눈으로 동행자들을 둘러보았다. 예상 외로 문은 빨리 열렸다.

문을 열기까지 〈뾰족뒤쥐〉는 적어도 12까지 헤아리는 여유는 가졌어야 했으리라. 하지만, 줄곧 문 뒤에 지켜 서 있던 그녀의 신경이 더 이상 지탱할 수 없었던 모양이었다. 어쨌든, 이 플렌스브르그 태생의 가정부——디테와 먼 친척뻘이 되며, 카트리네 혹은 트린헨이라고 불리는——가 문 앞에 나타나 다소 조급한 환영의 인사를 보냈다. 그러곤 옆으로 비켜나며 손님들을 맞아들였다. 네 명의 남자는 현관의 어두움 속으로 사라졌다. 밖에 남게 된 우리가 무얼 하면서 기다릴까 궁리하고 있을 때, 치안담당관이 다시 나타났다. 우리를 들어오게 한 다음, 자신이 문을 닫았다.

커다란 거실로부터 밝은 빛이 새어나오고 있었다. 일렬로 줄을 지어 우리는 방안으로 들어갔다. 거기, 화가가 누워 있었다. 테오 부스베크가 허구한 날 앉아 있었던 그 거대한 소파 위에 앉아 있다기보다는 차라리 누워 있었다. 푸른 망토 밑에 거친 아마의 잠옷을 입고 푸른 혈관이 솟아나 보이는 맨발엔 실내화를 신고 있었다. 머리에는 물론 모자를 쓰고 있었고 가까이 끌어다놓은 테이블 위에는 파이프와 여송연, 그리고 한 무더기의 편지들이 개봉도 않고 쌓여 있었다. 바닥에 떨어진 모포를 뾰족뒤쥐가 얼른 집어들었다. 한 겹을 접더니 나무라는 표정으로 화가의 다리를 덮어주었다. 「이분은 지금 독감을 앓고 있어요」 그녀가 말했다. 그녀를 내쫓으려고나 하듯 화가가 말하였다. 「이분들에게 커피를 좀 대접해 줘요. 그 속에 넣는 걸 잊지 말구요. 하지만, 그 전에 걸상 몇 개를 좀 갖다줘야겠군요」 그녀는 성이 난 듯이 화가를 바라보았다. 그는 웃으면서 치안담당관에게 악수를 청했다. 그는 화가의 손을 꼭 잡았다. 다음, 화가는 우리 모두에게, 즉 이를 드러내고 웃는 남자에게, 통역관에게, 넓은 테의 소프트 모자에게, 나에게, 그리고 마지막으로 루크빌의 파출소장에게 악수를 청했다. 이 인사를 원치 않아서 피할 방도가 없을까 궁리하던 아버지도 자기 차례가 되니 별수 없이 화가의 손을 잡을 수밖에 없었다. 「옌슨가?」「막슨가?」그러나 아무도 이 인사에 귀를 기울이는 사람은 없었다. 우리는 그의 둘레에 반원을 이루고 앉아서 이 반쯤은 앉았고 반쯤은 누워 있는 화가의 얼굴을 관찰하였다. 그의 이마에는 식은땀이 촉촉히 배고 있있다. 노회한 회색빛 눈으로 그는 우리들을 바라보았다.

어떻게 대화를 시작해서 공무상의 본론으로 이끌어갈 것인가? 감기가 막 떨어진 주인공이 잠옷과 외투를 입고 누워 있는데 말이다. 우선 신병, 다시 말해 독감에 관한 이야기부터 시작되었다. 쉴레스비히—홀스타인과 영국에서 유행중인 급성 독감과 계절성 독감에 대해 그 차이점들이 언급되었다. 예컨대 주치안담당관은 생전 감기라곤 앓아본 적이 없는 데 반해 그의 부인은 봄이 되기가 무섭게 독감에 걸린다는 등. 화가가 말하였다. 「그런 감기에서 도망치기란 쉽지 않지요. 그놈은 어김없이 찾아왔다가 떠나니까요. 그럴 땐 그저 따끈한 커피에 펀치[18]를 섞어 마시는 게 특효입니다」그들은 또 화가의 정원에 대해 이야기를 나누었다. 가을의 꽃밭과 가을이 혼합해 놓은 색깔에 대해 이야기할 땐 유니폼의 남자가 특히 열심이었다. 꽃의 모양에 대해서, 특히 입술 모양의 꽃과 나비 모양의 꽃에 대하여 그는 화가와 이야기를 나누었다. 그때 뾰족뒤쥐가 커피를 갖고 들어왔는데, 요를 덮어주며 커피를 따르는 동안 화가를 바라보는 그녀의 시선 속에는 시종 훈계와 책망이 여실하였다. 공공연히 잔소리를 늘어놓으며, 그녀는 위스키병을 테이블 위에 올려놓

---

18) 럼주·설탕·레몬·차·물의 5종류로 만든 술.

았다. 화가는 즉시 술병을 움켜잡고 코르크 마개를 따내었다.
「커피 속에 이걸 좀 넣어서 마십시다」

나를 제외하고는 모두 무언가를 탄 커피를 마셨다. 통역관이
「건배!」하고 외치면서 잔을 들자 화가가 말하였다.「좋습니다.
비록 커피를 마시지만 건배를 할 만하군요」 필요하면 독일어를
구사할 수 있었던 치안담당관이 이 말을 통역하게 했을 뿐 아니
라 설명까지 부탁하였다. 다음, 서류가방을 가져오게 한 뒤, 가
방에 장치된 두 개의 용수철 자물쇠를 열었다. 그가 꺼내든 것
은 푸르고 커다랗고 단단한 그 무엇, 내 보기에 무언가 품위가
있어 보이는 것이었다. 그것을 두 손으로 받쳐들고, 그는 소파
의 가장자리로 다가갔다. 지금 생각해 보니, 그것은 아마로 커
버를 씌운 두 개의 케이스였다. 그것을 그는 경건한 태도까지는
아니더라도 사뭇 엄숙한 자세로 화가를 향해 내밀었다. 그러나
화가가 막 케이스를 잡으려는 순간, 그는 살며시 그것을 뒤로
잡아뺐다. 무언가 할말이 있었기 때문이었다. 자신이 직접 말을
하기 위해 그는 생각을 가다듬고 있었다. 이 기회를 이용하여
우리는 모두 자리에서 일어났다.

내가 들은 것 중에서 가장 조용한 연설이 시작되었다. 〈런던
의 왕립학술원에서는…… 유럽 화단(畫壇)에 끼친 지대한 업적
을 고려하여, 그리고 회원 일동의 공통된 결정에 의해…… 화
가에게 학술원 최대의 명예를 보내기로 되었은즉, 이로
써…….〉 화가가 다시 증서에 손을 내밀자, 주 치안담당관은 또
한번 그것을 살며시 잡아뺐다. 무언가 더 첨가할 말이 있었기
때문이었다.「개인적인 자격으로 드리는 말이지만」하고 그는
말을 계속하였다.「왕립학술원의 결정을 전하는 것이 제 임무는
아니었습니다. 그러나, 이번 일이 저에겐 각별히 즐거운 일이

었고 또 마음속 깊이 바라던 일이었습니다. 어쨌든, 가까운 곳
에 있었던 덕분에, 제 친구 타테 장군의 요청에 따라 그를 동행
하게 된 것입니다. 따라서, 저희들이 이곳에 온 것은 미스터 난
젠에게 회원 일동의 증서를 전달하는 일뿐만이 아닙니다. 저희
들이 얼마나 당신의 고귀한 인간성과 모범적인 예술가 정신을
높이 평가하고 있는가를 당신에게 전하고 싶어서인 것입니다」

　연설이 끝나자, 화가는 증서를 받았다. 치안담당관이 커피잔
을 들면서 말하였다. 「여러분 건배를 듭시다」 우리는 모두 화가
를 위해 잔을 들었다. 아버지까지도. 새끼손가락을 뻗친 채 가
슴께까지 잔을 들어올렸다. 한 눈은 지체 높은 방문객들을 바라
보면서, 그도 화가에게 축하를 보냈다. 화가는 증서를 대충 훑
어본 후, 그것을 테이블 위 편지더미 옆에 올려놓았다. 그러
곤, 술병을 가리키며 셀프서비스를 하도록 요청하였다. 방문객
들은 자신들이 술을 따라 마셨고 담배를 피우기도 하였다. 아버
지만은 담배를 피우지 않았다.

　「노팅햄의 집에」 하고 유니폼의 남자가 이를 드러내고 다정
스레 웃으면서 말하였다. 「난젠 씨의 그림이 몇 장 걸려 있습니
다」 그림의 제목과 제작 연대를 말하자 화가는 놀라서 머리를
들었다. 이 그림들——「양귀비꽃을 꺾는 여자」가 틀림없다면
——은 드레스덴과 하이델베르크에 있다가 그곳 박물관에서 압
수되었고, 베를린으로 보내져 소각되지 않았던가? 그러나 장군
은 바로 이 그림들을 스위스에서 사들였다는 것이었다.

　「그렇다면 이따금 떠돌던 그 소문은 사실인 모양이지요」 하
고 화가는 말하였다. 「믿고 싶지 않았지만, 베를린의 미치광이
들이 외화를 얻기 위해 중간상인들을 통해 압수한 그림들을 팔
아넘기도록 했다는 소문입니다」「제가 스위스에서 구입할 수 있

었으니 소각되지 않은 것이 틀림없습니다. 제가 알기론 많은 현대 화가의 그림들이 국경을 넘어 반출되었습니다」「제 그림은 전부 다 없어졌습니다. 모두 8백 점은 됩니다」「이런 말씀을 드려 안심이 되실지 모르겠습니다만」 하고 장군이 말했다. 「스위스에서 팔린 그림이 대충 그만한 수자가 될 겝니다. 언젠가 정확한 수자가 밝혀지겠지요」

대화. 화제가 시작되었다가는 사라지고, 질문이 난무하다가는 일방성으로 해서 그 날카로움을 잃어버렸다. 화제가 소위 창작 금지령에 미치자 치안담당관이 물었다. 「그 당시 어떻게 사셨습니까? 도대체 무슨 일인들 가능했을까요? 저로선 상상조차 할 수 없는 일입니다」「정도 이상으로 비참하게 생각하시는군요」 화가가 말했다. 「그런 상황하에서는 그것에 익숙해질 수밖에요. 적응을 하고 모든 일에 대처할 태세를 갖춰야 하는 거지요. 세상에 그러한 금지를 철저히 지킨 화가가 과연 단 한 명이라도 있었던가요? 화가란 이젤 앞에 서서 색깔이나 처바르는 사람이 아닙니다. 그는 늘 그림을 그립니다만, 또는 전혀 그리지 않을 수도 있습니다. 화가가 머릿속으로 그리는 것까지 금지시킬 수가 있을까요?」

「당신은 충분한 설명을 하지 않으셨습니다」 하고 치안담당관이 말했다. 「제가 알고 싶은 것은, 그 금지라는 것이 실제로 어떻게 집행되었느냐 하는 겁니다. 감시? 가택수색? 그리고, 예를 들어 어떤 사람이 그것을 집행했나요?」 아버지가 대답이라도 하려는 것일까? 그는 의자 위에서 몸을 움직여 그의 등을 힘껏 등받이에 눌러댔다. 손가락으로는 모자를 빙빙 돌리면서 경련이 지나가는 뺨을 엄지손가락으로 문지르고 있었다. 「그들은 그것을, 즉 창작 금지의 집행을 현지의 경찰에게 떠맡겼지요」 화가는 조용히 입을 열었다. 「우리가 오랜 전부터 알고 있듯이, 쌍방을 상하게 하는 수법이지요. 그러나 결국 모든 일이 무사히 지나가게 되었습니다」「손실은 없었습니까?」「여기저기서 손해가 없을 수 없었지요. 불가항력이었으니까요」「당신의 경우도 마찬가지였습니까?」「물론이지요. 창작 금지의 시기에 몇 가지 손실을 입었습니다」「그림의 압류는 어떻게 이루어졌습니까?」 화가는 어깨를 으쓱하였다. 그러곤 갑자기 말하였다. 「의무의 수행만을 생각하고 다른 것은 전혀 고려치 않는 사람에게 무슨 가능성인들 없었겠습니까? 그렇다고 늘 일이 잘된 것은 아니었겠지만 말입니다. 어쨌든 그 사람에게도 어려움이 없진 않았겠지요」

대화. 거기 강물 속에 부유하는 무언가에 접근하여 그것을 붙잡았다가는 다시 흘려보내곤 하였다. 앉아 있는 사람들의 대화는 어느 곳에서도 그대로 정박할 줄을 몰랐다.

「터너 씨의 대전시회를 언제나 한번 볼 수 있을까요?」 화가가 물었다. 「그의 그림이라면 아무리 먼 곳이라도 가보고 싶군요. 지독한 독감이 낫지 않더라도 말입니다」「당신이 노팅햄에 오신다면」 하고 장군이 말했다. 「그의 화랑에서 몇 편의 터너를 볼 수 있을 텐데요. 그런데 왜 하필이면 터너입니까?」「그는 모든 것을 미해결 속에 놓아두기 때문이지요. 물론 다른 사람들도, 아니 거의 모든 사람들이 그렇게 하고 있지만요. 그러나, 터너는 빛만으로 그렇게 하고 있습니다. 그 점을 한번 그의 그림에서 살펴보고 싶습니다」「어째서 노팅햄엔 오시지 않는 거지요?」 장군이 물었다.

「런던에 한번 와보신 적이 있으십니까?」 치안담당관이 알고 싶어했다. 「아닙니다. 런던에 한번도 가본 적이 없습니다. 앞으로도 그곳에 가보게 될지 의문입니다. 전엔 여행을 좋아했는데 지금은…… 게다가 전 여전히 대도시들에 호감을 갖고 있지 못합니다. 저에겐 이곳, 즉 글뤼제루프와 후줌 국도 사이에 아직도 찾아내야 할 것이 많습니다. 이 땅과 주민들에 대해 전부를 다 알아낼 수는 없겠지만 조금이라도 더 알고 싶은 것이 제 바람입니다」「대도시도 그림을 위해 중요하지 않을까요?」 장군이 물었다. 그러자 화가, 「제가 잊지 않으려고 하는 것이 있습니다. 우리가 필요로 하는 대도시들이 우리 자신 속에 들어 있다는 사실입니다. 저의 도시도 바로 여기에 놓여 있습니다. 이곳에 저는, 제가 필요한 모든 것, 아니 그 이상의 것을 갖고 있습니다. 얼마 남지 않은 제 생애로서는 이 고장의 모든 것을 그리기에도 충분치 못합니다. 그러나 그것은 해볼 만한 가치가 있다고 생각합니다. 땅이나 대기 중에 존재하는 이곳의 주민들, 혹은 밤의 늪지대에서, 바닷가에서 만나는 것들, 어두운 하늘을 향한 이 고장 사람들의 귀밝음, 그들의 공포, 그들의 이야기, 여유만만한 그들의 생각들, 혹은 법률이라는 것 때문에 갈등에 빠지는 사고 방식 등. 또 무엇이 있을까, 옌스?」

나의 아버지는 소스라치게 놀랐다. 그는 의아한 표정으로 화가를 쳐다보았다. 「내 말은」 하고 화가는 아버지를 보고 말하였다. 「옌스, 자네가 공무를 떠나서 이곳 사람들에 대해 속을 터놓고 말한다면 도시에서보다 더 많은 이야깃거리가 있지 않겠느냐는 것일세. 세상에서 일어나는 모든 것을 여기에서도 찾을 수 있지 않겠나? 어떤가, 내 말이 맞지?」 잠시 침묵이 흘렀다. 모두 대답을 기다리고 있었다. 적어도 아버지의 시인을, 그러나 루크뷜 파출소장은 단 한마디도 입을 열지 않았다. 그저 고개를 끄덕인 것, 이것이 전부였다.

화가는 술을 더 권하였으나, 모두 사양하였다. 장군은, 화가의 아틀리에를 둘러보고 싶노라고, 가능하면 그곳에 잠시 앉아 있고 싶다고 말하였으나, 그것은 허락되지 못하였다. 화가는 우려를 나타내는 배우의 연기를 흉내내며, 뽀족뒤쥐가 일을 하고 있는 부엌 쪽을 가리켰다. 그것으로 변명은 충분하였다.

「다음 기회엔 가능할까요?」

「물론이구말구요. 오늘만 양해를 해주십시오. 부엌에 있는 그녀의 귀에 들어갔다간, 전 아예 일어나 앉지도 못할 겁니다. 그녀는 무척 엄해요. 그녀의 말을 거역하는 걸, 저도 사실은 무의미한 것으로 생각하고 있으니까요. 그러니 꼭 다시 오십시오. 아주 지금 결정을 해버립시다. 내달쯤이 어떨는지. 그때는 모두가 즐거울 수 있을 겁니다. 여러분들과 어울리는 것이 정말 즐겁습니다. 절 찾아주셔서 정말 고맙습니다」

「아닙니다. 감사를 드릴 쪽은 오히려 저희들이지요. 무엇보다도 감기가 속히 나으시도록 빌겠습니다」

신분이 다른 네 사람, 많건 적건 참가했던 네 사람은 작별을 고하였다. 손을 내밀고, 이빨을 드러내보이고, 안면근육을 긴장시키거나 씰룩거렸다. 화가가 누워 있는 소파로 나아갔다가는 물러나고, 다시 옆으로, 시선을 환자에게서 떼지 않으면서 문 쪽으로 다가갔다. 아버지가 마지막으로 작별 인사를 하였다. 사람들이 떠나가는 틈을 이용해——내가 보기에는——인사 없이 문 쪽으로 가버릴까 망설이다가, 결국은 화가에게 걸어가 무뚝뚝하게, 아주 엄숙한 표정으로, 그러나 기다란 얼굴에 적의는 품지 않은 채 붉은 털투성이의 손을 내밀었다. 그저 내맡긴 채 손에는 조금도 힘을 주지 않았다. 「아직 펀치가 충분히 남았을 텐데」 화가가 말했다. 그러자 아버지, 「할 일이 많아서」

「안 되겠나? 그거 유감인데」 아버지는 방을 떠났다. 그러나 다른 사람들처럼 화가에게서 시선을 떼지 않는 짓 따위는 하지 않았다. 밖으로 나온 후 그가 한 일은? 자전거를 끌고 흔들이문 옆으로 다가갔다. 그곳에 서서는 육중한 자동차들이 다가오길 기다렸다. 자동차가 접근하기도 전에 그는 경례를 붙였다. 첫번째 차와 두번째 차 사이엔 꽤 간격이 벌어져 있었는데도 그는 모자 옆에 올려붙인 손을 내려뜨리지 않았다. 손을 내린 것은, 자동차들이 두 번의 짧은 폭발음을 낸 후 나무다리 위를 통과하고 있을 때였다.

16 작은 불꽃

글뤼제루프의 테오도르-슈토름-김나지움이 명문 고등학교이긴 하였지만, 반면에 나의 등교길은 세 배나 시간이 걸리게 되었다. 욥스트와 하이니 분예에게서 도망다닐 필요가 없게 되었지만, 반면에 엄청난 숙제량으로 해서 나의 오후 시간은 모두 망쳐지고 말았다. 선생들의 매질은 더 이상 없었지만, 한편으로는 눈물이 폭 쏟아지도록 매운 매 선물을 나누어주던 플뢰니스 선생이 그립기까지 하였다. 「아는 것이 힘이다, 고등학교란 더 나은 인생을 위한 발판이다」라고 끊임없이 되뇌이는 어머니의 말을 시인은 하면서도, 반면에 나는 그리스에 갈 생각이 전혀 없는데도 왜 그리스어 모음(母音)을 배워야 하는지 자문할 수밖에 없었다. 고등학교 진학이 아무에게나 허락되는 것이 아님을 이해는 하면서도, 왜 나의 아버지가 내 고등학교 진학에 관해 그다지도 끈질기게 떠들어대고 다니는지 도무지 이해할 수가 없었다.

 슈토름-김나지움과 나의 관계에 금이 생기고 그것이 또한 오
랫동안 남아 있었다 한들, 나로선 어쩔 도리가 없었다. 부모는
나에게 장학금을 받도록 강요하였고, 새 가방과 새 자전거를
사주는 등, 어쩌면 나의 내부에 잠재해 있을지도 모르는 열의
를 일깨우도록 부추겼다. 전보다 두 덩어리나 더 많은 빵을 꾸
려주었고, 내가 집을 나설 때면 셔츠며 양말이며 손톱에 이르
기까지 각별한 신경을 써주는 것이었다. 자전거의 핸들 위에 몸
을 굽히고 페달을 밟기 시작하면 때때로 그들은 나의 등뒤로 손
을 흔들어주었다. 심지어 나의 어머니까지 말이다. 제방을 오르
면 왼편으로 북해, 바른편으로 평원, 제방을 내려가면 바른편
으로 북해, 왼편으로 평원. 이 낯익은 길——루크뷜의 파출소
장이 그리도 자주 다녔고, 지금도 이따금 나와 함께 자전거를
달리며, 「따라오너라. 내가 널 이끌어주마, 내 자전거 바퀴 자
국만 따라오라구」 하고 외치던 길——을 따라가면서. 나는 그
들이 내게 바라는 모든 것에 동의하였고, 그 대가로 베풀어지
는 모든 것을 받아들였다. 사탕이나 과자, 샌드위치, 인상된
용돈, 그리고——이것이 내겐 제일 중요한 것이었지만——내
방에서의 방해받지 않는 나만의 시간이 그런 것들이었다. 나의
아버지로 하여금 갑자기 그토록 많은 지불을 감수케 한 중요한
이유는 경찰관 지침서 때문이었다. 그것을 읽고 그는, 고등 교
육이야말로 더 높은 경찰직을 따낼 수 있는 최선의 방법이라고
생각하였다. 내가 치안국장이나 적어도 경찰서장쯤으로 출세하
기 위해서, 힐케는 저녁에 노래를 부르거나 라디오를 듣는 것
까지 금지당할 정도였다. 그로 인해, 그녀가 나에 대하여 얼마
나 악감을 품고 있는가는 짐작할 만하였다.
 이 길이 아무리 낯익더라도, 눈을 감고도 큰길과 갈랫길을

찾아갈 수 있을지라도, 불어오는 맞바람 때문에 앞으로 나아가기가 무척 힘이 들긴 하였더라도, 자전거를 타고 학교를 오가는 길이 결코 지루하지는 않았다. 모두가 늘 제자리를 지키고 있었지만 그것들은 매일 다른 모습을 보여주었다. 빛의 변화와 하늘의 변화에 따라서 말이다. 북해는 또 얼마나 많은 놀라움을 선사해 주었던가! 등교길에 그것은, 아직 잠이 채 깨지 않은 듯 조용히 해변을 핥고 있었고, 귀가길엔 녹청색 잉크빛이 되어 철썩철썩 방파제를 때리곤 하였다. 또는 농가들. 긴 비〔雨〕의 장막, 그 회색빛 너울 속에 수줍은 듯 버림 받은 듯 모습을 감추다가도 우유빛 햇살을 받아 앞뒤의 목장들이 빛나기 시작하면 점심을 만드는 굴뚝 연기를 기분 좋게 내뿜으며 살며시 모습을 드러내는 것이었다. 또는 바람. 그것은 우선 자전거 바퀴의 살들 사이에서 휘파람을 불었다. 그러다가, 뒷바퀴가 삐끗 미끄러질라치면 기분이 좋은 양 미친 듯 웃어대면서, 비옷자락으로 사정없이 얼굴을 때리거나 망토를 휘날리게 하거나, 또는 아예 나를 제방으로부터 쫓아내기도 하였다. 얼마나 자주 모든 것들은 바뀌었던가, 매일, 매시간을. 지금도 그 변화들을 생각하노라면, 얼마나 자주 가슴이 설레어오는지!

나는 귀가길에 올라 있었다. 가을. 오후 2시쯤. 물새들. 황량한 해변. 바람이 북서쪽에서 불어왔다. 뒤편에서 비스듬히 불어와 내 망토를 부풀게 하였고, 젖은 돛처럼 나풀거리게 하였다. 해안선 위에 이어진 발자국은 누가 따라간 흔적일까? 바람은 축축하였고 소금기가 섞여 있었다. 짐받이에 동여맨 나의 책가방이 물기를 머금고 반짝거렸다. 수평선 위에 드리워진 안개자락. 배 한 척 없는 바다 위에는 깝작도요새의 울음소리, 삣—삣. 저편에서 풀을 뜯는 가축들은 밤의 냉기와 차가운 비에 대비하여, 다시금 방수포를 둘러쓰고 있었다. 그중 한 마리는 또 배수 도랑 옆에 서 있었다. 앞쪽으로 〈바트블리크〉가 윤곽을 드러내며 빛나고 있었다. 힌레크 팀젠이 전격적인 직업 전환의 계기로 삼아——겨울이 점점 더 추워지리라는 통계학서를 읽고 나서 연료 도매상으로 바꾸었는데——이 술집을 정부에 팔아 넘겼고, 정부는 몇 푼의 경비를 들이지 않고 정신박약아들을 위한 시설로 개축하였다. 깃대는 앞으로 숙여져 있었는데 누구 하나 다시 세우려 하지 않았다. X자형 열쇠의 깃발은 어디로 갔을까? 네 명, 아니 다섯 명의 간호원들이 바람 부는 테라스 위에 서서 나의 아버지를 내려다보며 이야기를 하고 있었다. 그는 얼굴을 숙이고, 그 특유의 방식으로 무언가를 경청하고 있었다. 조류 감독관 콜슈미트와 제방 감독관 불트요한도 함께 있었다. 나는 안장에서 엉덩이를 들고 더욱 힘차게 페달을 밟았다. 하지만 소용없었다. 내가 그곳에 도착하기도 전에 간호원들과 남자들은 좁은 층계를 내려와 바다 쪽으로 가고 있었다. 서로 거리를 두고 하나의 포위망을 이루고는 손짓을 통해 의사를 전달하면서 반도 쪽을 향해 내달리고 있었다. 엉성하게 엮어진 그물이랄까, 이 포위망은 비스듬히 반도를 향해 전진하다가 한쪽 날개를 구부렸다. 일정한 간격을 유지하면서 그들은 분지를 지나 둔덕을 넘으며 해안을 끼고 모래언덕을 넘어 반도의 끝을 향해 나아갔다. 두 개의 물길이 만나는 그곳에는 물결과 그 위에 실려 있는 가벼운 물건들이 함께 일렁이고 있었다.

그들은 무언가를 찾고 있었다. 누군가를 잡으려는 중이었다. 함께 가기를 마다할 사람이 누가 있으랴. 뒤를 따라라! 나는 자전거를 테라스 위에 밀어놓고, 그들의 뒤를 추격하였다. 처음엔 포위망의 뒤를, 다음엔 조류 감독관이 남겨놓은 발자국만을. 새로 돋아난 바다마늘들이 바람에 흔들리는 둔덕 위에서 나는 그를 따라잡았다. 미소로 인사를 대신하고 나는 그와 보조를 맞추려 하였다. 그들이 무엇을 찾는지 물으려 하지도 않았고, 또한 물을 필요도 없었다. 그는 이내 그들이 염려하는 일을 큰소리로 외쳐댔고, 나는 그들의 추적의 이유를 알게 되었으니까.

그곳에서 두 어린이가 없어져버렸다는 것이다. 새벽녘, 아직 아침식사가 시작되기 전에 남자아이 하나와 여자아이 하나가. 「처음에 간호원들은 집안에서만 찾아보았지, 너무 오랫동안」 콜슈미트가 말하였다. 「그 애들이 없어진 때는 썰물이었거든. 그러니 그때 모래톱 일대도 찾아봤어야 했어」 그는, 아이들이 모래톱으로 가지 않았을까 걱정하고 있었다. 조류 감독관은 최악의 사태를 예견하고 있었다. 그는 자주 걸음을 멈추고 둔덕의 아래편, 바닷가와 파도가 철썩이는 제방과, 그리고 바다 저편을 바라보곤 하였다. 반도보다는 그곳에 아이들이 있으리라 생각되는 모양이었다. 우리 앞을 가로막는 앙상한 버드나무 숲을 뒤져보았으나 아무런 흔적도 찾을 수 없었다. 거친 모포의 외투를 입은 키가 큰 말라깽이 간호원 하나가 아버지를 부르면서 모래밭에 묻힌 무언가를 가리켰다. 아버지가 그것을 발로 약간 파냈으나, 역시 그들의 흔적은 아니었다. 그들은 헤어져 다시 앞으로 나아갔다. 우리는 모래언덕 위로 올라갔다. 여기에도 흔적은 없었다. 화가의 오두막을 한바퀴 돌아보아도 마찬가지였다. 나는 땅바닥에서 비죽 솟아나온 타다 만 종이조각을 파묻었다. 우리의 수색대는, 처음에만 누가 누군지 알았지, 수색이 진행될수록, 즉 모래언덕에 도달했을 때쯤에는 모래의 골짜기에서 나타나는 사람이 누구인가를 금방 알아낼 수가 없었다. 한번은 왼쪽 날개가 없어졌고, 다음 번엔 바른쪽, 또 다음 번엔 수색대의 중간이 사라져버렸다. 또는 고리를 이룬 대원이 하나씩 자취를 감추어 고리의 양날개, 즉 제방 감독관 불트요한과 수간호원만이 보일 때도 있었다.

왜 루크뷜의 파출소장은 갑자기 열(列)에서 이탈한 것일까? 왜 그 뒤로 처져버린 것일까? 콜슈미트가 그걸 알고 나로 하여금 빈 자리를 메꾸게 하였다. 나는 아버지의 자리를 이어받아 추적의 고리를 보완하였으나 그것은 오래가지 않았다. 갑자기 수간호원이 걸음을 멈추더니 손짓을 하며 우리를 부르는 것이었다. 우리는 모두 90도 각도로 방향을 바꾸어 그녀 쪽으로 달려갔다. 수간호원은 우리가 모여들 때까지 손을 펼치고 오랫동안 무언가를 가리키고 있었다. 그것은 북해로부터 나와서 반도의 끝을 향해 나란히 걸어간 발자국이었다. 우리는 그 모래 위의 각인(刻印)이 어린이들의 것임을 알 수 있었다. 서로 손목을 잡고 걸어간 듯 아주 가까이 붙어 있는 두 아이의 발자국은 처음엔 모래톱을 지나고, 다음엔 이곳까지 올라온 것이 분명하였다.

「그 애들이에요」 수간호원은 단정을 내렸다. 그러곤 더 이상의 말이 없이 발자국을 따라갔기 때문에 우리도 그녀의 뒤를 따를 수밖에 없었다. 거의 가라앉은 조그만 난파선 곁을 지나다가 우리는 바닷물이 튕겨내는 날카롭고 높은 물보라에 얼룩얼룩 옷을 적셨다. 북해의 파도가 계속된 듯이 보이는 모래의 물결이 반도의 끝을 비스듬히 지나가 조류 감독관의 오두막과 장대들이 둘러쳐져 있는 어망(漁網)까지 이어져 있었다. 모두 걸음이 빨라졌다. 오두막에도, 벤치와 테이블 밑에도, 바닷가에도 보이는 것은 없었다. 발자국은 백사장을 지나 저편 그물 속으로 들어가고 있었다.

　말하자면, 어살로부터 방사(放射)돼 나오는 기다란 날개 모양의 그물 속——어살에는 느슨하게 그물이 드리워져 있었고, 밧줄들이 말뚝마다 묶여져 있었다——땅바닥 위에 웅크려 앉아 윙윙대는 물새들 사이에서 선명한 그물 무늬를 그려내며 아이들이 거기 있었다. 아이들은 겁을 먹은 것도 아니고 기쁜 것도 아닌 시선을 슬쩍 우리에게 넌졌을 뿐이었다. 등에 등을 맞대고 그들은 어망 속 모래 위에 쪼그리고 있었다. 계집애는 통통한 헝겊인형의 목을 조르고 있었고, 사내아이는 죽은 새의 입에 숨을 불어넣는 중이었다. 계집애는 표정이 없고 어른스러워 보이는 얼굴이었고, 쥐꼬리 같은 갈래머리에 체크 무늬의 옷을 입고 있었다. 사내애는 맨발이었다. 무거운 머리가 그를 납작하게 만들 것만 같았고, 등은 잔뜩 굽어 있었다. 머리를 흔들거리며 그 애는 자기의 넓적한 입술에 새를 갖다대고 바람을 넣고 있었다. 툴툴거리는 양이 참지 못하겠다는 불만의 소리를 내는 것 같았다. 계집애는 인형의 얼굴을 모래 속에 처박고 짓이겨대며 널찍하게 벌린 그녀의 다리 사이에서 질식사를 시키는 판이었다.

　새들은 휙휙 소리를 내면서 소녀의 머리 위를, 곁을 지나갔으나 그녀는 그것을 개의하지도 또 쫓으려고도 하지 않았다. 소년은 죽은 새를 셔츠의 벌어진 앞가슴에 집어넣고는 상체를 흔들어대며 웃었다. 그물을 잡아 올리려고 하였으나 마음대로 되지 않는 듯 침만 질질 흘리고 있었다. 소녀는 쥐어짜는 듯한 음성으로 노래를 부르면서 우리 쪽으로 얼굴을 돌렸다. 수간호원이 옆으로 나 있는 그물의 입구를 발견하고 어망 속으로 기어들었다. 소녀를 잡자 이 말라깽이 간호원은, 그래서는 안 된다는 눈짓을 보내며 손을 잡아 끌었다. 그물 밖에서 소녀를 부둥켜안

자 아이는 인형으로 간호원의 머리를 마구 때렸다. 줄무늬가 있
는 간호모가 땅에 떨어지고 머리핀이 빠져 달아났다. 수간호원
이 키스를 해준 다음에도 계집애는 계속 무표정하게 인형을 휘
둘러대는 것이었다.

사내애는? 그 애는, 두 명의 간호원이 콜슈미트의 도움을 받
아 어망으로부터 끌어내야만 했다. 자리에서 버티지는 않았지
만, 사람들이 자기에게 무엇을 바라고 있는지를 알지 못했다.
머리를 염소처럼 숙이고 도무지 영문을 모르겠다는 듯 점잖게
그의 아지트에서 끌려나왔다. 그러곤, 가쁜 숨을 내쉬며 우리
가 만든 울타리 안에 서 있었다. 「모두 잘되었다, 요헨」 간호원
중의 한 명이 말하였다. 「이제 집으로 가는 거다. 그리고, 그
새를 내게 준다면 따뜻한 코코아를 주마」 사내아이는 손을 그의
바지에 닦았다. 기계적으로. 「새를 다오」 간호원은 부드럽게 말
하면서 소년의 셔츠 속으로 깊숙이 손을 넣었다. 소년은 툴툴거
렸다. 간호원은 소년의 배 위까지 더듬어 내려가 일단 정지한
후 죽은 새의 꼬리깃을 잡아올렸다. 아이는 손을 뻗어 새를 잡
으려고 허우적거렸다. 「자, 이젠 우리 모두 집에 가도 되겠다.
가서 따뜻한 걸 좀 마시고 잠자리에 드는 거야」 소년은 주먹을
쥐었다. 그것을 귀에 갖다대고는 무슨 소린가를 듣는 모양이었
다. 그러고는, 순순히 따라나섰다. 때때로 걸음을 멈추고 무언
가에 골똘이 귀를 기울이기는 하였지만.

그리하여 우리는 바트블리크로 귀환하였다. 간호원들, 어린
이들, 가정부, 심지어 두 명의 요리사까지 테라스에 서서 우리
를 기다리고 있었다. 환성, 포옹, 마음을 달래주는 빠른 애무.
「너희들이 돌아왔구나, 정말」 정말 그들은 돌아왔다. 나는 문틈
으로 집안을 들여다보았다. 거기에 아버지는 없었다. 그러나, 매

일 아침 등교 때마다 어색한 손짓을 보내주는 소녀가 눈에 띄었다. 때로는 귀가길에도 푸른 블라우스를 입고 창가에 앉아 내게 손짓을 하기도 하였다. 그녀를 위해 이름을 하나 생각해 내야 했다. 나는 그녀를 니나라고 부르기로 했다. 그녀는 문을 열고 불편한 동작으로 테라스까지 걸어 나왔다.

나는 그녀에게 손짓을 하였다. 그러나 그녀는 알아보지 못하였다. 이번엔 인사를 보냈다. 내 인사를 알아차리긴 했지만 답을 보내진 않았다. 가능한 한 눈에 띄지 않게 그녀의 곁으로 다가갔다. 미소를 띠고 고개를 끄덕였다. 그녀의 손짓을 흉내내며 나를 알리려 하였지만, 그녀는 나를 전혀 기억하지도 못하는 듯 아는 체를 하지 않았다. 몸이 닿을 정도로 바싹 접근하자 겁에 질린 외마디소리를 지르며 한 간호원을 부둥켜안았다. 이쯤되면 슬며시 줄행랑을 놓을 수밖에. 나는 포도송이 같은 아이들과 어른들의 틈을 비집고 어안이 벙벙하여 소녀를 쓰다듬어 달래주는 간호원의 눈총을 받으면서 그 자리를 떠났다. 자전거를 끌고 제방 위까지 올라가 아버지가 늘 그랬듯이 한참 자전거를 잡고 뛰다가 껑충 몸을 실었다. 루크빌 방면을 향해 열심히 페달을 밟아댔다. 「어머, 이제야 오는 거니?」 힐케가 층계에 서서 외쳤다. 「몇 번씩 네 밥을 데우게 만드니?」 「설탕과 계피를 섞은 밥이겠지, 혹은 자두 수프를 곁들인」 내가 말했다. 「허풍떨지 마」 그러나 누나는 나지막이, 양보를 하지 않겠다는 음성으로, 「벌써 두 번이나 데웠단 말이야, 지기. 도대체 어디에 가 있었니?」 극진하다고 할 것까지는 없어도 제법 분별 있는 태도로 나의 책가방을 받아 들었다. 눈을 깜짝이면서 내 손목을 잡으려고까지 하였다. 어울리지 않는다 싶어 뿌리치고는 그녀의 뒤를 따라 부엌으로 들어갔다.

「아빠 계셔?」「아니, 아직. 〈바트블리크〉로부터 연락이 와서 나가셨어. 두 아이가 도망을 쳤다는 거야. 어쩌면 물에 빠져 죽었을지도 몰라」「먹을 거나 빨리 줘. 알지도 못하는 일 지껄이지 말고」 자두 수프가 딸린 밥. 접시가 내 머리 위에서 선회하더니 아무렇게나 내 앞에 밀쳐졌다. 기분이 상한 모양이었다. 「두 아이가 달아나기는 했었지. 나도 거기에 있었어. 같이 그 애들을 찾아냈단 말이야. 생각 좀 해봐, 글쎄. 고것들이 콜슈미트씨의 어망 속에 숨어 있질 않겠어?」「그래서 늦었구나. 우린 네게 무슨 일이 일어난 줄 알았지」「오늘 학교 공부는 어땠니?」「아, 그저 그렇지 뭐」 그러나 마지막 물음은 힐케의 것이 아니었다. 그녀는 머리를 감을 생각인 듯 머리를 풀어 늘인 채 타월을 어깨에 걸치고 있었다. 그녀가 어떻게 보이는지, 무엇을 하고 있는지를 알기 위해 고개를 돌릴 필요까지도 없었다. 빤히 알 수 있는 일이었으니까. 빛 바랜 초록치마에 거품 자국이 남아 있는 가죽 슬리퍼를 끌고 있을 것이었다. 그녀는 이제 장으로부터 샴푸를 꺼냈다. 세면대를 씻어낸 다음, 치마의 어깨끈을 기미와 사마귀 투성이인 통통한 팔뚝까지 벗어 내렸다. 이제 따뜻한 물을 세면기에 부을 차례다. 「지기야, 난 네가 바트블리크에 드나드는 게 마음에 들지 않는다. 알겠니?」「그 안엔 들어가지도 않았어요」 물이 너무 뜨거운지, 그녀는 두 손을 넣어 저으면서 식히고 있었다. 「그 애들이 이곳에 있다는 것만으로 족해. 넌 그곳에 가지 말도록 해라」「두 아이가 도망을 쳤어요. 그 애들을 찾는 걸 도와주었을 뿐이에요」 어머니는 널찍하게 다리를 벌리고 허리를 굽혔다. 머리카락을 앞으로 쏟아 세면기 속에 집어넣으며 쥐어짜는 음성으로 말하였다. 「이제 그곳에선 늘 말썽이 일어날 게다. 늘 안심할 수가 없을 거야. 그 쓰잘데 없는 것들 같으니라구. 늘 우리를 시끄럽게 만들고 말걸. 진작 쫓아내야 하는 건데」「그럼 그 애들은 어디로 가나요?」어머니는 대답하지 않았다. 손으로 물을 퍼 머리카락을 적신 다음, 몽땅 물 속에 잠기게 하였다. 시익시익 가쁜 숨을 내쉬면서. 「아직도 낫지 않았다면 별수없는 애들이야. 모두에게 짐이 될 뿐이지. 그런 애들에게 친절을 베풀 필요는 없어. 그래봤자 느끼지도 못하는 애들이니까. 내 말 알아듣겠니, 지기야? 그곳에 가지 말아라. 그 애들은 바라보거나, 또는 같이 놀아주거나 해서는 안 된다」

물이 그녀의 머리로부터 뚝뚝 흘러내렸다. 꿀빛의 끈끈한 샴푸를 뒤통수에 이리저리 묻힌 후 비벼대기 시작하였다. 처음엔 물 같던 것이 점점 죽 같은 거품으로 변해 가더니, 식식거리는 소리에 맞춰 목과 귀와 얼굴로 흘러내렸다. 눈 속에까지 흘러들자 힐케의 도움을 청할 수밖에 없었다. 「지기야, 사람들이 재난을 당하는 걸 구경하는 것으로 족하다. 알지 못하는 사이에 갑자기 재난이 일어나고야 말걸」

나는 숟갈질을 하면서 어머니의 말을 듣고 있었다. 힐케가 어머니의 빨강머리를 헹구고, 물을 짜내고, 수건으로 닦아주는 동안에도 나는 잠시 더 꼼짝 않고 앉아 있었다. 「숙제를 하러 내 방에 올라가도 될까요?」「그래, 하지만 내가 말한 걸 잊지 말아라, 지기야」「알았어요」「오늘 숙제는 뭐지?」「오늘이요? 수학, 역사 그리고 작문이에요」「작문 제목은 뭐냐?」「나의 모범」「그래? 그건 별로 어렵지 않겠구나」「네」「얼른 작문을 읽어보고 싶구나」초록치마는 그녀의 널찍한 둔부를 팽팽히 감싸고 있었다. 빨개진 목의 피부. 그녀는 씨근씨근거리면서 타월을 비벼댔다. 대야의 구정물 위에 떠 있는 거품들은 납작하게 되거

나 가라앉거나 스러져버리는 중이었다. 숙제를 핑계삼아 내 방
으로 올라가는 것이 나는 기뻤다.

늘 그랬듯이 역사에는 마음이 끌리지 않았기 때문에 작문부
터 시작하였다. 그러자, 늘 생기던 일이 이번에도 일어났다. 우
선 작문의 테마가 마음에 쏙 드는 것이, 마치 나를 위해서 내준
숙제 같은 기분이 들었다. 우리에게 부과된 제목, 예컨대 「휴가
중 가장 즐거웠던 일」 「박물관을 보고 나서」 또는 「나의 모범」
등이 조금도 무리한 것으로 생각되지 않았다. 어떤 제목을 보아
도 처음엔 자신감에 넘쳐 있었다. 그러나 이 모든 테마들은, 내
가 그것——테마가 요구하는 것——을 구성하기 시작하는 순
간 무리한 주문이라는 생각이 드는 것이었다. 구성 없는 작문이
란 있을 수 없다. 도입부, 전개부, 클라이맥스, 평가. 이 단계
를 이야기 전체는 지나가야 하는 것이다. 이 공식을 이행치 않
을 때 테마는 살아나지 못하기 때문이다. 모든 제목이 나에게
친밀감을 주긴 했지만 번번이 나는 테마를 놓쳐버리곤 하였는
데, 그것은 결단성이 없는 내 마음 때문이었다. 주요 인물과 부
수적 인물을 정하는 데 나는 망설이곤 하였다. 몇 사람은 주인
공으로, 몇 사람은 조역으로 등장시키는 일에 마음을 정하지
못했다는 이야기이다. 예의랄까, 동정이랄까, 또는 시기심 따
위가 방해를 놓았다. 그러나 가장 어려운 것은 평가를 하는 일
이었다. 바로 그 점을 글뤼제루프의 우리 독일어 선생 트레플린
박사는 중요시하였다. 모든 것이 평가되기를 그는 원하였다. 오
디세이의 지략, 발렌슈타인의 성격, 건달이[19]의 꿈, 마그데부르
크 시 화재 때의 시민들의 행동 등, 평가되지 않은 것은 그에게

19) 아이헨도르프의 소설 「어느 건달이의 모험」의 주인공을 가리킴.

일고의 가치도 없었다. 평가라! 지금도 그것을 생각하면 중압감
이 나를 누르고 목을 조르는 기분이다.

　자, 이번의 테마는 〈나의 모범〉이렷다. 누가 주인공이 될 것
인가? 나의 아버지인 루크빌의 파출소장? 화가 루드비히 난젠?
혹은 인내의 상징이라고 할 부스베크 박사? 아니면, 우리가 집
에서 생각도 언급도 할 수 없는 이름, 즉 나의 형 클라스는 어
떨까? 누구를 나는 닮으려 할 것이며, 그 발치에라도 쫓아가려
노력해야 할 것인가? 아버지가 적당치 않다면, 왜? 화가가 부적
격이라면, 왜? 내 직감으론 이들 모두가 테마를 살리기 위해선
절실한 평가가 요청되는 인물들이었다. 내가 아는 사람들을 트
레플린이 뜻하는 대로 평가하는 데 성공한 적이 없었고, 또 성
공하지 못할 것이기에 나는 내 모범을 다른 장소, 다른 시대에
서 찾지 않으면 안 되었다. 가장 좋기로는 가공적인 모범, 손질
하고 채색된 존재, 어쨌든 살아 있지 않은 모범이 아닐까? 하지
만 나의 귀감이 될 이 존재를 어떻게 창조해 낸다? 지금도 기억
에 생생하다. 나는 우선 마르텐스라는 성에, 하인즈라는 이름
을 부여하였다. 그에게 무척 기다란 목도리를 선사하고 해군병
사의 장화로 무장시킨 다음, 절망적인 고도(孤島)인 카게 섬으
로 옮겨다놓았다. 설명하기 어려운 이유로 흑부리오리들의 부
화 장소가 되었을 뿐 아니라, 전쟁이 끝난 후 훈련 중인 영국
파일럿들의 좋은 공격 목표가 되곤 했던 이 절해고도로 말이다.

　하인즈 마르텐스는 자루가 짧은 삽을 가지고 지하 방공호를
팠으며, 그 속에 식량과 옷가지를 넣어둔다. 이런 식으로 나
는, 그에게 씹는 담배와 조명총 한 자루를 마련해 주는 것이
며, 이 총이야말로 부화중인 오리들은 물론 파일럿들을 경계토
록 해주는 수단인 것이다. 처음 몇 차례의 폭격시엔 그의 존재

가 눈에 띄지 않았다. 그러나 사람들은 곧 카게 섬에 한 사나이가 웅크리고 앉아 오리들의 보금자리를 지켜주고 있음을 알게 되었다. 입에서 입으로 건너간 이 소문은 함부르크와 영국에 알려지게 되었고, 특히 영국 동물애호협회 회원들 사이에 화제가 되었다——영국 공군의 파일럿들에겐 덜 알려졌던지, 하인즈 마르텐스가 그들을 향해 열심히 빨간 조명총을 쏘아올렸건만, 폭격이 끝난 다음엔 많은 오리불고기들이 생겨날 수밖에 없었다.

붕붕대는 엔진 소리를 듣기가 무섭게 그는 방공호에서 달려나와, 우선 몇 발의 조명총을 오리떼들 위로 쏘아대는 것이다. 그러면 겁을 집어먹은 오리들이 부산스레 원을 그리면서 구름처럼 하늘로 날아오른다. 다음에 그는 즉시 날아오는 비행기 쪽을 향해 곧바로 쏘아올리고, 최초의 폭탄들이 터지는 순간까지 총쏘기를 계속하는 것이다. 날개들의 파닥이는 소리, 드높이 날아가는 비행기들의 엔진 소리, 바들바들 떨면서 땅으로 떨어지는 조명탄의 불빛.

빨간 빛이 나의 방 창문에 비쳤다. 그것은 나의 손 위에도, 작문 공책 위에도, 나의 방 벽 위에도 어른거렸다. 돌연 외치는 소리와 발소리들이 들려왔다. 우리집의 아래층에도 어지러운 발소리, 문이 열리며 힐케가 소리쳤다. 「불이다. 빨리, 지기, 불이 났어」「어디에?」「저기! 저 아랠 좀 봐」

나의 아지트가 타고 있었다! 나의 침대가 타고 있었다. 나의 전시품, 수집해 놓은 열쇠와 자물쇠가 타고 있었다. 기사들의 그림과 「빨간 외투의 남자」가 타고 있었다. 연못의 위편 토대 위에서 날개 없는 낡은 풍차, 나의 사랑하는 풍차가 타고 있었다. 소방차의 사이렌이 울렸던가? 소리를 들은 것 같은데, 아직 모습을 나타내지 않고 있다. 출동도 안 한 모양이었다. 양파지

붕이 타고 있었다. 불길이 위편 틈새기나 깨어진 유리창 밖으로
넘실거리며 나와서는 하늘 높이 솟아오르고 있었다. 저편 풍찻
간의 연못 속에서도 조용히 불이 붙고 있었다. 위와 아래에서
불꽃의 비가, 노랗고 빨간 화염의 꽃다발이 피어올라, 불 자체
에서 내뿜는 바람에 실려서는 들판 저쪽 홀름젠 영감의 목장까
지 날아가고 있었다. 유수포브 왕이, 부르봉 왕가의 이자벨라
여왕이, 뮐베르크의 싸움터를 달리는 황제 칼 5세가 타고 있었
다. 두 장의 보이지 않는 그림과 클라스의 것인 「사과 따는 사
람들」이 타고 있었다. 불꽃은 양파지붕 위에서 합쳐졌다가 옆으
로 흐트러졌다. 후두둑거리며 튀어오르는 불꽃. 희끄무레한 하
늘에 자욱한 재의 비. 양파지붕은 아직도 함몰되지 않고 있었다.
  나는 달렸다. 다른 사람들이 달려가는 모습이 보였다. 집을
나와 목장을 가로질러, 그리고 제방의 아래쪽에서 그들은 불을
향해 달려가고 있었다. 될수록 빨리 도달하기 위해 숨을 헐떡이
며 달리는 모양이라니! 철조망을 뚫고 도랑을 건너뛰면서 앞서
거니 뒤서거니 그 서둘러대는 모양이라니! 구경하기 좋은 자리
를 확보하기 위해서 말이다.
  나는 돌층계를 내리달았다. 힐케가 뒤에서 나를 불렀다. 어
머니가 나를 불렀다. 뜰을 지나, 벽돌길을 지나, 수문의 곁을
나는 달렸다. 달려가는 길 옆 도랑 속에도 불이 반사되고 있었
다. 나는 길에서 벗어나 연못의 갈대숲을 뚫고 달렸다. 풍차 앞
에 도착했을 땐, 막 양파지붕이 무너져 내리는 순간이었다. 불
길을 뿜으며 지붕은 탑 속으로 함몰해 버렸다. 밀 적재장이 부
서져 내리자, 불꽃이 하늘 높이 솟아올랐다. 샛바람이 마음대
로 통과하는 굴뚝과 같았다. 나는 그 자리에 서서 불이 붙는 모
양을, 불꽃이 넘실대면서 갈라지기도 하고 솟아오르기도 하는

양을 지켜보았다. 요란히 펄럭이는 소리. 그것은 한마디로 바람
속에 나부끼는 수건과 같았다. 화염의 덩어리가 열린 문으로 쏟
아져나와서는 내 발치의 축축한 풀밭 위에서 치지직 소리를 내
고 있었지만, 나는 그것을 비벼 끌 생각도 않고 있었다. 자욱이
흩어지는 재의 비를 맞으며 불길만을 응시하였다. 두 남자가 각
목을 가지고 문을 닫으려 하였으나 쉽지 않았다. 문은 돌쩌귀의
압력으로 튕겨나와 출구를 막은 채 매달려 있었다. 이곳 저곳에
서 사람들의 함성만 들렸지 불은 꺼질 줄 몰랐다. 이제 불꽃은
아래편의 창 밖으로도 혓바닥을 날름거리며 탑의 바깥벽을 핥
아오르고 있었다.

　내가 마지막으로 불을 본 것이 언제였더라? 전쟁이 시작되었
을 무렵 홀름젠 영감의 마구간에 불이 났을 때였으리라. 농장에
있던 사람들은 속수무책, 그저 살아남은 가축들이 불길 속에
들어가지 못하도록 막을 수밖에 없었다. 생각에 팔려, 나는 주
위에 둘러선 구경꾼들이 열기 때문에 물러난 것도 눈치채지 못
하고 있었다.

　나는 갑자기 혼자가 되었다. 눈을 감았다. 느껴지는 것은, 점
점 빠르게 두드려대는 통증뿐이었다. 무언가 나를 찔러대며, 뜨
겁게 차게 때리며, 앞으로 밀어붙이고 있었다. 그러나 나는 원
치 않았다. 아직은. 점점 더 거세어가는 강요에 나는 저항하였
다. 모든 것이 빙빙 돌아가기 시작하였다. 불타고 있는 풍차
가, 구경꾼들의 그림자들이, 나의 아지트가 돌아가고 있었다.
침대와 함께, 자물쇠 상자와 함께, 그림들이 붙어 있는 벽과
함께 그것은 돌아가고 있었다. 점점 거세게 그것은 내 주위를
돌고 있었다. 그림들이 한데 모여서는 나의 주위를 돌고 있었
다. 그림들이 한데 모여서는 하나의 고리를 이루며 돌고 있었

204

다. 나는 양손을 뻗었다. 그리고 입구를 향해 내달렸다. 불길의 벽, 그 넘실대는 휘장을 뛰어넘었다. 삐뚜름히 매달린 문을 통해 그 거대한 나무층계 위로 뛰어올랐다. 그곳에는 밀을 넣는 상자들이, 사다리가, 그리고 거칠게 다듬어진 대들보들이 타고 있었다.

엄청난 빛, 너무도 엄청난 빛으로 해서 아무것도 알아볼 수가 없었다. 팔로 얼굴을 가려야 했고, 숨을 쉴 수가 없었다. 위층으로 올라가는 기중기를 생각하는 순간, 누군가 나를 끌어안고는 계단을 내려와 풍찻간 밖으로 끌어냈다. 두 명의 남자였는데 누구인지 알 수가 없었다. 몸을 비틀고, 구부리고, 떨어져 내려오려 하였으나 소용이 없었다. 나를 끌어안은 손은 늦추어지지 않았다. 그중 하나가 말하였다. 「조심하게. 잘못했다간 이 녀석이 또다시 뛰어들어갈 거야」 그러고 나서 둘이 어찌나 나를 단단히 잡아올렸던지, 나는 입을 악문 채 발꿈치를 들고 매달린 형국이 되고 말았다. 둘러 섰던 구경꾼들은 본의 아니게 길을 열어주었고 그들은 나를 질질 끌고 가, 풍찻간 연못이 있는 곳에 내려놓았다. 그곳에 나는 주저앉았고, 그들의 명령에 따라 얼굴과 목과 팔을 못물에 식히는 수밖에 없었다. 내가 얼굴을 들자 그들은 껄껄 웃었고, 그중 하나가 말하였다. 「볼 만하게 그을렸구만, 꼬마 녀석」 그들은 몸을 돌려 타고 있는 불을 올려다보았다.

나도 불을 바라보았다. 연못 위에 흔들거리는 투영도도 바라보았다. 그러나, 오래 그곳에 머물러 있지는 않았다. 글뤼제루프로부터 달려온 소방차가 물을 빨아올리기 위해 호스를 연못까지 끌고 왔을 때, 나는 자리에서 일어나 그곳을 떠났다. 뒤도 돌아보지 않았다. 풍차와 그리고 평원의 어두움을 가시게 한 불

을 그들에게 맡기고서, 연못을 지나고 목장을 가로질러 꼼짝
않고 서 있는 가축들 곁을 지날 때에도 쿡쿡 찔러대는 아픔은
그치지를 않았다. 그것은 척추를 타고 올라와 관자놀이까지 뛰
어올랐으며, 뜨겁고 차갑게 나의 내부로 파고들었다. 문득 나
는 걸음을 멈추었다. 아버지의 음성을 들은 것 같았기 때문이었
다. 그렇다면 그도 화재의 현장에 있었구나. 그는 오직 명령만
을 외쳐대고 있었다. 목책의 기둥들, 가축들, 그리고 나까지
모두 흔들거리는 그림자를 드리우고 있었다. 나는 당연한 듯, 마
치 누군가 나를 기다리기라도 하는 듯 블레켄바르프 쪽으로 향
하였다. 바람이 거세어졌다. 저 뒤편, 불이 나는 곳에서 함성이
들려왔다. 무슨 일인가가 벌어진 모양이지만 뒤를 돌아보지도
않았다. 내 머리 위로 꽤 나지막하게 연기자락이 바람에 실려왔
다. 그것은 길게 퍼져나가 블레켄바르프의 울타리에 가 걸렸다.
불을 끄기 시작한 모양이었다. 땅이 약간 높아지면서 거기 나무
다리가 나타났다.

　나는 걸음을 멈추었다. 그러나 화가는 벌써부터 나를 알아보
고 있었다. 그는 다리의 끝에 조용히 서서 파이프를 턱 위로 비
스듬히 물고 있었다. 망토의 주머니에 두 손을 깊숙이 집어넣
고, 마치 울타리의 한 부분인 양 거기에 서 있었다. 「이리 온」
하고 그는 말하였다. 「안심하고 와」 나는 그에게 다가갔다. 그
는 나의 어깨에 손을 얹었고, 우리는 함께 불타는 풍찻간을 건
너다보았다. 탑이 흔들리는 모양인가? 나는 풍차의 친구, 빨간
불이 타오르는 갈색의 손가락을 뻗으며 거인의 모습으로 일어
나는 노인을 생각하였다. 그가 손가락을 튕겨 낡은 풍차를 돌리
려 한 것도 바로 이러한 어스름녘이 아니었던가? 탑의 한쪽이
부서지며 함몰하였고 불꽃의 비가 흐트러졌다. 그의 우정, 그

의 확고한 기대가 무슨 소용이 있단 말인가?「조용히 서 있거라, 삣—삣」화가가 말했다.「혹시 무언가 내게 할말이라도 있는 거냐? 침착해라, 애야」그는 꼼짝 않고 서서, 그와도 결코 무관하지 않은 날개 없는 풍차가 타는 모습을 지켜보고 있었다. 그는 견뎌내고 있었다. 여기, 나무다리 위에서. 어쩌면 그곳에 가까이 갔다가 다시 여기까지 되돌아왔을지도 몰랐다. 사실 여부는 모르겠다, 나의 상상이니까. 증기선에서 내뿜는 듯한 연기자락이 우리 쪽으로 뻗어왔다. 화가는 눈을 가늘게 뜨고 시선을 돌리지도 않았다. 그의 다리를 널빤지 위에 버티고 서 있었다. 이제 풍찻간 전부가 무너져 내렸다. 중간쯤의 높이에서 부서지면서 허리가 꺾인 채 길바닥으로 떨어져 산산조각이 나버렸다. 돌덩이들이 날고, 불꽃이 튀어올랐다. 이글거리는 불덩이들이 비탈 아래로 곤두박질쳤다. 몇몇은 연못에 굴러들어가 치지직 소리를 내며 꺼져갔고, 일부는 다시 튕겨오르며 불꽃의 비를 내리쏟았다. 연기자락의 색깔과 냄새가 변해 갔다. 유황의 색조를 띠면서 질식할 듯한 내음을 풍겼다. 바람이 연기를 우리의 얼굴로 몰아왔다. 잠시 후 화가가 말하였다.「이젠 끝났다, 삣—삣. 안으로 들어가기로 하자」그는 나의 등을 밀면서 곧 울타리와 정원을 통해 그의 아틀리에로 들어갔다.

그는 불을 켰다. 안경을 낀 다음 나의 얼굴을 들어올렸다.「불속에 들어갔었니? 눈썹과 머리카락이 불속에 들어갔다 나온 사람처럼 그을렸구나. 열이 있는 건 아니냐?」나는 어깨를 으쓱하였다. 그는 계속 나의 얼굴을 들여다보며 걱정을 해주었다.「누워 있거라, 지기, 잠깐만. 내가 마실 것을 좀 가져오마. 우유를 한잔쯤 마셔두는 게 좋겠다」그는 조심스럽게 나를 아틀리에에 있는 55개의 침대 중 하나로 이끌고 갔다. 내가 오랫동안 믿어왔듯이 이곳은 그림 속의 모든 인물들이 밤을 지내는 침실이 아니던가? 슬로베니아 사람, 바닷가의 춤꾼들, 얼굴이 노란 예언자들, 허리가 굽은 농부들과 초록빛 얼굴의 교활한 장사꾼들이. 언젠가 흥에 겨웠을 때, 화가 자신이 확언한 바도 있었다. 이곳엔 그의 그림 속에 나오는, 인광을 번득이는 주인공들이 모두 잠을 자고 있노라고. 그가 말한 것, 그가 믿으려 했던 것에 대해 의아한 표정을 지을라치면, 그는 더없이 못마땅한 표정이 되곤 했다.

한 침대의 덮개를 벗기자 거친 텐트용 천의 모포가 깔려 있고, 그 아래에 짚이 들어 있었다. 나는 그 위에 앉았다. 화가는 조심스레 나의 다리를 들어 모포 속에 묻어주면서 짐짓 엄한 표정을 지어보였다. 「여기가 마음에 들지 않더라도 누워 있도록 해라. 알겠지? 내가 돌아올 때까지, 얌전히 말이다. 알겠지? 오래 걸리지 않을 테니까」「하지만 저 불은 그냥 켜놓을 건가요?」그는 고개를 끄덕였다. 「네가 달아나지 않도록 불은 그대로 켜놓아야겠다」

그의 염려와 위로의 말을 들으며 나는 그가 부풀려준 아마포의 베개 위에 등을 기대었다. 그는 진지한 얼굴로 자리를 떴고, 나는 머뭇거리며 멀어져 가는 그의 발소리를 들었다. 날카로운 샛바람이 불어들어와 책상 위에 쌓아놓은 종이쪽지들을 날렸고, 몇 장은 흔들흔들 땅바닥으로 떨어졌다. 그의 모습은 볼 수는 없었지만, 그가 거실로 건너가기 전 다시 한번 바깥 창가에 서서 방안의 나를 들여다보고 있음을 느낄 수 있었다.

나는 곰곰이 그때 일어났던 일을 생각해 보아야겠다. 그런 일은 난생 처음이었기 때문이었다. 나는 그저 기다릴 요량이었다. 덮개 밑에서 나는 몸을 떨었다. 그때까지의 일을 나는 대부분 비교를 통해서만 설명할 수 있을 것 같다. 방안은 충분히 밝았고 나에겐 낯익은 곳이었다. 나 혼자 이렇게 있는 시간은 몇 분 되지 않으리라. 적어도 화가가 우유잔을 들고 나타날 시간을 나는 짐작할 수 있었다. 이 집에 있어서 나는 방문객이 아니었으니 이 정도까지는 쉽게 어림할 수 있는 일이었다. 지금까지도 그 침대의 모습이 떠오른다. 갈색의 모포를 턱에까지 올려 덮고 내가 잘 아는 그림들에 둘러싸여 있던 그때의 침대가. 그러나 이 평범한 상황을 넘어가야 한다. 보다 새로운 것이 나의 눈에 비치지 않았던가?

아마도 그것은 이렇게 시작되었을 게다. 나는, 누군가가 나를 보고 있다는 기분이 들었다. 보고 있을 뿐 아니라 나를 아는 척하고 있었다. 슬로베니아인들이 거기 있었다. 그들은 둥근 테이블에 둘러앉아 조용하고 기분 좋은 눈을 하고 술을 마시고 있었다. 상인들은 무심히 지나가는 한 노파에게 관심을 쏟고 있을 뿐이었다. 허리가 흰 농부들은 소나기가 닥치기 전에 할 일이 많은 모양이었다. 해변의 춤꾼들은? 예언자들은? 그들은 그저 혼자서 중얼거리고 있을 뿐이었다.

엷은 녹황색 손에, 가면 같은 얼굴을 하고 나를 바라보고 있는 것은 두 명의 환전상들이 틀림없었다. 그들은, 허리를 굽히고 그들 앞에 웅크리고 있는 남자 따위는 안중에도 없는 것 같았다. 그의 절망이 그들에겐 아랑곳없었다. 그들에겐 그의 고통만이 중요한 모양이었다. 그들이 시선을 쳐든 것같이 보였다. 이제 그들의 차가운 회색빛 눈에는 우월감이 모두 사라져 있었다. 그 이유를 나는 설명할 수가 없다. 무리하게 설명하고 싶지도 않다. 그림이 오그라들었다. 상당히 예리한 고통이 그들의 관자놀이에 나타났다. 무언가 밝은 것이 뒤편 깊숙한 곳에서 혼들리며 나타나 그림 위에서 움직였다. 환전상들은 숨이 막혀버린 것 같았다. 나는 두 손으로 모포를 움켜잡았다. 그것은 불꽃이 분명했기 때문이었다. 그것은 배면으로부터 끊임없이 다가오고 있었다. 도저히 피할 수가 없었다. 나의 공포를 이겨내줄 것이 무엇일까? 이 아연실색함, 이 탈진감, 이 경악을? 공포로 인해 나는 잠시 찍 소리도 못하고 그저 앞을 바라보고 있을 뿐이었다. 내가 알고 있는 것은, 거기에 그림이 있다는 것, 거기에 작은 불꽃이 있다는 것, 그리고 거기에 공포가 함께 있다는 것뿐. 그것이 거의 전부였다. 나는 더 이상 생각할 겨를이 없었다. 모포를 벗어젖히며 일어났다. 이젤에서 그림을 내렸다. 그것을 뒤집은 다음 뒤를 댄 마분지를 벗겨내고 환전상의 그림을 액자에서 떼어냈다. 안전한 곳이 어디일까? 베개 밑? 장 속?

나는 바지로부터 셔츠를 꺼냈다. 그림을 셔츠 안으로 집어넣고──언젠가 「구름 만드는 사람」을 훔칠 때도 그랬던 것처럼──셔츠를 다시 평평하게 펼친 다음 다시 누웠다. 아무에게도, 심지어 화가에게도 이야기하지 않기로 결심하였다. 내가 바라는 건 그림의 안전뿐이니까. 나는 그림을 옮기고 싶었다. 어딘가 다른 곳, 나도 아직 모르는 곳에. 항상 화염에 싸일 위험이 있는 이곳에서 멀리 떨어진 곳에. 서늘한 피부의 감촉! 이제야 안심이다! 다른 그림을 보지 않으려고 나는 눈을 감았다. 그에게 이야기를 해야 할까? 과연 그가 내 말을 믿어주기나 할까? 아니면 도망을 쳐버릴까? 그림을 가지려는 건 결코 아니다. 위험을 모면하기 위해 안전한 곳으로 옮기는 것은 나를 위해서가 아니다. 그저 당분간 보관해 두는 것이라고 생각하면 그만이다. 무방비 속에서 불에 타버리도록 방치해 둘 수는 없는 일이었다. 무언가 손을 써야 했다. 나의 공포감이 일러주는 말에 귀를 기울여야 했다. 그림에게 닥쳐온 위험을 일찍 깨닫고, 빨리 안전한 곳으로 옮겨놓고자 하는 것을 잘못이라고 할 수 있으랴.

나는 달아나지 않았다. 누운 채로, 화가가 돌아올 때까지 기다렸다. 애를 써서 문을 열고 들어온 그는 나의 침대에 걸터앉았다. 「여기 있다. 마셔라」 나는 우유를 마시면서 유리잔 너머로 그를 관찰하였다. 그에게 달라진 것은 없는가? 우유 가져오는 일 말고 뭐 또 한 일은 없었나? 「안색이 어찌 그러냐, 지기야?」 하고 그가 말했다. 「여기선 걱정할 게 아무것도 없다. 열이 있는게 아니냐? 푹 쉬거라. 그 다음 내가 집까지 바래다주마」

그는 장으로부터 술병을 꺼냈다. 그의 누렇고 강인한 이빨로 코르크 마개를 따내고 한잔의 술을 따랐다. 눈 깜짝할 사이에 잔을 비웠다. 두번째 잔을 따라놓고, 파이프 담배를 입에 물었다. 그는 창 밖을 바라보았다. 「불꽃이 거의 보이질 않는구나, 뻿—뻿. 소방차들이 해치운 모양이지. 내일 아침엔 볼 수가 없겠구나, 우리의 낡은 풍차를. 너도 거기에 자주 갔었지? 여러 번 그곳에서 나오는 걸 보았다. 그런데 지기야, 왜 불이 붙고 있는데도 풍찻간으로 달려들어갔지?」

나는 화장실엘 가야 했다. 그러나 거기에 뻿뻿하게 누워 몸을 움직일 용기가 나지 않았다. 그림의 중량이 뚜렷해져 오는데다가 새로운 불안이 모든 행동을 저지하기 때문이었다. 그림이 없어진 것을 안다면, 내 셔츠 속에서 그것을 찾아낸다면——그는 나를 어떻게 대할까? 이런 의문을 던지며 나는 다시 제자리에 올려놓은 빈 액자를 바라보았다. 내가 아틀리에에 들어오는 것을 영영 금지시키지나 않을까? 모든 것이 끝장나고 마는 것이나 아닐까? 내가 너무 서둘렀던 바람에 액자는 비뚜름히 걸려 있었다. 갈색의 거친 모포조차 너무 팽팽히 나를 감싸고 있어서 내 몸에 있는 그림이 발각될 것만 같았다. 이 급작스러운 열기, 전신을 엄습하는 이 뜨거운 전율. 도대체 숨 한번 제대로 쉴 수가 없었다. 어떻게든 화장실엘 가야만 했다. 「두 개의 펌프」하고 화가가 말하였다, 「지금 두 개의 펌프가 열심히 뿜어대는 중이다. 마치 그 속에 아직도 건져낼 것, 보호해야 할 것이 있기나 한 것처럼 말이야. 오늘밤엔 비가 올 것 같구나. 나머지는 비에게 맡겨버려도 되겠는걸. 어떻게 생각하니?」「그래요」 그는 창문에서 몸을 돌려 종종걸음으로 다가왔다. 나는 모포를 바라보면서, 일초가 일년 같은 기분이 되어 조바심이 났다. 마침내 그는 내 곁에 다다랐다. 잔을 마룻바닥에 치워놓은 후 침대의 가장자리에 걸터앉아 가쁜 숨을 내쉬었다. 자 말씀해 보시지, 무얼 알게 되었는지 아니면 무얼 발견했는지.

그는 니코틴 냄새가 배어 있는 커다란 손수건을 꺼내어 나의 이마와 관자놀이를 닦아주었다. 「우선 안정을 취하거라, 뼷─뼷」 그가 말하였다. 「언젠가는 보게 될게다. 우리가 함께 해놓은 것들을. 그것들은 그렇게 빨리 세상에서 사라지지는 않아. 우리들의 발자취는 우리가 생각한 것보다 더 오래 남아 있을 거야. 어느 것도 그렇게 빨리 잃어버리는 것은 없다구. 늙은 프레데릭센을 한번 생각해 보렴. 여기에 살고 있던 그를 나는 별로 알지 못해. 하지만, 반년마다 그는 문기둥에 아들의 키를 재어선 칼자국을 그어놓았지. 여하튼 무언가는 남게 마련이야」그는 나의 허벅지를 두드렸다. 「무언가 남아 있기 위해서」하고 그가 말하였다. 「우리는 그것을 두 번 다시 보지 못할 때도 있어. 많은 것들을 우선 잃어버려야 할 때도 있어. 걱정 없이 그것을 소유하기 위해서 말이야. 이건 내 생각이다만, 그것이 7백 점의 그림 또는 8백 점의 그림일 수도 있겠지. 하지만 내 눈앞에 있지 않다고 해서 내 것이 아니란 법은 없지. 넌 어떻지? 그래, 내가 알기론 그건 상당한 양이었지」「무슨 말씀을 하시는 거예요」 내가 물었다. 그는 나의 질문을 고깝게 여기지 않았다.

「그건 멋진 아지트였는데! 그 위층에 멋진 물건들을 많이 갖고 있었지. 나도 놀랐어. 그리고 내가 그 수집에 무언가 기여할 수 있었다는 게 내로 무척 기쁘기도 했단다!」

「위층에 올라가 보셨나요? 그걸 알고 계셨어요」

「알고말고. 위층에도 올라가 보았지. 그것도 여러 번」

「빨간 외투의 남자도?」

「그래. 빨간 외투의 남자를 거기서 다시 보았지. 그 밖에 여러 가지를」

「어떻게 그 비밀의 장소를 알아내셨죠?」

「조용히 누워 있거라. 다 알게 될 테니. 심지어는 두 장의 보이지 않는 그림도 보았어. 그리고, 이런 생각까지 했지. 언제고 너를 위해 다른 그림을 몰래 걸어주어야겠다고」

「그의 짓이에요. 그만이 그런 짓을 할 수 있어요. 앞으로도 계속할 거예요. 그의 생각은 고쳐지지 않았어요. 그는 기다리고 있을 뿐이에요」

「조용해라, 애야, 무슨 이야길 하고 있는지 알기나 하니?」

「그의 짓이었어요. 헛간 옆에서도, 바닷가 오두막에서도, 그리고 지금도. 전 알아요. 그는 모두 찾아내고 말 거예요. 그의 앞에선 아무것도 안전한 게 없어요. 그는 중단하지 않을 거예요」

「우리가 새 아지트를 찾으면 되지 않겠니?」

「그는 그것도 틀림없이 발견할 거예요」

「그렇다면 몇 개의 아지트를 찾아내어 수시로 바꾸면 될 게

아니냐? 자, 지금은 침착해라. 그리고 우선 이 팔이나 놓아다
오」

「무언가를 하셔야 해요. 난젠 아저씨. 무언가 할 수 있는 사
람은 아저씨밖에 없어요」

「너의 아버지와는 내가 너보다 더 오래 지내왔다. 그는 절대
로 풍차에 불을 지른 사람이 아니야. 그런 식으로 생각하지 말
아라. 무엇 좀 마시지 않겠니?」

「모든 걸 우리는 그의 앞에서 감추어야만 한단 말이에요」

화가는 나를 억지로 침대에 눕혔다. 그러고는 내가 추측하고
있는 것보다 더 많은 것을 알고 있다는 시선을 내게 보냈다. 그
것은 실망도 비통도 아니었다. 결코 언성을 높이지도 않고 천천
히 그는 말하였다. 「환전상은 내 자신이 잘 보관할 거야. 그림
을 다시 내놓아라」 그림이 모포 밑에 있음을 그는 알고 있었다.
꾸부정하게 몸을 굽히고 근심스러운 눈으로 그는 나를 응시하
였다. 「자 어서. 내 컷에서도 그것이 안전해」「불꽃이」 하고 내
가 말하였다. 「작은 불꽃이 그림 위로 날아갔어요」「알겠다」
「분명했어요. 저는 그 불꽃을 잘 알아요」「그래, 나도 그렇게
생각한다. 하지만, 그림을 다시 내놓아라」 그는 나의 모포를 벗
겨내렸다. 내 몸뚱이를 더듬어 그림을 확인한 다음 셔츠를 바지
에서 빼냈다. 도와주려는 나를 저지하며 조용히 명령하였다.
「손가락을 치워라. 나 혼자 꺼내겠다」 이미 언급한 대로 실망감
도 노여움도 그의 음성엔 들어 있지 않았다.

놀랄 만큼 가늘고 창백한 팔목이 헐렁한 팔소매에서 나타나
서는 벽에 걸린 액자를 떼어냈다. 말없이 그림을 끼운 후 다시
제자리에 걸어놓았다. 「배고프지 않니?」「아뇨」「그렇다면 정말
너에게 무슨 일이 나긴 났구나」 그는 미소를 지었다. 잠시 후에

그는 말하였다. 「손실이 따르는 수도 있다는 사실에 너도 익숙
해져야겠다, 삣—삣. 어쩌면 그것이 다행스러운 일일는지도 몰
라. 우리는 자신이 갖고 있는 것에 너무 집착해선 안 돼. 늘 다
시 시작해야 하는 거야. 그래야만, 우리는 또 다른 무엇을 우리
자신에게서 기대할 수 있는 거라구. 나는 아직 한번도 만족해
본 적이 없단다. 지기야, 내 충고를 들어라. 만족해선 안 된다.
늘 가능성을 찾아 나서야 한다」

　그는 놀라서 모포로 나를 덮어주었다.

　「맙소사, 얼굴빛이 말이 아니구나. 애야, 가자, 내가 집까지
데려다주마」

　「전 여기에 있고 싶어요」

　「그럴 순 없다」

　「하지만 그러고 싶어요」

　「우리와 함께 식사를 하자꾸나. 그런 다음 널 집에 데려다주
겠다」

17 예프젠 공포증

오코 브로더젠을 붙들고 우편 행낭 속에 편지가 들어 있는 지, 있다면 대신 전달해도 좋은지 따위를 물어보는 것은 모두 소용없는 일이다. 이 외팔이 우편 집배원은 자기 자전거 위에 꼿꼿이 앉은 채로 우편물을 집안에서, 아니면 집 앞에서라도 전달하겠다고 고집하기 때문이다. 객담이나 때로는 훈계까지 곁들이며, 요컨대 그 편지에 대해선 수취인보다 자기가 더 많이 알고 있다는 듯한 태도를 취하면서 말이다. 그때마다 사람들은, 오코 자신이 모든 편지를 썼다고까지는 생각지 않더라도, 적어도 편지를 쓸 때 옆에 있지 않았을까 하는 느낌이 드는 것이다. 그가 편지를 건네주는 모양을 볼 때마다 영락없이 그런 생각이 들지 않을 수 없었다. 그를 아는 사람은, 그의 길을 막고 편지가 있는지 묻지 않았다. 그냥 지나가게 내버려두거나, 나처럼 그의 뒤를 따라 뜰까지 또는 정문까지 뛰어오거나 했다.

「우리집에 온 편지가 있나요?」 그는 우편가방을 자전거 안장 위에 올려놓았다. 가방을 연 다음, 빼곡이 꽂혀 있는 편지들을 엄지손가락으로 더듬어갔다. 「우리 거 없어요?」 큼직한 봉투의 편지 한 장뿐이었다. 갈색 봉투 위엔 발신인이 적혀 있지 않았다. 「발신인이 없구나」 오코 브로더젠은 말하면서 심각한 표정으로 고개를 끄덕였다. 생각에 잠긴 품이, 편지를 건넬까 말까를 생각하는 모양이었다. 결국은 내게 편지를 내밀며 집 쪽을 가리켰다. 「갖고 가거라. 그리고 아빠한테, 앞으로 발신인이 적힌 편지만 받아야 한다고 전하거라」 「알겠어요」 그는 작별 인사도 없이 벽돌길 위로 자전거를 달려 홀름젠바르프 쪽으로 향하였다. 「아버지, 여기 편지 왔어요」

아버지는 구두를 닦고 있었다. 일주일에 한 번씩, 그는 집에서 찾아낼 수 있는 모든 구두를 닦곤 하였다. 그것들을 부엌으로 끌고 들어가 제법 그럴싸하게 늘어놓은 다음, 삼단계 작업에 몰두하는 것이다. 먼지떨기, 약칠하기, 그리고 광내기. 나는 편지를 식탁 위에 올려놓을 수밖에 없었다. 융단조각으로 장화목을 문지르면서 파출소장은 편지를 쳐다보았다. 어깨를 으쓱하고 몸을 돌렸다가는, 다시 무슨 생각인가가 떠오른 것처럼 다시 한번 편지를 바라보았다. 먼젓번보다 더 오래 바라보다가 다시금 몸을 돌리려 하였다. 그러나 아버지에게 생겨난 호기심이 너무나 컸다. 이제 그는 발신인을 찾아보았다. 장화와 융단조각을 내려놓았다. 봉투를 찢고, 선 채로 읽어보았다. 그러나, 아무것도 이해할 수 없다는 표정이었다. 벤치에 몸을 던진 후 읽기를 계속하였다. 무언가를 살펴보려는 듯 햇빛이 밝은 곳으로 가져갔다. 여전히 이해가 가지 않는 모양으로 나를 쳐다보면서 외쳤다. 「엄마를 데려와라. 어서!」

나는 어머니의 침실을 노크하여 그녀를 불러냈다. 앞장서 가는 어머니를 계단 위에서 앞지른 나는, 그녀가 언짢은 얼굴로 부엌에 들어와 참을성 있게 식탁 앞에 서 있는 모습을 관찰할 수 있었다. 아버지는 그녀를 알아차리지 못했다. 혹은, 알면서도 편지를 그녀에게 건네주기 전에 한번 더 읽어서 마지막 확인을 하고 있었는지도 몰랐다. 그녀는 기다렸고, 그는 읽었다. 남편이 무언가를 잘 이해하지 못하고 있음을 그녀는 간파하였다. 그의 머리가 갸우뚱 옆으로 기울어 있었다. 갑자기 그는 편지와 봉투를 내밀었다. 벌떡 일어나 그녀의 어깨를 잡고는 부드럽게 그리고 서서히 눌러앉힌 다음 편지를 읽는 그녀의 뒤에 서 있었다.

침착했던가? 그는 침착할 수가 없었다. 「한번 읽어보구려」하고 그는 말하였다. 또는 「잘 살펴보라구」 또는, 「뭔가 찾아냈소」 그녀는 그의 말에 귀를 기울이지 않았다. 조급하게 굴지도 않았다. 머리를 들어 화덕 쪽을 바라보았다. 무슨 말인가를 하려고 했지만, 제대로 되지 않았다.

이렇게 어리둥절하고 당황한 상태로 나는 이 둘을 잠시 내버려두고 싶다. 숨을 돌리고 말문을 찾는 동안 우리집에 날아든 우편물에 대한 이야기를 하고 싶어서이다. 이미 언급한 대로 그 편지엔 발신인이 없었다. 커다란 봉투 속에는 잡지에서 뜯어낸 그림 한 장이 들어 있었다. 거의 전면을 차지하고 있는 이 인쇄된 그림에는 「파도의 무회」라는 제목이 적혀 있었다. 가장자리의 좁은 여백에 다음과 같은 글이 씌어 있었다. 〈유사점을 눈여겨보시오. 그러면 도움이 될 겁니다.〉 막스 루드비히 난젠의 그림이었다. 춤추는 무회는 힐케였다. 그녀는 눈부신 해변의 파도들 사이에서 붉은색 하늘을 배경으로 춤을 추고 있었다. 짧은 줄무늬 스커트만을 입은 채 머리를 나풀대며 춤을 추고 있었다.

그녀의 유방이 춤을 추는 데 방해가 되는 듯 한쪽 팔이 가슴을
꼭 누르고 있었다. 뒤로 젖힌 얼굴엔 불쾌감과 피곤한 표정이
서려 있었다. 파도와 함께, 파도와 대항해서 그녀는 춤을 추고
있었다. 파도의 리듬이 춤의 리듬을 이끌어가는 듯 그녀의 몸은
해변으로부터 점점 멀어져 춤이 끝나게 될 바다 쪽으로 향하고
있었다. 요컨대 파도의 무희는 힐케, 즉 니의 누나였다. 이름
은? 물론 이름은 없었다. 봉투에도, 그림에도. 소인(消印)은?
글뤼제루프에서 부친 편지였다.

　「지금 무슨 말을 하려는 거지, 당신?」 아버지는 다그치듯이
말하면서 손등으로 그림을 탁탁 두드렸다. 「그 애야. 내가 잘못
본 게 아니었어. 힐케란 말이야」 「저도 그 앤 줄 알았어요」 어
머니가 말하였다. 「누구나 알아볼걸」 하고 아버지가 말했다.
「그 애가 그의 모델이 되었군요」 「모델이 되겠다고 자청했겠지」
「자랑할 일이 못돼요」 「수치는 아니지」 그림을 내려다보고 있자
니 더욱 할 이야기가 많아졌다. 힐케가 그들에게 행한 일이 엄
청난 일로 계량되었다. 그들은 서로를 동정하고 서글퍼할 수밖
에 없었다. 힐케에게 분통을 터뜨리는 것이 그들 서로에 대한
동정으로 생각되었다. 「그 애가 우리에게 이런 짓을 하다니!」
「그 애가 우릴 이런 지경으로 만들다니! 도대체 어디에 처박혀
있지?」

　아버지는 마루로 나와 힐케를 불렀다. 잠시 귀를 쫑긋하였다
가 재차 불렀다. 힐케의 방문이 열리자, 그는 재빨리 다시 부엌
으로 들어갔다. 그러곤, 깊은 인상을 줄 만큼 높은 위치를 찾았
다. 높은 곳이라곤 한 군데도 없었기 때문에 식탁의 앞쪽으로
결정하였다. 몸을 곧추세우고 다리를 쩍 벌렸으며 표정 없는 얼
굴을 애써 치켜올렸다. 이런 자세로 그는 딸을 기다렸다. 「무슨

일이지요?」 힐케가 물었다. 그리고, 우리의 얼굴을 보자 다소 낮은 목소리로 말했다. 「대체 무슨 일들인가요?」

머뭇거리며 그녀는 들어왔다. 어리둥절한 표정이었으며 두렵기도 한 모양이었다. 우리들의 눈 속에서 무언가를 찾아내려 했으나 아무것도 확인할 수 없었다. 손을 포개어 손바닥을 서로 비벼댔다. 「왜 모두 여기에 모여 있죠? 제가 무슨 잘못이라도 저질렀나요?」 그녀는 목덜미의 머리카락을 모아 묶으면서 입술을 축였다. 누구에게나 그랬듯이 파출소장은 우선 그녀를 안절부절못하게 만들었다. 늘 그랬듯이, 계산된 침묵이 야기하는 상대방의 당혹감을 즐기면서 그는 좀처럼 입을 열지 않았다. 그렇다. 나는 종종 생각하였다──오늘까지도 그렇지만──이 고의적인 침묵이야말로 상대방의 죄과를 밝히지 않고 변명의 기회도 주지 않는다는 단 하나의 이유 때문만으로도, 이미 벌의 일부였다고 말이다.

힐케는 그에게 다가가면서 애원하듯 팔을 벌렸다. 그는 말이 없었다. 「말들을 좀 해줘요!」 마침내 그녀는 내 시선을 포착하고 따라왔다. 나는 그녀의 주의를 식탁 위의 편지로 유도했다. 어머니의 뒤에 서서 그녀는 그림을 바라보았다. 오랫동안, 내가 보기엔 지나치리만큼 오랫동안. 그녀는 선뜻 그림을 집지 못하였다. 「아, 이거군요. 이제야 알겠어요」 그녀는 손짓을 하면서 어색한 미소를 띠었다. 대수롭지 않은 일로 넘기려 하였다. 「이것 때문에 그랬군요」 안도의 한숨을 쉬면서 그녀는 식탁으로부터 몸을 돌렸다. 「벌써 오래전 일이에요. 아마 작년 봄이었을 거예요」 그녀는 사실 식구들이 모두 밝아지기를 기대했다. 적어도 분위기가 완화되기를.

어머니는 꼼짝 않고 식탁보의 푸른 무늬를 응시하고 있었다.

아버지는 멀리 위쪽으로부터 편지를 내려다보고 있었다. 「단지
그것 때문이라면」 하고 힐케가 말하였다. 「파도의 무희 말예요
——저런, 그것 때문에 화가 나신 건가요? 그가 모델을 필요로
했는데, 제가 알맞겠다는 거였어요. 그 이상은 아니었어요. 딱
한번뿐이었어요. 파도의 무희가 된 게 말예요. 그걸 가지고 흥
분하시다니, 내가 무슨 병원에 실려 가기라도 한 것 같네요」 그
녀는 분명 혐의를 벗은 것으로 생각하였다. 그녀의 거동은 차츰
당돌해지기 시작하였다. 「그래, 그 말이 맞다」 하고 아버지가
억양이 없는 말투로 말하였다. 「네 주장은 모두 옳다. 너는 그
에게 네 몸을 보이고 그 앞에 서 있었지. 이제, 네가 얼마나 우
쭐해졌는지 알 만하구나」 힐케가 몸을 돌리고 놀란 듯 그를 바
라보았다. 「우쭐해졌다고요? 무엇 때문에 우쭐해진단 말인가
요?」 「네가 우리와 함께 살았다면」 하고 아버지가 눈을 가늘게
뜨고 말하였다. 「지난해 그와 나 사이에 무슨 일이 일어났는지
잘 알았을 테지」 「그건 지나간 일이에요」 힐케가 말하였다. 「시
간이 흘렀잖아요」 그러자, 아버지는 경멸의 표정을 지으며 말
하였다. 「아무리 상황이 바뀌었더라도, 결코 끝날 수가 없는 법
이지. 하지만, 그건 별문제고, 우리가 얘기하고 있는 건 너, 바
로 이 그림 속에 들어 있는 너에 관해서지. 어떻게 된 일인지
넌 알고 있겠지」

　「절 닮았군요」 하고 힐케가 말하였다. 「네, 저 파도의 무희
가 절 닮았어요」 그러자 아버지, 「당장 알아볼 수 있지. 우리뿐
이 아니고, 누구든. 덕분에 어떤 녀석이 제 이름도 적지 않고
이 그림을 보내왔단 말이야. 그림을 보고 너라는 걸 안 많은 사
람들도 그 녀석과 같은 생각이겠지, 아마. 그림을 그린 자가 그
말고 또 있다면 몰라도 말이야. 그는 자기 자신의 법을 갖고 있

어. 우월감을 말이야. 자신의 의무만을 행하는 사람들을 모두 경멸한단 말이지. 그래, 넌 사람들이 그와 나에 대해 쑥덕거리는 말을 한번도 듣지 못했다는 말이냐?」

힐케는 천천히 창가로 다가가 얼굴을 숙이고 서 있었다. 이제부턴 어떠한 대답도 소용이 없는 것 같았다. 아버지의 시선은 누나를 따라가지 않았다. 그는, 힐케가 방금 서 있던 자리를 향하여 말했다. 「이런 일로 해서 네가 우리에게 끼친 일을 좀 생각해 봐라」 나는 어머니를 바라보지 않을 수 없었다. 굼뜬 침잠으로부터 깨어나 드디어 몸을 움직였기 때문이었다. 「끔찍해라」하고 그녀는 나지막하게 말했다.

「끔찍해라. 널 이꼴로 만들어 놓다니. 괴상망측하게 그려놓은 꼴 좀 보라지. 신이라도 들린 듯 도취에 빠진 이 모양이라니. 네 몸뚱이는 또 어떻게 된 거냐? 활활 타오르는 듯한 궁둥이하며, 구부정한 허벅지하며. 그리고 이 얼굴 좀 봐. 이게 네 얼굴이라고 그려논 거란 말이냐?」

「그건 모욕이야. 지금껏 그는 자기가 그린 사람들을 모욕해 왔던 거야. 너까지도. 집시라면 아마 이렇게 춤을 추겠지」

「암, 집시고말고. 그가 널 집시로 만들어놓은 거야」

「이건 치욕이라구요」

「이제 할 일이 무언지 잘 알겠지」 「한 가지밖에 없어요. 이 그림을, 이따위 그림을 당장 없애버리는 거예요. 널 위해서도 그렇고, 우릴 위해서도 그렇다」

「넌, 그가 그림을 그리도록 도와주었다. 이젠 그림을 없애도록 도와줄 수 있겠지? 암, 그건 그리 어려운 일이 아닐 게다」

힐케는 앉은뱅이의자를 낚시질하듯 집어다가 털썩 주저앉았다. 손바닥을 들여다보더니, 갑자기 얼굴을 감싸면서 훌쩍거렸

다. 「우리 말을 알아듣겠니?」 아버지가 말하였다. 「그림을 없애
야 돼」 힐케는 아무런 대꾸도 하지 않았다. 저항의 대상이라도
찾듯이, 아니면 기댈 것을 찾듯이 상체가 이리저리 흔들거렸
다. 「넌 그걸 요구할 수가 있어」 어머니가 말했다. 「너에겐 그
럴 권리가 있는 거야. 누굴 위해서도 그런 그림이 남아 있어선
안 돼」 「그가 널 비방해 놓은 거야」 하고 아버지가 말했다, 「너
만이 그걸 만회할 수 있다」

　재빨리, 그리고 당연하다는 듯이 그들은 서로의 말 속에 끼
어들었다. 상대방의 말을 강조하고 해명해 주었다. 직접 힐케에
게 말하지 않고, 그들의 확인·책망·요구를 간접적으로 이야기
함으로써, 이 사실에 대해 이미 의견 교환이 있었으며, 이것은
힐케의 역할만을 강조하는 게 아니고 그들 자신을 위해서도 중
대한 일이라는 인상을 불러일으켰다. 그들은 서로를 두둔하였
다. 서로를 위해 초를 쳐주었다. 그들이 점차 격앙되어 가는 동
안 누나는 울고 있었다. 이따금 나타나는 힘없는 흐느낌이 그녀
의 울음을 중단시키곤 하였다. 고정하라고 말하는 사람은 아무
도 없었다. 힐케가 과연 그들의 요구를 이해하고 있는지 확인하
는 사람도 없었다. 줄곧 그녀를 자극하고 설득할 뿐이었다. 전
화벨이 울려 아버지가 사무실로 건너갈 때까지. 이제 어머니도
일어나서 부엌을 떠났다. 아니, 위층으로 올라가기 전 힐케 곁
으로 다가가 딸의 어깨를 가볍게 눌러주었다. 그 다음에야 비로
소 그녀는 부엌을 떠났다.

　어떻게 힐케를 달래야 했던가? 나도 어머니처럼 손바닥을 힐
케의 어깨 위에 올려놓았다. 가볍게 쓰다듬으며 다독거렸다.
「내가 보기엔 누나가 예쁘던데」 하고 말하면서 그녀의 어깨뼈를
툭툭 두드렸다. 그러나 누나에 관해 별 신경을 쓰고 있지 않았

다는 것이 솔직한 고백이다. 그도 그럴 것이, 나의 주의는 당연히 아버지의 통화에 쏠려 있었으니까 말이다. 그는 울부짖듯이 확인하였다. 자신이 루크뷜의 파출소장이고 전화번호가 202번이며, 그 자신이 전화를 받고 있다는 사실을. 트럼펫을 불듯이 확인하였다.

「교통사고! 교통사고가 났다구요…… 후줌 국도상에서 교통사고라…… 우유배달차와 자전거…… 그래서 메르세데스와 짐차, 그리고 38명이 사망…… 알겠습니다…… 모델이 38년형…… 글뤼제루프 거주자로 추정됨…… 부상자 2명, 이건 다른 사고군요…… 횔링 농장으로 가는 십자로에서, 네…… 알겠습니다, 네」

그는 수화기를 걸어놓았다. 마루로 나와, 유니폼을 입고 요대를 둘러찼다. 거울을 통해 나는, 그가 밝은 색 가죽으로 된 업무용 가방을 집고, 모자를 쓰고 상의 단추를 채우는 양을 지켜보았다. 문 앞에서 걸음을 멈추고, 비난이나 경고도 담지 않은 눈으로 우리를 바라보았다. 그러곤, 잠시 위쪽으로 귀를 기울이다가 외쳤다. 「다녀올께, 여보」 그는 나갔다. 더 이상의 말도, 제스처도 없었다.

힐케를 어떻게 한다? 안아서 일으키려 하였으나 허사였다. 얼굴을 가린 손을 떼어내려 하였으나 허사였다. 「가자, 누나야」 내가 말하였다. 「누나를 방으로 데려다줄께. 방으로 가면 누울 수가 있잖아. 모든 걸 조용히 생각할 수도 있구」 그녀는 머리를 흔들면서 속삭였다. 「가지 않겠어. 좀더 여기에 있고 싶어」 「하지만, 일단 방까지만 가자구. 방까지만」 잠시 후 그녀는 움질움질 일어나서 내게 손을 내밀었다. 내 손을 잡고 가는 동안, 그녀는 여전히 얼굴을 가리고 울고 있었다. 온몸이 부드럽게 떨리

고 있었다. 내가 말하였다. 「그만해, 누나. 그래봐야 소용없잖
아」 그녀는 침대 위에 앉았다. 나도 그녀의 곁에 앉아 빨갛게
상기된 채 눈물 범벅이 된 얼굴로부터 그녀의 손을 조심스레 떼
어냈다.

그러자 그녀는, 나도 늘 이 집을 나가고 싶은 마음이냐고 물
었다. 내가 그렇다고 내답하자, 그녀는 여러 번 도망갈 생각을
했지만 단지 나 때문에 떠나질 못했다고 하였다. 「정말이지 죽
고만 싶어」 하고 그녀가 말하였다. 그러자 나, 「좋아. 그러면
내가 누나의 장례식에 꽃을 가져가지, 개양귀비꽃 말이야」 그
러자, 그녀는 이 집안이 왜 이다지도 썰렁할까, 왜 적의에 가
득 차 있을까, 너는 이런 분위기를 이해할 것 같으냐고 물었다.
나는 아니라고 말했다. 그리고, 누가 이런 사람들을 만들었을
까 하고 물었다. 「누구를?」 「루크뷜의 파출소장과 그의 부인 말
이야」 우리가 함께 도망가면 어떠냐고 그녀가 물었다. 함부르크
쯤이라면 그녀도 잘 알고 있으며, 나를 위해서도 몇 가지 방법
이 있으리라는 것이었다. 「좋고말고」 「도대체 어떻게 그 그림을
없애버리지?」 「그렇게는 안 될걸」 「이제 난 어떡하지?」 「나도
모르겠어」 그리고 나서 나는, 그녀도 그 이야기를 들었느냐고
물었다. 「무슨 이야기?」 그녀가 물었다. 「클라스가 사진작가상
을 탔다는 것」 「아니, 처음인데」

갑자기 그녀가 침대에 벌렁 드러누웠다. 옆으로 돌아누워 다
리를 오그린 다음, 숨소리도 내지 않고 무언가를 엿듣는 것 같
았다. 나는 그녀의 머리카락을 동여맨 나비 모양의 리본을 풀어
주었다. 그녀가 말하였다. 「아디가 다시 함부르크에 가 있대」
그리고 나서 나에게, 내가 그녀라면 아디와 결혼하겠냐고 물었
다. 내가 말했다. 「해야 한다면 하겠어」 「그들만 없다면 모든

게 달라질 텐데」「우리가 그들을 바꿔쳐야 해」「누구를?」「루크
뵐의 파출소장과 그의 부인」「그런 말 하면 못써」「누난 그러고
싶지 않아?」「하긴 나도 그래」

　이럭저럭 그녀의 방에서 시간을 보내다 보니, 그녀는 점차
안정되었으며 편안한 마음이 되어갔다. 어쨌든, 훌쩍거리는 경
련은 사라졌다. 나는 그녀의 구두를 벗기고 이불을 덮어주었다.
그러나 힐케는 침대 위에 누워 있으려고 하지 않았다. 자두잼을
바른 빵을 먹고 싶다는 것이었다. 이런 요청은 좋은 징후라고
생각되어 나는 한 조각을 갖다주겠노라고 약속하였다.

　나는 식당까지 채 가지도 못하였다. 그도 그럴 것이 현관에
커다란 모자를 쓰고 손을 주머니에 깊숙이 찌른 채 근엄하지만
날카롭게 나를 심문하는 얼굴을 하고, 막스 루드비히 난젠이
서 있었기 때문이었다. 잔뜩 흥분해 있는 품이 우리집까지 오기
가 얼마나 힘이 들었는가를 첫눈에 알 수 있었다. 여느 때와 같
은 미소도 볼 수 없었고, 여느 때와 같은 알밤 선물도 주지 않
았다. 꼬옥 다문 입술, 앞으로 치켜든 턱, 그리고 잔뜩 긴장해
있는 어깨──이쯤 되면 무언가 각오를 하고 있지 않으면 안
될 것 같았다. 그의 시선, 그의 도전적인 기세를 견뎌내기 위해
서라면 말이다.

　「그림이 어디 있지? 그걸 내놔. 그걸 가져가야겠다」

　「그림이라구요? 어떤 그림을 말씀하시는 건가요?」

　「능청떨지 말고 어서 내놔. 무얼 말하는 건지 알면서 그러
니. 「파도의 무희」 말이다」

　「그게 없어졌나요?」

　「그래, 없어졌다. 그래서, 그걸 가지러 온 게 아니냐? 이젠
알았지? 자 어서」

「전 그것을 가져오지 않았어요」

「내가 뒤져보면?」

「얼마든지 찾아보세요. 여기엔 그 그림이 없어요」

「내 말 들어봐라, 지기야. 그림을 내놓지 않으면 블레켄바르프엔 다시 못 올 줄 알아라. 무슨 이유로 네가 그림을 가져갔는지 나는 알고 있어. 하지만 이 그림만은 돌려받아야겠다」

「여기엔 없어요. 정말이에요」

「별수없구나」 그는 나의 손목을 움켜잡고 내 방까지 끌고 올라갔다. 「여기에 있다구요?」 「그렇지」 「그럼 어디 찾아보세요」

그가 내 방을 점령하여 이 구석 저 구석 뒤지는 모습이라니! 몸을 굽히고 방 한가운데로부터 빙 둘러가면서 그는 가능한 모든 곳을 찾아보았다. 나는 창가로 가 서서, 그가 서가를 뒤지고 책상 위의 해도를 들어올리고 미심쩍은 양 침대 밑을 들여다보는 모습을 지켜보았다. 용적으로 미루어보아 도저히 그림이 들어 있을 것 같지 않은 궤짝을 뒤지도록 거들어주었다. 마침내 그는 무릎을 꿇고 헝겊조각을 깁고 때워서 만든 양탄자 밑까지 살펴보았다. 그는 만족할 수가 없었다. 그의 생각이 틀림없다고 믿었기 때문에 방안을 샅샅이 뒤져본 다음, 나에게 다가왔다. 그러곤 나를 흔들면서 물었다. 「어디에, 어디에, 어디에, 그림이 있지?」 그 물음의 리듬에 맞추어, 나도 대답하였다. 「몰라요, 몰라요」 「네가 갖고 있어!」 「아녜요, 갖고 있지 않아요」 「그 그림이 위험하다는 것을 알고 안전한 곳에 숨기려고 했던 거야」 「아녜요. 그 그림은 아녜요. 「파도의 무희」는 아녜요」 「그렇다면 너희들 중의 하나겠구만. 너희들 중의 하나가 그걸 갖고 간 거야」 그는 내 가슴팍의 셔츠자락을 움켜잡고는 비틀었다. 그 크고 우악스런 손으로 끌어다가는 가까이에서 내 눈을 들여다보았다. 종전의 심문을 계속했지만, 〈아니〉라는 소리밖에 얻은 것이 없었다. 멱살 잡는 것은 물론 그의 시선까지도 나는 견뎌낼 수 있었다. 아니 목이 죈 채 눈총을 받으면서도 나는, 도대체 지금 누가 장작을 패고 있는가를 생각하고 있을 정도였다. 우리가 실랑이를 벌이는 동안 마당으로부터, 아니면 헛간으로부터 도끼 찍는 소리가 들려왔기 때문이었다. 물론 나의 아버지였다! 사고 현장에 도달했을 때는 피해자들이 모두 흩어진 뒤였다. 그는 이제 장작이나 패기로 한 것이었다. 몇 주일 동안 통나무더미가 방치되어 있었기 때문이었다. 글뤼제루프의 제재소에서 나온 자투리 화목들도 있었다.

내 어깨 너머로 화가는 창 밖의 아버지를 내려다보았다. 나를 천천히 풀어 옆으로 밀쳐버리고는 문 쪽으로 걸어갔다. 층계를 내려가서는 현관에서 밖으로 나가기 전에 파이프 담배에 불을 붙였다. 지나치리만큼 엄숙한 표정을 지으며 돌층계를 내려갔다. 연방 담배연기를 내뿜으며 헛간으로 달려간 그를 아버지는 아직 발견하지 못하였다. 어쩌면 보고도 못 본 척하는지도 몰랐다. 그는 장작을 빠갰다. 아주 조심스럽게, 아주 심술 사납게. 조심스레 그는 짧게 톱질된 나무토막을 모탕 위에 올려놓았다. 뒤로 한걸음 물러나 가늠질을 한 다음, 도끼를 들어올렸다. 온힘을 내려치는 데 싣지 않고 도끼만을 움직이듯이 휙 소리와 함께 도끼를 모탕 위에 떨구었다. 겨냥이 정확했기 때문에 쪼개진 장작이 모탕 위에 남아 있을 때가 많았다. 그때마다 손등으로 장작을 밀어내야 했다. 자, 이젠 머리를 드시지! 그는 쪼개진 장작더미 앞에 서 있던 화가를 이미 알아차렸음에 틀림없었다. 새로운 나무토막을 집기 위해 몸을 뒤로 젖힐 때마다 화가의 구두와 외투자락을 보았음에 틀림없었다. 그러나 여전히 뜰에는 자기 혼자밖에 없는 듯 행동하였다. 그가 화가를 얼마나 오랫동안 서 있게 할 것인지, 화가가 얼마나 오래 참고 기다릴 것인지, 두고 볼 일이었다. 그들은 실로 우리 고장의 유명한 고집장이들이 아닌가! 단념하고 양보하고 포기하는 사람들을 두고 가차없이 말한다. 〈그들이 졌다〉고. 아버지는 연방 도끼를 내리찍었다. 검은 녹이 덮여 있는 낡은 도끼를. 화가는 서서 담배를 뻑뻑 피워댔다. 눈을 가늘게 뜨고 아버지를 응시하였다. 달라진 게 아무것도 없었는가? 그렇다. 아버지는 더욱 힘차게, 더욱 심술 사납게 일을 하였다. 겨냥할 시간도 갖지 않고 내려침으로써 자신의 우위를 확보하려 하였다.

두 사람의 대치를 일주일 동안이라도 방치해 버릴 수 있으리라. 그렇더라도 이 일은 정당화될 수 있을 것이다. 그러나 나는 결국 밝히지 않을 수 없겠다. 퉁겨 나간 나무조각을 주워 장작더미 위에 던지면서 「서둘지 말게. 끝날 때까지 기다릴 테니까」라고 말한 건 화가였다는 사실을. 아버지는 아무 말도 하지 않았다. 당황한 듯이, 침 바른 엄지손가락으로 도끼의 날을 검사해 보았다. 그런 다음 일을 계속하였다. 이번엔 가지가 튀어나온 통나무를 내려쳤다. 첫번 타격에 빠개지지 않고, 오히려 도끼를 문 채 한번, 또 한번 위로 올랐다. 파출소장은 이 토막을 쪼개는 데 있는 힘을 다 써버릴 수밖에 없었다. 다시 나무조각 하나가 화가의 발부리 앞으로 날아왔다. 그는 집어서 또 장작더미 위로 던지면서 말했다. 「모두 제자리에 놓아야지」 그는 대답을 얻지 못했다. 끈기는 있었지만 꽤 낭패한 모습으로, 혹시 아버지를 방해한 것이나 아닌가 하는 의구심을 가지고 그는 거기에 서 있었다. 이것을 간파하자 화가는, 자신이 원하는 대로 나가기 위해서는 새로운 돌파구를 찾아야겠다는 결론에 이르렀다. 그는 아버지 옆으로 다가갔다. 엄지손가락을 외투주머니에 걸치고 그의 곁으로 다가가 비아냥거리듯이 말하였다. 「어떤 정보를 얻으려면 이곳으로 와야겠지, 안 그런가?」 파출소장은 바싹 말라 금이 간 통나무를 빠갠 다음, 도끼를 모탕에 박았다 다시 빼내어 도끼자루에 몸을 의지하였다. 얼굴을 외면한 채 화가의 질문을 기다렸다.

화가는 서론을 생략하고 그림을 돌려달라고 요구하였다. 파출소장은 잠시 생각에 잠긴 눈으로 멀뚱멀뚱 바라보다가 어깨를 으쓱하였다. 그러곤 비아냥거리는 어조로 무슨 이야기인지 모르겠다, 수령증도 없이 어떻게 압수가 가능했겠는가, 어디 그 수령증 좀 볼 수 없겠는가고 물었다. 이제야 처음으로 그는 화가를 쳐다보았다. 화가는 끈질기고도 절실하게 반복하였다. 그 그림, 즉 「파도의 무희」를 넘겨달라, 자신은 그것이 루크뷜에 있으리란 확신을 갖고 왔노라고.

아버지는 생각에 잠겼다. 그런 다음, 화가가 어떤 종류의 고발을 하고 있는가 알고나 있는지 확인하고자 하였다. 마치 그, 즉 파출소장이 그림을 훔쳤다는 것처럼 들렸기 때문이었다. 그러자 화가는 어디 한번 생각해 보자고 맞섰다. 별로 오래전 일도 아니다. 자네가 금지령에 위반된다는 명목으로 몽땅 압수해 가지 않았느냐, 심지어는 금지령을 내렸던 원흉이 제거된 후에도 자네는 그 의무감의 망상에서 벗어나지 못한 채 몰수하고 파괴하고 불태우지 않았느냐, 맹목적으로 집요하게. 그걸 기억하지 못하느냐? 임무 수행을 위해 얼마나 뻔질나게 블레켄바르프를 드나들었는지 모르겠느냐? 지금까지 자행된 모든 일에 대해 질문할 권리도 없단 말이냐? 아버지는 경청하였다. 다음, 도끼를 한 손으로 들어올렸다. 도끼자루가 내뻗은 팔에 바싹 붙어 있었다. 그 팔은 떨리지 않았으며 조용히 벽돌길 쪽을 가리키고 있었다. 「말을 다 끝냈거든」 하고 아버지가 말하였다. 「그만 떠나 주지 않겠나? 우리 사이에 해야 할 말들은 지난 몇 년 동안 충분히 했다고 생각하는데. 자네 집 정원에서 시작한 이후로 말일세」 「알겠네」 하고 화가가 말하였다. 「자네는 기억을 휴가라도 보낸 모양이군. 갈 준비는 되어 있네. 히지만 그 전에 자네의 주의를 환기시켜 주고 싶은 게 있어. 즉, 창작 금지의 시대는 분명 지나갔다는 사실을, 그리고 자네가 의무라고 간주했던 것이 오늘날에는 달리 불려져야 한다는 사실을 말일세. 분명히 해 두네만 그 당시와는 상황이 달라졌네. 나는 더 이상 숨을 죽인 채 기다리고 있을 필요가 없어. 그럴 생각도 아니지만」

아버지는 도끼를 모탕 위에 내려놓고 애써 조소를 띠우며 물었다. 「자네가 날 위협하는 건가? 차제에 날 요절이라도 내야겠다는 생각인가?」

「친구간의 정리를 더 이상 고려하지 않겠다는 말일세. 이젠 끝났네. 우정을 고려하던 시간은 지나갔네」

「물론 나에게도 그 시간은 지나갔지. 지금 생각해 보면, 그러한 고려 때문에 임무 수행상의 지장이 한두 번이 아니었네. 어쨌든 이렇게 함께 이야기를 나눌 수 있는 것도 그 많은 고려의 덕분이 아닌지 모르겠네. 즉, 내가 나의 임무를 책에 씌어진 대로 고지식하게 수행했던들 우리는 지금 이렇게 마주 서 있을 수도 없었을걸. 자네는 이 점을 전혀 깨닫고 있지 못하겠지만 말이야」

「난 충분히 깨닫고 있네. 적어도 그 의무라는 게 어떤 종류의 병인지는 말일세. 그것에 대항하는 일이라면 무슨 일이든 할 작정이네. 희생자들은 이때를 별러왔지. 의무의 희생자들이

말이야」「그게 마지막 말이라면」 하고 아버지가 말했다, 「나는
일을 좀 해야겠네」 그의 입가에 경멸의 빛이 번져나갔다. 화가
도 물론 그것을 볼 수 있었다. 아버지는 허리를 굽혀 나무토막
을 주웠다. 그것을 모탕 위에 반듯이 올려놓고는 도끼를 내려쳤
다. 「나는 그림을 갖고 있지 않네」 하고 그는 말하였다. 「설사
그것을 갖고 있더라도 되돌려줄 것인가를 세 번쯤은 생각할 걸
세. 결국은 나와도 관계가 있는 그림이니까 말이야」 그런 다음
그는 두 팔로 도끼를 휘둘렀다. 쪼개진 나무가 옆으로 날아갔
다. 화가는 이제 알 만큼 안 것 같았다. 그러나 그는 아직 가지
않았다. 그는 한번 더 확인하고 싶었다. 「과연 우리가 모든 관
계에 있어서 서로 이해를 했었을까? 내 그림이 자네에게 그다지
도 중요한 것이었나? 다시 한번 강조하지 않을 수가 없네. 이제
그 일은 어처구니없는 일이 되었다는 사실을 말이야」

  의도적은 아니었다 해도 그의 말 한마디 한마디가 위협하는
것처럼 들렸다. 나는 더 이상 들을 수가 없었다. 다시금 심통스
럽게 일하고 있는 파출소장을 향해 하는 그의 말을. 나는 몇 걸
음 뒤로 물러났다. 그리고 아버지가 다시 한번 도끼자루로 벽돌
길 쪽을 가리키는 것을 보았다. 계단을 올라가 내 방으로 들어
갔을 때, 나는 명치를 손으로 문질러야 했다. 그들은 아직 헛간
앞에 서 있었던가? 그들은 여전히 저 아래에 서 있었다. 화가는
떠나려는 듯 몸을 반쯤 돌린 자세였다. 그러나 일단 대화를 시
작한 이상 모든 것을 털어놓고 싶은 듯했다. 자신의 환멸, 응어
리진 분노, 자기 나름의 판단과 경고 등을 말이다. 간간이 아버
지는 대꾸를 하였다. 되묻기도 하고, 적이 놀란, 또는 경멸이
담긴 표정으로 상대방을 바라보기도 하였다. 우월감에 차 있었
던가? 그날 헛간 앞에 서 있던 사람 중 어느 쪽이 더 우월했던

지는 나도 단정지을 수가 없을 것 같다.

마침내 막스 루드비히 난젠이 물러났다. 참말이지 나는 그의 발걸음을 재촉하고 싶었다. 그가 벽돌길에서 머뭇거리고 있을 때 나는 마음속으로 외쳤다. 〈가세요, 제발, 얼른.〉 복도는 조용하였다. 힐케도 나타나지 않았다. 아마도 자두잼을 바른 빵을 자기 손으로 조달해 낸 모양이었다. 침실 안으로부터는 애조를 띤 곡조가 단조롭게 흘러나오고 있었다. 나도 잘 아는 노래였다. 어머니는 이 곡조를 몇 시간이고 힘들이지 않고 견뎌냈다. 나는 다락방으로 통하는 문에 매어놓은 밧줄을 풀었다. 한번 당기자 뚜껑 같은 문이 열렸고, 두번째 당기자 힌레크 팀젠이 특허까지 낸 사다리가 미끄러져 내려왔다. 풍찻간에서와 마찬가지로 올라간 뒤에 사다리를 끌어올리고 열려 있는 뚜껑문도 닫았다. 〈조용히 앉아 있거라.〉 나는 나 자신에게 명령하였다. 한 사람쯤 몸을 숨기기엔 얼마든지 가능한 곳이니까! 여기에 있으면 아무도 너를 찾지 못할 거야! 사실 그들은 일년에 한번 정도 이곳에 올라올까 말까 하였다. 버리기 아까운 물건들을 보관해 두기 위해서 말이다. 우리집안 사람들은 아무리 낡은 물건이라도 버리는 법이 없었다. 오래된 이불, 낡은 안락의자, 빨래광주리, 아교가 떨어져나간 식탁이나 의자, 재단한 옷의 모형지 무더기. 책들, 자물쇠가 채워지지 않는 트렁크 등등. 모든 것들을 이곳으로 올려다놓고는 어둠침침함 속에서 소리없이 붕괴되어 가도록 방치해 두고 있었다. 정돈되어 있지도, 차곡차곡 쌓여 있지도 않았고, 되는 대로 내팽겨진 채 뒤죽박죽이 되어 있었다. 갈색의 치즈자국이 있는 난로가 있었고, 반쯤 문이 열려 있는 장롱도 하나 있었다. 거기엔 또, 누구 하나 열어본 적이 없는 비뚜름하고 조그만 창문이 하나 있었다.

나는 구두를 벗었다. 살금살금 체조를 하듯 창문 곁까지 나아갔다. 뜰에선 아직도 도끼 내려치는 소리와 장작 빠개지는 소리가 들려왔다. 여기에 내 상자가, 종이와 낡은 자루들과 부서진 걸상쪼가리들에 덮여 있었다. 이 차폐물들을 치우고도 몇 장의 기름종이를 또 벗겼다. 뚜껑을 들어올린 후 나는 그 옆에 쪼그려 앉았다. 나의 새 수집품이 건재한 것을 보았을 때 긴장은 사라졌다. 관자놀이의 압박감도 없어져버렸다.

나는 「파도의 무희」를 꺼내어 상자의 가장자리에 올려놓았다. 흐릿한 광선이 그 위에 떨어졌다. 힐케는 잔잔히 일렁이는 파도 사이에서 춤을 추고 있었다. 불쑥 그녀는 나에게 다가오고 있었다. 붉은 하늘 아래 머리카락을 흩날리면서. 나는 분명히 알 수 있었다. 짧은 줄무늬 스커트, 밋밋한 젖가슴, 불처럼 이글대는 해변에서 홀로 지칠 줄 모르는 채 춤을 추고 있는 힐케의 모습. 아무도, 아무도 이 그림을 보아선 안 된다. 그건 확고부동한 일이다. 다른 그림들도 오직 나만을 위해 존재하는 것이었다. 나는 내 스스로 배워왔다. 즐겁게 지내기 위해 내게 필요한 것이 무엇인가를. 노크 소리가 들렸다.

처음 노크 소리를 들었을 때, 나는 루크빌의 파출소장이 모탕 위에 도끼를 내려치는 소리인 줄 알았다. 그러나 그것은 이곳, 내 감방의 문을 두드리는 소리였다. 요스비히처럼 조심스러운 것이 아니라 요란하고 다급한 두드림이었다. 볼프강 마켄로트의 것이었다. 동시에 그의 근황에 대한 쓰잘데없는, 그러나 새로운 소식의 신호일 것이었다. 하찮고 사소한 자신의 일을 전달할 권리가 있다고 믿는 사람의 노크임이 분명하였다.

나는 천천히 머리를 돌렸다. 어느새 트렌치코트를 걸친 마켄로트가 문을 들어서고 있었다. 그의 뒤에서 문이 닫히기를 기다리지도 않았다. 곧장 나에게 돌진해 왔다. 그야말로 교화하기 어려운 소년죄수이자 자기 학위 논문의 표본인물이기도 한 나를 어떻게 다루어야겠다는 생각도 하지 않고 말이다.

「빌어먹을!」하고 그는 말하였다.「갑자기 모든 게 엉망이 되고 말았다니까. 앉아도 될까?」되는 대로 내 어깨를 툭 치고 나서, 젊은 심리학도는 내 침대 위에 걸터 앉았다. 잠시 불행 속에 푹 빠져 있는 사람 같은 얼굴 표정을 지어보였다. 다시 무슨 일인가 일어났단 말인가? 그제야 그는 담배를 꺼내놓았다. 모두 다섯 갑이었다. 그중 두 갑은 힐케로부터였다. 한 갑을 그는 나에게 던져주었다. 나머지를 시트 밑에 밀어넣으면서, 체념한 듯 손을 내저었다.「끝이야. 모든 게 끝났어」또는「세상은 결코 우리들이 원하는 대로 되지 않아」라고 말하려는 것 같았다. 그는 능숙하게, 작은 아연케이스에서 노란 알약 두 알을 꺼내서는, 혀로 날름 낚아채어 삼켜버렸다.

「논문 때문인가요?」내가 물었다.「하숙집 여주인 때문이야」그가 말하였다. 자리에서 벌떡 일어나서는 빠른 걸음으로 창가에서 문까지 걸어갔다. 이마에 두 손을 대고 긴장을 풀기라도 하려는 듯 오랫동안 크롤 헤엄의 동작을 해보였다. 갑자기 장탄식을 하면서, 등을 털썩 문에 기대었는데, 내 추측으론, 필경 요스비히의 눈동자가 엿보기 구멍 바로 뒤에 있을 것이었다. 내 책상 옆에서 걸음을 멈추자, 그는 낭패의 이유를 털어놓았다. 즉, 북독일 기계체조선수권 보유자인 그의 하숙집 여주인의 이야기를 말이다. 볼프강 마켄로트는 쓰디쓰게 웃었다. 그 여주인이 아기를 하나 원했다. 그와, 남편인 크레인 운전수를 동시에 아버지로 하는 그런 아기를 말이다. 이러한 불확실성으로 하여 괴로와한 것은 그녀보다 마켄로트 쪽이었다. 그녀가 원한 것은 오직 아기뿐이었지만, 그는 그것이 자기 아기가 되어야 한다고 주장했기 때문이었다. 그는 그녀에게 곰곰이 생각해 보도록 강요하였다. 오랫동안 생각해 본 후에 그녀는 머리를 흔들었다. 다시 재고해 보도록 강요하였다. 또 오랫동안 생각해 본 후에도 그녀는 모르겠다는 듯 어깨를 으쓱하였다. 「생각 좀 해보게나, 지기. 나에게도 조금은 아빠의 자격이 있는 거라구. 못해도 반쯤은 말이야」 나는 그의 말을 시인하였다. 그리고 한 가지 제안을 내놓았다. 아기가 충분히 자라서 스스로 자기 아빠를 택할 때까지 그 집에 오래 살고 있으라고. 「진심에서 나온 말이 아니겠지」 그는 몸을 돌리고 어깨 위에서 목을 비비 꼬았다. 그러곤, 마치 열기를 식혀야겠다는 듯 왼쪽 손목을 후후 불었다. 「자네 같으면 이런 상황에서 논문이 제대로 씌어지겠나, 지기? 여기 있네」

볼프강 마켄로트는 몇 장의 원고, 즉 학위 논문의 새로운 장(章)을 책 위에 올려놓았다. 맨 고친 것 투성이라는 걸 금방 알 수 있었다. 「물론 이건 하나의 시안일세」 접히고 얼룩이 지고 여기저기 찢어져나간 종이를 잘 마무르면서 그는 말하였다. 「잘 모르겠어. 하지만 무언가를 쓰기 위해선 마음이 편해야 해. 적어도 정신적 부담은 없어야 한다고 봐. 자넨 어떤가?」

「전 달라요. 부담이 많을수록 더 좋아요. 건강하고 자유롭고 부담스럽지 않도록만 바라지 마세요. 그렇게 씌어진 건 실망만을 안겨줄 거예요」

그는 원고를 다시 집어들었다. 「읽어줘도 될까?」

「아니」

「몇 페이지만이라도?」

「아니」

「읽는 동안 내 난처한 입장을 생각해 봐주지 않겠어?」

「아니」

「왜 싫다는 거지?」

「별 이유는 없어요」

나는 순간, 이 미완성의 원고를 다시 가져가 주길 바랐다. 그러나 이 심리학도는 그렇게 하지 않았다. 원고를 다시 밀어놓으며, 좋은 문장을 하나 인용하였다. 「실패를 통해서만 우리는 무언가를 배운다」 운운. 추측컨대, 그는 내가 좀더 관심을 가지고 격려와 고무의 말을 해줄 것을 바라고 있었다. 하지만 나는 그렇게 하지 않았다. 그가 이따위 금사슬이나 목에 걸고 다니는 한 나는 결코 응하지 않을 것이다. 어쩌면 그 목걸이에 메달이 달려 있을지도, 그리고 메달 속엔 평균대에서 미소를 짓고 있는 여주인의 사진이 숨겨져 있을지도 모를 일이었다. 나는 금목걸이나 걸치고 다니는 인간들을 싫어한다. 내가 그에게 해줄 수 있었던 것은 그의 원고를 읽을 용의가 있다는 것을 밝히는 일뿐이었다. 이 말과 함께 내가 펜대를 다시 들었기 때문에 그는 풀이 죽을 대로 죽어서 떠나는 도리밖에 없었다.

나는 읽고 싶지 않았다. 적어도 저녁식사 전에는. 나는 다시 루크빌로, 다락방으로, 나의 상자로, 그리고 새로이 몰두하기 시작한 나의 수집품으로 이끌려 갔다. 그러나 그의 원고를 멀리 밀어내면 밀어낼수록 그것은 더욱 집요하게 다가왔으며, 나의 퇴로를 차단하여 내 기억을 흐리게 만들었다. 어쩔 수 없이 나는 원고를 낚시질하듯 끌어당겼다. 담배를 한 대 피워 문 다음 읽기 시작하였다.

나를 어떻게 요리해 놓았을까? 어떤 모양으로 썰어서 한 접시의 요리를 만들어냈을까? 어디서 나를 그의 바늘로 찍어 잡아

올렸을까? 요컨대, 박제되고 건조된 상태에서 나는 어떤 학문적 표본의 역할을 할 수 있는 것일까?

예술과 범죄성 운운은 이미 알고 있는 사실이다. 몇 장인가? 제4장이다. 제목은? 〈D. 제한된 강박관념의 여러 형태 및 요구〉. 그 밑에 연필로 씌어진 글자는, 〈잠정적 제목〉. 볼프강 마켄로트는 이렇게 쓰고 있었다.

지기 J.의 때이른 고뇌와 외계에 대한 도착된 태도는 화가 막스 루드비히 난젠과 주인공의 아버지, 즉 지방경찰관 옌스 올레 예프젠 사이의 관계가 어떻게 진전되어 나갔는가 하는 맥락에서만 이해될 수가 있다. 그 경찰관에게 좀 유별나긴 했지만 원래 일상적인 임무로 나타났던 것이 ── 창작 금지의 감시 ── 특이한 사건 때문에, 그리고 확실히 성격학적 특징 때문에 일종의 강박관념으로 바뀌어갔던 것이다. 창작 금지의 준수 여부에 대한 감시가 어느덧 그에겐 개인적 용무가 되었고, 금지 기간이 끝난 후에도 그는 이 용무를 수행해야 한다고 믿었던 것이다.

이건 정말 간단히 넘어갈 일이 아닌데.

천리안을 가졌던 아버지의 강박관념에 상응하는 것이 공포에 의해 생긴 이 소년의 강박관념이며, 우리는 그것의 발생 시기까지 알 수가 있다.

이미 언급한 바 있었던 비상한 수집벽에 대해서는 아래에서 보다 상세히 거론될 것이다. 그런데, 거기에 특수한 강박관념이 하나 더 부가된다. 이것은, 지기 J.의 수집품이 은닉되어 있는 낡은 풍찻간이 불에 타던 날 처음으로 나타났다. 손실에 대한 아픔, 그리고 특히 아버지가 불을 질렀을 것이며, 자기 임무의 수행을 위해 앞으로도 불을 지를지 모른다는 추측 때문이었다. 소년은 화가의 아틀리에에 있는 몇몇 그림들 앞에서 일종의 환각 상태에 빠지기도 하였다. 그림의 배경으로부터 불꽃이 다가오는 모습을 보았던 것이다. 그는 그림이 위험하다고 생각하였다. 그림을 지키기 위하여 안전한 곳으로 옮겨야겠다는 충동을 억제치 못하였다. 소유하고 싶다는 소망은 아직 결부돼 있지 않았다. 문제가 되었던 것은 차라리 순수한 공포심의 작용이었다. 이것이 한 개인에게 하도 기이하게 결부돼 있었기 때문에, 필자는 우선 이것을 〈에프젠 공포증〉이라고 부르고자 한다. 여기서 우리는 기억해 내야 할 것이 있다. 언젠가 주인공이 아버지로부터 밀정 노릇을 해달라는 부탁을 받았으며, 그와 반대로 화가로부터는 그림을 구하는 데 도움이 되어달라는 부탁을 받았다는 사실이다. 이러한 딜레마에서 나타난 부정적인 분열 감정은 극복될 수가 없었다. 처음엔 드물게, 예측할 수 없게 나타나던 이 강박관념이 후에는 더욱 빈번히, 그리고 예측 가능한 확실성을 가지고 나타나곤 하였다. 그것은 지기 J.가 그림과 관계되는 장소에서는 늘 자동적으로 나타났다. 이러한 상황에서 생겨날 고통을 생각할 때, 우리는 이것을 가히 하나의 재난이라고 일컬을 수가 있을 것이다.

그러나, 그림을 안전한 곳에 숨겨야겠다는 강박관념이 화가의 집에서만 발동한 것은 아니었다. 학교·은행·박물관 등 어느 곳에서나 나타날 수 있었다. 사실 시간이 흐름에 따라 우리 주인공은 강박관념의 요구를 여러 장소에서 만족시켰다. 우선 글뤼제루프에서, 다음엔 후줌, 슐레스비히와 키일, 그리고 종국에는 함부르크에서까지. 단지 상상적인 위험으로부터 그림을 구해내

야 했다는 사실은, 그 그림들을 단 한번도, 그리고 그 어느 곳
에서도 팔려고 내놓지 않았다는 사실이 전적으로 뒷받침해 주고
있다. 그림들은 꼼꼼히 포장되어 은닉 장소에 보관될 수밖에 없
었다. 위험이 사라졌다고 믿을 때까지 말이다.

　이러한 강박관념에 의한 행위를 평가하는 데 도움이 되는 것
이 슐레스비히와 홀스타인 경찰서 형사들의 조서 기록이다. 현
행범으로 체포된 후, 지기 J.는 자신의 절도가 위험에 처한 그림
들을 구해내려는 행위였다고 자신을 변호하였다. 명시한 바와
같이 정신착란적 망상에 의해서 말이다.

옳거니, 마켄로트가 이렇게 이야기를 끌어가려고 하는 거
로군.

　두 조서에 한결같이 사용된 말들은 호사가적(好事家的)이고
열광적인 것들이었다. 일반적인 의미의 절도가 아니라는 점, 그
리고 피심문자의 인상이 예의바르고 총명하였다는 것도 두드러
진 점이었다. 그 당시에 기소되지 않았던 이유도 결국 이러한
인상의 덕분이었다.
　물론 그림에 대한 공포만이 강박행위의 동기가 아니었다는 것
도 이야기되어야 하겠다. 그에 못지않게 중요한 것은 일찍기 지
니고 있었던, 그리하여 세월이 흐름에 따라 더욱 커지고 강렬해
진 주인공의 수집벽(蒐集癖)이었다. 벵쉬와 기제의 공동 연구
(『범죄의 전단계』, 다름슈타트, 1924)에 의하면, 수집이란 것이
〈충동적으로 일어나는〉 행위에 영향을 준다는 것이다. 즉, 욕망
의 동인(動因)이, 합법적 규준을 넘어설 정도로 강하게 될 수

있다는 것이다. 이미 언급했던 대로, 지기 J.의 절도 행각은 열쇠나 자물쇠의 수집을 늘리기 위해서도 감행되었었다. 이런 행위가 법적으로 허용될 수 있는가, 하는 질문에 대해 본인도 자신의 재산에 대한 소유권 위반을 인정하였다.

훔쳐낸 그림의 경우에는 이와 달리 명확한 불법 의식이 결여되어 있다. 지기 J.는 자신을 위해 심지어 숙명론까지 들먹였다. 〈위협받는 것을 수집하기 위해서〉 샅샅이 찾아다녔다는 점을 지적하면서. 그것 또한, 그의 수집벽에 대한 변명이었다. 수집광에겐 세계의 무질서가 특수한 경우에 따라선 예술적 질서에 대치하게 된다는 견해를 그는 무시하였다. 이러한 경우를 판단할 때는 숙명적 개념이 결정적인 역할을 해야 한다는 것이 그의 주장이었다. 국외자에겐 예외 법규가 적용되는 것이다. 주목할 점은, 소년의 강박관념과 강박행위가 늦게야 병(病)으로 진단되었다는 점이다.

지기 J.의 범행 사실이 밝혀진 후 양친은 체벌만이 그를 교정시키는 유일한 방법이라고 생각하였다. 주인공은 온종일 그의 방에 갇혀 지냈다. 그의 면전에서는 이야기도 하지 않았고, 식사도 여러 번 거르게 하였다. 물론 인근 도시로의 여행도 금지되었다. 그의 학교 성적은 이때 현저하게 떨어졌다. 그러나, 금지 사항들이 완화되어, 지기 J.가 〈위협받는 것을 수집할〉 가능성이 생기게 되자 그의 성적은 곧 다시 올라갔다. 위협받는다고 느낀 그림들 가운데 값나가는 작품들이 있었다는 것은 우연한 일로 보아야 한다. 루크빌의 파출소장이 글뤼제루프의 은행에서 사라진 M.L.난젠의 수채화를 찾아내라는 임무를 부여받은 후 아버지와 아들의 관계는 현저하게 변하고 말았다. 모든 간접 증거들로 미루어 지기 J.가 범인이라는 것이 증명되었을 때, 지방경찰관 예프젠은 자기 아들에게 몇 가지 함정을 놓아보았다. 이것이 실패한 후 어느 날 밤 그들 사이에 대판 싸움이 벌어졌고, 결국 주인공은 가정으로부터 추방당하기에 이르렀다.

추방이라는 말은 아름다운 표현인걸, 그는 나를 죽이려고 했으니까. 그는 이렇게 말하겠지. 「네 놈이 뒈지기 전엔 절대 물러서지 않겠다」라고.

이렇게 해서 루크빌 파출소장에게 부과된 직무상의 노력 및 조처가 일정 시점으로부터 지기 J.에게 집중되게 되었다. 소년의 상태를 병으로 인정한 사람은 화가 M.L.난젠뿐이었다. 지기 J.의 아틀리에 출입을 부득이 금지시켰지만 화가는 아낌없는 사랑을 소년에게 쏟아주었다. 이러한 상황이 파출소장으로 하여금 용서없이 아들을 추적하게 만든 요인이기도 하였다.

아니오, 마켄로트 씨, 그렇기도 했지만 그렇지 않은 것도 있소. 나는 더 이상 읽을 수가 없었다. 너무나 많은 것이 밝혀지지 않고 있었고, 너무나 많은 것이 안일하게 대비되고 있었다. 나의 죄를 인정할 경우에도 그는 내게 정상참작의 여지를 마련해 주려고 하였다. 내가 필요로 하는 것은 다른 모든 것들이지 정상참작은 아니다. 나는 결심하였다. 이 원고를 되돌려주리라고. 내 경우에 상응하도록 정정을 권하리라고. 내가 바랐던 것은 병에 대한 기술이지 무리한 변호가 아니었다. 하지만 그 점에 대하여 우리는 자주 이야기를 나누게 될 것이다. 나는 그를 도와주고 싶었다. 나는 그를 도와줄 것이다.

18 방문

이번에도 나는 너무 일찍 도착하였다. 한번도 정해진 시간에 맞춰본 적이 없었다. 학교에서도, 식사 시간에도, 블레켄바르프에서도, 정거장에서도——나는 어디나 너무 일찍 도착하였다. 그러니 함부르크의 숀도르프 미술관이 아직 닫혀져 있는 것, 그리고 관람객의 인파를 안내하고 감독할, 회색 옷에 장갑을 낀 침팬지 같은 안내인들이 나 따위는 거들떠보지도 않는 것이 조금도 이상할 것이 없었다. 그들은 거울처럼 빛나는 응접실에 서서 간간이 대화를 주고받고 있었다. 공손히, 그저 시험삼아서 가운데 유리문을 흔들었을 때도 그들은 나에게 주의를 기울이지 않았다. 항상, 어디서나, 지나치게 이른 도착. 볼프강 마켄로트는 이 점을 평가해 보아도 좋을 것이다.

유리문을 통해 안을 들여다보았다. 날 좀 보라는 듯 가는 비를 맞으며 이리저리 걸어다니거나, 이따금 손잡이를 잡아당기기도 하였다. 거장 난젠—전시회의 개관 시간이 적힌 포스터를 몇 번이나 읽어보았던지! 안내인들은 나를 보지 못했거나, 아니면 보려고 하지 않았다. 이번 일요일에 출발한 알스터 역전(驛傳) 경기의 주자(走者)들이 트리코를 입고 땀방울을 튀기면서 전차의 레일 위를 힘겹게 지나가자 이들은 유리문으로 다가왔다. 적잖은 관심을 갖고 입을 쩍 벌린 채, 노 젓듯이 손을 놀리며 타박타박 겐제 광장 쪽으로 뛰어가는 경기자들을 바라보았다. 내가 손짓을 했으나 그들은 알아보지 못하였다. 아주 천천히, 뒷짐을 지고 응접실 중앙으로 돌아가더니, 자체 검열이라도 하려는 듯 커다란 샹들리에 아래에 정렬하였다. 거기서 하는 말은 그들만을 위한 것이었다. 아마 서로를 살펴보고, 엄격함, 경계심, 그리고 가능하면 몸에 지녀야 하는 위엄의 정도를 평가하고 있는지도 몰랐다. 시간 전에 문을 열려면 얼마나 많은 사람들이 몰려와야 된다는 말인가?

두번째로 온 사람은 허리가 구부정한 노인이었다. 비에 젖어 축축해진 대리석 계단을 산책용 지팡이로 짚고 올라와 어깨로 유리문을 열려고 하였다. 문이 열리지 않자 사나운 눈으로 안내인들을 쏘아보고 지팡이 대가리로 꽝꽝 문을 두드렸다. 하지만 그것도 소용이 없었다. 그는 포스터 쪽으로 다가갔다. 머리를 들어, 양쪽이 상이하게 그려진 막스 루드비히 난젠의 초상화를 불평이 가득한 얼굴로 바라보았다. 지팡이의 끝을 푸른색 콧마루에 갖다대고 난젠 전시회의 개관 시간을 소리내어 읽었다. 그다음, 전차 정류장에 있는 전기시계를 찾아 15분전 11시를 확인하였다. 힐끗 나를 쳐다본 후 머리를 당겨 기다림의 자세가 되어버렸다. 어렵지 않게 시간을 극복하고 있는 한 마리의 새가 되었다.

그 사람 다음은? 한 쌍의 남녀였다. 찢어진 고무장화를 신은

뚱보 청년은 마지못해 찾아온 인상을 주었다. 맨머리에 면도도
하지 않았고, 목까지 올라오는 커다란 스웨터를 장딴지까지 내
려오게 입고 있었다. 가느다란 잿빛 블론드의 머리카락이 이마
에 드리워져 있었으며, 항시 조소를 머금고 있는 입술 사이엔
불이 꺼진 담배꽁초가 물려 있었다. 흥미도 없이 마지못해 이곳
에 나타난 것이 분명하였다. 아마도 반짝이는 검은색 우비를 입
은 긴 다리에 긴 머리카락의 소녀에게 이끌려 온 모양이었다.
소녀의 한 팔이 녀석의 멋없는 허리 위에 놓여 있었다. 다른 팔
에는 손수 만든 듯한 헝겊인형이 들려 있었는데, 조그만 우비
를 입은 양이 어딘지 그녀와 닮아 보였다. 그 소녀는 맨발에 샌
들을 신고 있었다. 맑고 움푹 패인 눈에 넓고 균형 잡힌 얼굴이
었는데, 그녀의 상냥함을 젊은이와 인형에게 나누어주고 있는
것 같았다. 그녀는 꽁꽁 얼어 있었다.

둘은 포스터 쪽으로 걸어가 어떤 사람보다도 더 오래 들여다
보았다. 젊은이가 어깨를 으쓱하면서 이 좋은 일요일날 이렇게
일찍 깨운 걸 아직도 잘한 일이라고 생각하느냐고 물었다. 소녀
가 아무런 대꾸도 없이 무통 같은 허리만을 더 죄어오자 그는
난젠의 자화상을 향해 고개를 끄덕이고는 무언가 험구를 늘어
놓았다. 「이자가 구름과 바람을 그린다는 무대화가인가? 우주가
그의 그림 무대가 된다는 사람 말이야. 그 오만을 참아주는 수
밖에. 성공하지 못한 우리가 못난 거지. 이 자화상을 좀 보라
지. 이것만 봐도 모든 걸 알 수 있다니까. 이 위대한 단색의 구
사를 좀 보라구」 그는 마구 지껄여댔다. 소녀는 〈새〔鳥〕 나라의
자장가〉를 웅얼거리며 헝겊인형을 가볍게 흔들고 있었다.

중앙의 유리문이 열렸다. 우리는 모두 입구로 달려갔다. 그
러나, 단정히 머리를 빗은 두 안내인은 우리를 가로막고 텔레

비전과 라디오 방송국에서 나온 사람들만 입장시켰다. 어디서든 기다리지 않는 데 익숙한 이 친구들은 금속상자·카메라·촬영기구 따위를 가지고 들어갔다. 그뿐이 아니었다. 홀에 들어가기가 무섭게 여남은 명의 관리인들에게 일을 시켰다. 전선을 끌어와 연결하고 조명등을 설치하는 등. 우리는 유리문에 얼굴을 붙이고 홀에서 진행중인 준비작업을 지켜보았다. 가끔 뒤로 물러나서, 나는 유리문에 비치는 새로운 관람객의 모습들을 관찰하였다. 대리석 계단을 올라온 다음, 이들도 우리처럼 유리문에 얼굴을 붙이거나, 아니면 저편 전기시계를 건너다보거나, 이야기를 나누면서 침착하게 기다리고 있었다.

11시가 가까와올수록 관람객은 더욱 늘어갔다. 그들은 택시나 전차나 자가용을 타거나 혹은 걸어서 왔으며, 대리석 계단 위로 올라와서는 눈에 띌까 말까 하게 고개를 끄덕이거나, 오랫동안 키스를 교환하거나, 오래오래 포옹을 나누는 등 갖가지의 형태로 인사를 주고받았다. 비록 한가족은 아닐지언정 이래저래 서로를 잘 아는 사람들이 모였다는 생각을 누구나 할 수 있었으리라. 숱한 악수. 어깨의 두드림. 손 키스. 조심스레 주고받는 눈인사. 도대체가 인사를 하고 싶어 안달이 난 사람들 같았다. 달착지근한 미소로부터 쾌활한 웃음에 이르기까지 얼굴마다 온통 웃음꽃이었다. 숱한 손짓, 눈짓. 나중에 만나요, 나중에 꼭 만나요. 궐련과 파이프 담배의 연기. 위로 아래로 외쳐부르는 소리. 왼쪽 오른쪽으로 말을 주고받으면서 누가 왔는지 누가 빠졌는지 재빠르게 살펴보는 눈초리들.

나도 구면들을 발견하였다. 레인코트를 입고 있는 베른트 말트잔과 블레켄바르프로 화가를 두 번이나 방문했던 함부르크의 미술평론가 한스—디터 휩셔. 그는 비단결 같은 머리카락에 밀랍 같은 피부를 갖고 있었고, 날카로운 눈에 뿔테 안경을 끼고 있었다.

숀도르프 미술관의 계단에 서 있는 이 사람들 모두가 적절한 방식으로 주목을 받을 만하였다. 검은 옷에 차양이 넓은 검은 모자를 쓴 부인. 말[馬]과 같은 이빨을 보여주는 이 여자의 귀걸이는 세 마리의 원숭이가 어렵지 않게 그네티기를 할 수 있을 것 같았다. 찢어진 바짓가랑이에, 놀란 젖먹이의 얼굴을 하고 있는 남자. 불타는 듯한 얼굴색에 통나무 같은 파이프를 피고 있는 남자. 그는 끊임없이 자기가 내뿜는 연기 그림을 관찰하고 있었는데, 내가 보기엔 자기 말상대의 초상화를 연기로 그릴 수도 있을 것 같았다. 똑같이 머리가 희끗희끗한 낙타털 외투를 입고 있는 노부부. 다리가 짧은 땅딸보 청년의 등을 끈기 있게 어루만지고 있는, 가죽 스커트에 바다빛 풀오버를 입은 소녀. 다리에 빨간 부스럼이 나 있는 빨강머리 여자. 누구 할 것 없이 눈길을 끌었다. 요컨대, 인간 모습의 다양성이라고나 할까.

안내인들이 시간 전에 문을 열지 않은 것이, 이러한 것을 알았기 때문이라고 생각지는 마시기를. 그들은 사실, 전기시계가 11시를 가리킬 때까지 기다렸으며, 입장을 허락한 후엔 마치 감사의 인사라도 받아야겠다는 듯이 이빨을 드러내고 웃으면서 탈의실 앞에 서 있기까지 하였다. 그러나, 그들의 웃음은, 두 대의 카메라가 이리저리 움직이며 전시회의 개장 광경을 필름에 담고 있었기 때문이었을 것이다. 여하튼 밀고 밀리면서 그들의 곁을 지나——나는 일착으로 들어갈 수가 없었다——우리는 숀도르프의 화랑 깊숙이, 밝고 매끄러운 방안으로 들어갔다. 이 방은 통로를 여닫게 만든 마분지벽들로 해서, 위에서 내려다보았다면 필경 미로와 같은 인상을 줄 법하였다. 장난감 미로 같은 것 말이다. 이 통로 속으로 인파가 밀려들었다. 그러나 관람객들은 미리 꾸며진 통로를 따라 다시금 커다란 홀에 돌아와 있는 자신을 발견하였다. 높다란 창문들을 등지고 입구 쪽으로 얼굴을 향한 채, 물론 그들은 서서 속삭거리며 서로서로를 관찰하였다. 전기상(傳記上)의 연대순으로 걸려 있는 그림을 개장연설 전에 보고 싶은 소망을 쉽사리도 억제하고 있었다. 관람객들이 모여 있는 품을 보아 누군가가 한 말씀 하실 작정인 모양이었다.

말과 조용한 웃음소리가 늘어가면서 다시금 여기저기서 인사말들이 들려왔다. 오, 여기 오니 만나게 되누만, 자주 좀 만나자구, 당장 다음주쯤에 만나지 않겠소? 전화라도 좀 해주게나……그래, 그 노인이 직접 오늘 전시회에 나타날 거라고 신문에 났던데……탈리아 극장이 아니고 소극장에서였지…… 자네들이 그의 첫번 전시회에 참석하지 않은 게 유감인걸…… 내 생각으론 그의 기념비적인 작품이었네…… 그는 색채가 증대하는 힘을 어떻게 제한하는 거지?…… 격정이 아닐까? 그래, 그 넘치는 환영(幻影)의 격정 말일세…… 어떻게 숀도르프가 그 노인장을 이 도시로 유인할 수 있었지?…… 색의 비유가 그에게 있어선 상징적인 것으로 발전돼 나가는 거야, 여보…… 하지만 전 그를 장식가로 생각해요…… 볼드윈은 아직도 텔레비전 화면이나 만들어내는 게 고작이지……극장 안에선 더 이상 시대적 비판의 효과를 올리지 못할 걸세…… 어쨌든 우리는 시각적 시대에 살고 있네. 다른 감각들은 별 소용이 없네…… 그에 있어 색채란 시적(詩的)인 의미뿐 아니라 비유적 의미까지를 갖고 있는 거야…… 그는 여섯 명의 폼메른 근위병보다 더 독일적이야…… 어쨌든 색의 호소력에 있어서는 그에 비길 사람이 없지.

저 사람 토마스 슈타겔베르크 아냐? 그래, 슈타겔베르큰데. 정
말로, 장발에 에드워드 왕 같은 복장을 하고 어쩔 줄 모르는 듯
한 미소를 띤, 가수이자 영화배우인 토마스 슈타겔베르크가 나
타났다. 모든 사람에게 인사라도 받는 양 연방 고개를 끄덕거렸
다. 캐묻는 듯한 주목의 시선에는 익숙해 있는 듯 노련한 침착
성을 갖고 길을 터주는 관람객들 사이로 걸어갔다. 입이 큰 우
아한 여자를 동반하고서. 아버지뻘은 되겠네…… 볼 만하구만.
그런데 당신은 지금 저에게 무슨 해명을 요구하는 건가요? 당신
을 난젠 전시회에서 만나다니 놀라운 일인데요…… 제 집사람
은 아기를 낳을 때마다 난젠의 수채화를 원한다니까요.

트인 여름외투를 입은 남자 둘이 나를 건너다보면서 감시를
하고 있었다. 젊은 남자와 나이 든 남자였다. 그들은 인사를 받
지도, 누구에게 인사를 하지도 않았다. 서로 이야기를 주고받
지도 않았다. 한 가족이 아닌 것이 분명하였다. TV 카메라가
그들에게 돌려지자, 둘은 무언의 묵계라도 맺은 듯 뒤편으로
물러났다. 그들은 떠나지 않고 계속 나를 감시하였다. 그들은
심지어 미끈하고 오만스러워 보이는 얼굴로 군중을 뚫고 나와
계단 쪽으로 다가간 다음, 거기에 서서 위엄 있고 명령적인 포
즈를 취하고 있는 루돌프 숀도르프보다 나에게 더 많은 관심을
갖고 있는 것 같았다.

모두들 루돌프 숀도르프를 바라보았다. 시선이 자신에게 집
중되고 있음을 느끼면서 그는 가슴 앞에서 손가락을 문질러댔
다. 마치 특별한 악수에 앞서 손을 부드럽게 해놓아야 되기라도
하는 것처럼. 그는 몸을 돌려 안내인 한 명에게 신호를 보냈다.
웅성거림이 줄어들고 웃음소리도 낮아져 갔으며 모든 동작이
중단되었다. 화랑 주인의 몸이 긴장되었다. 두 팔을 축 늘어뜨

리고 보일 듯 말 듯 발을 구르고 있었다. 막스 루드비히 난젠이
나타났다. 테오 부스베크와 함께였다. 이 함부르크의 전시회에
서와 같은 화가의 옷차림을 나는 한번도 본 적이 없었다. 각반
을 한 구두, 줄무늬가 있는 좁다란 통바지, 오랜 세월이 흐르
는 동안 반들반들해진 프록코트는 무척이나 칼라가 높았다. 그
는 핀이 달린 비단 넥타이까지 매고 있었다. 육중한 머리 위에
얹혀져 있는 빳빳한 고풍의 모자. 알토나의 향토 박물관의 의상
을 빌어 입은 듯한 그의 모습은 1810년에 증축된 프리즈식 저택
에 기거해도 손색이 없을 것 같았다. 그의 얼굴은 무뚝뚝하고
표정이 없었으며, 입술은 분명치 않은 경멸을 담고 있었다. 그
리고 그의 걸음걸이. 그 걸음은 복장과 제법 어울려 보였다. 위
엄 있게, 당당히, 길을 틔어주도록 요구하면서 그는 층계를 올
라왔다. 친구인 테오 부스베크와 팔짱을 끼고서. 숀도르프가 인
사를 하면서 환영의 뜻을 전했을 때조차 그는 미소를 띠지도, 다
정한 표정을 짓지도 않았다. 거절하는 몸짓으로 인사를 받았
고, 방문객들이 박수를 치기 시작했을 때도 마찬가지로 고개를
끄덕였다. 가벼운 악수를 받으며 그는 군중 속으로 걸어 들어갔
다. 한손으로 달아나려 하는 부스베크 박사의 허리를 붙잡고 있
었다. 머리를 들고, 적의에 찬 눈으로 휘황한 조명과 윙윙대며
돌아가는 카메라를 바라보았다. 숀도르프가 그에게 두번째로
내민 손을 무시해 버렸고, 텔레비전 연출자가 다가와 화랑 주
인과 다시 한번, 즉 카메라를 위해 천천히 인사해줄 것을 청했
을 때, 그는 어서 꺼지라는 시늉을 해보였다. 얼굴을 떨구고, 그
는 개장연설을 들을 준비가 되어 있다는 것을 암시하였다.

  이리하여 화랑주(畵廊主)의 자격으로 숀도르프가 연설을 시작
하였다. 온화한 음성으로, 두루마리처럼 손가락 사이에 감고

있는 연설용 메모의 도움을 받으면서 말이다. 그동안 화가는, 명상에 잠긴 듯이 보였지만 반박할 기회를 기다려 언제고 연설의 내용을 정정해 줄 용의가 있다는 듯 항변의 준비를 잊지 않고 있었다. 다시 한번 존경에 가득 찬 환영사가 바쳐졌다. 경의의 표시도 물론. 고통과 저항 정신에 관해서도 언급되었다. 막스 루드비히 난센을 생존해 있는 가장 위대한 화가의 대표자로 칭송한다는 점을 넌지시 암시하였다. 미술사에 기재된, 제3제국 시대에 베를린 조형미술가 협회에 띄웠던 전문(電文)의 내용이 인용되었다. 잃어버린, 회수할 수 없게 된, 엄청난 가치를 지닌 작품들이 회상되었다. 직접 화가를 향해, 「그럼에도 불구하고 저희들의 초대에 응해주셨습니다. 무한한 감사의 마음을 보내드리는 바입니다」 악수, 박수, 갈채.

다음엔 한스─디터 휩셔의 연설이 있었다. 이 함부르크의 비평가는 연설용 메모에 얽매이지 않았다. 그는 자유롭게 말하였으며, 시종 두 눈을 감고 있었다. 짧고 딱딱한 문장을 구사하면서 혀로 입술을 핥았고, 자신이 사용한 말이 충분히 용인된 것이 아니고 일시적 방편으로 써먹은 것에 불과하다는 듯 걱정스러운 미소를 가볍게 띠고 있었다. 〈압도적인 자연의 힘에 대한 체험의 핵심〉으로부터 시작하여 화가 난젠의 〈강력한 예술가적 격정의 표현〉에 이르기까지 모든 것을 이야기하였다.

화가는 이 비평가를 놀란 표정으로, 그러나 동의를 표하면서 바라보았다. 평면에 관한 새로운 개념과 표현상의 불가사의가 언급될 때는 고개를 끄덕이기까지 하였다. 인간에 내재하는 근원적인 것의 추구가 이야기되었을 때도 마찬가지였다.

화가는 테오 부스베크와 귀엣말을 주고받았다. 그러나, 비평가가 변함없는 회화의 카테고리, 즉 평면·색채·광선 그리고 무늬 장식에 관해 이야기하자 얼른 그에게로 몸을 돌렸다. 막스 루드비히 난젠은 다시 고개를 끄덕였다. 비평가의 연설에 동의하고 있다는 사실이 무척 그를 놀라게 하고 있음을 나는 알 수 있었다. 자기도 모르는 사이에 그는 한스—디터 휩셔의 곁으로 다가갔다. 그는 이제, 난젠이 늘 어디서나 추구하던 〈보편적 음향〉, 즉 모든 것을 휘어잡는 색조가 전체적인 긴장의 통일을 위해 애쓰는 순서에 관하여 이야기하고 있었다. 이것에 대해서도 화가는 이의가 없었다. 이러한 보편적 음향을 만들어내는 것이 그와 렘브란트의 가장 큰 문제였다고 말했을 때도 역시 항변하지 않았다. 내가 보기에 화가는 아주 당황한 표정을 짓고 있었다. 끝으로 휩셔는 이렇게 말하였다. 「그의 작품은, 색깔이 지닌 음향을 통해 예감된 내면을 어떻게 그림 속에 옮겨놓을 수 있는가를 보여준 예증인 것입니다」 이 말을 하고 나서 그는 눈을 떴다. 처음엔 화가에게, 다음엔 청중에게 조금 허리를 굽힌 다음 그곳을 떠나려고 하였다. 그러나 막스 루드비히 난젠이 그의 팔소매를 꽉 잡았다. 더욱 요란해 가는 박수갈채 속에서 그는 비평가의 손을 잡아 자기에게 끌어당겨서는 그토록 동의를 보내지 않을 수 없었던 남자를 꽤 오랫동안 바라보았다. 그는 무어라고 말을 하였지만 알아들을 수가 없었다. 어쨌든 전람회의 개장은 이로써 인정이 되었다. 뒤로 옆으로 관람객들은 그 커다란 홀을 떠나갔다. 집단은 해산되었고, 말과 웃음소리가 점점 높아갔다. 토마스 슈타켈베르크를 에워싸고 있는 곳이 특히 그랬다. 관람객들은 뿔뿔이 흩어져 통로와 복도를 서성거렸다. 아니, 그들은 혼자서 혹은 떼를 지어서 그림들의 곁을 지나갔으며, 지속적인 관람을 위해 마련된 안락의자들을 점령하였다.

선두 그룹엔——선두 그룹 같은 것이 생겨났다——숀도르

프, 화가, 부스베크 박사, 그리고 한스—디터가 걸어갔다. 그
들은 서둘렀다. 걸어가면서 쇤도르프는 이따금 무언가를 설명
하였다. 때로는 걸음을 멈추고 한마디 거들려고 하였지만, 아
무도 그의 말을 들으려 하지 않았다. 누구보다 화가가 더 그랬
다. 속도를 내면서 그는 그룹을 이끌고 나갔다. 때로 비평가에
게 눈짓을 보내 연게 의식을 잃지 않으려 하였다. 요컨대 화가
는 아직도 그에게 볼일이 있는 모양이었다. 어쩌면 자신에 관한
이야기를 더 듣고 싶은지도 몰랐다. 잘은 모르지만 내가 보기
엔, 자신에 관한 말을 들으며 놀라고 당황하고 또 경탄해 마지
않을 준비가 되어 있는 것 같았다.

그가 나를 발견했다면 어떤 식으로 다가왔을까? 하지만, 나
는 앞으로 나서지 않았다. 몇 사람의 구경꾼 틈에 끼어서 줄곧
조심을 하였다. 블레켄바르프로부터 나를 쫓아내면서 그는 경
고와 함께 더 이상 나를 믿을 수 없다는 사실을 확인해 주었었
다. 「더 이상 너를 신용할 수 없구나」 하고 그는 말했었다. 「아
무도 너를 믿을 수가 없어, 삣—삣」 그러고 나서 그는 재촉을
하듯 루크빌 쪽을 건너다보았었다. 이제 나는 그를 바라보고 그
를 따라갈 수 있는 것만으로도 족하였다. 부스베크 박사는, 그
렇다, 그는 한번쯤 나를 알아본 것 같기도 하였다. 나를 알아차
린 듯 잠시 머뭇거렸기 때문이었다. 그러나 내가 그의 시선을
모른 척해 버렸기 때문에, 자신이 없는 모양이었다. 흘러간 세
월을 생각해 보면 이상할 것도 없는 일이었다.

화가의 거동을 향해 나타나는 조소, 즉 머리 흔들기, 비아냥
거림, 미소 따위를 알아차린 유일한 사람도 테오 부스베크였
다. 그것을 감지해 낼 때마다 그는 얼른 머리를 돌려버리곤 하
였다. 누군가가 말하였다. 「저런 건 처음 보는군. 저것도 역시

자신의 창작이겠지」

이제 나는 그 밖의 모든 것을 되풀이하고 싶지 않다. 지금은
예의 커다란 그림에 주의를 환기해야 할 때이기 때문이다. 한쪽
벽에 외롭게 걸려 있는 그 그림은 내가 모르는 것이었다. 돌연
히 나타난 그림, 즉 「가면들의 정원」의 옆을 나는 그냥 지나갈
수가 없었다. 그 정원은 색깔의 작업장처럼 빛을 말하고 있었
다. 그것은 형태와 현상에 있어 필사적인 개화(開花)요, 충일
(充溢)이었다. 그러나, 모든 것이 서로 경계지워 있었고 각각이
또한 고립되어 있었다. 각자의 상상에 맡길 수밖에 없는 나무,
한 기다란 가지에는 세 개의 가면이 녹색의 끈에 매여 늘어져
있었다. 두 명의 남자와 한 명의 여자 가면이었다. 태양이 그것
들을 측면에서 비추어 반쪽 면을 이글이글 불태우고 있었다. 놀
라운 자신감이 표출되고 있었다. 불가사의한 확실성이었다. 배
경이 되는 하늘은 맑고 구름 한 점 없었지만, 가면의 찢어진 눈
들은 흑갈색이었다. 가면들이 정원을 위협하고 있었을까?

나는 바람을 생각하였다. 우선 가면들을 가볍게 흔들리게 하
는 부드러운 바람. 다음엔 그것들을 이리저리 흔들리게 하고 급
하게 회전시키는 보다 매운 바람을. 가면들은 누구를 닮았던가?
나에겐 낯익은 얼굴들 같았다. 이전에 한번 만났던 얼굴들 중에
서 따온 것 같았으나 이름은 떠오르지 않았다. 가면들이 밤에는
더 늘어나서 모든 나뭇가지와 관목들 위에 매달릴 것 같았고, 화
단의 앙상한 줄기들로부터 불쑥불쑥 솟아날 것만 같았다. 나는
그림 쪽으로, 아니 가면들이 가득 찬 정원 쪽으로 더욱 가까이
다가갔다. 아직도 내 기억에 생생하다. 줄기와 나뭇가지와 관목
들로부터 가면을 떼어내기 위해 가늘고 단단한 막대기가 하나
있었으면 하고 생각하던 일이. 꽃을 따듯이 떼어내어 나중에

그것들을 퇴비가 충분한 화단에 실어 나르고 싶다고 생각하던 일이.

그때 그들이 내 곁으로 다가왔다. 그러고는 팔을 내 어깨 밑에 집어넣어서 나를 들어올렸다. 나는 끊임없이 가면들의 정원을 바라보았다. 그러면서도 여름 외투의 밝고 매끄러운 옷감을 알아보았다. 이것으로 해서 정원은 차폐되었다. 이제야 나는, 모든 것을 은폐하도록 만든 살아 있는 가면들을 알아보았다. 거칠지는 않게, 그러나 알맞은 압력으로 눌러대면서, 그들은 나를 그림의 앞에서 끌어냈다. 가면들이 정원에 있다는 것만으로 만족한 채 모든 것은 은폐되었다. 꽃들은 개화를 중단하거나 숨어버렸다. 색의 불길은 강렬해지거나 약화되었다. 왼편과 오른편에서 나는 순간 낯익은 얼굴들을 감지해 냈다. 이 순간에도 그들이 보여준 특성이 직무상의 성실성과 양심이었기 때문이었다.

팔꿈치와 주먹 하나가 내 늑골에 와 닿았다. 그러나, 여전히 통증은 느껴지지 않았다. 몸을 돌리면서 나는 꽃밭 사이에 숨어 흔들거리는 가면을 바라보는 두 눈동자를 알아보았다. 몸을 돌리고 언성을 높여 항의를 할 필요가 있었겠는가? 내 팔에 깍지를 낀 자가 누구이며 왜 그래야 하는지를 알고 있는 마당에서야. 그들은 나를 놓아주었다. 하지만, 여름 외투의 옷자락 스치는 소리는 그들이 움직일 때마다 줄기차게 내 곁을 따라왔다. 다른 사람의 눈에 띄지 않게 행동하자는 것에 대해선 서로 양해를 구할 필요도 없었다. 언쟁을 벌여 남의 이목을 끄는 일도 하지 않았다. 나는 영화에 나오는 사람들이 이와 비슷한 상황에 어떻게 행동할까를 염두에 두었다. 온화하게, 조용히, 그리고 체념한 듯이. 이 점이 그들을 만족스럽게 하였다.

천천히 나는 출입구 쪽으로 걸어갔다. 터벅터벅. 이따금 그림을 감상하면서 두 손을 축 늘어뜨린 채. 단 한번, 계단 바로 앞에서 걸음을 멈추었다. 여름 외투들이 접근해 오기를 기다린 다음, 수긍하실 테지 하는 식으로 물어보았다. 「루크빌에서 나오신 건가요?」 이 말에 그중 한 명은 노닥거리지 말라고 하였고, 다른 한 명은 「앞으로 가, 어서」라고 말하였다. 나는 그들을 이해해 주었다. 그들은 나를 더 이상 떠밀 필요가 없었다. 두번째로, 더 세차게 말이다. 층계를 내려간 후에도 잠시 걸음을 멈추었다. 어떤 문을 통해 그들이 날 이끌고 갈지 몰랐기 때문이었다.

어쨌든 나는 균형을 잃었다. 쓰러지지 않으려고 재빨리 두 걸음을 내디뎠다. 갑자기 나는 뛰기 시작하였다. 화랑 밖의 높은 계단을 껑충껑충 뛰어내렸다. 이 난폭한 도움닫기를 한 후에도 계속 내달렸다. 도망치고 싶은 생각이 점점 더 강렬해졌다. 멈추라는 고함도 경고의 외침도 들리지 않았다. 들리느니 쿵쿵 울리는 나의 발소리뿐이었다. 이것이 나를 실어 날랐으며 계속 앞으로 몰아댔다. 다리 쪽을 향해 도로를 횡단하였고, 흔들대는 전차의 옆을 지나갔다. 이 전차가 두 남자를 차단하였다. 다시금 외투들은 달리기 시작하였고, 추격이 오래 지속될수록 멈춰 서라는 고함이 줄어갔다. 하지만 대신, 그들은 정확히, 그리고 고집스레 나의 뒤를 쫓아왔다. 건축 작업장을 넘어 바로크들과 작업차, 그리고 노란 건축기계들 사이를 헤집고 달려왔다. 내가 넘어온 흔들거리는 널빤지 위를 지나 계속 길을 뛰어내려와 신호등이 있는 곳까지 따라왔다. 차양이 쳐진 백화점 앞에서 그들은 처음 나를 놓쳤다. 하지만 일요일의 진열창을 기웃거리던 사람들이 나를 이상한 눈으로 쳐다보았다. 삽시간에 이곳을 지나온 나는 철교 위를 달리고 있었다. 〈연기 주의〉라는 경고판이 보였다. 나는 연기를 생각하였다. 그리고 연기를, 그 매캐하게 피어오르는 구름을 간절히 갈망하였다. 하지만 건너편의 주유소가 문을 열고 있었다. 호스를 개솔린 탱크에 담고 있는 급유자가 차창 밖으로 건네는 돈을 받고 있었다. 둘은 여전히 나를 놓치지 않고 따라오고 있었다. 그래서 이번엔 역(驛) 앞 주차장으로 달려가 몸을 낮추고 밀집한 자동차들의 틈바구니에 끼어들었다. 호텔들은 숨을 장소를 제공하지 않았다. 조간신문에서 읽은 바에 의하면 〈독일극장〉에서는 지금 주간흥행 프로로 〈횔덜린과 슈토름〉과 〈괴테의 시낭송〉이 있었지만 그곳도 나에겐 숨을 곳이 못 되었다. 외투들은 벌써 다리의 뒤편까지 와 있었다. 주유소 직원이 내가 달아난 방향을 가르쳐주었으며 내쪽을 건너다보면서 고개를 끄덕거렸다. 내게 남아있는 곳은 겨우 정거장뿐이었다. 결국 대합실·화장실·창구·매점, 그리고 서 있거나 오가는 승객들뿐이었다. 나는 날쌔게 썰렁한 홀로 뛰어들어가 눈에 띄는 모든 가능성을 궁리해 보았다. 그러나 나는 이것들을 이용하지 않고 홀을 가로질러 정류장으로 달려갔다. 그러곤 막 출발하는 전차 속으로 뛰어들었다——사실 그때 막 전차 한 대가 출발하고 있었다——정거장 쪽을 돌아보니, 두 사나이들은 아직 나타나지 않고 있었다.

승객들이 나를 살펴보았던가? 그들의 얼굴에 의심의 빛이라도 떠올랐던가? 내 가쁜 숨소리를 이상하게 여기지는 않았던가? 승객들은 나에게 신경을 쓰지 않았다. 한 노부인의 차표를 검사하고 있는 차장을 나름대로 주의 깊게 바라보고 있었다. 차장이 말하였다. 「이 차표는 쓸 수 없어요. 그런데도 웬 말씀이 그리 많지요?」 부인은 비에 젖은 머플러를 풀면서 말하였다. 「이런 대접은 처음이군요」 그런 다음 꽃다발이 비어져 나온 무거운 가방을 들어올리고는 시위라도 하듯 두번째 자리를 차지하였다. 차장은 차표를 손가락 사이에 끼우고 불빛에 비쳐보았다. 「소용 없습니다. 당신의 차표는 무효란 말입니다」 부인은 쓸쓰레한 표정으로 외면하면서 가방 쪽을 향해 나지막이 말하였다. 「난 네 아이를 키웠단 말이에요. 그러나 아직 이런 일은 당한 적이 없어요」 차장은 부인의 곁으로 다가갔다. 전차가 커브를 틀었기 때문에 그녀의 어깨에 기댈 수밖에 없었다. 다음 부인의 면전에 차표를 들이대면서 말하였다. 「공공 교통수단을 이용하는 사람은 유효한 승차권을 사용해야 합니다」 젖은 머플러로 김이 서린 유리창을 닦으면서 부인이 말하였다. 「나와 이야기하려면 우선 제발 그 지느러미 같은 손 좀 치워주세요. 그런데, 어째서 내 차표가 무효라는 거지요?」 차장이 말하였다. 「차를 갈아타면서 부인께서는 승차권을 또 사셔야 했습니다. 운송규정에 의하면, 갈아탈 때는 갈아타는 승차권을 사게 되어 있습니다」 부인은 어깨를 으쓱거리면서 말하였다. 「운송규정 따위를 가지고 이렇게 따지는 사람은 처음이예요」

그들은 옥신각신하였다. 좀처럼 해결을 보지 못하였다. 나 또한, 뒤에 무슨 일이 일어났는지 말할 수가 없다. 차장이 부인을 전차 밖으로 내던져 버렸는지, 혹은 부인이 차장의 얼굴에 가방을 내던졌는지. 그도 그럴 것이 나는 식초공장을 발견하자 전차에서 내려야 했기 때문이었다.

황폐해진 뜰을 가로지르고 산적한 깡통더미의 옆을 지나 나는 낡은 사무실로 걸어갔다. 출입문은 밤낮없이 열려 있었고 돌계단엔 많은 균열이 가 있었다. 천장엔 전등이 하나 달려 있었으나 전구는 없이 소케트뿐이었다. 긁힌 자국, 닦은 자국, 그리고 어지러운 낙서들이 벽마다 그득하였다. 이 건물의 3층에 클라스가 살고 있었다. 혼자만 거주하는 것이 아니었지만, 문에는 그의 이름뿐이었다. 제도용 핀으로 붙여놓은 명찰에는 이렇게 씌어 있었다. 〈사진작가 K. 예프젠〉. 초인종이 없어 노크를 하였다. 여러 차례 노크를 한 뒤에야 형이 나타났다. 구겨진 파자마 차림에 맨발이었다. 그는 뚱한 얼굴로 나를 바라보았다. 「들어와!」기다란 낭하에는 인물묘사의 사진들이 진열돼 있었다. 테마는 「함부르크의 사자(死者)」들. 물에 빠져 죽은 사람, 매맞아 죽은 사람, 찔려 죽은 사람, 목 졸려 죽은 사람, 총맞아 죽은 사람, 차에 치어 죽은 사람, 또는 침대에서 평화롭게 죽은 사람 등등의 사진들이었다.

그저 기대어 있다고 해도 좋을 문 하나를 그가 열었다. 전축판 하나가 공전하고 있었다. 테이블 위에는 붉은 포도주병들과 다섯 개의 글라스가, 침대로 사용하는 넓은 장의자 위에는 침구가, 가죽커버를 한 안락의자 위엔 남자와 여자의 옷가지들이 어지럽게 널려 있었다. 「유타!」하고 클라스는 어떤 문을 향해서 외쳤다. 잠시 후 다시 한번, 「유타, 내 말이 안 들려!」

그러자, 곧 유타가 나타났다. 조그만 엉덩이에 찰싹 달라붙은 진바지에 너무 짧아서 배꼽 부근이 드러나보이는 스웨터 차림이었다. 내게 인사를 하기 전에 둘은 시선을 교환하였다. 유타는 나에게 키스를 하였다. 클라스는 옷가지들을 장의자 위에 집어던지고, 나를 위해 안락의자를 끌어당겼다. 「앉아라. 유타가 네게 커피와 햄샌드위치를 하나 갖다줄 게다」둘은 담배에 불을 붙였다. 클라스는 붉은 포도주를 한 모금 마셨다.

「어쩐 일이지?」유타가 물었다. 내가 대답했다. 「놈들이 함부르크에서 나를 잡으려 하고 있어. 막 도망쳐 오는 길이야. 내 뒤를 쫓는 두 명을 역 앞에서 떨쳐버렸어」내가 이야기하는 동안 형은 한쪽 눈을 가늘게 뜨고 포도주잔 너머로 벽과 천장을 바라보고 있었다. 그는 나의 말에 별 관심이 없는 것 같았다. 내 말을 한번도 가로막지 않더니 마지막에 가서야 비로소 입을 열었다. 「골치아픈 일인데, 꼬마야」 그리고 잠시 후에, 「내일까진 여기 있어도 좋아. 그 다음엔 무슨 궁리를 짜내야겠다」 「암실에서 자면 되잖아요?」 유타가 말하였다. 그러자 클라스, 「지기는 이 장의자에서 자도 돼. 중요한 건 내일 무슨 수를 써야만 한다는 거야. 잠시 놓쳤다고 해서 포기할 사람들이 아니니까 말이야」

유타가 나에게 커피와 샌드위치를 갖다주고 전축판을 새로 올려놓았다. 앤드류 자매 같았다. 나지막이 멜로디를 흥얼거리며 그녀는 안전핀을 이용해 고무밴드를 헐거워진 롱스웨터에 끼워넣고 있었다. 클라스는 창가로 가서 뜰을 내려다보았다. 그러곤 시선을 들어 거리 쪽을 바라보았다. 아마도 창, 지붕들, 또한 식초 광고판의 푸른 글자들이 포도주잔 너머에 있었을 것이다. 그가 물었다.

「그들이 네게서 원하는 게 뭐지, 꼬마야? 왜 갑자기 그러는 거야?」

「나도 모르겠어」

「그가 널 괴롭히고 있는 거 아니야? 루크빌의 그 노친네가?」

「아마 그럴 거야. 아니, 그게 틀림없어. 그가 무언가를 찾아낸 것 같아」

「네 아지트?」

「응」

「여기서라면 쉽게 도망칠 수가 있다. 그들이 오거든 한지의 방으로 나가라. 그러면 거기서 위로 나가는 계단이 있다. 내가 널 데려다줄께」

「여기는 처음인데」

「그래, 처음일 거야」

형은 나에게 그의 포도주잔을 건네주며 한잔 마시라고 권하였다. 그 다음, 부엌으로 들어가 문을 열어놓은 채 세차게 쏟아지는 물줄기에 몸을 씻었다. 「춤 출래?」 유타가 물었다. 나는 고개를 가로저었다. 「그럼 술이나 마셔」 그녀가 말하였다. 나는 마셨다. 그녀는 내 잔을 또 채워주고는 방을 치웠다. 노래를 흥얼거리며 손에는 타고 있는 담배를 들고 있었다. 담뱃재를 방금 서 있던 자리에 털었다.

그런데 그때…… 바깥 복도에서 두 차례의 낮은 목소리가 울려왔다. 우리 둘은 소스라치게 놀랐다. 심지어는 부엌의 클라스까지도. 요구와 승리감이 깃들여 있는 이 음성은 물론 무언가를 알리는 신호였다. 발소리가 점점 가까와지더니 우리의 방문 앞에서 멈추었다. 우리는 꼼짝 않고 서서 서로를 바라볼 뿐이었다. 클라스가 나에게 부엌으로 들어오라는 신호를 보냈을 때 문이 활짝 열리면서 무색의 양털 스웨터에 찢어진 고무장화를 신은 젊은이가 문간에 나타났다. 여섯 병의 붉은 포도주가 그의 가슴에 안겨 있었다. 그는 투덜대면서 한지의 방이 있는 쪽을 바라보았다. 바로 그가 한지였다. 더 이상의 말을 않고──문을 닫지 않고──비켜서자, 그의 뒤를 이어 반짝이는 비옷을 입은 그 긴머리 소녀가 모습을 드러내었다. 그녀는 헝겊인형을 머리 높이 들고 지나가면서 우리에게 그들의 방으로 들어오라는 신호를 보냈다. 「가자」 클라스가 외쳤다.

한지의 방을 어떻게 묘사하면 좋을까? 두 개의 문과──하나는 직접 계단이 있는 방으로 통했다──녹슨 깡통더미만이 쌓

여 있는 공장의 뜰로 면해 있는 세 개의 높은 창문을 가진 우중
충한 방이었다. 벽에는 담청색으로 칠해진 어구(漁具)상자가 시
큼한 냄새가 나는 모피로 씌워져 있었는데 의자와 침상으로 사
용되는 모양이었다. 재떨이로 사용되는 몇 개의 깡통들. 이젤이
하나. 좁다란 선반. 앉아 있거나, 웅크리고 있거나 서 있거나
누워 있는 헝겊인형들. 창문의 아래 회백색의 마분지에는 목탄
과 은첨필(銀尖筆), 그리고 수채물감으로 그린 한지의 고백적
시리즈 「인형들의 봉기」가 놓여 있었다. 커튼 뒤에는 가스레인
지와 개숫대, 접시, 줄지어 늘어선 각양각색의 양철통들. 이젤
의 뒤편 구석진 곳에는 침상이 하나. 거기엔 머리가 벗겨진 젊
은이 한 명이 가죽 상의를 열어젖힌 채 잠을 자고 있었다. 방금
잠이 든 모양으로 며칠이든 몇 주든 내쳐 잘 것만 같았다. 탁자
들을 빠뜨려서는 안 되겠다. 다리를 잘라낸 두 개의 둥근 탁자
를 말이다. 그리고 자전거 펌프들이 들어 있는 마분지 상자
—— 한지는 자전거 펌프들을 모아서 라크칠을 하고 번호를 매
겨놓았다.

　한지는 술을 마셨다. 도리스—— 우비를 입은 소녀의 이름이
었다—— 가 병을 따서 술을 따랐고, 잔을 받는 사람마다 그녀
의 키스를 받았다. 다리를 오그리고 누워 있던 한지가 소리쳤
다. 「음악을 틀자구. 우울한 그대들을 위해서」 음악. 기타를 연
주하는 소리. 축음기는, 대머리 친구가 자고 있는 침상의 바로
옆에 있었다. 클라스는 팔꿈치 하나를 어구상자 위에 받치고 방
바닥 위에 앉았다. 오른쪽 무릎 위에는 잔이 놓여 있었다. 도리
스도 방바닥에 앉았다. 물론, 시큼한 냄새가 나는 모피 한 장을
방석 대용으로 깔고 있었다. 한 가수가 기타에 맞추어 노래를
부르고 있었다. 검은 태양과, 누군가가 익사했다는 검은 강을

노래하고 있었다. 한지는 담배를 피우며 고개를 끄덕거렸다. 갑자기 벌떡 일어나더니, 오금을 긁고 난 다음, 잔을 내 손에 쥐어주었다. 그 다음엔?

「내 얘길 들어보라구」 하고 그가 말하였다. 「아까부터 이빨 사이에 줄곧 무엇인가 끼어 있는 것 같지 뭐야. 아교의 맛이 나는 무언가가. 계속 이상하게 생각했는데, 이제야 그 까닭을 알게 되었다구. 그 세계관의 장식품들, 바로 그 전시회 때문이었던 거야. 우리가 그 칠장이를 직접 보았다는 사실을 명심해 두라구. 그 위대한 구름의 화가를 말이야」 그는 이젤로 다가가 종이 한 장을 고정시켰다. 그러고는 잠자는 사람 뒤에서 유화용 파스를 찾아냈다. 도리스는 깔깔 웃으면서 다리를 오므렸다. 「자, 여기를 좀 봐요」 하고 그는 말을 계속하였다. 「우리 이제 함께 인간에 내재한 본연의 상태를 찾아보자구. 바라건대 독일식으로, 감동을 가지고. 다리를 좀 가만히 두지 못하겠어, 도리스? 그리고 그만 좀 웃어」 그는 노란색과 흰색의 궤도를 그린 다음 율동적인 황금의 테두리를 가미하였다. 「우선 여기에 해변이 있어. 알겠지? 바다가 그의 두운시를 읊조리는 북해의 해변 말이야. 자연의 고요한 위대성 아니면 그와 유사한 무엇이라도 좋아. 똥을 싸갈겨 놓은 곳엔 다음날 무언가가 자라나는 법이니까」 그러고 나서, 그는 검정색과 흰색을 집어들었다. 해변 위에 검은색 모서리가 생겨났다. 아니, 통바지에 검정색 프록코트를 입은 남자가 서 있었다. 해변을 거닐며 손에 든 책을 읽고 있거나, 아니면 막 읽고 난 모양이었다. 의미심장한 책이 틀림없었다. 「이런 그림을 그릴 때는」 하고 한지가 말하였다. 「유화 파스가 신음소리를 낼 수밖에 없어. 자연이 식물을 설득시키듯 색채의 고양을 설득해야 하니까 말이야. 성장 속에서 고양되도록 말이야. 내 말을 알아들을지 모르겠구먼. 색깔, 그것은, 인간이 세계를 보고 느끼는 흥분에 대해 해답을 주어야 하는 거야. 바로 색채로부터 본연적인 상태의 얼굴이 드러나는 것이니까」

그는 격하게 그림을 그려댔다. 입술을 꽉 다물고, 지나치게 크고 권위에 찬 몸짓으로, 노란색으로 하여금 푸른색을 전율하도록 하였고, 가물거리는 녹색 속에 흰색이 폭발하도록 만들었다. 그러자 색채가 중요한 모티브가 되었고, 자연발생적인 것처럼——나는 이 점을 인정하지 않을 수 없다——공포가 생겨났다. 그리하여, 책을 펼쳐들고 해변을 거니는 남자의 녹색 얼굴에는 공포와 경악이 나타났다. 그 공포가 어디로부터 오는가는 아직 알 수 없었다. 이제 갈색이, 극적인 검은색 줄무늬가 있는 갈색이 커지면서 백사장 위에 퍼져 올랐다. 「자, 이제 분명 거대한 세계의 새〔鳥〕가 나타났어. 둘은 서로를 알고 있지. 이 북독의 예언자는 공포에 떨고 있는 거야. 이것이야말로 본연의 상태가 아니겠어? 그러나 이제 평면도 함께 작용을 해야지. 구름이 몰려와야 해. 그렇지 않으면 이 만남은 충분히 신비로운 것이 되지 못할 테니까. 그러니 우리는 하늘에 바람과 함께 구름이 흘러가도록 해야겠지. 밤이 그리 멀지 않아. 아직 겁먹은 짐승들의 울음이 빠져 있군. 그걸 어떻게 그린다지?」

한지가 구름을 그려 밀고 나누고 있는 동안 노크도 없이 두 젊은이와 검은머리의 땅딸막한 소녀가 들어왔다. 그들은 조용히 외투를 벗고 포도주를 따른 다음 한지를 볼 수 있는 곳에 말없이 자리 잡고 앉았다. 그림 속에 구름을 연출시킨 후 한지는 그림의 제목을 궁리하고 있었다. 「예언자가 해변에서 거대한 불사조를 만난다. 그러면, 이제 우리 함께 우주적인 장식가 난젠이 그려내려고 했던 인간 내부의 원초적인 것을 구명해 보기로 할까」

그는 시작하려고 하였다. 하지만 나를 전혀 고려하지 않고 있었다. 내가 내 자신을 고려하지 않았듯이. 나도 모르게 나는 큰소리로 외쳐댔다. 「좋아요. 모든 게 아주 훌륭하고 재미있어요. 하지만 원근법은 맞지 않아요」 한지가 어안이 벙벙해서 나를 쳐다보았다. 나는 어느새 일어나 있었고 이젤 앞으로 다가가 원근법상의 결함을 지적해 주었다. 한지는 멈칫하였다. 눈을 가늘게 뜨고 하려던 말을 포기하였다. 대신 포도주잔을 들고 한 모금 들이마셨다.

「우주적인 장식가는」 하고 내가 말하였다. 「늘 원근법이 틀리지 않았지요」

「그리고 또?」

「새예요. 이 새는 전혀 새 같지가 않은데요. 그 그림쟁이에게선 모든 것이 진짜처럼 느껴졌어요. 내 말은 그의 환상적 본질이 드러나서 효과적인 작용을 해준다 이거예요. 하지만 이 새를 보면, 이것이 아무것도 부화할 수 없다는 걸 알게 되지요」

「또 다른 것이 있다면?」

「색채의 혼합이예요. 그것이 무대화가의 경우엔 결코 우연스러운 일이 아니지요. 거기서는 모든 것이 확인되고 정당화되지요. 내가 보기에 이 그림에선 그러한 필연성이 없는 것 같군요」

「그래, 좋아. 그래서 어쨌다는 거지? 빨리 말해 봐」

나는 클라스를 돌아다보았다. 그는 방바닥을 쳐다보고 있었다. 유타 쪽을 건너다보았다. 그녀는 내 시선을 피하였다. 「난 그를 잘 알고 있어요」 「누구를?」 「난젠, 그 위대한 풍경 화가 말예요. 나는 그에 관하여 거의 모든 것을 알고 있어요. 그가 많은 그림을 어떻게 그리는가 지켜보았어요. 그라면, 당신이 만든 시리즈 따위는 그리지 않았을 거예요. 그는 자기 자신의 것을 만들어냈죠. 그와 그의 그림들은 서로 일치한단 말입니다」 「잘도 지껄여대는군」 한지는 말하면서 잔을 비웠다. 「당신이 그런 점에서 그를 이길 때에만」 하고 내가 말하였다. 「그보다 당신이 우월하다고 하겠지요」 「저 사람, 재미있는 사람이네요」 도리스가 외치면서 빙글빙글 다리를 돌렸다. 「그러고 보니 넌 아주 쓸모 있는 녀석이었군 그래, 어때?」 하고 한지가 말하였다. 「아마 언젠가 그가 네게 아이스크림을 사주었겠지. 그리고 화첩을 들고 그의 뒤꽁무니를 졸졸 따라다니도록 허락을 받았겠지. 그렇게 보이는걸. 그렇지 않아도 좀 전에 전시회에서 널 보았지. 널 보는 순간 내가 무슨 생각을 했는지 알겠어? 이 친구는 난젠을 위해 타고난 모델이구나 하고 생각했지. 물론 특정한 그림에 한해서지만. 예컨대, 건초를 베고 있는 소년 같은 거」

이젠 클라스가 나서야 할 때였다. 「지기야, 이리 와 앉아라」 그러나 나는 대답도 없이 돌아설 수는 없었다. 나는 말하였다. 「우습겠지요. 난 전에 그의 모델이었어요. 그 때문에 난 그의 방법을 알고 있지요. 당신이 그를 능가하려면, 그의 방법을 철저히 알아야 한다는 얘깁니다」 「남의 흉내나 내는 사람을 나는 좋아하지 않아」 한지가 말하였다. 도리스가 다시 즐거운 듯이 외쳤다. 「재미있어요. 저 사람하고라면 어두움 속에서도 그림을 볼 수 있게 될 거야」

나는 입을 다물었다. 입을 다문 채 한지의 곁을 지나갔다. 그들은 모두, 내가 「인형들의 봉기」 시리즈 앞에 웅크리고 앉아 작품 하나하나를 아주 오랫동안 응시하고 있는 양을 주시하였다. 헝겊인형의 무리. 삼각형의 얼굴, 납작해진 공모양의 얼굴. 멋대로 휘어진 팔들. 두 개의 매듭이 지어진 다리들. 영원히 죽

지 않는 탄력이 있는 몸통. 그 인형들이 공장 굴뚝을 타고 올라
가 그곳을 점령하고 있었다. 급수탑을 폭파시켰고, 다리 하나
를 무너뜨렸다. 기차를 탈선시켰고, 한 건물로부터 깃발을 끌
어내고 있었다. 인형들은 무덤을 하나 파고 있었다. 봉기에 가
담하였다가 사형장의 이슬로 사라진 A.K. 인형들을 위한 것이
었다. 그들은 잠자고 있는 소녀 하나를 결박하였다. 물론 도리
스였다. 그들은 윙윙거리며 도는 팽이가 두려워 도망을 쳤으며
수탉을 타고 있었다.

　내가 그림들을 응시하고 있는 동안 그들은 한마디 말도 없이
나를 지켜보고 있었다. 그들의 숨소리와 담배 빠는 소리가 들려
왔다. 몸을 일으키자 나는 천천히 한지 쪽을 향해 몸을 돌렸다.
이마에 흘러내린 머리카락을 쓸어 넘기면서 그는 조롱기가 가
득 찬 얼굴을 짓고 있었다. 「이리 와 앉으라니까」 클라스가 외
쳤다. 「왜 그래, 이번엔?」

　「중요한 일이야. 모든 것이 아주 중요해」

　「나는 그렇게 생각지 않는데」

　「나는 그저 놀랄 뿐이야. 어깨를 두드리거나 겸손을 부리거
나 경멸을 보내는 것——이것이, 너희들이 한 노인을 대하는
전부지. 그 이상은 아무것도 없어. 너희들은 자신이 아주 우월
하다고 생각하겠지. 하지만 이것 보라구. 그는 이미 그 당시에
그걸 알았고, 보았고, 극복하였어」

　「난젠이 어떤 사람이었는가를 얘기할 필요는 없어」

　「하지만 내가 보기엔, 형은 그의 모든 것을 알지 못하는 것
같아」

　「내 말을 잘 들어보게, 젊은이」 하고 한지가 나섰다. 「자네
의 난젠은 나의 눈으로 볼 때 불행한 타입의 예술가야. 향토를

의식했지, 안 그래? 또한 예언자적이고 정치적이지」

「그는 창작 금지를 당했었어요」 내가 말하였다. 「그들에 의해 창작 금지를 당했다는 사실을 당신은 잘 모르겠지요. 그의 그림 수백 점이 압수당했어요」

「바로 그 점이 난젠에 있어 수수께끼란 말이야」

「그렇게 생각하나요? 하지만 당신은 틀림없이 모든 걸 이해할 수 있을걸요」

「물론. 중요한 것을 나는 이해하고 있지. 예컨대, 자네 때문에 성가심을 당한 모든 것을 이해하지」

「그건 나도 마찬가지예요. 한 가지 이해할 수 없는 게 있다면, 당신들이 어쩌면 생각이 그리도 얄팍한가 하는 것이예요. 욕설이나 할 줄 알았지 조금도 이해하려고 애쓰질 않아요」

나는 말할 것이 더 있었고, 더 이야기할 생각이었다. 하지만 그렇게 되지 않았다. 내가 예상했던 것보다 더 빨리 한지의 무릎이 올라갔다. 그의 무릎은 정확히 나의 아랫배를 강타하였고, 나는 급작스러운 통증 때문에 마치 해변의 예언자같이 몸을 웅크릴 수밖에 없었다. 허리를 구부리고 쩔쩔매는 동안 그의 두 번째 공격이 가능하였다. 비록 파괴력이 있지는 않았지만 잘 겨냥된 어퍼컷이 나의 턱에 명중하였다. 다음 망치질하듯 주먹이 내 목덜미를 찍어눌렀고, 보기 좋게 나는 바닥에 주저앉고 말았다.

아직도 기억에 생생하다. 쓰러지는 순간 빨간 점들이 춤을 추며 나에게 다가오던 모습이. 한지의 고무장화를 때운 빨간 자전거 튜브조각들이 어두운 배경으로부터 풀려나와 내 주위를 맴도는 것만 같았다. 쓰러지면서 나는 비명소리를 들었다. 그러나 비명을 지른 사람이 누구였는지는 알 수 없었다. 여하튼, 대

화가 중단되었고 필름이 끊어졌으며 한지의 손님 접대도 끝장이 난 것으로 일단락되었다. 그도 그럴 것이 내가 눈을 떴을 땐, 한지 방에 있는 색 바랜 벽지, 즉 총에 맞은 오리들이 갈대밭으로 떨어지는 그림이 있는 벽지를 볼 수 없었기 때문이었다. 나를 에워싸고 있는 것은 어두움, 그리고 클로르의 냄새였다.

나는 침상 위에 누워 있었다. 다리 위에는 모포가 덮여 있었다. 클라스의 목소리가 들렸다.「자는군」다음 유타의 목소리,「그럼 자게 놔둬요」다시 클라스,「이따가 다시 와보기로 하지」그들은 조용히 물러가려고 하였다. 소리없이 문을 닫으려고 하였다. 하지만 나는 모든 소리를 다 들을 수 있었다. 암실 안에 조용히 누워 작별인사 없이 떠나야겠다는 생각을 했다. 지금이 오후일까? 저녁일까? 이제 어디로 가야 하지? 루크빌로 돌아갈까? 그린랜드행 원양어선에서 선원을 모집하지는 않을까? 슈트라스부르크에 가서 외인부대에나 들어갈까? 아니면 아예 여름 외투들을 찾아 자수를 해서, 우선 그들이 얼마나 알고 있으며 나를 어떻게 할 셈인가 알아볼까?

나는 누워서, 생각하고 헤아려보고 모든 가능성들을 타진해보았다. 특히 무임승선하여 미국으로 갈 계획에 골몰하였다. 거기서 나의 이름을 지그 오예프젠 정도로 바꾸고 돈을 벌어 예술화랑을 연다. 젊은 미국인 화가들을 그러모아 그들의 도움으로 국제적인 예술 주간을 설정하는 것이다. 처음엔 대통령이, 다음에 내가 기념사를 한다──〈이 따위 문화 영화 같은 미술 풍토에서 무엇이 생겨나겠습니까?〉 음미했다가는 떨쳐버리고 하면서 꽤 많은 시간이 흘러갔다. 나는 일어나지도 않았고, 클라스의 암실도, 집도 떠나지 않았다. 그 대신 수도꼭지에서 떨어지는 물소리를 듣지 않으려고 애썼다. 그 물방울 소리는 나의

계획, 나의 머릿속으로 똑똑 떨어져 내렸다. 나는 틀리지 않고
헤아려 나갔다. 80을 훨씬 넘게 세었을 때, 나는 잠이 들었다
──불안스레 모포 속에 몸을 파묻고 클라스와 유타, 심지어
한지까지 나를 흔들어 깨울 것에 대비를 하고.

암실 속에 누워 있을 때 꾸었던 꿈을 나는 잊을 수가 없다.
혼자서 널따란 나무배를 타고 저편 반도 앞의 섬으로 가고 있었
다. 나는 보조돛의 그늘 속에 앉아 있었다. 배는 푸르고 평평한
섬의 구릉을 향해 미끄러져갔다. 거기에 나의 새 아지트가 있었
다. 내가 석조교회──이 무인도에 남아 있는 유일한──의
잔해로 지은 것이었다. 아지트는 서늘하고 널찍했으며 이음자
리도 잘 메꾸어져 있었다. 나는 상륙하여 배를 해변 위로 끌어
올렸다. 안전을 위해 땅에 닻을 묻고 내 은닉처를 바라보았다.
그러나 그곳은 바다표범들에 의해 포위돼 있었다. 바다표범들
은 반원을 그리며 햇볕 아래 누워 있었다. 그들은 번쩍거리는
몸을 들고 나를 관찰하였다. 새끼들도 그곳에 함께 있었다. 나
는 모래 위에 엎드려 동물 쪽으로 기어갔다. 그들은 도망치지
않았다. 그놈들 사이를 뚫고 아지트를 향해 포복해 갔다. 안도
의 한숨을 쉬는 순간 첫번째 총성이 들려왔다. 저편 바다 위에
서였다. 그것은 석조교회의 잔해를 맞추고 피웅 소리를 내면서
퉁겨 나갔다.

그때 두 대의 배가 오고 있었다. 돛도, 모터도, 노도 없는
조그만 배들이었다. 철사줄에라도 끌려오듯이 똑바로 섬을 향
해 항진해 오고 있었다. 레일 위를 달리고 있지 않나 하는 생각
이 들 정도였다. 배 위에 곧추 서서 두 남자가 총을 겨누고 있
었다. 한 배에는 나의 아버지인 루크뷜의 파출소장이, 다른 배
에는 화가 막스 루드비히 난젠이 타고 있었다. 나의 꿈속에서

그들은 바다표범 사냥을 하고 있었다. 배를 달리며 총을 쏘았다. 엷은 연기구름이 총구에 걸려 있었다. 첫번째 사격이 시작되자 바다표범들은 물 쪽으로 가려고 애를 썼다. 무리들이 흩어졌다가 다시 모였고, 섬의 남단을 향해 허둥지둥 몰려갔다. 내 아지트의 입구 바로 옆을 지나가면서 지느러미들이 모래를 채찍질하고 있었다. 앞장선 부리들이 경고조로 울부짖었다. 나는 뛰어나갔다. 그러나 사격이 나를 땅바닥에 엎드리게 하였다. 나도 도망치는 무리들과 함께 남단을 향해 기어갔다. 그들이 나보다 더 빨랐다. 심지어 어린 짐승들조차 나를 앞질러 갔다. 하지만 나는 포기하지 않았다. 그들을 따라 모래밭을 지났고, 야생의 해조 숲을 지나갔다. 총에 맞은 몇몇 짐승 위를 지나가자니 이미 물가에 다다른 무리들이 서둘러 물 속으로 잠수하는 모습이 보였다.

나의 도주는 너무나 느리고 힘에 겨웠다. 점점 뒤로 처졌고 힘이 빠져갔다. 더 이상 일어설 수도 없었다. 남자들의 배가 해안에 다다랐을 때도 나는 일어설 수가 없었다. 그들은 동시에 배로부터 뛰어내렸다. 서로 신호를 보내고는, 그물 하나를 풀어 양날개를 하나씩 잡고 나를 향해 다가왔다. 둘은 밝은 색의 여름 외투를 입고 있었다.

나는 백사장 위를 꾸물꾸물 기어갔다. 내가 기어간 자국은, 바다표범들이 남긴 자국과 거의 구별할 수 없을 정도였다. 그들로선 서너 걸음으로 충분하였다. 그들은 그물로 내 주위에 원을 그렸다. 껄껄 웃으면서 원을 좁혀왔으며, 내 주위를 빙빙 돌았다──어살의 열린 입이 줄곧 내 얼굴 앞에 오도록 말이다. 힘을 북돋아주며, 항복을 권유하며 가느다란 나무로 만든 그물의 테가 나를 유인하고 있었다. 「들어온, 어서 들어온」 그들은 이

제 내 위에 몸을 구부리고 다정하게 내 어깨를 툭툭 치면서, 뒤로
갈수록 좁아져가는 어살을 가리켰다. 「자, 자, 어서」 마치 참을
성 있는 맹수 조련사들 같았다. 뛰지는 않았지만 결국 나는 그
물의 입 안으로 들어갈 수밖에 없었다. 매듭이 지어진 어살의
끝까지 기어갔으며, 곧 내가 위로 들려지는 기분을 느꼈다. 그
물이 내 살갗을 죄어왔다. 눈앞에서 모래밭이 이리저리 흔들거
렸다.

　「지기 예프젠이오?」 「네」 하고 내가 말하였다. 「우리와 함께
가야겠소」 햇빛이 쏟아져 나의 눈을 부시게 하고 있었다. 「불을
좀 켜봐」 가느다랗고 푸른 불빛이 하나 타올랐다. 커튼이 옆으
로 젖혀졌다. 누군가의 목소리가 들려왔다. 「이 친구 아직도 잠
이 덜 깬 모양인데」 누군가가 나를 끌어올렸다. 다리를 덮은 모
포가 미끄러져내렸다. 나는 손을 뻗었다. 외투가 만져졌다. 「여
긴 그야말로 암실이군」 목소리 하나가 말하였다. 다른 하나가
대답하였다. 「그러니까 이 친구에게 노출이 과다하지 않게만 주
의하라구」

19 섬

저편 언덕 위 푸른색의 본관 맞은편에는, 아직도 우리들이 신참수용소라고 부르는 건물이 있다. 독자 여러분은 납작한 목조의 단층건물 정도를 생각하면 될 것이다. 창 앞에 꽃이 담긴 상자를 걸어놓고, 붉은색과 흰색의 무늬가 뿌려진 커튼이 바람에 나부끼게 해주기 바란다. 밝은 통로의 바닥은 깨끗하게 걸레질되어 있다. 초소도 없다. 그 밖엔? 여덟 개의 방 모두가 함부르크에서 실어 나른 신참자들로 가득 차 있다고 상상해 주기 바란다. 제7호실에 나는 들어 있었다. 증오심이 발작하여 하루 전날 이곳 시설들을 때려부쉈던 쿠르트헨 니켈과 함께였다. 그는 검은 머리에 검은 셔츠를 입고 있었다. 가슴께의 단추를 풀어헤친 채 지금 돌처럼 침대 위에 누워 있다. 전직이 곡예사. 특기는 차력술. 그는 귀를 기울이고 있는 것일까? 나처럼 힘펠 원장의 음성에 귀를 쫑긋하고 있는 것일까? 원장은 지금 한 무리의 외국 심리학자들과 함께 신참 수용소를 돌며 이 새로운 교육 프로그램의 가능성과 위험성을 설명하고 있었다. 나무벽에 붙어 있는 침대 옆에 서서 나는 담배를 피웠다. 건너편에서는 중형의 소년수들 한떼가 와자지껄 떠들면서 걸어가고 있었다. 작업복을 입고, 쇠스랑과 삽을 어깨에 메고 작업장으로 가는 중이었다. 몇몇은 우리 건물 쪽을 바라보면서 무언가 떠들어대고, 깔깔 웃었다.

힘펠 원장 말하자면 수문과 같은 것이지요. 이 임시 수용소는 수문의 기능을 가진 곳입니다.

한 심리학자 (회의적으로) 제 생각이 옳다면, 이곳은 소년범들이 구금 생활을 위한 준비를 하는 곳이 아닐까요?

힘펠 (그의 달변을 기술적으로 중단시키며) 압력실이나 혹은 활주로라고 부를 수도 있겠지요. 어린 수감자들에게 새로운 상황에 대한 충격을 줄여주기 위하여 어느 정도의 구금 생활을 미리 시켜두는 것입니다. 그래야 소년원으로의 이감이 용이해지니까요. 이미 말씀드렸던 대로, 이곳에는 바깥 세상에서와 같은 자유는 없지만, 약간의, 다시 말해 조그만 자유는 누릴 수가 있습니다. 담배를 피울 수 있고, 라디오를 들을 수 있으며, 반나절쯤은 자기 시간을 가질 수 있을 뿐 아니라 자유로이 섬을 돌아다닐 수도 있습니다.

한 심리학자 신참자는 이곳에 얼마나 오래 머무르는 건가요?

원장 3개월입니다. 소년범이 우리에게 오면 3개월간 이 임시 수용소에 머무르게 됩니다. 지금까지 이 수감을 위한 단계적인 준비 과정이 크게 주효하고 있습니다.

쿠르트헨 (갑자기 침대에서 벌떡 일어나 증오에 찬 눈으로 나를 노려본다.) 저 작자들이 어디 있지? 저 돼지들이?

나 잘 들어봐. 5호실 아닐까?

쿠르트헨 (내 옆으로 다가오며 속삭인다.) 축하한다! 내 말 알겠어? 축하한다구.

나 뭘 축하한다는 거지?

쿠르트헨 (창가로 갔다가 재빨리 몸을 돌려 양손으로 창틀을 잡으며 기댄다.) 네가 여기 있다는 걸 말이다, 이 꼬마야. 내가 저치들 중 하나를 해치울 때, 넌 구경꾼이 될 기 아니냐. 폭행 죄로 저들이 나를 여기까지 끌고 왔지. 폭행건수 27회라, 이젠 제놈들이 내 폭행의 맛을 보게 되는 거지.

힘펠 원장 (옆 방에서) 모든 소년범들이 같은 기간 이곳에 수용되는 것이 아니지요. 우리는 특이한 단계 시스템을 만들어 놓았습니다. 그 시스템에 의해 이곳의 수용기간이 정해지는 것입니다. (쿠르트헨이 허리춤을 풀고 손을 왼쪽 허벅지께로 집어넣어 가죽케이스에 들어 있는 조그맣고 뾰족한 칼을 꺼낸다.)

나 시시한 짓 집어치우시지.

쿠르트헨 (증오에 가득 차서) 날 고발한 놈이 없다면 저놈들에게라도 화를 풀어야겠어. 저들은 모두 똑같아. 알겠어? 모두 우리를 미워한단 말이야. 우리가 젊기 때문에 샘을 부리는 거야.

나 (조용히) 그 칼을 집어넣지 그래. 또 필요할 때가 올 텐데.

쿠르트헨 (증오의 이유를 말해야 한다는 듯이) 저치들은 우리를 무서워하는 거야. 이해하려고 하는 게 아니야.

힘펠 원장 (옆방에서) 때로 아주 수월한 경우엔 여기 이 수문에서 2주일쯤 머무는 것으로 족하지요. 말씀드렸듯이, 수용기간은 심리적 감응도를 기준으로 삼습니다. 이곳을 경유한 후 감방으로 옮겨졌을 때 혼란은 거의 일어나지 않습니다. 혼란이 일어나는 일이 있다면, 그건 이곳에서 일어나는 것이지요.

쿠르트헨 (계속 그의 증오에 구실을 붙이며) 저 개들 중 한

놈도 날 이해해 주려고 하지 않았어. 지금도 마찬가지야. 내 계집을 오랫동안 쳐다보거나 집적거리지만 않으면 난 아무 짓도 안 했다구. 그녀를 건드리거나 붙어먹는 날에는 내 열창이 터지는 거지. 그건 참을 수가 없어. 알겠나? 나는 녀석에게 가서 정중히 요청하는 거지. 아가리를 제대로 달고 다니고 싶으면, 내 계집에 대한 관심일랑 걷어치우라고. 알아듣는 놈들도 많지만, 그렇지 않은 놈들도 많다구. 정당방위를 가지고 이 돼지들은 폭행죄라고 하는 거야.

힘펠 원장 이제 6호실에 한번 들러보도록 제안합니다. 그곳에서 제가 특이한 소년범 하나를 보여드리지요. 어린 그림절도범이에요. 그림에 대한 안목도 제법 갖추고 있답니다.

요스비히 (억양 없는 목소리로) 7호실에 있습니다, 원장님.

힘펠 원장 오 그랬던가? 그렇다면 다음 다음 방이군. 6호실에는 지금 누가 들어 있나?

요스비히 암살자와 로스바하입니다.

나 (천천히 쿠르트헨에게 다가가며) 칼을 치워.

쿠르트헨 (경고조로) 거기 서 있어.

나 (걸음을 멈추고) 그런 짓을 했다간 이 섬을 떠나지 못할 텐데.

쿠르트헨 (웃으면서) 떠나지 못해도 좋아. 알겠어? 또 한번 저놈들에게 본때를 보여주겠어. 다음에 어떻게 되든 내겐 매한가지야.

나 죄 없는 사람을 찌르면?

쿠르트헨 저중에 죄 없는 놈이 누가 있어? 모두 똑같은 놈들이야……. 우리를 편안히 내버려두지 않는 놈들이라구. 규정대로 수감하는 대신 섬을 말 조련장쯤으로 만들어놓고, 우리를

서커스 말로 길들이려 하는 거야……. 너도, 꼬마야, 너도 서
커스 말로 만들려 하는 거라구. (의심스러운 듯) 너에겐 얼마를
때렸지.

나 (좀더 그에게 다가가면서) 3년.

쿠르트헨 자동차 절도?

나 그게 니와 무슨 상관이지?

쿠르트헨 (거절하듯 손을 흔들며) 네 상판대기가 신문에 한번
나지 않았었나?

나 그림이야. 그림을 안전한 곳으로 갖다놓았지. 그게 전부야.

쿠르트헨 (이해가 가지 않는다는 듯이) 그림이라구?

힘펠 원장 (시찰단이 복도를 걷는 동안) 물론 독방 감호 내에
서도 단계의 차이는 있습니다. 말하자면, 제1단계는 우리가 지
금 시찰중인 임시 수용소의 수감 방식과 별로 다른 것이 없습니
다.

한 심리학자 제 생각이 틀리지 않았다면, 이곳의 모든 교육
프로그램이 수문의 특징을 가졌다고 하지 않으셨던가요?

힘펠 원장 (자신의 말이 완전히 이해되고 있음을 기뻐하면서)
사실, 우리는 이곳의 모든 것을 임시 정거장으로 이해시키지
요. 소년범들은 처음부터 이러한 상황을 일시적인 것으로 느끼
고 있습니다.

쿠르트헨 (발뒤꿈치를 들고 내 앞을 지나 문 쪽으로 간다. 허
리를 굽히고 엿듣는다. 곁눈질로 나를 살핀다. 햇빛이 그의 머
리 위에 떨어지고 있다. 칼날이 번쩍 섬광을 발한다. 검은 천의
바지가 장딴지 위에서 팽팽하다. 높은 구두 뒤축에 단 장식용
은못들이 빛을 받아 번득인다. 칼을 쥐지 않은 손을 움켜쥔다.)
6호실로 옮겨갔군.

나 칼을 치우라니까!

쿠르트헨 끼어들지 마. 알아듣겠어? 원한다면 똥간에라도 가 앉아 있으라구. 이제 별로 즐겁지 못한 순간이 올 테니까.

나 그들이 널 그냥 두지 않을걸. 영원히. 네가 그 짓을 한다면 말이야. 정신 좀 차려.

쿠르트헨 (증오에 가득 차서) 저치들이 날 애인과 떨어지게 만들었어. 저 똥돼지들이. 선고를 받은 후 그 애와 악수 한번 나눌 수 없었단 말이야.

힘펠 원장과 시찰단이 6호실로 사라지는 바람에 말소리가 들리지 않는다.

나 (라디오를 켜면서) 음악을 틀어놓고 그들을 영접하지 않겠어?

쿠르트헨 (날카롭게) 어서 꺼.

나 (라디오를 끄고) 너 그 짓을 했다간, 모든 게 끝장이야.

쿠르트헨 넌 아직도 모르고 있구나, 꼬마야. 저치들은 벌써 오래전에 우리를 끝장내고 있는 거야. 검사가 지껄이는 소리를 들어보라지. 나 같은 놈으로부터 사회를 보호해야 한다 이거야. 나 같은 놈으로부터 사회를 안전하게 할 권리를 달라는 거야. 말하자면 루이제 아줌마나 빌헬름 아저씨의 이름으로 나를 예까지 보내도록 한 거란 말이야. (그는 칼을 공중에 던졌다가 안전하게 다시 받았다. 한번은 그것을 프로펠라 돌리듯 거의 천장 위까지 던져놓고 뒤로 물러나 칼이 바닥에 꽂히는 양을 바라보았다.)

나 너의 부모가 무어라고 말할지 생각해 봐.

쿠르트헨 우리 엄마로 말하자면 한 독일배의 2급 무선기사지. 그녀는 바다에 나가 있는 중이라구.

나 아버지는?

쿠르트헨 야, 내가 네놈과 시시한 이야기나 노닥거리고 있을 줄 알았니? 그 돼먹지 않은 질문일랑 집어치우라구, 알았어? (그는 열려진 창문으로 간다. 제라늄 꽃들이 꽃상자에서 자라고 있다. 그는 칼을 획 휘둘러서 몇 개의 제라늄 꽃과 잎사귀를 잘라내어 창 밖으로 던진다.) 어떤 종류의 그림들이있지? 박물관 같은 데서? 아니면 여자들의 사진?

나 많은 그림들이야. 난 그것들을 단지 안전한 곳에 운반해 놓았을 뿐이야.

쿠르트헨 (문 쪽으로 뛰어간다) 그자들이 오는군.

나 시시한 짓 하지 마.

힘펠 원장 (복도에서) 이 임시 수용소 덕분에 탈주의 기도가 현저하게 줄어들었죠. 일년에 약 8건. 대개의 경우 동일한 원생이 도망을 시도하지요. (느리게 떨어지는 발소리가 우리 방 앞으로 가까와온다. 쿠르트헨이 뒤로 물러나 칼을 든 손을 내리고 정신을 집중시킨다. 경고하듯이 나를 쏘아본다.)

나 (열린 창문 앞에서) 그만두라니까. 너 미쳤구나.

쿠르트헨 (성이 나서) 이젠 조용히 해.

문이 열린다. 머뭇거리면서 쿠르트헨이 뒤로 비켜난다. 달려들 자세로 몸을 구부린다. 요스비히가 들어온다. 주의를 환기시키는 듯 손가락 하나를 입술에 갖다대고 있다. 그는 우리와 한통속이 되어 경고를 하고 준비를 갖추게 하려는 것이다. 그의 시선이 나에게 떨어졌다. 나는 번개처럼 빨리 그의 주의를 쿠르트헨이 서 있는 곳으로 돌리게 한다. 아마 소리도 질렀을 게다. 그러나 복도에 들리지 않게끔 하면서, 요스비히로 하여금 몸을 굽히는 반응을 일으키도록 하는 경고가 과연 가능했을까? 여하튼 그가 허리를 굽힌다. 포수처럼 팔을 뻗어 방어의 자세를 취한다. 쿠르트헨이 요스비히에게 달려든다. 칼을 높이 치켜든다. 나는 두 걸음 그에게로 다가간다. 아니, 창가에 선 채로 상상을 하는 것이다. 요스비히가 쓰러질 경우 그를 돕기 위해 단 두 걸음으로 그에게 달려갈 수 있으리라고.

외마디소리도 나지 않는다. 신음소리도 나지 않는다. 애써 소리를 죽이며 요스비히는 쿠르트헨의 공격을 방어한다. 쿠르트헨의 펄쩍 뛰어오른 몸집. 요스비히의 예측된 방어자세. 요스비히의 손이 쿠르트헨의 아래팔로 날아간다. 위쪽으로 오르면서 쿠르트헨의 팔을 맞힌다. 내팽개치듯 쿠르트헨의 팔이 위로 올라가면서 손바닥이 열리고 천장을 향해 칼이 날아간다. 쿠르트헨의 몸이 빙글 도는 동안 칼이 바닥에 떨어진다. 요스비히의 발 앞에. 쿠르트헨은 몸을 웅크리고 증오에 가득 찬 눈으로 요스비히를 쳐다본다. 몸을 굽혀 칼을 주우려고 한다. 요스비히의 발이 칼을 밟는다.

요스비히 (침통한 음성으로) 아직도 부족하냐? 이 미련한 놈아.

쿠르트헨 (아픈 아래팔을 붙들고) 다음에 두고 봐. 기다리고 있으라구.

요스비히 (칼에서 발을 떼면서) 집어라. 다시 한번 해봐, 어서. (어디 해보라는 듯 뒤로 물러난다. 쿠르트헨이 벌떡 일어난다. 요스비히가 칼을 집어넣는다. 쿠르트헨은 비척비척 그의 침대로 걸어가 몸을 던진다. 손을 후후 불고 주무른다.)

요스비히 자 그만하면 되었겠지.

쿠르트헨 (야유조로) 두고 보자구, 개새끼.

다섯 나라에서 온 일곱 명의 심리학자들이 들어온다. 그 뒤로, 겨울 재킷에 느슨한 반바지 차림의 힘펠 원장이 교육자다운 기쁨을 발산하면서 들어온다. 들어온 사람들이 방안을 둘러본다. 집안의 가구라도 보듯 우리를 살펴본다.

요스비히 (부드럽게 쿠르트헨에게) 일어나지 않겠어?

쿠르트헨 똥이나 먹어라.

요스비히 원장님께서 오셨다.

쿠르트헨 똥을 곱배기로 먹으려고 해.

힘펠 원장과 심리학자들은 학자다운 흥분에 가득 차서 시선을 교환한다. 이상하다고 생각하지 않고 오히려 무척 흥미있다는 표정을 짓는다.

힘펠 (요스비히에게) 여기에서 무슨 일이 일어난 것 같은데, 좀 별난 일이.

요스비히 그런 것 같지 않은데요.(쿠르트헨에게 고개를 끄덕이며) 저 녀석의 버릇을 좀 고쳐줄까요? 원하신다면 예의를 좀 지키도록 해주겠습니다.

힘펠 (손을 저으며) 고맙네, 요스비히. 그럴 필요 없어. 우린 그에게 아무런 감정도 없으니까.(쿠르트헨의 침대로 다가간다. 심리학자들은 반원을 그리며 그를 에워싼다.) 우린 당신의 행동을 이해하겠습니다. 니켈 씨. 누구나 기분이 나쁠 때가 있는 법이니까. 하지만 이제 우리는 서로를 믿기로 합시다. 아니 이렇게 말하는 게 좋겠어요. 우리는 서로를 도와야 한다고 말이죠.

쿠르트헨 (손을 움켜쥐면서) 집어치우시죠, 노인장. 그런 수작에 내가 넘어갈 줄 아쇼?」

한 심리학자 유수포브의 증오 요인이라고 사료되는데.

힘펠 (여전히 다정스럽게) 물론 우리는 당신을 곧 혼자 있게 해드리겠습니다. 하지만 우선 우리에게 호의를 보여줄 수 없을까요? 이 외국 분들은, 왜 당신이 이곳에 오게 되었는지를 알고 싶어하신답니다.

쿠르트헨 그거야 당신이 이미 알고 있을 텐데요. 조서를 읽어 보면 될 게 아닌가요?

힘펠 하지만 니켈씨, 이분들은 당신으로부터 직접 듣고 싶으신 겁니다. 그런데, 내가 당신을 자네라고 불러도 좋을까요? 난 여기 있는 모든 젊은이들을 자네라고 부르고 있는데.

쿠르트헨 당신이 나를 뭐라고 부르든 나에겐 매한가지요.

힘펠 (끈기 있게) 그렇다면 왜, 왜 자네는 이곳에 와 있다고 생각하나?

쿠르트헨 (침대에 벌렁 누워 천장을 응시한다. 손을 후후 분다.) 어린아이들이 하도 맛이 있어서 아린아이 하나를 아침식사로 먹어치웠죠, 그래서……

힘펠 (화를 내지 않는다. 오히려 그러한 대답에서 유익한 것을 느낀 양) 그 밖에는? 그것만이 이유는 아닐 텐데.

쿠르트헨 (조용히) 늙은이들이 날 못마땅하게 여겼기 때문이죠. 그리고 내가 동맹을 하나 만들었기 때문에.

힘펠 어떤 동맹이지?

쿠르트헨 늙은이들을 모조리 없애버리자는 동맹.

한 심리학자 이상적(異常的)인 공격 계수(係數)인데.

두번째 심리학자 (쿠르트헨을 굽어보며) 어이, 힘센 친구. 모두가 자네를 두려워하겠는데. 정말로 그렇게 강하다고 생각되거든 내일 체육관에나 가보는 게 어떨까? 권투장갑을 하나 선사할 테니. 그렇게 되면 우리는 볼 수 있겠지, 누가 누구의 턱을 돌아가게 만드는지를?

쿠르트헨 꺼져, 이 늙다리야! 다리 정강이에서 뼈가루가 떨어지지 않게 조심하시지.

힘펠 친애하는 니켈 군. 자넨 지금 적들과 대항하고 있는 것이 아닐세. 우린 자네를 도와주고 싶은 거야. 하지만 도와줄 수 있기 위해선 우선 서로를 이해해야 하지 않을까?

요스비히 원하신다면 일으켜 세울까요, 원장님?

힘펠 아니야, 조용히 긴장을 풀도록 놔두게.

구르트헨 내가 아는 건, 이 말뿐이오. 이젠 볼일이 끝났다. 더 이상 말하지 않겠소. 저 녀석한테나 얘길 거는 게 나을거요. (엄지손가락으로 나를 가리킨다.)

힘펠 오 그것도 좋겠군. 우리에겐 또 기회가 있을 테니까. (그는 내편을 향한다. 심리학자들은 무언가를 영어로 수군거린다. 쿠르트헨 니켈에 대한 견해가 일치를 보지 못하는 모양이었다. 추측컨대 몇 가지 부수적인 질문을 간직하고 있는 듯. 그러나, 힘펠 원장이 나에게 친구처럼 악수를 청했기 때문에, 그들은 몸을 돌려 내 주위에 관심의 울타리를 두른다.)

힘펠 (나에게) 자네가 바로 우리의 미술 전문가구먼.

요스비히 (끼어들며) 지기 예프젠입니다, 원장님.

힘펠 아, 나도 예프젠군과 그에 관한 이야기를 알고 있네. 하지만 아마도, 여기 오게 된 이유를 자신의 입으로 말해줄 수 있겠지, 이분들에게 말이야.

요스비히 (나지막하게) 얘기해. 그렇지 않으면 우린 서로 남남이 되고 말 거야.

나 (어깨를 으쓱하면서) 무슨 얘기를 듣고 싶다는 거지요?

힘펠 이미 말했듯이, 왜 자네가 여기에 있느냐 하는 것이지. 자네 자신의 입을 통해 듣고 싶은 걸세.

나 그림들을, 제 아버지가 찾아다니는 그림들을 안전한 곳에 옮겨놓은 것 때문이지요. 그것뿐입니다.

모든 심리학자들의 귀가 쫑긋한다. 서로 고개를 끄덕이며, 수첩과 연필을 꺼내어 든다.

힘펠 (참을성 있게) 왜 자네의 아버지가 그 그림들을 찾아다녔다고 생각하나?

나 (관심이 없는 듯 침대에 누워 있는 쿠르트헨을 건너다보며) 처음엔 직무상 이유 때문이었지요. 베를린으로부터 화가에 대한 창작 금지령이 내려졌기 때문이었습니다. 제 아버지가 그 지시를 전달하고 감시해야 했었죠. 그 당시 루크빌의 파출소장이었으니까요. 하지만, 종전 후에도 그는 감시를 중단할 수 없었던 겁니다. 그 사실은 원장님께서도 잘 아실테지요?

한 심리학자 (확인하려는 듯) 막스 루드비히 난젠 말인가요?

두번째 심리학자 그 표현주의 화가?

힘펠 지기 군, 그러니까 자네 부친께선 경찰관의 입장에서 직무상 창작 금지를 감시하였단 말이지? 그리고, 금지의 기간이 지났는데도 감시를 계속하였다고 말하고 있는 건가?

나 결국 그는 앙심을 품게 되었지요. 의무라기보다는 앙심 때문이었습니다. 일종의 병이 된 거였고, 그것이 훨씬 더 나빴던 것 같습니다.

한 심리학자 더 나빴다고?

힘펠 자네 부친께서 그림을 압수했던가?

나 압수하고, 태워버리고, 파손시켰습니다. 아무것도 그의 앞에선 안전하질 않았어요.

힘펠 하지만 이젠 자네의 얘기로 돌아가야겠네. 그러니까, 자네가 그 그림들을 안전한 곳으로 옮겨놓았었다, 그런 얘기군. 어떻게 그런 일이 일어났는지 이야기 좀 해주겠나?

나 그것은 풍찻간의 화재 이후부터 시작되었습니다. 저는 풍찻간 속에 은닉처를 마련해 두고 있었는데, 불이 나자 모든 것이 사라져버린 겁니다. 제 수집품 모두가요. 그림들, 열쇠들, 자물쇠들 모두. 그때부터 시작되었던 거예요. 저 역시 잘 모르겠어요. 제가 한 그림을 보고 있을 때 갑자기 무언가가 움직여왔어요. 그림의 배경으로부터 조그만 불꽃 하나가 다가왔어요. 멋대로 날뛰는 불꽃 하니고요. 전 무언가 하지 않을 수가 없었어요.

　첫번째 심리학자 편향성 강박관념이 아닐까요?

　두번째 심리학자 환각적 방어반응 같은데요.

　나 저는, 그림이 위험에 처해 있다고 느꼈던 겁니다. 그래서, 그것을 안전한 곳에 옮겨놓았지요. 당신들도 아마 그럴 수밖에 없었을 겁니다. 풍찻간이 불타 버린 후 전 우리집 다락방에 새 은닉처를 마련했지요. 그리고 그곳에 그림을 운반해 놓았습니다. 하지만, 그가 그것들을 발견했어요. 내 뒤를 오랫동안 따라다닌 후에 어느 날 그 그림들을 발견했던 거예요. 결국 그는 날 체포하게 되었지요.

　쿠르트헨 (침대로부터) 그것들을 다 먹어치웠어야 하는 건데, 이 멍충아.

　힘펠 (자제하면서) 그러나 자네 부친께선 의무만을 수행한 것이 아닌가?

　나 그는 절 죽이려고 했어요. 자신의 입으로 그렇게 말했어요. 그렇구말구요. 원장님께선, 제가 왜 여기에 있는지 알고 싶다고 하셨지요…….

　힘펠 원장 (열렬히) 그걸 바로 우리가 자네에게 요청하는 것일세.

　나 (천천히 쿠르트헨 쪽으로 다가가 그의 침대 위에 앉는다.)

말씀드릴 수가 있지요. 아주 분명히 말씀드릴 수가 있지요. 전, 저의 아버지, 즉 루크뷜의 파출소장을 대신하여 여기에 있는 것입니다. 제 생각으론, 쿠르트헨 역시 그 어떤 사람들, 예컨대 루이제 아줌마나 빌헬름 아저씨를 대신해서 여기에 있다고 봅니다. 어쩌면 이곳의 모든 소년수들이 누군가를 대신하고 있는지도 모르지요. 교화하기 힘든 소년수라고 그들은 법정에서 우리에게 딱지를 붙여주었습니다. 그리고 이곳에서 매일 그것이 증명되고 있습니다. 여기 있는 우리 중 몇몇은 정말로 교화하기 어려운 친구들도 있겠지요. 그걸 부인하는 것은 아닙니다. 하지만 전 묻고 싶습니다. 교화하기 어려운 어른들을 위한 섬과 시설은 왜 없느냐구요. 그런 것은 필요하지 않은 겁니까?

쿠르트헨 (격분하여) 그럴려면 어떤 섬도 크기가 너무 작을걸.

나 도대체 그 교화라는 게 언제나 끝이 나는 건지 묻고 싶습니다. 18살에? 아니면 25살엔가요?

힘펠 (열렬한 동감을 표하면서) 좋은 질문이야. 나무랄 데 없는 질문이야.

나 이곳에서 우리는 실험의 대상이 되고 있습니다. 아마도 모든 사람들이 우리를 우롱하고 있을 겁니다. 옳지 못한 양심을 가진 소년들이 과연 몇 명이나 이곳에 수용되어 있는지 묻고 싶지도 않습니다.

한 심리학자 전향적(轉向的) 공격성이 아닐까요?

나 사람들이 자기자신을 심판하고 싶지 않기 때문에 다른 사람들을 이곳에 보낸 겁니다. 소년들을 말예요. 이렇게 해야 그들은 안심이 되겠지요. 자유스러워지겠지요. 옳지 않은 양심들을 배에 실어 이곳에 날라놓는 것입니다. 그래야 즐거운 마음으로 아침밥을 먹고 밤에는 그로그주(酒)를 홀짝거릴 수 있겠지요.

힘펠 (열렬히, 그러나 의심스러운 듯) 이제 자네는 정상적으로 되어가는군 그래, 지기.

나 그렇담 좋아요. 이번엔 제가 원장님께 묻겠어요. 왜 제가 여기에 있어야 하는지를요. 아무도, 루크빌의 파출소장에게 교화과정을 밟도록 지시할 용기가 없기 때문이지요. 그는 여전히 병적인 상태에 머물러 빌어먹을 놈의 의무나 수행하고 있으면 되는 겁니다. 그가 일정한 나이에 도달하여 다시 한번 교정을 시킬 수가 없기 때문에, 제가 여기에 온 겁니다. 그렇습니다. 전 그를 대신해서 여기에 온 거예요. 원장님이 굳이 물으신다면 말입니다. 그러나 어쨌든 성공한 겁니다. 이곳에서 이룬 나의 발전을 어느 날 그가 나로부터 받아낼 수도 있겠지요. 그러나 그건 모두 희망 사항에 불과한 것이지요. 나는 그렇게 생각지 않고 있으니까요. (잠시 중단.)

힘펠 (헛기침을 하면서) 자네의 말이 좀 심하긴 하지만 난 이해할 수 있겠네, 아무렴, 난 자네의 실망을 이해할 수 있어. 그렇게 흉금을 털어놓는 말을 나는 좋아하네.

쿠르트헨 저말 좀 들어보라지. 모든 걸 다 이해할 수 있으시다는군. 모든 걸 이해한다면서 아무것도 하지 않는 사람들은 나도 좋아하지.

요스비히 (쿠르트헨에게) 넌 지금 원장님과 말하고 있는 거야.

쿠르트헨 그래서? 내 자신의 원장은 바로 나란 말이요. 얘기해 두지만, 내 걱정들일랑 작작 해두시오.

요스비히 (다소 위협조로) 우린 서로 자주 만나게 될 거야.

쿠르트헨 (천장을 바라보며) 한번은 틀림없이 더 만나겠구만.

힘펠 (요스비히에게) 내버려두게. 벌써부터 자극을 주지 말기로 하자구. (심리학자들에게) 더 질문이 있으신 분 없습니까?

(모두 질문을 하고 싶은 눈치이다. 정중하게 시선을 교환하며 먼저 질문을 하라는 듯 예의바르게 손을 침대 쪽으로 움직인다.)

첫번째 심리학자 (쿠르트헨이 누워 있고 내가 앉아 있는 침대 쪽으로 다가와서 쿠르트헨에게) 당신이 어린 시절에 홀로 자랐는지, 또는 놀이친구가 있었는지 물어도 좋을까요?

쿠르트헨 (잠시 말이 없다가 격분하여) 그걸 자세히 알고 싶다는 말씀이지? 나는 양로원 옆에서 자랐수다. 내 놀이친구는 양로원에 수용된 사람들이었소. 제일 나이가 적은 사람이 76세였지, 아마. 난 그를 모래삽으로 때려 죽였소.

첫번째 심리학자 (씁쓰레한 미소를 띠고) 이런 질문을 한 데는 특별한 사정이 있었어요.

쿠르트헨 그렇다고 해둡시다. 하지만 지금 난 피로한데요. 더 이상은 아무런 생각도 떠오르지 않겠수다.

수첩을 든 심리학자 (나에게) 무언가 좀 알 것 같은데요. 불꽃에 위협을 당하는 그림이 당신에 의해 안전한 곳으로 운반된 것이라고 말했지요? 그것은 즉, 이런 행위에 대해 절도라는 말을 배제시키려 함이 아닐까요?

나 (쿠르트헨에게) 나도 갑자기 피로해지는 까닭이 뭐지? 방안 공기 때문인가?

쿠르트헨 (손으로 턱을 받치면서 수첩을 든 심리학자에게) 아직도 충분히 알지 못했나요? 보시다시피 이 꼬마가 피곤하답니다. 얼마나 많은 걸 당신들은 알아내려고 하는 거요? 이리 와, 지기. 쭉 펴고 누우라구. (나를 침대 위로 잡아당긴다.) 네가 잠들 때까지 어루만져 주마.

나 우리 침대 옆에 사람들이 서 계신다, 쿠르트헨.

쿠르트헨 (냉소적으로) 걱정 말아라, 꼬마야. 그들도 뭐 별로 배운 게 없을 테니까.

힘펠 (회동을 끝내기 위해) 여러분, 한 가지 깊은 인상을 받으셨을 겁니다. 제 생각으론 아주 중요한 것에 대한 확신을 얻으셨을 줄 믿습니다. 찬성하신다면, 이번엔 8호실을 찾아가 보도록 하겠습니다. (힘펠 원장과 심리학사들, 갖가시 종류의 인사를 남기고 나간다. 요스비히가 일부러 맨 뒤에 처진다.)

요스비히 (좋지 않은 얼굴로) 기대 밖이었어, 너희들. 그건 성공한 공연이 못 돼. 하지만 우리가 네놈들을 바꿔놓을 거야. 기다리고 있어.

쿠르트헨 입 닥쳐. 배때기에 바람구멍이 나지 않으려면. (요스비히가 나가며 문을 닫는다. 쿠르트헨이 침대에서 뛰어 일어나 문 쪽으로 간다. 시찰단의 거동을 엿듣는다.)

쿠르트헨 저치들이 여기에서 완전히 떡이 되었지? 하지만 너, 나를 그리 오래 보지 못할 게다. 날아버릴 거니까.

나 그들이 널 잡는 날에는 일주일간 감금이야. 그게 이곳의 규칙이라구.

쿠르트헨 그 정도라면 한달에 두 번 정도씩을 시도해도 되겠는걸. 담배 있니? (담배와 성냥을 준다. 함께 담배를 피운다.) 내 말 들어봐, 꼬마야. 우린 배로 가야 해. 몰래 잠입해 들어가 몸을 숨기는 거야.

나 나는 가지 않겠어.

쿠르트헨 너 제정신이 아니구나?

나 뭍에 나가봐야 나에겐 갈 곳이 없어. 숨을 곳도, 지낼 곳도. 정거장 대합실에서 살고 싶지는 않아.

쿠르트헨 넌 나와 함께 지내면 돼. 랑겐호른의 교외에 유원지가 하나 있는데, 그곳 정자에 숨어 있으면 아무도 찾지 못할 거야.

나 가지 않겠어. 한번으로 족해. 당분간은 긴장이나 풀고 싶어.

쿠르트헨 후회하게 될걸.

나 후에, 훗날에 함께 갈게. 하지만 지금은…… 난 그들 때문에 너무나 시달렸어. 너도 루크빌 같은 데서 한번 살아봤어야 하는 건데. 그 사람들과 함께 말이야.

쿠르트헨 너의 아버지가 정말 경찰관이냐?

나 그가 우리 모두를 이 모양으로 만들었어. 글뤼제루프와 루크빌 사이를, 또 그의 가정을 휘저어놓은 거야. 수시로 그가 저지른 일을 새삼 들먹일 필요가 있겠어? 임무가 주어졌다 하면 평생토록 거기에 집착하는 위인이라구.

쿠르트헨 (창가로 다가가 밖을 내다보며) 난 벌써부터 이곳이 견딜 수가 없어. 저기 저 감방, 작업장, 바라크들. 그리고, 이 모래투성이 들판. 엘베 강이 이렇게 더러운 줄은 정말 몰랐어. 어떻게 이것들을 참아낸단 말이지?

나 과거와 현재를 비교하면서 지내는 거지.

쿠르트헨 넌 참 재미난 녀석이야. 난 벌써부터 알아보았어. (심각하게) 그 녀석을 까버렸어야 하는 건데.

나 이렇게 된 걸 다행으로 아시지.

힘펠 (발걸음 소리가 다가오더니 문이 열리고, 힘펠 원장이 나타난다.) 자네들이 다시 깨어났다니 다행이군. 자네들을 비난할 생각은 없네. 한 가지 제안하는 걸 잊었었어. 이곳에 기거하는 자네들은 산책의 자유가 보장되어 있네. 섬의 어느 곳이든 돌아다닐 수가 있어. 자네들이 산책을 하고 싶은 의향이 있다면——마침 내가 시간이 좀 있는데.

쿠르트헨 꽃들에 대해 감사해야겠는데. 하지만, 이곳에서 내다보는 걸로 족하오. (나에게) 어때, 섬을 좀 자세히 알아두고 싶지 않나?

나 나중에. 나중에 할 수 있겠지.

힘펠 (테이블에 앉으며) 게다가 오늘은 음악회 날일세. 원한다면, 자네들은 라디오를 들어도 되네.

쿠르트헨 그래, 이곳엔 음악의 날이란 세 있다지?

힘펠 (활기에 넘쳐) 자네들도 곧 익숙해질 거야. 우리 섬에선 요일마다 독특한 이름을 갖고 있다네. 월요일은 정숙의 날, 즉 독서를 하는 날, 화요일은 광내는 날, 즉 구두와 의복에 대한 점호가 있는 날일세. 오늘이 음악의 날. 목요일은 활력의 날이라고 부르지, 운동을 하는 날이니까. 금요일은 정리의 날일세. 작문을 짓는 날이지. 토요일, 그래, 토요일은 기쁨의 날이야. 즐거운 원생합창단의 공연이 있으니까 말이야——그것도 내 지휘 아래. 자네들도 이 합창단을 구경해 보기 바라네. 끝으로, 일요일은 명상의 날일세. 편지를 쓰고, 생각에 잠기고, 대화를 나누는 거지. (즐거운 공감을 얻어내기라도 하려는 듯이 우리를 뚫어지게 바라본다.)

쿠르트헨 날이 많기도 하네. 똥싸는 날은 없나?

힘펠 (당황하지 않고) 합창단에 가입하는 사람에겐 특혜가 주어지지. 일주일에 두 번, 두 시간씩 사역을 면제받게 되네.

쿠르트헨 (나에게) 그렇다면 당장 한 곡조 뽑아봐라, 꼬마야.

힘펠 (참을성 있게) 자네들이 할 일은 이미 결정해 놓았겠지? 내 짐작으론, 자네들이 같은 방을 썼으니까 작업도 같은 장소에서 하길 원할 것 같은데.

쿠르트헨 작업이라구? 그래 무슨 일을 시킬 작정이지요?

나 판결문에 작업에 관한 것은 없었는데요.

힘펠 (열띤 음성으로) 우리가 신축한 작업장이 여러 가지 직업 훈련과정을 제공해 준다네. 그곳에서 일하는 건 커다란 기쁨이지. 원한다면, 이곳에서 직업을 위한 기술을 익힐 수가 있어. 목수·열쇠공·화가·정원사 등 무엇이나. 재단사도 있고, 용접공도 있다네. 기능자격증을 딸 수도 있지.

쿠르트헨 감옥소에 예쁜 도장이 찍힌 자격증 말이겠지.

힘펠 노동청 장관의 서명이 있는 자격증이지. 시험을 노동청에서 실시하니까 말이야.

쿠르트헨 (나에게) 어때, 꼬마야? 우리 어떤 직종을 골라잡을까? 어차피 일을 피할 순 없는 것 같은데 말이야.

힘펠 물론 직업을 배우라고 강요는 하지 않네. 그저 일만 하면 되는거야. 이 섬에선 누구든 일을 해야 하는 거니까. 일의 종류는 충분하다네.

쿠르트헨 곡예사는 필요하지 않을까요? 차력사 같은 거 말입니다.

힘펠 (테이블에서 일어나 손으로 뒷짐을 지고 방안을 이리저리 거닌다.) 자네들은 아직 배워야 될 것이 많아. 통찰해야 할 것도 많고. (심각하게) 섬은 자네들을 위해 많은 것을 마련해 놓고 있다네. 반발이 따르더라도 변화가 일어나게 될 거야. 자네들은 아직 빵과 노동과의 관계조차 모르고 있는 것 같아. 걱정 말게나. 우리 섬에선 그것을 자네들에게 가르쳐줄 것일세. 자네들은 순종의 필요성을 깨닫게 될 거야. 어느 날엔간 의무의 기쁨까지도. 우리는 섬에서 필요한 것을 모두 스스로 만들어낸다네. 건물·용구·이상(理想), 그렇다네 이상까지도. 우리는 공동체인 셈이야. 필요한 것을 스스로 결정하는 섬 공동체란 말일세. 자기 일을 스스로 타개해 가는 것, 이것이 전부지.

자네들이 섬의 규율을 준수할 각오가 되어 있으면, 자네들은 자신을 위해 새로운 가능성들을 발견하게 될 것일세. 가장 어려운 건 바로 시작하는 일이지. (힘펠은 쿠르트헨 앞에 서서 그를 살펴본다. 천천히 손을 주머니에 넣어 더듬는다. 쿠르트헨의 칼을 조심스럽게 꺼내어 손바닥 위에 올려놓고 살펴본다. 쿠르트헨의 몸이 긴장한다.) 자네의 칼이지? (쿠르트헨이 칼을 빼앗으려고 한다. 힘펠이 손을 움츠린다.) 자네는 규정을 잘 알 텐데. 흉기의 소지는 금하게 되어 있어. 자기도 모르게 지니게 되었다면 즉시 신고해야 되네. 본부건물 4호실에. (침묵. 둘은 말없이 서로를 바라본다. 힘펠은 쿠르트헨에게 칼을 주고 물러난다.) 신고하도록 하게, 지금. 지금 당장. 4호실에 칼을 제출하고 내게 확인증을 보여주도록 해. 어서 가게. (쿠르트헨은 망설인다. 손안에서 칼을 만지작거리고 있다.) 내가 길을 가르쳐줘야 하겠나? (쿠르트헨, 증오에 찬 눈으로 힘펠을 쏘아본 다음 천천히 그를 향해 걸어간다. 그의 곁을 지나 문 쪽으로 간다. 문 앞에서 다시 한번 돌아다본다.)

쿠르트헨 아무리 그래봤자 당신이 날 어쩌지는 못할걸. 나에겐 안 될걸. (그는 방을 떠난다.)

힘펠 (창가로 걸어가 쿠르트헨이 본부건물 안으로 들어갈 때까지 주시하고 있다. 그런 다음 어깨 너머로) 알겠나? 시작이야. 우선 시작이 중요한 거야. 섬 도서관이 어떻겠나? 새 책들을 정리하고 목록을 만드는 일이야. 자네도 그곳이 마음에 들걸.

나 그 일뿐인가요?

힘펠 물론 비 만드는 공장에서 일을 할 수도 있지. 우리 섬에선 각종 빗자루를 생산해 내고 있다네.

나 그러면 우선 비 만드는 공장에서 일하겠습니다.

힘펠 이유가 뭐지?

나 저도 모르겠어요. 갑자기 빗자루가 친근하게 느껴지는군요.

힘펠 더 생각해 보게나. 이곳에선 작업장을 얼마든지 바꿀 수도 있으니까. 자네가 원한다니 우선 빗자루부터 시작해 보게나. 그 다음엔 책일세.

(문이 활짝 열리면서 깡마른 남자 하나가 겁에 질린 표정으로 뛰어든다. 한 손엔 부서진 안경을 들고 있다. 코르프윤 선생이다. 가쁜 숨을 몰아쉬며 방 한가운데에 서 있다. 그의 몸에서 고약 냄새가 풍겨온다.)

힘펠 코르프윤 선생, 또 무슨 일이라도 일어났습니까?

코르프윤 원장님을 찾아다녔습니다. 이 일은 꼭 보고드려야 될 것 같아서요.

힘펠 사회생활 시간에 일어난 일인가요?

코르프윤 독일어 시간입니다. 늘 독일어 시간이 문젭니다. 제가 작문을 한 편 쓰도록 시켰지요.

힘펠 (안경을 살펴보며) 이거 박살이 나지 않았소?

코르프윤 원생 중 하나가 갑자기 발작을 일으키고는 의자로부터 굴러떨어지지 않겠습니까. 올레 플뢰츠였지요. 전 그를 도와주려 했습니다. 그러자 정식으로 소란을 피우기 시작한 겁니다.

힘펠 올레 플뢰츠라.

코르프윤 그들이 절보고, 그에게 손을 대지 말라는 거였습니다. 하지만 전 그를 돕지 않을 수가 없었죠. 옥신각신하는 동안에——이걸 보십시오. (안경을 가리킨다.) 안경이 떨어져 밟혀 버렸습니다. 정말 방자하기 짝이 없는 행위들입니다.

힘펠 철저히 조사하게 될 것입니다. 그런데 테마가 무엇이었던가요?

코르프윤 작문 말씀인가요? 아주 평이한 것이었지요. 〈복종할 줄 아는 사람만이 명령할 수 있다〉였습니다.

힘펠 유익한 테마군요.

코르프윤 두 원생이 빈 공책을 제출하였습니다. 그들의 지도를 부탁드립니다.

힘펠 그들을 면담해 보겠습니다. 지금 곧. (나에게 악수를 청한다.) 지기 군, 자네도 곧 첫번째 작문을 쓰게 될 걸세. 자네는 자신의 일을 잘 해결해 나가리라고 확신하네. 자네의 결정 여부를 나에게 알려주게나.

나 우선 빗자루 공장으로 보내주십시오. (나의 손을 놓고 손가락을 펼친 다음 유심히 살펴본다.)

힘펠 난, 자네가 섬과 자네 주위의 사람들에게 호의를 가져주기 바라네.

나 두고 보지요. (둘은 나간다. 나는 꽁초 하나를 입에 물고, 창가로 다가가 두 사람의 뒤를 바라본다. 라디오를 틀어본다. 엘베와 베저 강변의 일기예보이다. 라디오를 끄고 창문을 닫는다. 침대에 누워 발을 뻗고 팔베개를 한다.)

2ᄆ 헤어짐

비로소 나는 벌로 부과된 작문을 끝마쳤다. 닷새 전부터 그 짙은 회색 공책들은 차곡차곡 포개져 철제사물함의 왼편에 들어가 있었다. 사물함은 잠겨졌고, 열쇠를 집어넣은 납작한 가죽주머니가 내 가슴께에 매달려 흔들거렸다. 나의 일에 관하여 문의하기를 요스비히는 단념하였다. 그는, 내가 작문을 끝마쳤는지, 그저 잠시 쉬고 있는 것인지 알지 못한다. 어쩌면 알려는 생각이 없는 것인지도 모른다. 아침에 그는 엿보기 구멍을 통해 나의 방을 들여다보았다. 그리하여 내가 글을 쓰고 있지 않다는 사실, 책상 위가 말끔히 치워졌고 칼자국투성이인 의자가 책상 밑에 들여져 있다는 사실을 알고는, 상체를 잔뜩 뒤로 젖히고 하얀 구두상자의 탑을 턱 밑까지 올라오게 안은 채 나의 방으로 들어왔다. 빈 책상 위에 짐을 내려놓은 다음, 그가 모은 고화(古貨)를 정리해 주겠다던 나의 약속을 상기시켰다.

그리하여 우리는 그의 고화를 마분지 위에 놓고 분류하고 마무르고 나누어 붙였다. 푸른 색연필을 가지고 힘찬 인쇄체 글씨로 마분지들을 우선 분류하였다. 시대별, 발행 연도별, 그리고 국왕이나 대통령별로. 이들 통치자들은 대개 수염을 길렀고 늘 확신에 찬 얼굴로 주화나 지폐 위에서 자신을 소개하고 있었다. 제정(帝政) 시대와 바이마르 시대, 그리고 대전중의 화폐는 각각 한 장의 마분지로 족하였지만, 인플레이션 시대의 화폐를 망라하는 데는 두 장 반의 마분지가 소요되었다. 도와준 데 대한 감사의 표시로 그는 나에게 5천만 마르크를 선사하였다.

닷새가 지나도록 나는 작문을 제출하지 않았다. 단 한번 사물함을 열고 공책들을 꺼내보았다. 처음으로 면회가 다시 허락된 즐거운 날이었다. 힐케가 나에게 왔다. 짧게 자른 머리카락. 변함없이 입가에 떠오르는 빈정거림! 무관심한 듯한 시선. 몽롱한 눈빛은 마치 루크빌 해변의 어느 날을 연상케 했다. 그녀는 들어오자 과자나 초콜렛 따위를 건네주었다. 가볍게 내 손을 잡은 후 어머니와 똑같이 한숨을 쉬면서 의자에 앉았다. 천천히 나의 독방을 둘러보고는 여러 가지가 바뀐 게 아니냐고 물었다. 대답이 없자 그녀는 얼굴을 들어 내 표정을 탐색한 다음, 작문은 더 진전이 되었느냐, 혹시 이미 제출하여 검사를 받은 것이 아니냐고 물었다.

나는 사물함을 열고 공책들을 꺼내어 그녀 앞에 쌓아놓았다. 힐케는 팔을 공책 위에 올려놓았다. 귀퉁이가 접힌 몇 장을 통통한 손가락으로 다듬어 펴면서 미소를 지었다. 꽤 오랜 시간이 지난 후에야 공책 한 권을——맨 위쪽의 것은 물론 아니었다——펼치고, 긴장을 풀지 않은 자세로 읽기 시작하였다. 마치 날 위해 시식이나 해주고 싶다는 태도로. 이마를 찡그리며 그녀는 읽어나갔다. 무엇인가를 알아내거나 기억을 되살려주는 것을 만나면 불쑥불쑥 보충을 하거나 확인을 하거나 또는 그저 되뇌거나 하였다. 「아 그래, 갈매기들과 소나기. 부스베크 박사를 위한 생일파티. 아 그래, 흘름젠 부부, 그들은 벌써 죽었지. 빨간 외투를 입은 남자. 아 그래, 그 많은 이름들을 아직도 넌 기억하고 있구나. 바람 부는 날 제방 위에 서 있는 화가. 아스무스 아스무센은 지금 글뤼제루프에 살고 있단다. 아디의 병을 아직도 기억하고 있구나. 그리고 모래톱에서의 오후. 풍찻간 속의 네 아지트. 그 손수레는 이제 치워졌지. 하이니 분예는 이민을 가버렸고. 내 다리에 대해선 별로 좋게 써주지 않았구나. 아 그래, 오코 브로더젠, 그 외팔이 집배원은 정년 퇴직을 했어. 그리고, 루크빌의 파출소장에 대해서 넌 참 아는 것도 많구나……. 하지만 그가 정말 그랬을까? 우리에게 옛날애기를 해준 적도 있지 않았니, 가끔? 그 화창하고 건조했던 여름날을 한번 생각해 봐. 어머니가 우리를 유모차에 태우고 해변을 산책하던 때를 말이야. 그녀 역시 달라질 수도 있었을 거야. 온종일 말 한마디 않던 화가를 생각해 봐. 도랑이 얼어붙고 목장에 서리가 하얗던 루크빌의 겨울. 또는 우리들이 사과밭에 누워 사과 떨어지는 소리를 듣던 가을. 풍뎅이들이 윙윙거리던 제방의 따뜻한 저녁도 좀 생각해 봐……. 하지만 난 이걸 다 읽어보겠어, 지기. 오늘은 아니더라도 곧」

그녀는 공책을 모두 나에게 돌려주었다. 그것들을 다시 집어넣는 동안 그녀는 약속하였다. 금방은 아니더라도 앞으로 자주 찾아오겠노라고. 그것이 이제는 가능하다는 것이었다. 루크빌을 영영 떠났다는 것이었다. 〈조국의 집〉에서 웨이트리스로 일할 계획이라는 것이었다. 그곳에선 저녁마다 버라이어티 쇼가 있는데, 〈알스터 트리오〉가 공연한다는 것이었다. 그것은 바로 아디의 트리오였다. 힐케는 무척 서둘렀다. 벌써 닷새. 나는 내 작문과 헤어질 수가 없다. 때때로, 비가 내리는 조용한 주일이나, 작업장으로부터 시끄러운 소음이 들려오지 않을 때나, 배가 심리학도들을 실어 나르지 않을 때나, 날카로운 호각 소리, 구령, 발소리가 봉사의 즐거움을 구가하지 않는 날──그런 날에는 간혹 이런 생각이 들었다. 그들이 날 잊어버린 게 아닐까? 그들이 섬을 포기하고 떠나버린 게 아닐까? 갈매기와 까마귀떼들을 저버린 것이 아닐까? 그러나 어느 날 그들은 내 기억을 일깨워주었다. 내가 혼자가 아니며 먼 곳으로부터 그들이 나를 지켜보고 있었다는 사실을.

오늘 아침까지만 해도 힘펠 원장이 나를 부르리라고는 미처 생각지 못하고 있었다. 「어서 일어나라」 하고 요스비히가 재촉하였다. 「머리를 빗고 점호복으로 갈아입어라. 원장실에서 널 보고 싶어한다. 그리고, 그 근면의 증표를 가지고 가야지」 그는 나를 수위실까지 바래다준 다음 거기서부터는 나 혼자 가도록 하였다. 나는 서둘지 않았다. 끈으로 묶은 공책 뭉치를 끼고 가면서 시 참사위원 리벤잠의 흉상을 쓰다듬기도 하고, 격자를 친 주방 문을 들여다보다가 요리사 아주머니에게 쫓겨나기도 하였다. 우리에 대한 감정을 우리의 식사 속에 표현하는 여자였다. 원장의 개가 낯선 다른 개와 사이 좋게 무슨 철학적 대화라도 나누듯이 함께 강변으로 가는 것을 보자 나는 깨어진 기와조각을 집어던져 그들의 뜀박질을 재촉해 주었다.

단단히 다져진 마당을 지나지 않고, 나는 작업장의 뒤편을 따라 초록색·빨강색·흰색·장미색의 양배추밭들을 지나 구부러진 길로 접어들었다. 이것은 본부동은 물론 정박중인 평저선 쪽으로도 통하는 길이었다. 만조(滿潮)였다. 나는 가교용 평저선 안으로 들어갔다. 밧줄에 묶인 채 아래위로 삐거덕삐거덕 흔들리고 있는 품이 다른 무엇의 호흡에 따라 움직이는 것이 아니라 자기 자신이 숨을 쉬고 있는 것 같았다. 땅위에 걸쳐놓은 판자다리도 이리 흔들 저리 흔들 하고 있었다. 약하게 찰랑대는 물결. 바람이 갈대밭을 마름질하고 있었지만 소득은 아무것도 없었다. 넓은 백사장 위에선 감자줄기를 태우고 있었다. 바람이 그 매캐한 잿빛 연기를 엘베 강 위로 몰아가고 있었다. 평저선에서 바라보니 자신의 동력으로 섬 전체가 강물 위를 떠내려가고 있는 기분이었다. 가을의 강변을 지나 섬이 움직여가고 있었다. 감자를 태우는 불에 의해, 그리고 거점을 바꾸고 싶은, 더 따뜻하고 더 희망에 찬 지역으로 헤엄쳐 가고 싶은 우리의 소망에 의해서.

힘펠의 여비서가 나를 발견하였다. 창문을 열고 휘파람을 불고는 손짓을 하였다. 나도 손짓으로 응답한 다음 본부동으로 향했다. 층계 밑 복도, 화장실 앞 등을 모두 화가들이 점령하고 있었다. 붓을 빨고 있는 친구, 몇 겹의 기름물감을 응접용 램프로 태워버리고 있는 친구, 장식 마름의 본을 뜨고 있는 친구, 디딤대 위에서 곡예를 부리는 친구, 문지방 앞에 웅크리고 앉은 친구, 창틀 앞에서 까불어대고 있는 친구. 40명이 넘는, 화가 지망을 설득받은 중범의 소년수들이었다. 에디 질루스가 그곳에 없었으면, 그들 중 한 명도 낯익은 얼굴이 없었을 것이다. 나는 그들을 거의 알지 못하건만, 그들은 나를 알고 있는 모양이었다. 수군거리고, 휘파람을 불고, 무언가를 두드려 신호를 보내왔다. 두드림이 층계를 오르는 내 발걸음에 장단을 맞추었다. 조각도, 작은 붓, 큰 붓을 두드려 나에게 경례를 보내주었다. 그렇다, 그것은 경례였다. 그것은 경의의 표시였다. 그들의 얼굴이 그것을 증명해 주고 있었다.

누구에게 인사를 보내는 것일까? 다소 고참인 동료원생에게? 작문이라는 벌을 받은 사람에게? 아니면 끈질긴 고집의 표본에게?「원생들 사이에서」하고 언젠가 요스비히가 말했었다.「넌 대단한 녀석이 되어버렸어. 전설적인 인물이랄까, 어쩌면 하나의 상징이 되었단 말이야. 뼈삐지게 어려운 일이 생기면 넌 생각하고 용기를 얻는다」어쨌든 화가들은, 내가 원장의 방문을 노크할 때까지 경례의 두드림을 보내주었다. 원장의 방으로 들어가는 순간 조각도, 작은 붓, 큰 붓들이 본래의 작업으로 돌아가는 소리를 나는 들을 수 있었다.

힘펠은 셔츠와 반바지 차림으로 나를 기다리고 있었다. 그의 재킷에는 두 명의 여비서가 들러붙어서 비비고, 닦아내고, 테르펜틴으로 얼룩을 빼고 있었다. 한손으로는 복도를, 다른 손으로는 재킷을 손가락질하면서 그는 말하였다.「화가들일세, 지기, 자네도 보았겠지만, 오늘은 화가들을 집안에 불러들였다네」

재킷의 깃에는 힘펠 원장이라는 명찰이 붙어 있었다. 보아한즉 회의 참석차 함부르크에라도 가는 모양이었다. 그는 물었다. 앉아서 차 한잔 하지 않겠느냐, 예외적으로 담배도 한 대 피우지 않겠느냐? 나는 그러고 싶었다. 공책 뭉치를 그의 책상 위에 올려놓고 나는 자리에 앉았다. 그러곤, 그가 손을 가볍게 흔들거나 빠르게 혀를 참으로써 여비서들을 재촉하고 있는 양을 지켜보았다. 제아무리 작은 얼룩이라도 말끔히 지워버리려는 그녀들에게 그는 리드미컬하게 발을 굴러 시간이 급하다는 것을 알렸고, 마침내는 재킷을 빼앗아서 훌쩍 상체에 걸쳤다.

「자, 지기, 앉게나. 곧 우리의 차가 나올 거야. 이미 따라놓았으니까. 이제 이야기를 좀 해보세나」오랜 시선의 교환. 그는 나와 그의 책상 주위를 뱅뱅 돌았다. 빠르고 힘차게 피아노 건반을 두드리는 소리, 딤—다—다. 「자네도 모든 것을 알았을지 모르겠네. 왜 자네로 하여금 그렇게도 오랫동안 작문을 쓰도록 허용했는지를? 모르겠다구? 그렇다면 그것부터 자네에게 이야기해야겠구먼」

소년원 당국에서는 하나의 보기를 제시하고자 했다는 것이었다. 무엇보다도 젊은이가 가진 자유 의지의 통찰과 생각을 허용될 수 있는 한 인정해 주고 뒷받침해 주는 보기를 말이다. 작문을 쓰도록 허용한 이유는 내가 그 작문의 테마를 시인하였고, 내 자신의 가능성을 증명해 보려고 했기 때문이었다는 것이다. 그, 즉 힘펠은 그때 물론 또 다른 무언가를 간파하였다. 즉, 그가 느낀 것은 기억이 나에게 있어 커다란 질곡이 되고 있다는 사실이었고, 그래서 그는 나로 하여금 이러한 질곡에서 빠져나오게 해주고 싶었다는 것이었다. 「그렇지. 자네가 작문을 끝내겠다고 고집하였을 때 난 발견하였네. 내가 자네에게 내린 벌이, 자네가 자네 자신에게 내린 벌에 비하면 대수롭지 않다는 사실을. 하지만 이제는 충분하네. 그 벌은 더 계속되지 않아도 좋아. 허용되어진 한계점에 완전히 도달되었네. 거기에 대해 뭐 얘기하고 싶은 것이라도 있나? 없다고? 그렇다면 내가 묻고 싶네. 열흘 후에 이 섬을 떠나는 게 어떨지? 영원히 말일세. (딤—다—다) 자네에게 사면이 내려진 걸세. 자넨 이제 어디든 갈 수 있게 되었어. 직업과정을 이수하지는 못했지만——나 개인적으론 그 점이 유감이네——자네가 빗자루 공장과 도서관에서 보여준 능력이 수준 이상이었다고 봐서 그에 상응하는 증서는 쉽게 만들어줄 수 있겠네」

「그건 결정된 일인가요?」

「그렇다네. 변경할 수 없는 것이지. 이젠 더 이상의 연기를 해줄 수가 없다네」

「몇 주일만이라도 안 되나요?」

「몇 주일도 안 되네」

「하지만 작문이 아직도 끝나지 않았는데요?」

「상관없네. 그러한 일은 원래 앞당겨 끝낼 수도 있는 일 아닌가? 그걸로 충분하네」

「언제 그것을 제출해야 될까요?」

「내일 아침」

「변경할 수 없습니까?」

「없네. 8시경에 자네를 기다리겠네」 (딤―다―다)

「공책을 전부 다 가져올까요?」

「그렇게 해주게. 난 다시 한번 그것들을 읽고 싶네. 그건 허락된 일이었지, 물론. 자 내일 아침 8시일세. 그런데, 자넨 소위원회에서 어떤 답변을 할 작정인가?」

「답변이라뇨?」

「사람들이 자네에게 물을걸세. 석방된 후에 무엇을 할 생각이냐고. 이제 자네의 양해를 구해야겠네. 난 시내로 좀 나가봐야겠네. 물론 국제학술회의에 참석하기 위해서지」

어느 누가 이럴 때 약속한 차(茶)와 담배를 생각할 것인가? 나는 공책 뭉치를 들고 인사를 한 다음 문을 나섰다. 그리고 40명 이상의 교화되기 어려운 화가들이 두드림의 경례를 보내며 열어주는 통로를 이번엔 정신없이, 감사의 마음도 표할 새 없이 지나왔다.

이제 석방이라. 작문의 제출이라. 이제 나에게 남은 게 무엇

인가? 내 마음을 움직일 것이 무엇이겠는가? 무얼 더 기다릴 게
있었을까? 재빨리 나는 본부건물을 떠났다. 그러나 나의 방으로
돌아오진 않았다. 결정이 된 석방을 의심스럽게 만들 가능성이
있음에도 불구하고 단단히 다져진 마당을 가로지르고, 자물쇠 공
장과 영창——그 안에선 올레 플뢰츠의 얼굴이 꼼짝 않고 나를
보고 있었다. 그는 탈주의 시도로 얻는 일주일이 아니라, 21일
간의 금족령에 처해 있었다. 학위논문을 위해 섬에 찾아온 여자
심리학도의 핸드백을 가볍게 해주었던 것이다——을 지나 빗자
루 공장의 문을 열었다.

　기계들은 조용히 정지해 있었다. 점심시간이었다. 소나무 목
재와 아교의 냄새가 풍겨왔다. 저편에 웅크리고 있는 것이 회전
톱, 저편이 천공기. 생각이 하나 떠올랐다. 나는 공책들을 반듯
하게 추스린 다음 천공기 밑에 집어넣었다. 전류를 넣고 안전지
레를 돌려 공책의 왼편 위쪽 모서리에 구멍을 뚫었다. 구멍 속
에 실을 꿰어 양끝을 함께 묶었다. 사냥에서 잡은 메추리들처럼
공책을 어깨에 걸치고, 나는 빗자루 공장을 떠났다. 목적 없는
사냥꾼처럼 감자밭의 가장자리를 지나 강변으로 내려갔다. 그
러고는 그늘을 만들어주는 팻말, 즉 청소년 보호국에서 세워놓
은 경고판 밑에 주저앉아 강 쪽을 바라보았다.

　담배를 피우면서 함부르크 방면으로부터 다가오는 특수선, 즉
톱니 모양의 선수를 가진 해저 케이블 부설선을 바라보았다. 석
방이 되고 나면 무엇을 할까? 어디로 갈까? 어디에서 나의 은신
처를 찾을까? 클라스도 떠났고 힐케도 떠났다——내가 다시 루
크뷜로 돌아갈 수 있을까? 하지만 설령 내가 함부르크에 머물러
있다고 해서 루크뷜을 떠났다고 할 수 있을까?

　그것은 영국의 케이블 부설선이었다. 여러 층의 케이블 고륜

(鼓輪)을 신고 물 속에 깊숙이 잠겨 있었다. 어떤 바다 속에 케이블을 묻었으며, 어떤 땅들을 서로 연결시켰을까? 나는 알고 있다. 나의 케이블이 결코 루크뷜을 지나칠 수가 없다는 것, 적어도 한쪽 끝이 항시 그 회칠이 떨어진 벽돌집에 잇대어 있을 것이라는 것을. 그리고 전류를 통하기가 무섭게 필경 부르짖는 음성이 들려오리라는 깃을. 「지, 루크뷜의 파출소장입니다」 어떠한 사건도, 어떠한 해진(海震), 어떠한 지진도 이 연계성을 중단시키지는 못할 것이다. 이 장소에 나는 영원히 매여 있는 것이니까. 길을 돌아가거나 귀를 막아보아도 소용 없는 일이다. 도망을 치는 것도 이미 소용 없는 일이다. 그저 귀를 기울이기만 해도 윙윙거리는 소리, 덜커덩거리는 소리들이 들려온다. 목소리들이 들려오기 시작하면 그 깊숙한 곳에서 나는 어느새 갈매기의 울음소리를 듣는다. 거기 들판이 넓게 펼쳐지고, 불어오는 바람 속에 옹기종기 집들이 나타난다. 그리고 나는 듣는다. 북해가 방파제에 부딪쳐 거품을 내며 질러대는 소리를. 루크뷜은 어김없이 그곳에 있다. 내가 무수한 질문을 던져보았지만 여전히 많은 응답을 듣지 못한 그 장소에. 하지만 중단할 수가 없다. 미친 듯한 갈매기의 울음과 함께. 귓전에 와 닿는 파도의 철썩거림, 그리고 바람에 우수수 흔들리며 나는 나뭇잎 소리와 함께 나는 여전히 질문을 계속할 것이다.

소나기가 오는 날 문을 두드린 사람이 누구이며, 난로로부터 연기구름을 물씬 일으킨 사람이 누구인지를 물어볼 것이다. 왜 그들은 병자를 가볍게 취급하며 〈천리안을 가진〉 사람을 외경과 공포감을 갖고 만나는지 물어볼 것이다.

등화관제를 했던 사람, 늪 속에서 뽀글거리는 수프를 만들었던 사람, 안개를 어깨에 둘러썼던 사람, 냄비로 휘파람소리를

내어 들판 위를 나는 까마귀들을 내몰았던 사람. 그들에 관하여
나는 물어볼 것이다. 그리고 나 자신에게 물어본다. 왜 그들은
낯선 사람의 출입을 금지하고 그의 도움을 경멸했던가? 왜 그들
은 중도에 방향을 바꾸어 더 나은 것을 생각할 수 없는 것일까?
누가 밤을 위해 초원을 새롭게 하는 것이며, 누가 마구간을 불
태우는 것인가? 그리고 나는 물어볼 것이다. 어째서 우리 고장
에서는 낮보다 밤에 더 깊숙이, 그리고 더 효과적으로 모든 것
을 볼 수 있는 것인가? 어째서 그들은 맡겨진 임무 수행에 그다
지도 과잉충성하는 것일까? 말없는 탐식가들, 그 독선, 그리고
어떤 온천장이고 정통한 그들의 향토지(鄕土誌). 이런 것들에도
나는 질문을 던질 것이다. 그들의 걸음, 그들의 섬, 그들의 시
선, 그들의 말에 질문을 던질 것이다. 내가 알고 있는 것에 나
는 만족할 수가 없다.

  어쨌든 나는 그곳 경고판 밑에서 담배 한 대를 피운 다음 꽁
초를 모래 속에 묻었다. 그곳을 떠나기 전 젖은 백사장 위에 구
두 뒤꿈치로 〈똥〉이란 단어를 써놓았다. 강변을 따라, 밤마다
철새들이 깃을 치는 갈대밭을 지나 나는 섬을 반 바퀴나 돌아보
았다. 나를 보는 사람도, 부르는 사람도 없었다. 두 마리의 개
조차도 나를 바라보지 않았다. 놈들은 앞다리만을 버티고 다정
하게 앉아 있었다.

  다시금 나는 내 방이 있는 건물로 터덜터덜 걸어왔다. 간수
실이 비어 있는 것을 보니 요스비히가 점심식사라도 하는 중인
모양이었다. 그의 책상 서랍들은 도무지 새로울 것이 없었다.
말라비틀어져서 돌덩이처럼 된 치즈빵도 아직 그 자리에 있었
다. 봉투 속에는 교환하기 위해 넣어둔 고화. 그리고 처음 보는
것으로 어림잡아 20년은 지났음직한 고등어 한 마리였다. 인광

을 발하며 썩어가는 냄새가 방안에 가득하였다. 우리의 친애하는 간수님을 만날 때마다 맡게 되는, 그 견디기 힘든 악취였다. 편지를 또한 잊어선 안 되겠다. 막 쓰기 시작한, 놀랍게도 나에게 보내는 편지를 말이다. 편지는 요스비히 특유의 어투로 시작하고 있었다.

친애하는 지기! 이제 너는 곧 섬을 떠나겠구나. 저편 육지에서는 삶이 너를 기다리고 있겠지. 우리는, 네가 빨리도 우리를 잊게 되리라고 생각한다. 하지만 널 떠나보내는 마음이 가볍지가 못하구나. 너의 석방을 못마땅하게 생각해서가 아니라, 우리들 모두가 널 사랑하기 때문이란다. 하지만 어쩔 수 없는 일 아니겠니? 내가 늘 말했듯이, 섬에서 일어나는 일도 세상살이나 마찬가지야. 간신히 한 사람과 정이 들게 되면 어느새 또 작별을 나눠야 하니까 말이야.

더 이상 생각이 떠오르지 않은 모양이었다. 어쨌거나, 그도 역시 나의 앞당겨진 석방을 알고 있었다. 그것은 정해진 사실이었다. 따라서, 나는 벌로 부과된 작문을 제출해야 하는 것이다. 힘펠이 그것을 읽을까? 선반 위에 내던져진 채 조용히 사장돼버리지나 않을까? 제지용 분쇄기 속으로 던져지지나 않을까? 혹은, 코르프윤이 종이를 충분히 갖지 못한 손자놈에게 주어 크레용칠을 하며 놀도록 하게 하지나 않을까? 아니면, 청소년 보호국으로 넘겨질까? 아무려면 어떠랴! 나는 더 이상 말할 것이 없다. 내게 남아 있는 건, 답변을 받지 못한 질문들뿐이다. 화가도, 아버지도 답변해 주지 않은 질문들뿐.

이번엔 요스비히가 조용히 돌아왔다. 유리창에 불쑥 얼굴을 드러낸 다음, 문을 탕탕 두드리면서 씨익 웃었다. 전언(傳言) 구멍에다 얼굴을 대었다. 「감금되셔야겠습니다, 독방 2호」 나는 그가 있는 복도로 나갔다. 「너만 싫지 않다면 여기서 간수가 되는 게 어때? 한번 생각해 봐. 유니폼 차림에 열쇠꾸러미를 차고 특별교육도 받게 되지. 모두들 너에게 복종을 하는 거야. 비번일 때는 완전히 자유야. 후진 양성을 위한 직업을 택하기로는 좋은 기회일걸. 잘 생각해 봐」 「사양하겠어요」 나는 실에 꿰어진 공책들을 어깨에 걸치고, 말없이 앞장을 서서 나의 방으로 걸어갔다. 그는 문을 열었다. 나를 들여보낸 다음 그도 따라 들어왔다. 그가 의자를 차지해 버렸기 때문에 나는 창가에 서서 밖을 내다보았다. 정박용 평저선 위에 힘펠이 서 있었다. 비스듬히 강을 거슬러 오는 배를 향해 손을 흔들고 있었다.

「기간이 다 되었지?」

「어떤 기간 말인가요?」

「섬에서 보낼 기간 말이야」

「그런 모양이에요」

「기뻐?」

「뭐가요?」

「이곳을 떠나는 것이. 육지에 나가 새로운 생활을 시작하는 것이」

「새로운 생활이라구요? 그게 뭘까요?」

「완전히 혼자서 할 수 있는 생활이겠지」

「그런 건 없어요. 우리가 먹으려는 국에는 이미 어떤 놈인가가 침을 뱉아놓거든요」

요스비히는 내 곁으로 다가왔다. 무언가 마음을 가볍게 해줄 만한 것, 위안이 될 만한 것, 요컨대 윤활유가 될 만한 것을 말하고 싶은 게 분명하였다. 그러나 그는 성공하지 못하였다. 고작, 떠나기 전에는 내가 먹고 싶은 음식을 요구할 권리가 있다는 암시를 남기는 게 전부였다. 그가 나라면, 핑켄베르드의 명물인 베이컨에 넣은 에버슐레를 청하겠다는 것이었다. 그게 〈실속이 있는〉 것이니까. 나는 그의 제안에 따르겠노라고 약속하였다. 수줍은 듯한 작별의 악수. 그는 나를 홀로 놔두었다. 얼마나 신중히, 그리고 사려 깊게 문을 채울 수 있었던지, 그리고 얼마나 많은 감회를 갖고 멀어져 갈 수 있었던지!

닷새 전에 작문은 끝났다. 내일은 그것을 제출해야만 된다. 해야만 된다고? 목적이 중요한 것이 아니고, 바라는 목적을 향해 나아가는 태도와 끈기가 중요한 것이라고 힘펠은 말한 적이 있었다. 나의 끈기에 만족하기 때문에——그는 나의 공책까지도 필요로 하는 것일까? 나는 그것을 힐케에게 선사할 수도 있다. 아니면 볼프강 마켄로트나 무심히 흘러가는 엘베 강에게라도. 감자 태우는 불속에 집어던지거나, 또는 석방이 된 후 폐지로 팔아먹을 수도 있다. 가능성들이, 아직 가능성들은 있다. 나에게는 쓸모가 없을까?

내 기억의 인물들이 비잉 나를 둘러싼 가운데 내 고장에서 일어났던 사건 하나하나가 내 가슴을 파고든다. 시간이란 것이 아무것도, 전혀 아무것도 치유해 주지 않는다는 사실에 나의 마음은 나약해진다. 나는 안다. 내가 할 일이 무엇인지, 내일 아침 일찍 무슨 일을 하게 될지를. 루크빌에서의 좌초(坐礁)? 아마 그렇게 부를 수도 있을 것이다.

어쨌든 나는 아침 6시에 일어나게 될 것이다. 간수들의 날카로운 호각 소리가 낭하에 울려 퍼지고 방마다 밝은 빛이 가득할 것이다. 엿보기 구멍들 뒤에 눈동자들이 달라붙어 있을 것이고.

면도와 세수를 하기 위해 세면대로 가기 전에, 늘 그랬듯이 엘
베 강을 살펴볼 것이다. 모르긴 해도 나는 잠시 어두움 속에서
가물거리는 항해등과 장엄하기까지한 그 불빛의 자취를 바라보
게 될 것이다. 그러곤, 가벼운 현기증을 느끼며 첫 담배를 피워
물게 될 것이다. 점호복을 입고 있노라면, 요스비히가 아침식
사, 즉 커피와 섬에서 구운 잼 바른 빵 두 개가 담긴 소반을 갖
고 들어올 것이다. 여느 때처럼, 나는 우선 한 개의 빵을 먹을
것이며, 두번째 빵에서 네 가지 과일로 만든 잼을 말끔히 핥아
먹을 것이다. 식사를 하며 나는 교화하기 힘든 소년수들이 저
아래 식당에서 아침인사차 부르는 노래를 들을 것이다——물론
섬에서 작곡된 노래이다.

그 다음에는? 인원점호가 시작되고 있으면 그곳에 가야될 것
이다. 수도 없이 반복했던 대로 글쓰기 벌을 위해 퇴거 신고하
고 내 방으로 돌아올 것이며, 그곳으로부터 본부동의 시계를
바라볼 수 있을 것이다. 나의 공책들을 철제사물함에서 꺼내 담
배를 피우며 읽어보게 될지도 모른다. 혹은 요스비히가 나를 데
리러 올 때까지, 힐케가 면회 때 놓고 간 수따기 놀이판을 갖고
놀지도 모른다. 그리하여 세 마리의 생쥐를 동시에 궁지에 몰아
버릴지도 모른다. 나는 무엇 하나 결심하지도 생각하지도 계획
하지도 않을 것이며, 극적인 말을 준비하지도 특이한 제스처를
연습해 두지도 않을 것이다. 그 순간이 오면 끈으로 묶은 공책
들을 걸머메고 말없이 요스비히의 옆에서 걸어갈 것이다. 나를
힘펠에게 데리고 가기 전에 필경 요스비히는 내 복장을 바로잡
아 주고 정수리 위로 머리카락을 쓸어넘겨 줄 것이다.

그리고 힘펠은? 그는 만족에 차서 흔쾌한 기분에 젖게 될 것
이다. 친구처럼 다정스레 한손을 내 어깨 위에 올려놓을 것이

며, 마침 노래라도 하나 작곡한 날이면 아마도 한잔의 차를 대접할 것이다. 나는 별로 쓴 작문을 그의 책상 위에 올려놓을 것이고, 그는 심각한 표정으로 알겠다는 듯 고개를 끄덕거리며 대강대강 페이지를 넘길 것이다. 그의 손짓에 따라, 우리는 앉을 것이다. 그러곤 부동의 자세로 마주 앉아 서로 만족감에 젖을 것이다. 각자 자신이 이겼다는 느낌이 들 것이기 때문에.

권력과 예술의 갈등을 다룬 향토소설

작품 해설

1

〈47 그룹〉 출신인 지그프리트 렌츠 Siegfried Lenz는 하인리히 뵐, 귄터 그라스, 마틴 발저 등과 함께 전후 독일문학을 대표하는 작가들 중 한 사람이다. 첫 소설 『창공의 보라매 *Es waren Habichte in der Luft*』(1951)로 작가적 명성을 얻은 후, 그는 주로 고향인 북독 마주렌 Masuren 지방을 배경으로 한 향토색 짙은 작품들을 써왔다.

〈마주렌의 진주〉라 불리우는 북해와 그 연안의 풍광——이 아름 다운 자연 속에서 얻은 작품들, 예컨대 『줄레이카는 정말 다정했 다. *So zärtlich war Suleyken*』(1955), 『강 속의 남자 *Der Mann im Strom*』(1957), 『등대선 *Das Feuerschiff*』(1960), 『고향 박물관 *Heimatmuseum*』(1978) 등은 모두 향토 작가로서의 성가를 한껏 높 여주었다. 여기에 등장하는 인물들은 대개 작가의 고향에서 흔히 볼 수 있는 소시민 계급이다. 노동자, 수공업자, 어부, 시골 의

사, 하급 관리들이 엮어내는 삶의 애환, 그리고 그 속에서 생겨나는 인간적 애증과 갈등이 문학적 소재원이다. 전후에 나온 작품 중 〈가장 인상 깊고 생각에 잠기게 하는 독일 소설 중의 하나〉로 평가되는 『독일어 시간 *Deutschstunde*』(1968)에도 북해 연안의 한 마을을 무대로 한 향토성이 짙게 배어 있다.

렌츠는 1926년 3월 17일 북독 마주렌 지빙의 리크Lyck에서 대이나 이곳에서 유년기를 보냈고, 김나지움 재학중 제2차 세계대전을 맞게 되었다. 17세의 렌츠도 징집되어 갔으나, 이미 모든 것이 결판나고 있던 때였다. 겨우 3개월의 신병 훈련을 마치고 나서 동해상의 병력을 보충하는 해군이 되었고, 그곳에서 그는 패망을 지켜보는 증인이 되었다. 연일 무수한 배들이 침몰했으며, 점호를 받고 있는 동안 갑판에서는 많은 부상병들이 죽어갔다. 종전이 임박해 올수록 나치 군대는 온갖 은폐의 기술을 강요하면서 마지막 발악을 다하였다. 정신무장의 강화라는 미명하에 명령에 불복한 병사 한 명을 총살하는 것을 목격하고 렌츠는 탈출을 감행하였다. 숲과 헛간, 또는 부서진 차 안에서 노숙을 하며 밤낮 없이 남하하던 중 연합군의 포로가 되어 수용소 생활을 겪게 되었다.

종전 후 렌츠는 함부르크에 머물면서 철학과 문학을 공부하였다. 암시장에 드나들며 학비를 벌었지만, 상황이 나쁠 땐 피를 팔기도 했다. 그러나 결코 학업을 중단하지 않았다. 원래 계획은 졸업 후 대학에 남는 것이었지만, 신문기자와의 접촉이 동기가 되어 저널리스트가 되었다. 《디 벨트 *Die Welt*》지의 문화부와 정치부 기자를 지내는 동안 능력을 인정받아 나중엔 문예란의 책임 편집인이 되었다. 그러나 신문에 몇 편의 창작을 발표하면서 1951년엔 완전히 프리랜서로 전향하였다. 당시에 그의 정신적 교사는 도스토예프스키, 포크너, 헤밍웨이 등이었다. 그는 건실한 창작 태도를 견지하면서 정력적으로 글을 썼다. 이미 언급한 작품 외에도 방송극 『죄 없는 자들의 시대 *Zeit der Schuldlosen*』(1960)와 『죄 있는 자들의 시대 *Zeit der Schuldigen*』(1961), 교육 문제를 다룬 소설 『모범 *Das Vorbild*』(1973) 등을 내놓아 큰 관심을 끌었고, 이어서 단편집 『아인슈타인 함부르크의 엘베 강을 건너다. *Einstein überquert die Elbe bei Hamburg*』(1975)와 『세르비아의 처녀 *Das serbische Mädchen*』(1987), 소설 『연병장 *Exerzierplatz*』(1985), 『소리 연습 *Klangprobe*』(1990), 『반항 *Die Auflehnung*』(1994) 등을 발표하였다.

2

출간되자마자 독일 출판계를 뒤흔들었던 『독일어 시간』은 한마디로 전체주의에 대한 비판서이다. 렌츠 자신이 해명한 대로, 나치 시대의 창작 금지를 소재로 권력과 예술의 갈등을 그린 소설이다. 전후 작가들 치고 반파시즘을 테마로 삼지 않은 작가가 없지만, 이 작품이 특히 독자들의 관심을 끌게 된 요인은 작중 인물 예프젠이 보여주는 맹목적인 의무관이다. 이러한 〈지나친 의무 관념, 무비판적이고 맹목적인 복종심〉이야말로 나치 시대 대부분의 독일인이 빠져들었던 과오의 일면이었기 때문이다. 국가가 부여한 임무를 수행하기 위해서는 우정의 단절도, 가정의 파탄도 감수하는 인간——경찰관 예프젠으로 대표되는 이 존재가 바로 독일 민족성의 한 단면임을 이 작품은 시사하고 있다.

그러나, 경직된 의무관에 사로잡힌 경찰관만이 이 소설의 주인공은 아니다. 이러한 편협주의와 싸우며 암담한 시기를 인내와 용기로 살아가는 인물, 인간에 대한 사랑을 예술의 바탕으로 삼는

박애주의자 막스 루드비히 난젠을 간과해선 안 된다. 나치 치하에서 실제로 창작 금지 처분을 받았던 북독의 화가 에밀 놀데Emil Nolde(1869-1956)를 모델로 한 이 예술가는 독일적 특성의 또 다른 일면이며, 역사적 과오에 대한 하나의 변명이 될 수 있는 존재이기도 하다. 작가는 대립되는 두 독일인을 등장시켜, 이들이 같은 역사의 순간을 어떻게 실아가는가, 개인을 속박하는 물리직인 힘에 어떻게 대처하는가 하는 문제를 흥미있게 그려내고 있다.

경찰관 예프젠과 화가 난젠은 말할 것도 없이 힘과 예술을 상징하는 존재들이다. 한 사람은 유니폼을 입고 명령을 내리며 질서와 훈육을 신봉한다. 요컨대 그는 프러시아 정신의 산물이다. 반면 난젠은 세계주의, 민주주의, 휴머니즘의 대변인, 즉 바이마르적 인물이다. 한쪽은 어떤 체제이든 비판 없이 맹종하는 자이고, 다른 한쪽은 개인의 자유를 제한하는 체제에는 반항하는 자이다. 한쪽은 보편적 질서를 최선의 미덕으로 생각하나, 다른 한쪽은 획일성에 목적을 둔 규범 따위는 지키지 않아도 된다고 생각한다. 따라서 양자가 생각하는 의무의 개념이 상이할 수밖에 없다.

〈베를린에서 지시되었으면 그것으로 충분하다〉는 것이 예프젠의 의무관이다. 그에겐 의무 자체가 중요한 것이지, 그것이 수행할 가치가 있는가 없는가는 문제가 되지 않는다. 따라서 친구 난젠에 대한 창작 금지의 명령을 전달·감시함에 있어서도 이러한 사고방식이 그의 모든 행동의 기준이 된다. 경찰관 예프젠의 비극은 의무 그 자체에 충실한 나머지 인간성을 상실하는 데 있다. 부과된 임무의 수행을 위해 죽마고우를 탄압하고, 탈영병인 아들을 고발하고, 화가의 모델이 되었다는 이유로 딸을 내쫓는다. 체제의 종말이 왔는데도 의무의 노예가 된 그는 금지령이 끝난 화가의 그림을 추적하고, 자기 때문에 그림 절도범이 된 아들을 체포하러 나선

다. 〈자신의 의무를 수행하는 사람은 설령 시대가 바뀐다 하더라도 걱정할 필요가 없다〉는 것이 그의 소신인 것이다.

그러면, 화가 난젠의 의무는 무엇인가? 그것은 예프젠식 의무관과는 차원을 달리한다. 예술가적 양심과 사명감에 대한 의무인 것이다. 표현의 자유, 다시 말해 개인적 자유를 수호하려는 의지이다. 따라서 당국이 명령한 창작 금지령에 승복할 수 없는 것이고, 〈보이지 않는 그림〉을 그리면서까지 이러한 물리적인 폭력에 꺾이지 않는 것이다. 나아가 그는 역사적 예견을 가지고 앞날에의 희망을 민중의 가슴속에 일깨워주는 의무까지 걸머진다. 즉 선구자적 사명 의식인 것이다.

그러나 『독일어 시간』의 문제는 맹종자로서의 의무관과 양심의 수행자로서의 의무관 사이의 상충에 그치는 것이 아니다. 두 의무관 사이에서 갈등을 겪는 소년 지기 예프젠의 문제가 존재한다. 그에겐 상충된 두 가지 의무가 동시에 주어진다. 염탐꾼으로서 아버지의 의무집행의 보조역이 되는 것, 그리고 소년다운 정의감의 발로 때문에 화가의 그림을 보호해야겠다는 강박관념이 그것이다. 작중 인물 마켄로트가 그의 논문에서 명명한 병(病), 즉 〈예프젠 공포증〉은 신경병 이상의 의미를 갖는다.

작가는 소년의 눈을 통해 한 시대의 선악을 바라보게 한다. 그리고 자신의 메시지를 전달하기 위해 한 소년의 희생을 설정한다. 소년원생 지기 예프젠에게 원장이 묻는다. 〈자네는 왜 여기에 왔다고 생각하지?〉 지기는 대답한다. 〈전, 저의 아버지, 즉 루크뷜의 파출소장을 대신해 여기 온 것입니다. (……) 어쩌면 이곳의 모든 소년수들이 누군가를 대신하고 있는지도 모릅니다.〉

지기는 누구인가? 그의 병은 무엇인가? 그는 왜 아버지를 비롯한 기성세대를 매도하는가? 그에 대한 해답을 찾기는 어렵지 않다.

전시의 시골 마을 루크빌이 바로 〈독일에 대한 은유〉라고 지적한 평론가 한스 바게너 Hans Wagener의 말에 공감한다면 말이다.

3

『독일어 시간』의 성공은 이러한 내용 못지않게 작품의 형식적인 면, 즉 화자가 두 개의 시간을 넘나드는 기발한 구성, 렌츠 특유의 사실적이면서도 우의적(寓意的)인 서술기법, 그리고 생동감 있게 그려진 풍경 묘사 등에도 힘입은 바 크다는 것을 덧붙여야겠다. 회상의 기술이 대부분을 차지하는 이 틀소설에는 두 개의 시간이 존재한다. 엘베 강의 한 섬에서 작품을 쓰고 있는 현재와 작품의 내용이 되는 시점, 즉 10년 전의 과거이다. 1인칭 소설의 형식을 취하고 있지만, 기실 화자는 21세의 청년이다. 사건의 대부분은 소년원생 지기의 회상의 기록 형식으로 기술된다. 따라서 사건이 일어났던 과거와 그것을 기록하는 현재 사이의 시차를 감안할 때, 사건의 목격자(또는 체험자)는 11살짜리 어린이인 셈이다. 이것은 사건을 객관화하려는 작가 자신의 문학적 기법이다. 주인공 지기의 역할은 그의 〈회상의 금고〉에 간직된 기억들을 천연덕스럽게 이야기하고 있으면 그만이다. 작가가 고심할 일은, 이 11살배기 소년을 어떤 사건의 현장에든 약방의 감초격으로 참여시키는 것이다. 이 이야기꾼은 모든 곳에 존재해서 모든 것을 보고 들어야 하기 때문이다.

기자 생활에서의 문장 수업이 크게 도움이 되었다고 렌츠도 술회한 바 있지만, 『독일어 시간』의 문체는 한마디로 냉정과 절제 그것이다. 무감정적이라고 할 만큼 그저 객관적 사실만을 기술하고 있을 뿐이다. 사실 귄터 그라스식의 다채롭고 직선적인 표현은 렌츠의 본령이 아니다. 그는 충실한 기술의 뒤편에서 진한 호소력을 느끼게 하는 작가이다. 감정을 아낌으로써 더 농밀하게 감정을 드러내는 것――이것이 그가 보여주는 기술(記述)상의 재능이다. 예컨대, 부상병 이젠뷔텔의 귀향 장면에서는 전쟁의 비참함을, 생물 교사 프루겔의 수업 장면에서는 우생학을 빙자한 전쟁의 합리화를, 날개 없는 풍차의 그림에 관한 묘사에서는 밝은 시대에 대한 간절한 기원을 감지해 낼 수 있다.

생동감 있는 자연 묘사도 소설의 아름다움에 크게 한몫을 한다. 작품의 배경이 되는 북해와 그 연안 지방의 풍경들이 한 폭의 그림을 보듯이 전개된다. 끝없이 출렁이는 파도, 모래톱, 갈매기의 서식지인 반도, 제방과 도랑과 후줌의 국도, 바람이 잦은 녹색의 초원과 풍찻간…… . 작품에는 시종 마주렌 출신의 작가가 만들어내는 북국의 향토색이 물씬 풍겨온다. 소설의 무대가 되는 루크뷜은 가상의 장소이다. 그러나, 파도와 폭풍우와 북해의 하늘에 피어나는 구름은 현실이다. 화자 지기 예프젠의 모든 기억은 이러한 풍경 공간을 배경으로 해서 되살아난다. 이러한 향토성이야말로 이 작품에 색감과 깊이를 주고, 20개에 달하는 삽화 하나하나에 생동감 있는 사실성을 부여해 준다. 거기에 객관적 서술의 경직성을 막아 주는 것이, 초기작 『줄레이카는 정말 다정했다』 이래 진가를 인정받아 온 렌츠 특유의 해학성이다. 그를 가리켜 〈상징적이고 이해성 있는 달콤한 언어를 구사하는 우화가〉라고 칭하는 사람들이 있을 정도로 그의 해학은 산뜻하고 다정스럽다. 그것은 홍소가 아니라 빙그레 짓는 미소를 요구한다. 날카로운 위트가 아니라, 조심스럽게 내놓는 유머이다. 축하객들을 물고기로 둔갑시켜 묘사하는 생일 파티의 장면은 그중에서도 일품이라 하겠다.

　문학작품에 있어 한 시대를 조명해 보는 방법은 매우 다양할 수 있을 것이다. 그것이 역사적 전기를 초래한 대사건의 시대일 경우에는 더 말할 나위도 없다. 한 과오의 시대를 성찰해 봄에 있어, 렌츠는 지엽적 현상의 하나, 즉 과잉된 의무의 수행을 문제로 삼았다. 나치 시대를 겪는 인간들의 갈등, 예컨대 전체주의의 속성인 편협된 국수주의로 인해 순박한 수시민계급이 어떻게 인간성을 상실해 가는가를 보여주려 하였다.

　소년의 눈을 통해 시대를 고발한다는 점에서 『독일어 시간』은 귄터 그라스Günter Grass의 『양철북 Blechtrommel』(1959)과 그 맥을 같이한다. 전쟁이란 상황 속에서 갈등을 겪는 소년들, 즉 『독일어 시간』의 지기 예프젠과 『양철북』의 오스카 마체라트는 모두 작가가 의도적으로 만들어낸 한 시대의 제물들이다. 지기는 소년원에, 오스카는 정신병원에 구금되어 지나간 과거를 기록하는데, 이 젊은 이들의 회상록이야말로 두 작가가 내놓는 시대의 비판서라고 볼 수 있겠다. 다만 다른 점이 있다면 시대를 비판하는 어조의 강도이다. 이른바 악한소설(惡漢小說)로서 그 음조가 날카롭고 직선적인 『양철북』에 비해서 『독일어 시간』의 분위기는 은근하고 유화적이다. 렌츠의 작품에선 철저히 파멸되는 인물을 찾아볼 수가 없다. 그는 흑백논리를 피하는 중도적 스타일의 작가이기 때문이다. 경찰관 예프젠의 경우만 해도 그렇다. 그의 죄가 명백하긴 하지만, 작가는 그의 죄를 〈법률에 의해 기소되기 어려운 무죄자의 죄〉로 처리한다. 소시민계급의 죄는 시대적 상황에 더 큰 책임이 있다는 것이 렌츠의 생각이다. 당국으로부터 창작 금지의 임무를 부여받지 않았던들 경찰관 예프젠은 건실한 치안 유지자로서 순찰용 자전거나 몰고 다녔을 것이요, 딸 힐케의 말과 같이, 때론 자녀들에게 옛날이야기를 들려주기도 했던 선량한 아버지로 남아 있었을지도 모른다.

　소설 『독일어 시간』이 보여주는 것은 한 개인의 그릇된 의무관에 대한 성토뿐만 아니라, 인간의 의식을 메커니즘 속으로 몰고 가려는 폭력에 대한 증오이기도 하다. 그러나 우리가 두려워해야 할 시기가 어찌 나치 시대뿐이랴? 〈그들은 벌로 내게 글짓기를 시켰다〉라고 『독일어 시간』은 시작하고 있거니와, 그들 sie, 즉 개체 위에 군림한 집단의 힘은 언제 어디서나 복종의 미덕만을 강요하고 있지 않은가? 『독일어 시간』에서 우리가 배워야 할 것도, 이러한 가증할 역사의 반복에 대한 성찰과 경계인 것이다.

2000년 9월
숙명여대 연구실에서
정서웅

작가 연보

1926년   3월 17일 동프로이센의 마주렌의 소도시 리크Lyck
            에서 출생.

1932-43년   리크에서 학교를 다님.

1943-45년   김나지움 졸업반 재학중 해군으로 징집되어 참전.
            덴마크에 체류중 패전 직전에 탈영하였다가 연합군
            의 포로가 됨.

1946-50년   함부르크 대학에서 영문학, 철학, 문학사를 공부함.

1948-51년   《디 벨트 Die Welt》 지의 문예란 담당자로 일함.

1949년   결혼

1951년   자유 문필가가 되어 주로 함부르크에 머물며 창작
            활동에 전념.
            첫 장편 『창공의 보라매 Es waren Habichte in der
            Luft』 발표.
            〈47 그룹〉의 회원이 됨.

1952년   〈르네-쉬켈레 문학상〉 수상.

1953년   함부르크의 〈레싱 문학상〉이 주는 창작기금을 받음.
         『그림자와의 결투 *Duell mit dem Schatten*』 출간.

1955년   『줄레이카는 정말 다정했다 *So zärtlich war Suleyken*』
         발표.

1956년   방송극 『세상에서 가장 아름다운 축제 *Das schönste
         Fest der Welt*』 발표.

1957년   소설 『강 속의 남자 *Der Mann im Strom*』 발표.

1958년   단편집 『조소의 사냥꾼 *Jäger des Spotts*』 발표.
         『강물 속의 남자』가 영화화됨.

1959년   소설 『빵과 경기 *Brot und Spiele*』 발표.

1960년   단편집 『등대선 *Das Feuerschiff*』 발표.

1961년   방송극 『죄 없는 자들의 시대 *Zeit der Schuldlosen*』가
         함부르크의 독일극장에서 초연됨.
         〈브레멘 시 문학상〉, 베를린 자유민중극장의 〈게르
         하르트 하우프트만 상〉, 〈동부독일 문학상〉 수상.

1962년   희곡 『죄 없는 자들의 시대』 발표. 〈게오르크 마켄젠
         단편문학상〉 수상. 단편집 『바다의 정취 *Stimmungen
         der See*』 발표.

1963년   소설 『도시의 대화 *Stadtgespräch*』 발표. 『등대선』이
         영화화됨.

1964년   희곡 『얼굴 *Das Gesicht*』이 독일극장에서 초연됨.
         『레만의 이야기 혹은 나의 시장(市場)은 정말 아름
         다웠다. *Lehmanns Erzählungen oder So schön war
         mein Markt*』 발표. 『죄 없는 자들의 시대』가 영화화됨.

1965년   단편집 『놀이 훼방꾼 *Der Spielverderber*』 발표.

1966년	노스트라인 베스트팔렌 주(州)에서 수여하는 〈문학 대상〉 수상.
1967년	방송극 『가택수색 *Haussuchung*』 발표.
1968년	소설 『독일어 시간 *Deutschstunde*』 발표.
1968년-69년	호주와 미국 등지로 강연 여행.
1970년	희곡 『안대 *Die Augenbinde*』 발표. 문학에 대한 견해를 밝힌 에세이집 『관계들 *Beziehungen*』, 『단편소설집』 발표. 『안대』가 뒤셀도르프 극장에서 초연됨. 『독일어 시간』이 텔레비전(ARD)용 영화로 만들어짐. 독일 – 폴란드 협정에 서명하러 가는 빌리 브란트의 초청으로 바르샤바까지 동행함.
1971년	『줄레이카는 정말 다정했다』가 극화됨.
1972년	『우리와 도스도예프스키』(하인리히 뵐, 앙드레 말로, 한스 에리히 노사크와 벌인 문학 토론집) 간행.
1973년	소설 『모범 *Das Vorbild*』 발표.
1975년	단편집 『아인슈타인 함부르크의 엘베 강을 건너다 *Einstein überquert die Elbe bei Hamburg*』 발표.
1976년	함부르크 대학에서 명예박사 학위를 받음.
1978년	소설 『고향 박물관 *Heimatmuseum*』 발표.
1979년	〈안드레아스 그리피우스 문학상〉 수상.
1981년	소설 『상실 *Der Verlust*』 발표.
1984년	뤼벡 시에서 수여하는 〈토마스 만 문학상〉 수상.
1985년	소설 『연병장 *Exerzierplatz*』 발표.
1987년	〈빌헬름 라베 문학상〉 수상. 단편집 『세르비아 아가씨 *Das serbische Mädchen*』 발표.
1988년	방송극 『구조 *Die Bergung*』 발표.

1990년   소설 『소리 연습 *Die Klangprobe*』 발표.

1992년   연설 및 논문집 『기억에 대하여 *Über das Gedächtnis*』
         출간.

1993년   이스라엘 벤 구리온 대학에서 명예박사학위를 받음.

1994년   소설 『반항 *Die Auflehnung*』 발표.

1995년   바이에른 문학상 수상.

세계문학전집 **41**

독일어 시간 2

1판 1쇄 펴냄 2000년 10월 5일
1판 37쇄 펴냄 2022년 6월 14일

지은이 지그프리트 렌츠
옮긴이 정서웅
발행인 박근섭, 박상준
펴낸곳 (주)민음사

출판등록 1966. 5. 19. (제 16-490호)
서울특별시 강남구 도산대로1길 62(신사동) 강남출판문화센터 5층 (우편번호 06027)
대표전화 02-515-2000 팩시밀리 02-515-2007
www.minumsa.com

한국어 판 © (주)민음사, 2000. Printed in Seoul, Korea

ISBN 978-89-374-6041-8 04800
ISBN 978-89-374-6000-5 (세트)

민음사 세계문학전집

세계문학전집 목록

세계문학전집은 계속 간행됩니다.